Maud Mayeras

Maud Mayeras est née en 1981. Son premier roman, *Hématome*, paru aux éditions Calmann-Lévy en 2006, a reçu le prix des Limbes Pourpres ainsi que le prix Griffe noire du meilleur thriller de poche 2008, et été finaliste du prix Polar SNCF en 2006. Son second roman, *Reflex* (Anne Carrière, 2013), a reçu le prix du meilleur polar francophone au salon du polar de Montigny-lès-Cormeilles en 2014.
Elle vit aujourd'hui à Limoges avec son fils et un gros chat noir nommé BlackMamba.

REFLƎX

MAUD MAYERAS

REFLƎX

ÉDITIONS ANNE CARRIÈRE

FSC
www.fsc.org
MIXTE
Papier issu de sources responsables
FSC® C003309

Pocket, une marque d'Univers Poche, est un éditeur qui s'engage pour la préservation de son environnement et qui utilise du papier fabriqué à partir de bois provenant de forêts gérées de manière responsable.

ISBN : 978-2-266-25080-1

À ma mère, qui a laissé entrer l'obscurité,
à l'homme de ma vie, qui a éveillé le monstre,
et à mon fils, qui l'a apprivoisé.

« [Les photographies] sont la preuve que quelque chose a été là et n'est plus. Comme une tache. Et leur immobilité est déroutante. On peut leur tourner le dos, mais quand on revient, elles sont toujours là en train de vous regarder. »

DIANE ARBUS

4021 jours

“Silence. Something about silence makes me sick.”

« Le silence. Il y a quelque chose à propos du silence qui me rend malade. »

Fistful of Steel, Rage Against the Machine

1.

Je n'aime pas le silence, il appelle les mauvaises pensées.

Je laisse souvent entrer les bruits. Le ronflement des moteurs et les mots roturiers des piétons. Ils pénètrent par la fenêtre et me rassurent. Les chuintements, les claquements, les cris, les rires, les raclements. Le bruit du frigo, le sifflement des moustiques.

Les vibrations de mon téléphone contre le bureau laqué, comme les palpitations d'un cœur à l'étroit.

Et, chaque fois, le même phrasé trivial au bout du fil, les mêmes gorges calcinées, gavées de fumée jusqu'aux lèvres. Et cette question qui revient sans cesse :

Tu es disponible, Iris ?

Je suis toujours disponible.

Les appels que je reçois sont souvent anonymes. Généralement émis par d'autres portables, ils proviennent parfois de cabines téléphoniques, d'appartements particuliers, de bureaux. Mais l'objectif visé reste identique.

Je raccroche, ouvre mon sac et y fourre les mêmes affaires, dans le même ordre. Le rituel est invariable.

Trois culottes, un soutien-gorge, trois paires de chaussettes usées. Un jean, deux tee-shirts. Un pull. Un paquet de clopes entamé.

Dans la poche avant de mon sac à dos, le strict nécessaire d'hygiène est déjà rangé : une brosse à dents, du dentifrice, un peigne, du shampoing et du gel douche bas de gamme. Des flacons minuscules, des échantillons volés au hasard des hôtels, jamais jetés, juste entassés au fond de ce sac abîmé qui ne me quitte plus depuis des années.

Mon reflex, batterie chargée, deux objectifs, un flash.

Je ne connais que rarement les lieux où l'on m'envoie, je les découvre sur place et ne m'attache qu'à une surface limitée, quelques mètres carrés d'horreur, de silence et de solitude. Alors j'immortalise un moment déjà figé depuis des heures, parfois des jours. Je mitraille des scénettes immobiles aux personnages paralysés. Des traces de sang, des cheveux, des ongles, des yeux voilés. Je ne délaisse rien, pas le moindre détail. L'angle d'un poignet, l'écorchure d'un genou laissé nu, les taches sur une culotte grisâtre. Des camaïeux douloureux, couleur crotale. Je trie, et j'envoie. Le carrelage souillé, la terre sous les semelles. Je trie. Les dents défoncées, les lividités, les visages marbrés. Et j'envoie.

La fermeture Éclair du sac se referme d'un coup sec sur mes vêtements.

Dans les poches de mon jean : mon portable en mode vibreur, un briquet jaune, mes écouteurs.

Je suis *déclenchable*. Je me déplace à n'importe quelle heure du jour ou de la nuit pour shooter. Les victimes n'attendent pas et la mort n'est pas patiente, il faut agir vite. Armer, zoomer, suspendre son souffle, appuyer et recommencer.

La neige et la pluie sont mes plus redoutables ennemies, il leur suffit de quelques minutes pour détruire une scène de crime. Elles lavent les visages et détrempent la terre. Elles effacent, nettoient et planquent les preuves.

Aujourd'hui, ni pluie, ni neige, ni rien à l'horizon que cette canicule vorace qui sévit depuis trois jours. Trente-cinq degrés à l'ombre et vos tissus qui macèrent dans le creux de vos reins, sous vos aisselles et entre vos jambes.

Même cette voix, perdue dans le combiné, m'a paru se ramollir un peu plus à chaque mot. Mais cet appel possédait quelque chose de différent, une sorte d'éclat étrange dans ma routine. Elle m'a indiqué un lieu que je connais depuis toujours, cette ville où je suis née. Cette gare ferroviaire que j'ai quittée il y a onze ans. Pour dégager. Pour quitter ce trou perdu.

J'ouvre l'écrin de cuir noir et enfonce les écouteurs dans mes oreilles. J'effleure l'écran et les basses se mettent à trembler contre mes tympans.

Mes clés, mon casque.

Il est 15 h 30 et, à l'extérieur, le soleil fait déjà grésiller mon crâne. La Superduke m'attend, rutilante. Je baisse la visière. Problème de serrage, trois tentatives avant que le moteur ne se décide à démarrer, puis il se met enfin à vibrer entre mes cuisses.

Je monte le son au maximum et chasse quelques graviers en quittant le trottoir. Une trentaine de bornes et j'atteindrai le trou du cul du monde. Sa gare, ses quais, la voie numéro 11, et le corps sagement endormi près des rails.

2.

Trente-deux kilomètres, pas un de plus. Mes écouteurs enroulés à la va-vite dans ma poche. Quatre voitures de flics mal garées, moteur muet, rampes éteintes.

Je dois montrer patte blanche pour pouvoir m'engouffrer derrière la porte automatique. Un coup d'œil sur ma carte plastifiée, sur cette photo où je ne souris pas, et on me laisse passer sans même m'adresser la parole.

Le hall d'accueil de la gare est totalement vide. Au-dessus de ma tête, la voûte de verre semble exploser en mille morceaux. Une forme bouge près des moulures, grouillante, presque invisible, comme un essaim dissimulé au creux du dôme. Un murmure lointain, puis des battements affolés. Des oiseaux ont trouvé refuge là-haut, incapables de repérer la sortie, troublés par le verre épais qui scelle les orifices.

À droite, une rangée de téléphones inutiles et silencieux. Huit combinés orange vif posés là comme par erreur et un fil qui traîne comme un serpent mort.

À gauche, sur les sièges d'acier fixés au sol par quelques vis rouillées, d'autres silhouettes sombres ronflent et bougent mollement. Ceux-là, comme les oiseaux, sont restés pris au piège des murs de la gare et dorment dans des nids de récupération chinés dans les poubelles.

Je plonge les doigts au fond de mon sac. Petite monnaie, chewing-gums, carte de crédit. Et, enfin, le trésor tant convoité. Je saisis fermement l'unique paquet de cigarettes, qui a sombré dans les tréfonds des doublures usées. J'accélère le pas, péniblement, jusqu'à ce que l'air devienne à peu près respirable.

L'étincelle enflamme le gaz et le tabac crépite. D'épaisses volutes bouillonnent entre mes lèvres. Deux bouffées et je jette le mégot à peine entamé. Mes pieds changent de support et je me retrouve à l'extérieur. Voie numéro 11.

Sur le goudron qui recouvre le sol, des dizaines de bulles noires sont gonflées, prêtes à éclater.

Enfant, assise sur le perron de la maison, je m'amusais pendant des heures à frôler ces boutons d'air du bout de l'ongle ; je me projetais vulcanologue célèbre, à genoux sur le magma tiède, sous un soleil qui rougissait immanquablement ma nuque voûtée.

Je lève enfin les yeux. Ici, plus le moindre piaillement. Simplement la litanie lointaine des feuilles et ce vent avare qui ne daigne pas descendre de son trône pour nous lécher le visage. La lumière semble presque artificielle et le silence donne l'impression que l'on s'apprête à jouer une scène d'anthologie, tous projecteurs allumés. Sauf qu'ici les acteurs semblent faits de cire. Moteur, action.

Quelques mètres plus loin, j'aperçois l'attroupement. Une dizaine d'uniformes peu mobiles, rassemblés autour de la victime. Il me semble reconnaître l'un d'eux, un gars du coin. Je ne crois pas avoir jamais bossé avec lui. Il ne me voit pas.

Au sol, les balises sont installées, je n'ai plus qu'à shooter. Je cale l'objectif et oublie le flash.

Le lieutenant Reisse est là, qui parle à l'oreille de son équipe et lui indique quoi faire, dans quel ordre, de quelle manière. Ian Reisse. Nous travaillons ensemble depuis longtemps, et sa manière de procéder n'a jamais changé. Pas d'un iota. Ce manteau léger qu'il porte en toute saison, ce dictaphone qui enregistre de longues minutes de murmures inaudibles, des heures de bande qu'il écoute en boucle pour trouver ce qu'il cherche. Le monde peut s'écrouler du moment qu'il enclenche cette touche minuscule, rien ne doit lui échapper. Et aujourd'hui ne déroge pas à la règle. Alors qu'il est accroupi près d'un talus, ses lèvres débitent des phrases interminables tandis que sa main libre et gantée caresse les mauvaises herbes. S'il pouvait analyser chaque gravier, il le ferait.

Près de lui, le reste de l'équipe prend bien soin de ne pas polluer la scène de crime ; ils posent la pointe de leurs pieds sur un circuit déterminé à l'avance, respectent le cercle invisible tracé autour de la scène. Ils ne fument pas, ne vomissent pas, ne se recoiffent pas, ne parlent pas. Outrepasser ces règles, c'est faire affront à Reisse. Et faire affront à Reisse, c'est devoir se mettre rapidement en quête d'un nouvel emploi.

Une voix dans mon dos.

« Iris ? Iris Baudry ? »

Visiblement, celui-ci tient à se faire virer.

« Maël Dandolo, techniques scientifiques première année, nous suivions le même cours. »

Au ton de sa voix, je comprends clairement que notre cursus commun s'est scindé par la suite. Je peux lire la bassesse de ma vulgaire condition de technicienne dans les notes haut perchées qui s'adressent à moi. Il jette un coup d'œil à son supérieur et lui adresse un sourire soumis. Bon chien-chien.

« Alors, maintenant tu es...

— Ph-photographe, c'est ça. »

Il se tait un instant. Je suis bègue. Aussi loin que ma mémoire me mène, ma langue a toujours été la pire traîtresse. Dandolo l'avait oublié. Plus gêné encore de m'avoir interpellée, il est déjà à court de mots. Ça tombe bien, j'ai du boulot. Je commence à m'écarter, et voilà qu'il trouve de la matière.

« Je suis désolé pour ta mère.

— Ma mère ? »

Ma main se crispe sur la lanière autour de mon cou. Ma mère. Celle que j'ai quittée en même temps que cette ville. Celle qui n'a jamais cherché à me revoir. Celle-là.

« Tu n'es pas au courant ? »

Il ne sait pas comment m'annoncer la chose avec délicatesse et courtoisie.

« Elle est à Bellevue. Ils l'ont... Elle a... »

À cinquante kilomètres à la ronde, Bellevue est l'unique centre agréé destiné à accueillir les publics inadaptés : les séniles, les psychotiques, les amnésiques, les suicidaires, ceux dont on ne veut plus. Ceux qui ne parviennent ni à vivre ni à mourir.

Je fronce les sourcils et détourne le regard. Je n'ai pas envie d'entendre la suite, et pourtant il continue.

« Ils l'ont retrouvée à moitié nue en plein centre-ville. »

Le chien-chien attend l'étonnement, la tristesse, le soulagement, mais il n'obtient rien de tout cela.

« Elle hurlait. »

Ma mère est folle, elle l'a toujours été. Elle a simplement dû passer au cran supérieur.

« Elle est internée depuis deux ans. »

Ceux que l'on enferme dans ce bâtiment en ressortent rarement. Bellevue est un mouroir destiné à ceux que la mort n'effraie plus.

« Merci... M-Maël...

— Dandolo, Maël Dandolo...

— Oui, c'est ça, merci, Maël Dandolo. Maintenant, j'ai du pain sur la p-planche, donc si tu p-permets... »

Il s'écarte enfin, mais mes doigts restent tendus sur mon appareil. Je respire un grand coup, frotte l'arrière de mon crâne, emmêle quelques mèches brunes et me remets dans le bain.

Je m'approche lentement de la victime, comme je le fais chaque fois, pour m'imprégner en douceur, pour que le cadavre ne me frappe pas par surprise. Toujours ce schéma, chapitré de la même manière.

L'environnement tout d'abord (sec, humide, chaud, froid, glacial). Analyser le support (terrestre, maritime, aérien). Puis s'attaquer au corps. Commencer par les pieds de la victime (le droit, le gauche, les chaussures, les semelles, les lacets). Les chaussettes (sport, ville, usées, neuves). Les vêtements (coton, nylon, laine) ou l'absence de ceux-ci. Les particularités des jambes (musclées, maigres, pleines de varices, énormes, épilées, poilues). Les sous-vêtements ou l'absence de ceux-ci. Le torse (couvert ou nu, écorché ou lisse, blanc, noir ou prêt à éclater). Les bras (ouverts ou repliés, lacérés ou peints, coupés ou fracturés). Les doigts (détendus ou recroquevillés, sales ou récurés, tordus ou arrachés).

Et, enfin, le visage.

L'écran de mon appareil emprisonne la scène et, alors que les officiers s'écartent, le cadrage se resserre.

L'atmosphère est sèche, et le corps repose ici sur des graviers salis par les nombreux voyages d'anciens trains de marchandises sur une voie qui n'est plus utilisée depuis une bonne vingtaine d'années. La victime porte des baskets bleues encore solidement attachées à ses pieds. Taille 32. Le lacet droit commence tout juste à se desserrer. Un gosse.

Mes lèvres se pincent et je me concentre sur mon écran minuscule. Un short blanc, taché en plusieurs endroits par de la boue et du sang.

Qu'est-ce qu'elle fiche ici ?

Une plaie au niveau de la clavicule, une autre sous l'oreille droite, plus profonde. L'abdomen très légèrement apparent présente un renflement sombre. Le bras gauche est brisé juste au-dessus du poignet. Les ongles des deux mains sont noirs de crasse.

Nom de

Sur mon écran, une forme obstrue l'image. Une masse large et énervée, qui s'approche jusqu'à ce que je ne voie plus rien. Une masse flanquée d'un dictaphone.

« Iris, qu'est-ce que tu fais là ?

— B-bonjour, Ian.

— Bonjour, Iris, comment vas-tu ?

— Bien, m-merci. Le temps s'est radouci ces d-derniers jours, non ?

— Tu ne devrais pas être ici, gamine, comment as-tu su pour...

— Un de tes collègues m'a contactée, je b-bosse pour toi, tu te rappelles ? »

Ma nuque se cambre pour que je puisse le regarder dans les yeux. Reisse, le sanguin. Le titan roux. Il arbore trois bonnes têtes de plus que moi et, sous sa pelure d'un autre siècle, je vois sa poitrine se soulever férocement. Il jette un œil autour de lui en quête du fautif, mais tous sont occupés à analyser les preuves, à chercher le coupable sous un bout de bois abandonné. Reisse pose une main lourde sur mon épaule.

« Tu connais son nom ? »

Je soupire et me dégage de la patte d'ours du lieutenant. Le champ est libre, je mitraille à nouveau.

« Le nom de q-qui ?

— De celui qui t'a contactée, tu sais qui c'est ?

— Je ne connais pas la moitié de ceux avec qui je b-bosse, on m'appelle, je viens, et tu récup-pères les photos.

— Iris.

— Excuse-moi. J-je... Laisse tomber. »

Je balaie la fin de ma phrase du revers de la main. Je ne soutiens plus son regard, je shoote, sans réfléchir. Sans vraiment voir ce qui déforme le bras gauche de la victime. J'appuie, sans m'arrêter, dix, vingt, trente clichés. À mesure que mon objectif se rapproche, l'image devient plus large, plus nette. Le corps du gamin est si enflé qu'il paraît obèse. Il a attendu des jours entiers, dissimulé entre les voies, peut-être plusieurs semaines, que l'on vienne le chercher. Sa chevelure courte et ses vêtements laissent à penser qu'il s'agit d'un petit garçon. Huit ans, dix tout au plus.

« Iris, écoute-moi. Tu as toujours fait un excellent boulot, mais cette fois j'aimerais que tu rentres chez toi. Celui qui t'a contactée a fait une erreur. »

Plus d'une centaine de clichés haute résolution s'entassent déjà sur ma carte mémoire. Mon index en intègre quelques dizaines supplémentaires. La casquette du garçon, posée près de son visage informe. La latte sous sa tête, le bois dévoré par les termites. Le trou – sa bouche –, à l'intérieur duquel il manque une prémolaire inférieure, probablement une dent de lait. Le meurtrier n'a pas touché à la mâchoire. Je ne suis qu'à quelques centimètres du corps. Deux cent quarante-sept clichés. La moitié à jeter.

« Iris, un autre technicien a été engagé pour cette affaire.

— Je ne vois personne d'autre, Ian. Ils ne sont p-pas nombreux à vouloir bosser avec toi.

— Il arrive, derrière toi. »

Je me retourne. Un grand échalas tripote le cache d'un appareil argentique en avançant maladroitement. Il trébuche sur les rails de la voie adjacente et manque de s'étaler de tout son long. Je soupire.

« Il va prendre le relais. Envoie-moi tes clichés, je sais qu'ils me seront utiles. Ils le sont toujours. »

Je vais parler mais les regards se braquent soudain sur moi.

« Rentre chez toi, Iris. »

Huit paires d'yeux figés, huit visages silencieux qui me poussent à partir. Huit bouches qui ne prononcent pas le moindre mot. La meute s'impatiente, les bêtes attendent que je fasse un scandale. Ils savent que je ne peux pas crier, ils savent que je serai incapable de prononcer le moindre foutu mot si j'élève le ton. Ils patientent jusqu'à ce qu'Iris la bègue se tire la queue basse, qu'ils puissent enfin effectuer leur besogne sans qu'on les gêne, sans parasite pour polluer leur quotidien. Alors je baisse les armes.

Lorsque je la vois autrement qu'à travers mon écran numérique, la scène me paraît toujours plus grande ; elle recouvre en un instant ses proportions initiales et devient brutalement plus réelle.

Sur le corps abîmé, les traces de ce sang qui a séché durant de longues heures au soleil. Et sur le flanc de l'enfant, entre ses côtes friables, une tache plus particulière. Mes lèvres se tordent un peu plus.

Je sais pertinemment ce que je trouverai sous le bras de l'enfant si je m'approche un peu. Ce cauchemar récurrent. L'œil de l'équipe est toujours fixé sur mes gestes, et maintenant je comprends pourquoi ils ne voulaient pas que je m'occupe de cette scène-là. Ils ne voulaient pas que je la subisse à nouveau. Sur le corps de l'enfant, tout près de son aisselle gauche, au cœur de la chair tendre, un lambeau de peau manque. Je sens à peine l'étreinte de la patte de l'ours sur ma nuque. Un lambeau oblong, découpé juste en dessous du bras.

Ce même morceau de chair qu'on a retiré à mon fils il y a onze ans.

3.

Le tabac s'éparpille sur le parking de la gare, je l'écrase du bout du pied, encore et encore, jusqu'à ce qu'il ne reste plus rien. Assise sur le coffre de la voiture de Reisse, sous le jour qui décline, je peux observer les traits de son visage, déjà sévères, se fermer un peu plus à chaque nouvelle seconde.

« Tu comptais m'en p-parler, R-Reisse ? »

Je me cale contre le pare-brise arrière de la Ford, une vieille guimbarde vert bouteille que Reisse trimballe depuis toujours. J'y suis montée un paquet de fois. À l'intérieur, sans même les voir, je peux affirmer avec certitude que les tapis de sol mériteraient un bon coup d'aspirateur tant ils sont gavés de terre, de café et de cendre. La housse en similicuir du siège passager est affublée de trois trous de la taille d'un doigt, causés par des cigarettes mal éteintes, échappées dans des virages.

« Tu n'avais rien à faire là, gamine. »

Le visage de Ian Reisse, dur et sombre comme une pierre tombée au fond de l'océan. Ses cheveux, épais et courts, ses pattes rousses fondant sur sa barbe de trois jours. Sa silhouette immense, qui pourrait m'anéantir en ne levant qu'une seule main.

« Il y en a eu d-d'autres ? »

Le lieutenant met un temps infini à répondre à cette question qui ne me paraît pourtant pas si compliquée.

« Des gosses, il en meurt tous les jours, Iris. Par accident, par homicide, volontaire ou involontaire. Tous les jours, certains sont torturés, enfermés dans des caves, enchaînés dans des usines. On n'y peut rien. La nature humaine est mauvaise. Elle l'a toujours été.

— Tu sais très b-bien ce que je veux dire. L'écorchure sous son bras. C'est la m-même.

— Non, Iris. »

Reisse soupire, comme s'il avait déjà entendu ce refrain mille fois.

« Depuis combien de temps tu n'as pas foutu un pied ici ?

— Quel rap-port ?

— Toutes ces choses resurgissent dans ta tête. Cette affaire n'a absolument rien à voir avec ce qui t'est arrivé. Un malade a tué un gosse, ça arrive tous les jours, gamine. Tous les jours, bon sang... »

Son job, c'est la recherche, pas la discussion. Même avec moi.

« Écoute, tu vas rentrer chez toi, boire une ou deux bières, allumer ton petit écran et te vautrer devant le téléshopping. Tu dors là-dessus et tu oublies.

— T-tu l'as vue comme moi, cette marque sous son bras.

— Il n'y avait rien sous son bras, Iris. Tu prends tes affaires et tu...

— Tu le sais, t-tu l'as vue, n-nom de Dieu ! »

Alors que j'essaie de garder mon calme, les griffes de l'ours se resserrent autour de mon poignet et je m'envole. Il me traîne, je me débats, il s'en fout. Il veut que je voie. Il ne comprend pas. Il ne sait pas que j'ai raison. Alors je me laisse finalement faire, secouée comme une poupée de chiffon par ce gigantesque animal roux. J'essaie de garder le peu qu'il me reste de dignité devant les officiers. Je la regagnerai tout entière dans quelques secondes, quand Reisse verra. Sur ma peau, je peux sentir l'empreinte de ses doigts. Je mets quelques secondes à entendre ce qu'il crie.

« ... rien, Iris. Regarde. REGARDE. »

Je me concentre sur la victime. Sur ce gosse, mort depuis des jours, allongé contre ces rails crasseux. Sur son short froissé, son torse nu. Sur son bras.

« On n'a pas touché son bras, Iris. »

La sueur bouillonne à nouveau entre mes reins, à la manière de ces premières pluies qui décollent la poussière des trottoirs sales. Reisse se trompe, il y a quelque chose sous l'aisselle du garçon. Du sang. Une foutue plaie béante, en train de pourrir.

L'écorchure danse au bout de mes yeux, des fils sombres qui s'étirent autour des berges. L'or sombre au centre, incendiaire.

Au bout du bras libre de Reisse, son doigt pointe l'évidence. Sous l'aisselle de la victime, tout près de ses côtes fragiles, une feuille morte. Rien qu'une feuille rougie par l'automne, plaquée contre ce petit corps, collée par les liquides corporels, brûlée par les sucs qui s'échappent de partout.

Une putain de feuille morte.

4.

Le décor n'a jamais changé, les banquettes portent les mêmes cicatrices et les tables sont toujours bancales. Le café a conservé ce goût de charbon brûlé.

Je repousse le sucre que le barman me tend et finis ma tasse ; la soucoupe est ébréchée et mon doigt ne peut s'empêcher de caresser la fissure, le marc s'accroche à mon palais et je fais claquer ma langue pour que le parfum tenace s'estompe, pour penser à autre chose et faire passer le temps.

Reisse est parti sans un mot. Il m'a laissée là comme une conne, à regarder les flics qui bavassent avec l'autre photographe. Ils rient, se tapent dans le dos, oublient autour d'un verre ce cadavre que la morgue enferme déjà dans un sac. Ce bruit qu'ils n'entendent plus, je le reconnaîtrais entre mille. Le plastique épais qui chuinte, le son mat du corps que l'on peine à emprisonner dans cette enveloppe toujours un peu trop grande. Ne pas l'esquinter plus qu'il ne l'est déjà. En prendre soin, afin qu'il puisse subir l'outrage final des mains du légiste.

J'ai rechaussé mes écouteurs et fais mine de ne pas entendre cet homme derrière son comptoir qui tente d'engager la conversation. La météo, je la connais, et les résultats sportifs, je m'en contrecarre. Une télévision est accrochée à l'angle du bar et du plafond. Sur l'écran, une forêt sombre, et cette pluie torrentielle qui n'en finit pas de tomber sur cette femme qui court pour oublier qui elle est. Dans mes oreilles aussi, l'averse se met à résonner. Je pense à ce gosse sur la voie ferrée, à ce petit corps que ses parents découvriront bientôt, qu'ils ne pourront plus serrer contre eux. Je pense à cette feuille morte coincée au creux de son bras. Je pense à ce que j'ai lu dans les yeux de Reisse lorsqu'il me l'a montrée. Je pense à ma mère, internée dans cet hôpital à deux pas d'ici. Je pense à mon fils.

Ma mère a toujours voulu un garçon. Un petit gars solide capable de l'aider à la maison. Capable de supporter ses coups sans broncher. Un petit gars sur qui elle aurait pu compter. Mais au lieu de ça elle m'a eue, moi.

Je masse ma nuque et sens les mèches épaisses glisser sous mes doigts. Ma mère a toujours cru bon de me couper les cheveux elle-même. Et lorsque les gens, dans la rue, la félicitaient d'avoir un si joli petit bonhomme, elle ne démentait pas, elle laissait dire. Et je la laissais faire. Parce que c'était ma mère. Parce que, dans ma petite tête, elle avait forcément raison. Et que je ne devais pas la décevoir.

Il faut que je la voie. Je veux contempler sa déchéance, la regarder danser au milieu des fous, rire en la regardant crever à petit feu. Peut-être alors serai-je enfin soulagée.

5.

Des dizaines de réverbères à la place des platanes. Perchées à plus de dix mètres de haut, de grosses ampoules s'allument en chœur, grésillant bruyamment, brûlant leurs filaments métalliques dans un grognement rauque sans fin. Chaque bulle de verre émet un son très légèrement différent, parfois aigu, souvent grave, toujours obsédant.

Face à moi, Bellevue ressemble à une forteresse inaccessible. Ses hauts murs dissimulent tout ce qui peut se dérouler à l'intérieur, les fenêtres opaques cachent les résidents et l'épaisseur des cloisons étouffe leurs cris. Des bandes d'herbe ont été disposées çà et là pour apaiser la vue, du faux gazon qu'on ne peut ni creuser, ni abîmer, ni manger ; les bancs à l'extérieur sont vides et même le bâtiment paraît abandonné. Aucun son ne me parvient que celui d'une fenêtre dont le volet claque un peu plus haut dans les étages.

La bâtisse est très ancienne, mais la résidence n'existe que depuis peu. Avant que les fous ne prennent les lieux d'assaut, Bellevue était un couvent, une prison pour jeunes filles, ordonnée par le Divin. Quelques religieuses traînent peut-être encore dans les coins, douceur et empathie au poing, pour rassurer les nouveaux patients dont ma mère fait désormais partie.

L'entrée surplombe le petit parc artificiel, et l'on y accède par quelques marches en pierre. La rampe démise transperce le vide à la recherche d'éventuels visiteurs à dissuader. Un œil-de-bœuf orne une porte en bois de près de trois mètres de haut, peinte par des siècles de brume et de soleil. Quelques ombres se meuvent derrière la crasse du verre épais, entre les nœuds vert-de-gris.

J'entre et le damier sous mes pieds m'indique le chemin à suivre. Pour rejoindre le bureau d'accueil, je n'emprunte que les dalles noires. Partout des blouses et des sandales de plastique. Des infirmières. Je ne vois que des femmes, à la silhouette fine, bas blancs, les cheveux relevés sous une coiffe en coton d'un autre temps. Elles se croisent sans se parler, stylo à la main et pilulier à la ceinture. Les fous sont rangés plus loin, je suppose.

Recroquevillée derrière son comptoir, un gilet de laine flétri posé sur les épaules, une femme d'une soixantaine d'années tape à deux doigts sur un clavier dont le « L » grince. Lorsque mes avant-bras se collent au comptoir en aggloméré, elle remonte ses lunettes haut sur son nez. Elle sent la merde et le savon.

« Bon-bonjour, je v-vou...

— Bonjour, madame, l'intégration en hôpital de jour a lieu le matin entre 8 heures et 11 h 30, il faudra vous représenter demain. »

Elle me prend pour une patiente. Génial.

« N-non, je viens rendre visite à quelqu'un. »

Derrière ses culs de bouteille, elle me toise de haut en bas. À ses yeux, tout ce qui ne porte pas de blouse doit être bon pour l'internement. Elle hésite et cela dure une éternité. Il paraît évident qu'aucun visiteur ne franchit jamais la porte de l'établissement. Bien heureuses, les familles parvenues à enfermer leurs sujets les plus gênants. Elle hausse les épaules.

« Quel nom ?

— Diane B-Baudry. Elle doit être dans vos murs depuis un pcu p-plus de...

— Chambre 237. Second étage. L'escalier est au bout du couloir. »

Je ne la remercie pas et m'éloigne sans me retourner. Avant même que j'aie eu le temps de lever les yeux au ciel, le « L » grince à nouveau.

Au bout du damier, des tomettes rouge brique prennent le relais derrière une porte battante si lourde que je m'y reprends à deux fois pour réussir à la pousser. Tout commence ici. En un clin d'œil, les vrais fantômes ont remplacé les blouses et errent d'une chambre à l'autre, d'une chaise à l'autre, se cognant contre les murs, se perdant dans les couloirs. Il y a cette grand-mère qui pleure sur son siège et respire si difficilement que je peux entendre d'ici les glaires qui encombrent sa gorge délabrée ; et cette adolescente, accroupie, qui berce un chat en peluche, glissant des mots doux au creux de son oreille rembourrée. Je contourne l'ascenseur et m'engouffre dans l'escalier.

Second étage. Le couloir est désert et seule la ventilation produit un souffle régulier et diffus. Les murs repeints sont recouverts d'une humidité propre aux bâtiments anciens qui ne séchera jamais ; la moisissure grimpe lentement le long des radiateurs et caresse l'embrasure de quelques portes fermées. L'une d'elles est entrouverte et je comprends soudain que le souffle que j'entends n'est pas celui de la ventilation.

Chambre 216.

La pièce est plongée dans une pénombre changeante, régulée par le défilé d'images convulsives projetées par un écran de télévision dont on a coupé le son. Une personne est installée ici, à demi couverte par un drap léger ; elle ne bouge pas. De sa bouche jaillit un énorme tuyau translucide, où l'air va et vient dans un rythme absolument régulier. Ses yeux sont clos, scellés par plusieurs bandes de sparadrap collées en croix.

L'image me rend nerveuse. Parce qu'elle ne m'est pas inconnue. Ces globes saillants sous ces ersatz de pansements, je les ai déjà vus dans un documentaire, il y a plusieurs années. J'aurais pu changer de chaîne à n'importe quel moment, mais je ne l'ai pas fait. Hypnotisée, j'ai avalé le flot d'informations. Un reportage sur les condamnés à mort. Je revois la chaise électrique et ses entraves de cuir sur le petit écran bombé. Assise en tailleur devant le canapé, la bouche entrouverte, j'étais terrifiée.

Impossible d'oublier les efforts du détenu alors qu'il prend place sur le siège morbide. On lui attache les mains, les pieds, et sur ses yeux on dispose les mêmes bandes blanches adhésives. Je ne comprends pas tout de suite pour quelle raison on l'aveugle de la sorte. À ce moment précis, la seule chose qui me traverse l'esprit est que cet homme ne verra plus jamais, il mourra sans pouvoir à nouveau ouvrir les yeux. Peut-être font-ils cela pour éviter au condamné d'affronter une dernière fois le regard accusateur de ceux qui sont venus assister à son exécution. Ceux qu'il a fait souffrir. Ceux qui souhaitent le voir mort. Et alors qu'un homme en costume bleu enclenche le levier et que le corps du détenu tressaute sous la violence des secousses électriques, la voix qui commente gravement les faits donne enfin quelques explications.

Le courant électrique qui traverse ainsi l'organisme de part en part provoque des dégâts considérables.

Avant qu'il ne prononce une nouvelle phrase, je comprends, horrifiée, le but de la manœuvre, et par là même l'utilité du sparadrap sur les yeux du malheureux. Les couleurs sont fades et granuleuses, mais pas assez pour que je ne devine clairement ce qui est en train de couler sur les joues du condamné. Elles ressemblent pourtant à des larmes, ces deux fines rigoles qui dégoulinent jusqu'à son menton, mais je sais que ce n'en sont pas.

Sous la violence des décharges, ses yeux ont éclaté.

La douleur déforme ses lèvres et ses doigts se tendent comme s'il tentait vainement de saisir un objet imaginaire et inaccessible. Le courant cesse enfin et la tension retombe. Sa combinaison ne fume pas, les films mentent. Son visage est inerte, et de sa bouche, et de son nez, s'écoulent salive et morve à tout va.

L'image s'arrête là, nette et parfaite. Elle est restée gravée dans ma mémoire comme aurait pu l'être un bon souvenir de Noël.

Je laisse la pièce entrouverte et continue simplement mon chemin. Je vais bientôt avoir besoin d'une cigarette.

Quelques pas de plus et j'atteins enfin le fond du couloir. Chambre 237. Je colle mon oreille contre la porte : aucun cri, aucune insulte, pas le moindre bruit.

Tous ces souvenirs, ces peurs. Toutes ces questions, et un seul moyen d'y répondre. Alors je tourne la poignée.

6.

Les vieux stores pendent à la fenêtre close. La lueur qui filtre entre les lames est si faible qu'elle ne semble pas vouloir atteindre le seul lit de la pièce. Un fauteuil a été installé près de la table de chevet et sur le matelas repose un monceau de draps froissés.

Il y a quelques années, je me réfugiais sous mes draps, la nuit, pour échapper aux monstres, et le jour je m'y cachais pour ne pas entendre les cris de ma mère. Désormais, c'est elle qui semble vouloir se terrer, croquemitaine repenti, tapi dans l'ombre, attendant de me faire face à nouveau.

À la tête du lit, un vase où se disputent trois lis. J'ignore qui a pu déposer ce bouquet. Personne n'aimait ma mère au point de lui offrir des fleurs, et d'ailleurs elle n'aimait personne au point de se laisser offrir quoi que ce soit. Point barre.

Un pétale se décroche, et soudain, sous les draps, la mécanique se met en marche, un corps entravé par des rêves malades et qui tente péniblement de s'en dépêtrer. Aujourd'hui encore, je crois qu'il me manque le courage d'affronter son regard, ses humeurs, le pincement significatif de ses lèvres ridées. Pourtant, je reste.

J'entends son souffle sous le coton, sûr et profond, réglé comme une horloge. Au sol, mon sac gît entrouvert, et là, tout au fond, je peux apercevoir mon paquet de tiges. Je meurs d'envie de m'en coller une au coin des lèvres. Quitte à ce qu'on m'oblige à déserter les lieux. Quitte à déclencher tous les détecteurs de fumée de l'étage. Quitte à ce que cette foutue alarme incendie réveille tout le pays.

Le croque-mitaine se met à bouger. Mon estomac décharge violemment son acidité. Je ne bouge plus, lièvre en pleins phares ; la nuque tendue à craquer, j'attends la suite.

La désagréable impression que ce sont des dizaines de draps qui s'écartent un à un, effeuillement effrayant d'une créature en pleine mue. Mais, à mesure que la chrysalide s'effrite, ma crainte s'étiole. La forme qui s'agite est de plus en plus petite. Pas d'épaules larges ni de dos d'équerre. La silhouette se dévoile, molle et minuscule et, plus que tout, fragile.

Lorsque la dernière couche de coton glisse sur ses épaules, son visage apparaît, endormi et froissé. Ses yeux d'ardoise, comme deux profonds fossés de terre humide, me fixent sans ciller. Elle ressemble à une enfant tout juste née, avec ses joues lisses et duveteuses.

Elle me regarde. Elle regarde en moi, tout au fond, comme elle avait l'habitude de le faire. Et nous restons là, aussi muettes l'une que l'autre, à nous toiser en silence.

Sans me quitter des yeux, elle prend appui sur ses bras sans muscles et se redresse un peu. Les fleurs mauves de sa chemise de nuit froncent contre sa peau.

Elle bâille sans la moindre gêne, et à l'intérieur de sa bouche grande ouverte je vois qu'il manque quelques dents et que celles qui résistent sont branlantes.

J'attends la première salve. À toi l'honneur, maman.

Ses doigts s'entrecroisent sur son ventre mou. Le manque d'activité, de rudesse et de discipline est passé par là.

Je tends ma main vers elle et la pose sur une cuisse que je sais cagneuse – chacun de ses os pointe sous la maigre épaisseur de coton. Elle observe mes gestes et les accepte timidement ; son visage bascule légèrement sur le côté, à la manière de ces chiens ahuris qui ne comprennent pas un traître mot à ce que vous pouvez bien leur raconter. Et elle me sourit.

Sournoise, la gifle vient de s'abattre sous une forme que je n'attendais pas. Ma mère ne m'a jamais souri. Pas une seule fois dans sa fichue vie.

Elle ne me reconnaît pas. Elle me prend pour l'une des innombrables blouses blanches du service. Sauf que ma tenue est bien loin d'être impeccable et que mes cheveux ne sont pas attachés en un chignon parfait. Elle m'offre alors une étreinte douce et glacée. Je laisse ma main dans la sienne durant un long moment, un temps infini. Jusqu'à ce que ma peau, à son tour, devienne glaciale.

Brusquement, la porte de la chambre s'ouvre, découvrant une nouvelle infirmière flamboyante et furieuse. Ses sabots couinent sur le sol à mesure qu'elle avance vers moi d'un pas exagérément décidé. Ses petits poings sont serrés, autant que sa mâchoire, qu'elle n'ouvre que lorsqu'elle est si près que je peux renifler son haleine.

« Qui vous a permis d'entrer ici ? »

Prise de court, comme en flagrant délit, je recule sur mon siège et cherche mes mots.

« Vous n'avez rien à faire ici, les heures de visite sont largement dépassées. »

Je regarde ma montre pendant près de dix secondes.

« Qui êtes-vous ? Nos patients ont besoin de repos, vous n'avez rien à faire ici. Je vais vous demander de partir maintenant.

— D-depuis combien de temps est-elle ici ?

— En quoi est-ce que cette information peut bien vous regarder ?

— Je suis... »

J'hésite. À l'extérieur, j'entends des pas. Des petites jambes, des petits pieds.

« Je suis la fille de m-madame B-Baudry. »

L'infirmière me jauge et soupèse mes mots.

« Impossible.

— P-pardon ? »

L'infirmière hoche la tête. Ils sont tous complètement déglingués ici.

« Nous ne vous avons jamais vue ici auparavant. Nous suivons Diane depuis deux ans, et nous ne lui connaissons pas de famille. »

Pour me donner un peu plus d'assurance, je saisis la carte de technicienne au fond de ma poche et la lui glisse sous le nez. La jeune infirmière me toise. Ses yeux s'attardent sur chaque défaut de mon visage. Elle cherche des points de comparaison, des traits communs. Dans la courbe de mon nez, les replis de mes paupières. Un relief, une ride, n'importe quoi.

Mais je ressemble à mon père. J'ai son nez un peu fort, et son front concerné. Depuis toujours, ce sont ses traits que l'on a comparés aux miens. Je crois n'avoir jamais rien eu de commun avec ma mère. Hormis le silence.

Je mens un peu.

« Nous ne nous sommes p-pas revues depuis quelque temps. J'ignorais qu'elle était malade.

— Sur le dossier que nous constituons lors de la première prise en charge, nous inscrivons tous les contacts du patient. Connaître la famille de nos résidents nous permet de les stimuler, de faire resurgir les souvenirs, de discuter, tout simplement. »

De nouveau, des pas qui claquent à l'extérieur, même démarche courte et sautillante.

« Et ? »

Ma mère observe la scène de loin, les yeux émerveillés, comme si on venait de l'amener au cirque pour la première fois. Si elle se mettait tout à coup à trépigner ou à taper des mains, cela ne me surprendrait pas.

« Je suis désolée, mademoiselle Baudry... Lorsque nous avons rempli son dossier, Diane nous a affirmé ne jamais avoir eu d'enfant. »

Ma mère n'applaudit pas. Elle me regarde, tout au fond, et me sourit.

7.

Au rez-de-chaussée, les hurlements deviennent de plus en plus désagréables sur mon passage. Ceux qui ne braillent pas chantonnent, ceux qui ne chantonnent pas sifflent, et ceux qui ne sifflent pas dansent. Et puis il y a ces fous qui ne bougent plus, prisonniers du monde qu'ils se sont tissé au fil des ans. Ceux-là ne voient ni n'entendent plus rien. Ils sont perdus quelque part, et personne, jamais, ne pourra plus les délivrer.

Les fous se sont agglutinés ici depuis des années. Ils se piétinent, se bousculent, vivent les uns sur les autres et aucun d'eux n'éprouve le désir de s'échapper. La puanteur, la chaleur et l'humidité. La promiscuité. Voilà ce qui les attire.

Je veux sortir d'ici.

Le souffle d'une vitre brisée m'attire vers l'extérieur. Je suis tout près de la sortie. Je fais un pas et voilà que quelque chose s'agrippe à ma manche. Quelque chose de minuscule qui tire de toutes ses forces.

Je tourne la tête et aperçois un visage. L'adolescente et son chat rembourré. Elle a cessé de murmurer à l'oreille de la peluche et, désormais, c'est moi qu'elle contemple avec ses grands yeux clairs. Au chat laineux, il manque un œil.

« Je t'ai vue dans le couloir, là-haut, chez grand-mère Diane. »

La brusque sensation que des milliers de pattes minuscules chatouillent ma nuque. Qu'elles griffent mon dos, jusque sous ma peau.

« Elle est gentille, grand-mère Diane. Elle me fait des câlins tout le temps. »

Les pattes griffues égratignent mon cœur.

L'adolescente ne sourit pas. Elle continue simplement de me regarder.

Elle me regarde me dégager de ses doigts fins. Elle me regarde reculer. Franchir l'énorme porte en bois, jusqu'à ce que je disparaisse. Jusqu'à ce que la fin du jour m'avale tout entière. Ses yeux immenses restent prisonniers derrière les murs. Et les mouches grouillent par millions tout au fond de moi.

– Silence –

Septembre 1919

Le chaos avait contaminé le village et s'était installé pour quatre longues années, dans chaque foyer et dans chaque âme. Avec le temps, les uns et les autres s'étaient étrangement habitués aux coups de feu et aux explosions, si bien qu'on n'avait bientôt plus remarqué les gravats qui déformaient les routes, on avait d'ailleurs cessé de les balayer. Puis ce furent les morts qu'on avait abandonnés sur les trottoirs défoncés. Les vivants, eux, s'étaient cachés au fond des caves, dans les greniers, derrière les rideaux de toile, dans des fûts humides, à l'intérieur de coffres poussiéreux ou privés d'air. Quelques-uns même avaient péri coincés dans leur abri, sans qu'on vienne jamais les en déloger. D'autres avaient rencontré les balles, le feu et les lames. On avait malgré tout tenté de protéger les enfants qui grandissaient sous une guerre qu'ils ne comprenaient pas. À leurs yeux et leurs oreilles, on avait dissimulé tant bien que mal ce qui se déroulait au-dehors, redoublant d'inventivité, de mensonges et d'histoires incroyables. Le Mal était partout, engoncé dans des centaines d'uniformes grisâtres, dans les discours incompréhensibles, hurlés ou bien écrits à l'arraché sur des tracts jonchant les rues. Il se cachait aussi dans les cris, et dans les derniers réflexes de survie. La cendre avait recouvert le village depuis ce qui semblait des siècles. Puis, lorsqu'il n'y avait plus eu assez de vivants à tuer, le moteur des avions alliés avait retenti, perçant la grisaille. *Ils étaient sauvés*, voilà ce qu'on leur avait assené pendant des jours entiers. Mais ils ne savaient plus véritablement ce que cela signifiait. La plupart avaient perdu femme et enfants, fortune et identité. On les avait forcés à fêter leur nouveau statut. Ils avaient bu docilement le champagne qu'on leur avait proposé, les yeux hagards et les mains tremblantes, transis par le fracas des verres. Les uniformes avaient changé de couleur et l'on s'était demandé si le Mal n'avait pas simplement changé de costume. On avait regardé ces héros avec méfiance, puis, une nouvelle fois, on s'était habitué.

Le soleil était revenu mais la joie était demeurée absente un bon bout de temps. C'était l'effusion dans les grandes villes. La vie avait repris. Ils étaient *libérés*. On avait chassé les hyènes hors du territoire. Les soldats, alliés et ennemis, avaient quitté un à un le pays. Les trottoirs avaient été nettoyés, les gravats dégagés et les morts enterrés ou brûlés. Chacun s'était affairé à la tâche, les hommes avaient bouché fissures et impacts sur les murs, les femmes avaient pris soin des hommes et, peu à peu, les enfants purent à nouveau courir dans les rues.

Leur rire fut un soulagement pour tous. Certains avaient même presque ignoré jusqu'à l'existence de la guerre. Julie Carville faisait partie de ces chérubins chanceux. On lui avait offert l'insouciance.

Ce samedi, elle célébrerait son anniversaire dans le grand salon de la propriété. Treize bougies qu'elle soufflerait sous les acclamations et les présents. Rien ne pouvait faire plus plaisir à la jeune fille, qui trottinait maintenant, impatiente à en mourir, un sourire discret posé sur ses lèvres roses. Un éclat de soleil l'éblouit et elle trébucha sur l'une des racincs du grand chêne de la cour d'école. Une mèche se détacha de son chignon pourtant bien serré et glissa négligemment sur sa nuque : elle attendrait de rejoindre la maison pour se recoiffer correctement. Les deux livres qu'elle tenait fermement contre son ventre n'avaient pas bougé. Ces épais et précieux reliquats qu'elle tenait de sa mère, qui les tenait elle-même de sa grand-mère, elle ne voulait surtout pas les abîmer.

La robe de Julie fouettait ses genoux et rougissait sa peau. Depuis quelques semaines, son corps y respirait à l'étroit. La robe gênait son souffle mais elle était si jolie, avec tous ces bleuets fleurissant un peu partout sur le coton, alors Julie tentait de respirer juste un peu moins fort, pour la porter encore. De toute façon, Nathalie lui en achèterait bientôt une nouvelle.

Nathalie, la gouvernante, une femme gigantesque qui serrait Julie chaque matin contre sa poitrine épicée, une *étrangère* dont on ignorait les origines, à la voix aussi grave et profonde que le ronflement d'une machine.

En charge du domaine Carville, il y avait aussi cet homme, Dominique, auquel Julie n'avait pas le droit d'adresser la parole. Elle le voyait filer de temps en temps, d'un couloir à l'autre, la chemise trempée par l'effort. Alors elle s'approchait sans que nul ne la voie pour sentir cette odeur si particulière qu'elle ne parvenait jamais véritablement à identifier. L'homme exhalait parfois le parfum piquant des chevaux après la course, parfois l'orange confite ou le cigare. Julie respirait ces arômes et, au moindre bruit, au moindre souffle, la jeune fille sursautait et se mettait à courir, galopant à toute allure entre les pièces trop vastes. Pour rien au monde elle n'aurait voulu qu'on la surprenne ici, les yeux fermés, en train de renifler dans le vide comme une idiote.

Foulant la poussière des rues peu fréquentées, Julie songea soudain à la fraîcheur du grand salon, au marbre sous ses pieds nus, et eut subitement envie d'une citronnade fraîche, pressée par Nathalie. Voilà pourquoi elle emprunta le chemin de terre dont son père lui avait interdit l'accès. Pour sentir la limonade apaiser sa gorge au plus vite, pour que le sucre humecte sans attendre ses lèvres rondes.

Le soleil était encore haut perché et la nuit ne se montrerait probablement pas avant des heures. Julie se dit que Père n'y verrait que du feu, il lui suffirait d'épousseter les traces de terre sur sa robe étroite et de taper contre le sol ses chaussures délicates. Elle songea qu'avec les minutes gagnées sur son trajet, elle atteindrait le domaine plus tôt, et que Père serait probablement absent lorsqu'elle franchirait le seuil.

C'est à l'instant où la route fut trop loin pour qu'elle pût changer d'avis que les voix résonnèrent.

Julie Carville longea les murs de l'église en reconstruction et contourna l'énorme cloche de plomb posée au sol, semblable à un rocher recouvert de rouille et de suie. Une histoire affreuse courait sur cette église, une rumeur de village, recueillie entre deux cours, un conte pour effrayer les enfants, les soirs de veillée. Pendant le conflit, un incendie avait ravagé la bâtisse, emprisonnant les fidèles entre les murs. Les portes auraient été verrouillées de l'extérieur et les fuyards tués. Les prisonniers se seraient agglutinés contre la porte close, certains auraient péri étouffés, d'autres asphyxiés ; une mère se serait réfugiée dans le confessionnal effondré, courbée sur ses deux enfants pour les protéger du feu. Ils n'auraient pas survécu, brûlés et empoisonnés par les vapeurs toxiques. Et les pires ragots racontaient qu'on avait entassé les enfants morts sous cette cloche. Cela ne pouvait pas être vrai. Julie n'y croyait pas. Pourtant, depuis l'incendie, aucun ouvrier n'avait jamais osé replacer la cloche au sommet de l'église.

La jeune fille avait secoué la tête et pensé à tout autre chose. La citronnade de Nathalie, le parfum de Dominique et le chien de la famille qu'elle s'amusait à chasser dans les longs couloirs. Ce chien, Julie ne l'aimait pas vraiment. Une espèce de bâtard à poils longs qui aboyait dès qu'on l'approchait de trop près. La bête ne tolérait que la présence de Mère, qui était bien la seule à pouvoir la caresser sans qu'elle grognât.

Près de Julie, les voix enflèrent – deux tonalités distinctes, débitant des phrases incompréhensibles. Plus elle approchait de la source, plus les mots devenaient stridents. Deux hommes qui se chamaillaient dans une langue qu'elle ne connaissait pas. Un langage laid, nasillard et chuintant, différent en tout point de celui de Nathalie ; ces voix-là ne chantaient pas, elles ne roulaient pas, ne ronflaient pas comme un moteur puissant : elles sifflaient.

Julie Carville sursauta si fort lorsque les deux hommes bondirent hors de leur arbre qu'elle laissa échapper le précis de grammaire sur le sol. Les pages se gorgèrent immédiatement de poussière et Julie grimaça. Sa mère remarquerait de quelle manière elle prenait soin de ses manuels, elle la punirait pour ça.

Un bras sec et noirci de terre fila près de ses chevilles : l'homme saisit le livre et entreprit sa lecture. Son accent était catastrophique, et cela eut pour effet de faire rire son comparse un peu plus fort. La jeune fille se cramponna au livre sauf, qu'elle serra contre sa poitrine. Elle évitait le regard des deux hommes, espérant simplement qu'ils allaient la laisser tranquille si elle avançait sans dire un mot. Elle fit quelques pas, et l'un d'eux caressa la mèche délicate sur la nuque de l'adolescente. Elle sentit la main moite effleurer son cou, se retourna d'un bond et contempla les deux reptiles. Leurs cheveux étaient clairs, brûlés par le soleil d'été. Ils portaient tous deux la même tenue, un uniforme militaire maculé de saleté. L'un avait remonté ses manches au niveau des coudes, l'autre portait sa veste déboutonnée contre sa poitrine large et humide.

La première pensée qui effleura l'esprit de Julie fut pour sa chambre. Elle aimait s'endormir dans cette pièce mitoyenne du bureau de son père. Sur son lit, à travers le mur, elle écoutait son père pester contre ces *salopards* de soldats. Il vociférait et enrageait à chacune des phrases éraillées par les parasites. Ces vauriens n'avaient rien à fiche sur leur terres. Ils avaient fait leur boulot, ils devaient les laisser tranquilles, repartir chez eux, à coups de godillot dans le séant s'il le fallait. La vulgarité de son père faisait rire la jeune fille à l'abri de son oreiller.

Mais maintenant, Julie était devant eux. Devant ces saletés de soldats. Devant les vermines qui avaient envahi la ville, pour les *sauver*.

L'homme à l'uniforme ouvert caressa la joue de l'adolescente. Elle se sentit tellement serrée à l'intérieur de sa robe pleine de bleuets qu'elle crut s'évanouir. Les doigts épais qui touchaient sa peau ressemblaient à de l'écorce. Une branche rugueuse qui s'aventura peu à peu jusqu'à son corsage. Julie ne put bientôt plus respirer ; elle sentit le feu brûler ses oreilles, ses joues et sa gorge. Elle agrippa son livre et se mit à courir à toutes jambes. Elle allongea la foulée autant qu'elle le put, comme elle le faisait parfois pour échapper aux fantômes dans les couloirs de la propriété ; elle crut même avoir semé les soldats. Mais sa cheville buta contre quelque chose, peut-être une racine, et elle fut projetée violemment à terre. Ils étaient là, ils ne l'avaient pas quittée. Ils ne semblaient même pas essoufflés.

L'écorce tapissa soudainement ses cuisses d'échardes et elle vit les bleuets de sa robe remonter bien au-dessus de ses hanches.

Julie Carville ressentit une douleur infâme, sèche et humiliante lorsque le premier homme s'introduisit en elle. Le second chuchota des mots au creux de son oreille. Des mots qu'elle n'aurait même pas saisis s'ils avaient utilisé son langage. Le soldat pesait des tonnes, elle sentait son genou musclé s'enfoncer dans ses mollets grêles, elle crut même que ses os cédaient. Elle pleurait, le visage contre la terre sombre, la poussière s'engouffrant partout, à l'intérieur de ses yeux, de ses narines et de sa bouche. Le soldat tirait ses cheveux si fort qu'elle sentit sa nuque craquer. L'haleine du soldat sentait la viande, et cette peau contre la sienne lui donna envie de vomir.

D'un coup, il poussa un long râle et cessa de bouger. Julie pria pour qu'il ait succombé ; il reposait, lourd sur son petit corps à elle. Elle espérait qu'il fût mort, mais, au bout de quelques minutes, le gros corps glissa hors d'elle, le soldat rit fort et laissa la place. Julie était épuisée.

Lorsque le second reptile s'accrocha aux reins fragiles de l'enfant, le soleil venait de disparaître. Elle ignorait depuis combien de temps elle était là, allongée contre le sol. Elle ouvrit la bouche pour crier mais elle en fut incapable. Elle ne put articuler qu'un seul mot. Le nom de celui qu'elle aimait en secret d'un amour jeune et innocent, dénué de toute mauvaise pensée. Le nom de celui qu'elle aurait tellement voulu voir arriver. Le nom de cette cruelle absence. Alors qu'une main qu'elle crut pleine d'écailles se plaquait déjà sur ses lèvres gavées de poussière, elle chuchota.

« *Dominique*. »

Voilà le seul mot qui put sortir de sa bouche, inaudible, avant que le dernier soldat ne la frappe en plein visage. Et lorsque son nez se brisa en deux endroits, elle s'évanouit enfin.

8.

Je n'aime pas l'été indien. Cette chaleur qu'on croyait oubliée et qui vous colle aux basques pendant des semaines. Ces mouches qu'on croyait mortes et qui vous tournent autour en quémandant.

Malgré la nuit, l'air est toujours irrespirable à l'extérieur. La canicule, sombre et sournoise, trempe mes reins et coule chacun de mes gestes dans le béton. Dans les rues, pas un chat. Je retire l'écrin noir de ma poche.

Play.

Entre mes mains, la Superduke ronronne, et au creux de mes oreilles les voix m'apaisent. La ville dort à poings fermés.

D'habitude, on me réserve une chambre miteuse dans un motel facile d'accès, éloigné du centre-ville et proche de la scène de crime. Autant dire que je ne côtoie pas souvent le luxe. Jamais de baignoire, quatre chaînes télévisées maximum, une couverture boulochée, des serviettes rêches.

Pourtant ce n'est pas le chemin de l'hôtel que je prends. Parce que, ce soir, personne n'a réservé de chambre à mon intention. On m'a simplement fait venir pour rien. Erreur d'aiguillage d'un des sous-fifres de Reisse. Je soupire sous mon casque et fais ronfler le moteur tandis que l'obscurité commence à recouvrir les pavés.

Mon sac accroché semble plus lourd au fil des rues, comme si à chaque tour de roue on y glissait discrètement quelques petits cailloux. Une poignée, puis deux. Des kilos de graviers pendus à mon cou.

La basse ronronne au creux de mes oreilles et mes doigts, agrippés tout près des freins, suivent le rythme léger de la caisse claire. Machinalement, je tourne à droite, à gauche, contourne une bouche d'égout restée familière, me mets enfin à ralentir. Et voilà qu'au beau milieu de la rue déserte, je relève enfin les yeux.

Devant moi, un portail repeint en bleu. Un bleu électrique qui masque habilement la rouille qui rongeait l'acier il y a quelques années. L'école de Swan. Mon école. Et celle de ma mère.

Je connais chaque recoin de la bâtisse, chaque pierre, chaque trou. Assise sur les énormes racines du gros chêne, je suivais du regard le trajet routinier des insectes. Lorsque les plus gros m'effrayaient, je quittais mon trône pour rejoindre ce petit muret que je pouvais escalader pendant des heures, échafaudant des tas d'histoires extraordinaires, de belles, de bêtes et de fins du monde.

La bille en fer gigote au fond de mes tripes et la nausée grimpe en flèche. La nuit est tombée et je reste figée devant cette cour qui me hurle de m'enfuir. Au bout de onze ans, voilà que je me traîne à nouveau au beau milieu de cette ville paumée. Ce trou dans lequel j'avais bien juré de ne plus jamais remettre les pieds. Dans mes écouteurs, la musique s'est arrêtée et le silence nocturne a pris la suite.

J'observe les façades qui se décomposent et la peinture écaillée des portes. L'établissement est totalement à l'abandon. Le chêne a disparu. La cour paraît nue et le charme est rompu. Plus de course d'insectes. Plus de belle ni de bête. Juste la fin du monde.

Cet arbre, le maire l'a fait abattre il y a longtemps. Juste avant la disparition de mon fils.

Swan.

Il avait tout juste six ans.

9.

Ma mère m'a expliqué cent fois comment les choses se sont déroulées. Avec les mêmes mots, elle m'a décrit ce qu'elle faisait à ce moment-là jusqu'à ce que je ne supporte plus de l'entendre. Elle m'a répété, avec une lenteur égale, combien la soufflerie du four faisait un boucan d'enfer cet après-midi-là. Comme si quelque chose clochait. Comme si son putain de Dieu avait décidé qu'elle n'entendrait rien.

Elle l'utilisait souvent pour parvenir à ses fins. Si je laissais échapper mon verre, *Il* me punissait par la main étroite et sèche de ma mère. Si j'avais des rêves, sa foutue bouche divine les étouffait dans l'œuf. Ses gifles, ses insultes, ses regards assassins, Dieu était partout.

Swan n'a pas disparu dans un centre commercial, pas dans une rue bondée, ni au fond d'une ruelle sombre. Rien de tout cela. On a volé mon fils dans le jardin. Pendant que je dormais à quelques putains de mètres.

Il paraît que nos entrailles sont capables de percevoir le mal que ressentent nos enfants, que l'on sait instantanément si quelqu'un ou quelque chose les attaque. Il paraît que le sang qui coule dans nos veines rougit et brûle au même instant. Dites-vous bien que ce ne sont que des mensonges. De pures foutaises inventées pour vous rassurer. Dites-vous que si votre enfant crève à l'étage supérieur, s'il décide de sauter par la fenêtre parce que ça lui chante, ou bien s'il chute dans l'escalier de votre cave, vous ne l'entendrez pas. Vous battrez tout juste des cils, et vous le trouverez trop tard.

J'ai inspecté chaque brin d'herbe, chaque caillou et chaque feuille. J'ai fouillé l'abri et ouvert le coffre du pick-up. Et sur la grosse pierre, près de l'ancien potager, j'ai aperçu les trois gouttes de sang qui séchaient au soleil.

Trois gouttes sombres auxquelles j'ai inventé des tas d'origines diverses. J'ai accusé les chats du quartier de s'être battus là, un oisillon d'être tombé d'un nid posé en équilibre instable sur le cerisier, j'ai même imaginé ma mère trébuchant sur cette stupide pierre sans avoir jamais voulu me l'avouer.

Mais rien ne collait. Swan s'était envolé, et je devais me rendre à l'évidence : le sang qui noircissait ce caillou était le même que celui qui coulait dans mes veines. Mon sang, la chair de ma chair. Mon fils avait disparu et mon esprit borné ne l'acceptait pas.

J'ai fait le tour de la ville, interrogé les habitants du quartier, collé des affiches, harcelé la police. La nuit, je me ratatinais dans un coin du jardin au cas où il reviendrait et, lorsque la pluie me glaçait, je me réfugiais à l'abri des branches les plus épaisses. J'ai attendu, attendu et attendu encore. Je restais persuadée que

Swan franchirait à nouveau cette barrière. Je pouvais distinctement imaginer son visage alors qu'il soulèverait le loquet – la terre sur ses genoux et dans les sillons de ses petites mains, le chocolat sec au bord de ses lèvres. Le sourire qu'il m'adresserait et la salive sucrée que laisserait sur ma joue son baiser furtif. Il serait fatigué d'avoir couru après ce papillon bleu sans jamais avoir pu le rattraper. Il m'aurait cueilli un bouquet un peu malmené, de pâquerettes, de fougères et de pissenlits. J'aurais serré mon enfant dans mes bras, jusqu'à ce qu'il bougonne un peu, jusqu'à ce que ses pieds battent dans le vide pour que je le lâche. J'aurais disposé les fleurs dans un verre de cuisine usé, et nous aurions joué encore et encore, attendant que la fatigue l'emporte. Je lui aurais lu une histoire, sa préférée, et ses yeux n'auraient pas attendu que le soldat ouvre la troisième porte pour y trouver le chien aux yeux grands comme des soucoupes. Il se serait endormi d'un sommeil de gosse, lourd et encombré de rêves, tandis que j'aurais pleuré en cachette de l'avoir retrouvé.

Mais.

Mais, le troisième jour, ce flic est apparu sur le perron, un peu courbé devant ma mère, son chapeau pressé contre son ventre. J'avais déjà vu ça, dans de vieux films de guerre. Ma mère a porté la main à sa bouche et s'est affaissée dans l'allée. Je suis restée en arrière sans vouloir entendre le moindre mot de ce que ce type en uniforme balbutiait.

Quand le flic m'a enfin remarquée, il m'a tutoyée et appelée par mon nom. Je m'en souviendrai toute ma vie. Il m'a demandé de rester calme, il a voulu toucher mon épaule et je me suis écartée. J'ai hurlé juste avant qu'il ne prononce le prénom de mon fils. De toutes mes forces.

Je n'entendais que la moitié des mots qui sortaient de sa bouche, comme autant de poignards qu'il enfonçait profondément dans ma poitrine et qui ne me tuaient pas.

Ils avaient trouvé quelque chose. Quelque chose qui déstabilisait ma mère au point de la faire tomber, un genou à terre. Quelque chose d'assez grave pour que tout l'espoir que j'avais réussi à économiser durant toutes ces heures s'effondre en un claquement de doigts.

Le flic nous a installées, ma mère et moi, à l'arrière du véhicule. Il a actionné le gyrophare mais la sirène ne s'est pas déclenchée. Notre regard s'est concentré de part et d'autre de la route. Je me souviens des champs de maïs tout juste verdoyants à perte de vue et de ma main qui jouait machinalement avec les trous de mon jean. *Des loques réservées à la mauvaise graine*, comme disait ma mère, elle qui ne portait jamais de pantalon, uniquement ces jupes en laine raides comme la paille.

Le frein à main a émis un craquement sec et nous nous sommes garés devant le commissariat. Un bâtiment austère, parqué presque honteusement à l'autre bout de la ville. Je me souviens des pigeons qui s'agglutinaient sur le toit, et de leurs fientes qui souillaient l'entrée par centaines. J'ai retenu mon souffle au moment de passer la porte.

Ma mère et moi nous sommes assises derrière un bureau aux coins abîmés par le temps. Le flic a fermé la porte et a pris place face à nous. Il a cherché ses mots puis, sans vraiment nous regarder, il a énoncé les faits. Avec des mots simples, il nous a expliqué que *l'assassin* de Swan venait d'être interpellé.

À cet instant, une barre d'acier, dure et glaciale, a transpercé mon cœur. Mon fils n'était pas mort, il n'avait pas le droit d'employer un tel mot. Tous les autres s'il le souhaitait, mais pas celui-là.

Ils avaient arrêté un homme la veille, près du lac Andres. Le type avait *presque* avoué.

Je n'ai pas su ce qu'il entendait par là. *Presque*. Le type avait avoué, ou non. Il ne pouvait pas se tenir en équilibre. Il était coupable, ou pas. Il assumait, ou non. Il avait fait du mal à mon fils, ou bien il était innocent. Pas les deux.

Le flic a continué, voyant bien que nous ne comprenions pas grand-chose à ce qu'il essayait de nous dire, et j'ai alors remarqué l'enveloppe coincée sous le téléphone. Il la touchait lorsqu'il ne trouvait pas ses mots ou lorsque les tournures de phrases devenaient délicates. Il la tripotait tout le temps.

Le suspect s'appelait Eddy Chapelle. On l'avait trouvé à l'entrée de la ville, près de la rivière, le corps d'un garçon entre les bras. Lorsque les renforts étaient arrivés et qu'il avait entendu les sirènes, il s'était mis à chialer, comme un gosse, sans pouvoir s'arrêter.

Les propos du flic ont tournoyé à l'intérieur de ma tête sans prendre de direction particulière. Je ne voyais toujours pas où il voulait en venir.

Alors la voix du flic a changé de ton. C'était subtil, j'ai même failli ne pas m'en rendre compte. *J'ai besoin de vous pour reconnaître le corps.* Les ongles de ma mère se sont enfoncés dans le bois tendre du bureau.

Le flic a décacheté l'enveloppe et en a retiré trois photographies couleurs qu'il a étalées devant nous. Ma mère a immédiatement cessé de griffer le bois. Trois étiquettes blanches barraient la partie supérieure des clichés, dissimulant le visage de l'enfant.

J'étais jeune, et il m'a fallu plusieurs minutes pour comprendre que, sous les étiquettes, les traits de la victime n'avaient plus rien de reconnaissable.

Étendu sur l'herbe, le corps semblait peser des tonnes. Le bras gauche était posé sur un monticule de terre et la paume s'ouvrait sur quelques brins d'herbe épars. Je pouvais voir le halo verdâtre et sombre envelopper le corps fragile comme un cocon. L'eau. Elle s'échappait de partout. Elle avait tout détruit. Ce corps dont je connaissais chaque courbe et chaque imperfection, la vase l'avait dévoré.

Puis j'ai vu la plaie. Un lambeau de chair manquant d'une dizaine de centimètres de long. Comme une mâchoire qui l'aurait happé d'un coup sec. L'obscurité m'a étouffée brutalement et je me suis retenue au bureau abîmé pour ne pas m'effondrer. C'est à ce moment-là que j'ai cessé de regarder.

L'officier a retiré les étiquettes des clichés, et ma mère a retenu un gémissement. Elle a acquiescé sans regarder le flic. Alors j'ai fermé les yeux.

Ce type qui attendait sagement à moitié nu dans le confort de sa cellule individuelle méritait de crever et, dès cet instant, j'ai voulu que ce soit de mes propres mains.

J'ai attendu que ma mère me prenne dans ses bras, qu'elle me serre contre son corps décharné. Mais elle n'en a rien fait. Elle ne m'a pas regardée ni offert le moindre mot, elle s'est levée et a simplement défroissé sa jupe d'un geste sec, les lèvres blanches d'être pincées si fort.

J'ai signé leurs papiers et l'officier nous a reconduites à notre point de départ. Lorsque nous avons fermé la porte derrière nous et que mon cœur n'a plus fabriqué que de l'adrénaline, j'ai hurlé. J'ai crié jusqu'à ce que ma voix s'étiole et que ma gorge ne soit plus capable du moindre effort. Jusqu'à ce que plus un seul son ne s'échappe. Jusqu'à ce que mes mains vides s'écorchent l'une contre l'autre. Jusqu'à ce que je m'endorme, assise dans la chambre déserte de mon fils.

– Silence –

Janvier 1920

Père et Mère avaient cru Julie au début. Ils l'avaient soignée, cajolée, rassurée. Ils disaient que tout allait rentrer dans l'ordre, qu'on retrouverait les coupables, qu'on les pendrait. Mais les bavardages enflaient déjà autour de la propriété des Carville. À l'école, la rumeur avait commencé à circuler, lancée par un galopin à un groupe d'élèves, aux professeurs, au directeur, aux autres écoles, à la rue, aux commerces, aux bonnes femmes, à l'église, au maire, puis elle était revenue aux oreilles de Camille Carville, une semaine seulement après les faits, près d'un cageot de fruits trop chers, devant l'épicerie de la rue principale. On avait ri sur son passage. Madame avait baissé les yeux et courbé la nuque jusqu'à ce qu'enfin elle ne fût plus visible pour la cohue de la ville. Les chuchotements que cachaient les mains n'avaient pas été assez discrets et elle avait entendu chaque énormité avec une netteté étonnante. Elle eût préféré disparaître plutôt que d'affronter les mensonges des commères. Camille tenta d'oublier, mais, chaque seconde, les phrases battaient et rebattaient son esprit. À force d'y être rejouées en boucle, celles-ci se substituèrent bientôt à la vérité. Et plutôt que de défendre sa fille unique, Camille Carville se rangea du côté de la masse. Le nombre disait forcément vrai ; les élèves, les professeurs, les commerçants, les bonnes femmes, les prêtres et le maire ne pouvaient pas mentir. Pas ces gens-là.

Nathalie, la domestique, fut la première à remarquer le renflement sous la blouse de la jeune Julie Carville. Les coutures, au demeurant solides, s'écartaient sur les hanches de l'enfant, et ses seins avaient bien du mal à trouver une place dans ce carcan de tissu. Nathalie se tut d'abord, et laissa faire les choses. Elle voulait être sûre de ne pas se tromper. Mais elle ne put que constater la mutation de ce petit corps osseux, de cette poitrine qui n'eut bientôt plus la place de respirer que dans des tenues plus amples, et ce ventre... mon Dieu, ce ventre qui n'en finissait pas de s'arrondir.

Nathalie fit de son mieux pour dissimuler le corps enflé de Julie aux yeux de ses parents, qui n'y virent que du feu pendant quelques mois. Nathalie ignorait même si la pauvre jeune fille était au courant de ce qui prenait toute cette place en elle. Mais, peu à peu, les choses devinrent plus évidentes.

Les premiers malaises eurent lieu un peu avant la fin de l'hiver. Julie défaillit d'abord dans le couloir, près des cuisines. Ses parents remarquèrent à peine l'éraflure sous son menton, tout occupés qu'ils étaient à fixer le fond de leur assiette comme tous les soirs au dîner. Leur fille unique avait été touchée par la disgrâce. Elle s'était laissé faire et ils ne pouvaient s'en accommoder. Chaque repas se déroulait donc dans un silence monacal. Benjamin Carville parcourait consciencieusement chaque article d'un journal qu'il pliait en tous sens pour en ralentir la lecture. Sa femme, Camille, défroissait machinalement les plis inexistants de la nappe, se perdait dans les sculptures délicates du buffet pendant de longues minutes, ou partait en quête de la moindre trace de poussière sur son verre, son lustre ou ses meubles, les yeux plissés, depuis sa chaise en bois. Elle n'adressa rapidement plus la parole qu'aux employés de maison, auxquels elle se contentait de vociférer des ordres contradictoires. Elle hurlait, faisant sursauter toutes les oreilles plus ou moins proches, imposant des tâches et leur contraire, parfois dans la même phrase. Tout pour ne plus parler à Julie. Tout pour feindre l'indifférence face à cette jeune fille à qui elle n'avait pas réussi à inculquer la vertu. Cette fille qui avait déshonoré la famille en souriant au loup.

Voilà pourquoi Nathalie tenta de dissimuler la grossesse de l'adolescente aussi longtemps qu'elle le put. Parce qu'elle ignorait ce qu'ils feraient lorsqu'ils sauraient. Plus le temps filerait sans qu'ils vissent l'évidence, plus la jeune fille déjà amochée profiterait d'un peu de répit.

Le second malaise eut lieu dans la salle de bains, alors que Julie brossait ses longs cheveux devant le grand miroir piqueté par l'humidité, engoncée dans une chemise de nuit bientôt trop petite. Depuis une ou deux semaines, elle percevait enfin ce qui grandissait en elle.

Elle pouvait même le sentir bouger, ce petit serpent qui se faufilait entre ses tripes.

La jeune fille examinait son reflet sans joie, elle ne murmurait jamais aucun mot doux destiné au bébé qu'elle portait. Cette créature la terrifiait ; ce parasite qui grossissait au fond de ses entrailles, elle n'en avait pas voulu, on le lui avait fourré là, au creux des cuisses, de la manière la plus indécente qui fût. Depuis ce terrible incident, ses parents chéris ne lui adressaient plus le moindre regard, ils avaient aujourd'hui moins d'affection pour elle que pour le chien de la famille. Julie observait souvent sa mère tandis qu'elle caressait l'animal pendant de longues minutes, murmurait à l'oreille de la bête, grattait son échine et pleurait, le nez enfoui dans l'encolure de ce vulgaire bâtard. Un bâtard comme celui qui poussait entre ses reins.

Julie voulait s'en débarrasser. Elle souhaitait n'avoir jamais vécu ce jour abject. Elle aurait tout donné pour revenir en arrière. Ne pas prendre ce maudit chemin de terre. Organiser avec Nathalie la fête prévue pour ses treize ans. Boire des citronnades à s'en rendre malade. Vomir pour une autre raison que les mouvements de ce monstre qui gesticulait en elle. Elle voulait à nouveau coller sa tête contre le giron de sa mère, sentir la douceur du tulle contre sa joue. Elle voulait pouvoir croiser le regard de son père sans que celui-ci ne se détourne. Cesser d'entendre les disputes le soir à travers le mur. Ces mots de plus en plus violents que l'oreiller ne suffisait plus à couvrir.

Mais la ville continuait de hurler que la jeune Carville était une traînée. L'adolescente avait forcément provoqué ce qui lui était arrivé. Elle avait emprunté ce chemin de son propre chef et savait ce qu'elle y trouverait. Elle avait souri à ceux qu'elle avait rencontrés et sa robe s'était soulevée sans plus de difficulté. Elle avait offert son corps à dix hommes des champs. Un par un. Des hommes qui ne s'étaient jamais croisés auparavant. Elle les avait interpellés, aguichés, elle s'était collée à leur torse humide. Et tout le monde savait qu'un homme n'était pas conçu pour résister, surtout à une fille comme celle-là. Les lèvres de Julie en demandaient encore lorsqu'elle avait rejoint sa maison ce soir-là. La bouche n'était pas repue. Le soir même, le domestique lui était passé dessus. Le domestique. Celui dont elle chuchotait le nom entre deux cauchemars. *Dominique*. Un mulâtre. La rumeur avait contaminé chaque oreille : Julie Carville avait des pulsions, c'était cela, des pulsions. Et voilà qu'elle aimait sans nul doute se promener nue près des plantations de maïs. Et si vous vous y rendiez la nuit, elle offrait même double ration.

Ceux qui avaient tenté avaient évidemment trouvé porte close, mais ils s'étaient vantés de leurs exploits imaginaires dès le lendemain, auprès d'autres élèves, commerçants, prêtres et commères.

La jeune fille ignorait tout de ce qui pouvait se dire à l'extérieur. Elle n'avait plus de nouvelles de ses camarades de classe, ni de ses amies, ni de personne. On l'avait oubliée au fond de son lit, comme si elle était morte ce jour-là, comme si elle avait cessé d'exister.

Ce soir-là, les pieds tordus sur le marbre froid de la grande salle de bains, Julie fixa son reflet piqueté avec toute la haine que son corps déformé pouvait exhaler.

Ses doigts se crispèrent brusquement sur la brosse de nacre et frappèrent son ventre, d'abord doucement, pour voir, puis de plus en plus fort. Une fois, deux fois, dix fois, jusqu'à ce que la douleur lui donnât le vertige. Elle s'effondra sur le sol, les mains serrées autour des fibres de soie, le visage congestionné, les jambes repliées sous sa chemise de nuit trempée. Le fracas des flacons de verre qu'elle bouscula alerta toute la maisonnée. Nathalie, dans le grenier, Camille dans la salle de musique, et même Benjamin Carville vissé dans le fauteuil du grand salon, chacun accourut à son rythme, peu pressé de découvrir ce que Julie avait encore trouvé pour se faire remarquer.

Benjamin somma sa fille d'ouvrir la porte de la salle de bains. Ce furent les premiers mots qu'il daigna lui adresser en plus de trois mois. Julie, pourtant, ne les entendit pas, affalée, le nez aplati contre la pierre fraîche. Elle n'avait rien verrouillé, seule la lourdeur de son corps entravait le passage. Benjamin Carville poussa de toutes ses forces contre l'obstacle, faisant rouler les membres inertes de sa fille vers la baignoire. Alors, ce que craignait Nathalie arriva, à l'heure du coucher, au moment où le calme était censé affadir toute agitation. La chemise de nuit de Julie, trempée de sueur, laissait apparaître sans le plus petit doute les rondeurs de son anatomie offerte, le coton humide ne dissimulait plus rien de sa nudité ni de ses formes. Madame vacilla et dut se retenir au chambranle pour ne pas s'effondrer de honte. Benjamin ne bougea pas, peut-être cilla-t-il un peu. Nathalie s'affaira. Elle s'agenouilla près du corps immobile de l'adolescente.

Dans les sillons du carrelage, ils virent tous le liquide sombre et visqueux qui s'écoulait en un flux régulier des cuisses blanches jusqu'au seuil. Et Camille Carville dut faire un pas de côté pour éviter que le sang ne tachât ses souliers.

10.

Je n'ai jamais vraiment aimé cette maison. Elle m'a toujours paru différente de toutes les autres. Plus haute et plus étroite, elle semble avoir été coupée en deux, comme amputée de la moitié de ses pièces, comme si on avait décidé de ne jamais la finir vraiment.

Pour y entrer, on emprunte un chemin de dalles grises ternies par les années, au milieu des graviers. Les fenêtres sont closes et aucune vitre n'est brisée. Personne n'a osé pénétrer dans cette satanée baraque. La façade, de plus en plus bombée, menace de s'écrouler à tout instant, et le jardin, quant à lui, s'est garni de nombreuses touffes bien épaisses de chiendent et d'orties, au bon vouloir du temps.

Lorsqu'il vivait encore, mon père passait tout son temps libre dans ce jardin en compagnie de ses fleurs, et ma mère n'a pas vécu un seul jour sans le lui reprocher. Je crois qu'elle haïssait chaque brin d'herbe du lopin.

J'avais quatorze ans lorsque mon père est mort. Le crabe l'a emporté. Ma mère utilisait toujours cette expression, *le crabe. Le crabe a bousillé ma vie. Le crabe a tué ton père. Oui, ma pauvre dame, le crabe.* J'aurais aimé qu'il la tue, elle, ce foutu *crabe*, comme elle disait, qu'il la creuse de l'intérieur, qu'il la vide et qu'elle disparaisse. Mais c'est la gorge de mon père que le cancer a rongée. Des métastases se sont développées dans chaque recoin de son corps. Et comme s'il ne souffrait pas assez, les chirurgiens se sont concertés pour lui faire subir une dernière torture. Ablation du larynx. Je me souviens du trou béant au milieu de sa gorge, comme une balle tirée à bout portant. Une plaie ouverte, sèche et pendante, un orifice sombre qui nous donnait à voir de l'extérieur la maladie qui le pourrissait à l'intérieur. Après la laryngotomie, il n'a plus jamais parlé, il a seulement émis d'immondes râles insupportables. Il ne voulait pas être réduit à éructer dans un filtre le restant de sa vie. Il avait eu son lot d'humiliations.

Dès lors, il s'est exprimé à l'aide d'un carnet à spirale sur lequel il notait tout ce qui lui passait par la tête, de ses envies de viande au costume qu'il souhaitait porter. Tout. Pendant deux ans, il a utilisé pas moins de vingt-sept carnets. À la longue, son écriture s'est altérée et il est devenu de plus en plus difficile de déchiffrer ses mots. Chaque trait, semblable au suivant, n'a finalement plus formé qu'un gribouillis dénué de sens.

Il a abandonné ses fleurs. Depuis son lit, il les a regardées faner, sans pouvoir y faire grand-chose. Le jasmin et les soucis ont succombé les premiers, puis les autres fleurs ont suivi le mouvement, mourant vite pour ne pas avoir à supporter la décadence de cet être cher, le seul qui ait jamais pris soin d'elles.

Puis c'est moi qu'il n'a plus approchée. Ses mains n'avaient plus la force de caresser ma joue ni mon épaule. Je posais ma tête sur son torse abîmé, doucement, sans lui imposer mon poids. Ses doigts tremblaient contre mon dos, s'enlisaient dans mes cheveux, et, lorsque je pensais que la maladie le quittait enfin un peu, la toux le reprenait. Des quintes qui le faisaient crever lentement. Alors je m'éclipsais en pleurant, pour ne pas le regarder sombrer.

Au-dessus du perron, la marquise de verre se fissure. Je m'approche et m'arrête à quelques centimètres de la porte. La clé a toujours été cachée au-dessus de l'embrasure, dans cette fissure jamais comblée. Typique. Je glisse mes doigts dans le sillon, entre les angles invisibles, et sens quelque chose filer sous mon pouce. Un insecte se tortille et parvient enfin à fuir vers des failles plus sombres et plus profondes. Cependant, je ne trouve aucune clé. Juste la chaux tiède et poussiéreuse, infestée d'habitants de toutes sortes.

Machinalement, je saisis la poignée ronde et perçois immédiatement les ravages de la rouille contre ma paume humide. Contre toute attente, l'acier docile m'obéit et le pêne s'écarte.

La porte est ouverte.

Ma mère ne l'a peut-être pas refermée à clé la dernière fois qu'elle a quitté la maison. Je l'ignore et, très franchement, je m'en fiche.

11.

À l'intérieur, tout est noir et silencieux. Mes doigts retrouvent l'interrupteur immédiatement, et ce cliquetis, que je n'avais pas entendu depuis des années, résonne dans la maison vide comme un coup de feu. L'ampoule nue délivre une lumière jaunâtre qui découpe chaque objet en ombres squelettiques. Une ancienne lampe à pétrole, un tas de vieux journaux, une Vierge à l'auréole crasseuse. Des cadres émaillés. Des babioles par centaines. Rien ne semble avoir bougé depuis mon départ. Je jette un œil tout au bout du couloir, là où la lumière a toujours semblé s'arrêter net, comme si elle craignait d'éclairer un peu plus loin. Je m'y engage et trouve enfin un nouvel interrupteur sous mes doigts. La salle de bains.

Dans un panier matelassé, des dizaines de cotons colorés recouverts d'une fine couche grisâtre. Ils n'ont jamais servi à rien. Ma mère ne se maquillait pas, elle trouvait le fard vulgaire. Elle trouvait tout vulgaire.

Je referme la porte derrière moi et, par réflexe, tourne le loquet. Je dépose mon tee-shirt sur le lavabo blanc. Puis mon pantalon et mes sous-vêtements. Je retire la montre de mon poignet et ne regarde pas les arabesques qu'elle dissimulait. Six chiffres entrelacés à l'encre noire, six chiffres toujours cachés sous une veste, un bracelet ou un pansement. La date de naissance de mon fils. Six chiffres que je ne peux plus regarder.

Je saisis les imposants robinets qui surplombent la baignoire et laisse couler l'eau, à fond. Elle est tout juste tiède. Elle embrasse lourdement mes pieds, et le frisson que j'attends depuis des heures remonte enfin le long de mes cuisses. Le jet martèle mon dos et ma main annule d'un tour l'eau chaude. Une vague glaciale saisit soudain mon corps et je plisse les yeux pour en sentir chaque goutte. Ma peau se hérisse et je reste là, la tête inclinée vers l'arrière, le visage offert aux milliers d'épines glaciales qui le transpercent. Mes lèvres s'entrouvrent et l'eau pénètre dans ma bouche, dans ma gorge. Le froid est partout, dehors et dedans.

Je sursaute.

Un claquement vient de me sortir brutalement de mes songes. Mat et bref. L'eau glacée n'a plus d'effet. Mon corps bouillonne à nouveau. Le pommeau crache encore quelques filets avant de s'arrêter totalement.

Plus rien. Le silence, seulement interrompu par le chant singulier des gouttes dodues contre l'émail.

J'enjambe la baignoire. Les serviettes sont toujours rangées au même endroit. J'en noue une autour de mon torse dégoulinant.

Dans le couloir, l'obscurité. Quelques mètres de nuit. Quelqu'un pourrait être caché là, juste devant moi, dans l'angle mort, je ne le verrais même pas.

Comme si je n'avais pas plus de cinq ans, je rejoins la lumière d'un saut peu gracieux. J'attends que quelque chose bouge. Que le monstre me saute à la gorge. J'attends le grognement. Mais aucune créature n'est cachée dans le noir. Il n'y a rien. Seulement moi et mon imagination débordante.

J'ouvre en grand l'une des deux fenêtres du salon. Une légère brise caresse mes épaules. Puis un nouveau bruit me déloge de mes pensées. Je l'avais oublié depuis toutes ces années. Le coassement d'un crapaud résonne dans l'allée. Un, puis deux, puis dix. Et c'est un véritable concerto qui prend la suite, couvrant tout le reste. Juste le vrombissement sourd de tous les amphibiens du quartier, venus taper la causette sur le perron. Je soupire et tire un peu les rideaux. La serviette tombe au sol et je ne la ramasse pas.

Je songe à Reisse, à son regard posé sur moi. En moi.

J'avais vingt-trois ans lorsque j'ai croisé Ian Reisse pour la toute première fois. Amphithéâtre 4. Il ressemblait à une créature immense et fabuleuse, prise au piège d'étudiants endormis. Un monstre tentant vaguement de convaincre une cinquantaine d'adolescents paresseux de rejoindre l'Identité judiciaire.

Quatre heures à servir des bredouilles insondables sur la méthodologie de gestion d'une scène de crime, le protocole d'intervention ou la prise en compte d'une scène d'infraction.

Perdue au dernier rang, je déchiffrais les phrases qui s'échappaient de ses lèvres. Je fronçais les sourcils et prenais quelques notes. Lumières naturelles et artificielles, température, couleur. Tout un charabia artistique, lâché à nos gueules enfarinées de novices. Je me souviens des regards impressionnés posés sur la stature gigantesque du lieutenant.

Au beau milieu de son intervention, alors que la moitié des inscrits s'étaient déjà évaporés, Reisse a tout de même songé à retirer son manteau. Et, alors que nous n'étions plus qu'une quinzaine d'élèves pour la plupart trop polis pour quitter la salle, les images ont commencé à défiler.

Des clichés au grain épais, fruits d'une enquête ancienne, qui se sont étalés un à un sur le nylon abîmé de l'écran.

Nous avons pénétré, flash par flash, dans la cour intérieure d'un immeuble. Un cul-de-sac encombré d'immondices au milieu desquelles nous avons aperçu un corps. Malgré nous, s'est mise en place une étrange partie de Cluedo à balles réelles. La plupart des présents n'avaient jamais vu de macchabée de leur chienne de vie. Ou juste dans les films, quand la pellicule les leur a montrés sous leurs plus beaux atours, la peau blanche, les yeux clos, le sang encore rouge. La mort n'a rien à voir, elle donne aux corps des couleurs insensées, elle ne ferme jamais tout à fait les yeux de ses victimes, et le sang rouge n'est que noir et collant. La mort donne dans le détail, elle ne cherche pas à faire beau, elle fige l'homme dans toute sa plus ridicule simplicité.

Clic.

Le cadavre d'un homme, maigre, pas vraiment sportif, étendu sur les pavés sales. Son torse sans tête. Et du sang, par litres.

Clic (trois étudiants sont partis).

Gros plan sur le bout de plastique jaune placé devant

l'arme du crime. Un pauvre revolver rayé, un objet sans faste, abandonné à plus de trois mètres du corps.

Clic.

Nous avons examiné une inscription gravée sur le côté du canon : *6 mm ME.* Un petit calibre.

Clic.

Nous avons découvert le corps délesté de sa tête. Un pantin désarticulé sur lequel j'ai deviné une fracture de l'avant-bras gauche, et une autre, tibia ou péroné, aucune idée. Je me rappelle avoir été sacrément étonnée qu'un six-millimètres l'ait projeté à terre avec autant de violence.

Clic (cinq étudiants ont quitté la salle).

Ian Reisse nous a expliqué que beaucoup de techniciens s'imposaient un ordre de prises de vue. De haut en bas, de bas en haut, du plan large vers le gros plan, ou l'inverse, peu importait. Chacun fonctionnait à sa guise, mais posséder un rituel permettait selon lui de n'oublier aucun détail. Les chaussures, les jambes, le sexe, le tronc, les bras, le cou. Et la tête. Même lorsque celle-ci était détachée du corps.

Clic.

Inventaire de la victime. Ses chaussons, ses chaussettes élimées, son pantalon retroussé et déchiré au genou droit. Les tatouages sur ses doigts. Comme dans les films, cette fois. Un LOVE et HATE mal encrés sur ses mains pataudes, sauf qu'à ce type-là, il manquait l'auriculaire de la main droite. *Love hat.* Le gars se retrouvait bêtement à aimer les chapeaux. Mais pourquoi pas, après tout.

Clic.

Son visage recouvert d'une fine pellicule brunâtre, une bouche à l'hygiène moyenne entrouverte sur le sol.

Deux incisives cassées. Une mèche claire qui flottait avec légèreté sur son front, balayée au gré du vent, comme si de rien n'était.

Clic.

Grâce à un nouvel angle de vue, nous avons observé l'arrière du crâne orphelin et le trou à l'intérieur. J'entends encore les gémissements de dégoût autour de moi, de ces étudiants qui ne feraient jamais carrière. La grimace de Dandolo, deux rangs plus à droite, et ses yeux qui en voulaient encore.

Une cavité noire et gluante d'environ huit centimètres de diamètre, située près de l'oreille gauche. Un tueur avait enfoncé l'arme dans la bouche de ce pauvre type qui descendait probablement les poubelles. Une querelle de voisinage. Un marché mal honoré. Un dealer mal renseigné. *Pan.* Pas plus compliqué.

Clic. Clic. Clic.

Nous avons ensuite eu droit à des plans plus larges. La cour, l'immeuble, le crépi tagué, la fenêtre ouverte au troisième étage.

Zoom sur la rambarde.

Je me rappelle le flou des arabesques métalliques écaillées et la cordelette attachée aux jointures du garde-fou.

De l'importance de mitrailler une scène de crime. La primauté de la netteté. Gâcher de la pellicule pour ne rien oublier. J'avais intégré le discours de Reisse.

Seconde séquence, à l'intérieur de l'appartement de la victime.

Reisse nous a fait comprendre que chaque détail s'avérait important. Tout devait être listé, répertorié, étiqueté, coté. Rien ne devait échapper aux techniciens.

Un maximum de photos pour ne surtout pas manquer l'essentiel. Tout ce qui pouvait se trouver à proximité des corps importait autant que les corps eux-mêmes.

Clic.

En faisant défiler les clichés, Reisse commentait les angles, les ombres, tout ce qui pouvait permettre de confondre un assassin en figeant le temps. La profondeur de sa voix, je voulais l'entendre encore. Je suis restée. J'ai observé, écouté, noté à tâtons, en silence.

Les flashs nous ont propulsés vers la cuisine, devant des dizaines de boîtes de médicaments rangées scrupuleusement dans le buffet. L'évier plein, et les mouches sales sur les assiettes.

Ian Reisse a commenté les écarts de lumière. Un vocabulaire technique dont je ne saisissais que quelques mots. De longues explications que je faisais mine de comprendre, le regard concentré sur mon crayon qui feignait d'écrire tous ces termes barbares. ISO, focale, obturateur, filtre... J'avais déjà entendu quelques-uns de ces termes dans la bouche de mon père, mais, avec lui aussi, je savais parfois simuler la plus grande attention.

Quelques clichés superflus et le lieutenant a éteint l'appareil. Nous n'avons visionné que cette seule et unique série. Une cinquantaine de clichés issus du même dossier. Aucune explication concernant l'enquête. Une victime anonyme qui le resterait à jamais à nos yeux de pauvres étudiants.

Les autres sont sortis. J'ai tardé à ranger mes affaires, histoire d'être seule avec Reisse. Il fallait que je lui pose une question. Une seule. Lentement, j'ai rejoint la chaire. J'ai attendu qu'il me remarque. Et, lorsqu'il a enfin levé les yeux vers moi, j'ai osé l'interroger. Je lui ai demandé s'il s'agissait vraiment d'une scène de crime. J'ai tenté de ne pas bégayer, sans succès.

« Pardon ?

— S'il n'y a p-pas de meurtre, p-peut-on vraiment parler de scène de crime ? »

Le souvenir de son regard, amusé et intrigué. Ça ne me regardait pas, ça n'avait rien à voir avec l'objet du cours. Pourtant, il a posé ses pattes grossières sur le bureau et m'a laissée prendre la parole, curieux de découvrir les arguments stupides d'une première année.

« Je p-pense que cet homme était malade. Les-les... Les médicaments, d-dans la cuisine, sont censés améliorer les effets secondaires d'une chimiothérapie. »

Temomedac. Des antitumoraux. Mon père avait ingurgité une tonne de ces boîtes. Le regard de Reisse s'est plissé. Il m'a écoutée.

« Continuez.

— Je pense qu'aucun agresseur n'a p-pénétré dans cette cour. »

Le sourire de Ian Reisse, furtif, sur ses lèvres muettes.

« Je p-pense que ce type a fixé la corde à la rambarde du troisième ét-t-tage, puis l'a nouée autour de sa g-g-g, de son cou. Le p-pistolet, près du corps, c'était sans doute le sien. Il a fourré le ca-non dans sa bouche et a tiré. Le poids du corps, et la corde trop fine, l'ont décap-pité. Un mort et pas de meurtrier. »

Reisse m'a toisée une sacrée longue minute.

« C'est un double suicide. P-pas une scène de crime. »

Quelques secondes encore et, l'air satisfait, il a rajusté son pardessus. Il a cessé de me vouvoyer.

« Toi et moi, gamine, on va se revoir. Je te le garantis. »

– Silence –

Janvier 1920

Après que le sang eut été nettoyé et le carrelage récuré, Benjamin et Camille Carville scellèrent leur accord sans vraiment d'hésitation. Leur décision était prise, il n'était plus question d'héberger un être de si peu de vertu tout en professant des valeurs aussi nobles que les leurs. Julie ne méritait certainement pas de vivre avec ses parents. Elle avait pourtant été une enfant sage, et ils ignoraient par quel mauvais sort elle avait pu en arriver là.

La rumeur avait poussé les plus curieux à parcourir la ville et à pénétrer dans la propriété, poignardant le bétail et salissant les murs de goudron et de déjections. Et lorsque le chien avait donné l'alerte, ils avaient amputé la queue de la bête à l'aide de bris de verre. Jamais on ne put mettre la main sur les coupables, et Madame et son chien eurent beaucoup de mal à s'en remettre.

Les formulaires d'inscription furent signés en moins de deux semaines. Le nouveau pensionnat pour jeunes filles accueillerait Julie Carville pour une durée non déterminée. Elle accoucherait là-bas et le bâtard serait confié à qui voudrait bien le prendre. Julie recevrait une éducation stricte et connaîtrait la discipline, notion qu'avaient probablement négligée ses parents jusqu'ici. La jeune fille accepta son sort sans mot dire et n'eut le droit d'emporter aucun autre effet personnel que ses vêtements du jour. Au moment des adieux, Père était absent et Mère se contenta de baisser la tête. Julie espéra un regard ou un geste de la main, mais elle n'obtint rien, le front blanc et lisse ne la salua pas et ne se redressa qu'une fois la voiture trop loin pour que l'on puisse distinguer la moindre expression sur son visage. Julie ne sut jamais ce que sa mère ressentit à cet instant et, les mains posées sur son ventre rond, la jeune fille maudit silencieusement la créature qui avait décidé de survivre entre ses entrailles. Elle se jura de frapper plus fort dès que l'occasion se représenterait.

À son arrivée, Julie constata la simplicité des lieux. Le pensionnat pour jeunes filles Bellevue comptait trois bâtiments de pierre accolés les uns aux autres, construits à la va-vite sur les ruines de l'ancienne église. Elle remarqua l'absence de verdure autour de l'enceinte, remplacée par des graviers grinçants et glissants qui craquaient sous ses chaussures fines.

D'abord, on conduisit Julie jusqu'à son lit, le numéro 24 d'un dortoir de quarante matelas. Sur les draps amidonnés, elle trouva une tenue réglementaire qu'elle dut revêtir immédiatement. Elle enfila un pull de laine bleu qui devait avoir réchauffé bon nombre de pensionnaires avant elle. Julie sentit qu'il était plus large à la taille et comprit qu'on l'avait parquée avec des monstres de la même espèce que la sienne, des dizaines de filles-mères recluses, abandonnées entre ces murs depuis des semaines ou des années, des adolescentes pas encore femmes qui ne pourraient jamais plus prétendre à une vie normale, qui devraient vivre avec leurs péchés ou les dissimuler. Sur son oreiller trop plat, elle vit une bible disposée avec soin, et se dit qu'il s'agissait probablement là du seul livre de chevet auquel elle aurait accès pendant un bon moment. Elle acheva de s'habiller mais l'une de ses chaussettes rechignait à tenir à son mollet et retombait constamment sur sa cheville nue. Elle n'y prêta pas garde, imaginant un instant que Nathalie lui fournirait bientôt une paire neuve.

Les autres l'accueillirent sans effusion, leurs yeux habitués ne la jugèrent pas et elles ne posèrent aucune question. Toutes ici pataugeaient dans le même bain. Les personnalités et les drames du passé disparaissaient sous les uniformes et les coiffures guindés.

Julie s'intégra en quelques jours, sans la moindre difficulté. Les repas étaient mauvais et les journées interminables. Des tâches plus ou moins pénibles leur étaient confiées, selon leur état, leur faciès, leur odeur. Les sœurs évaluaient chacune des pensionnaires. Certaines passaient entre les mailles du filet et se retrouvaient chargées du ramassage des détritus dans la cour. D'autres se voyaient confinées à la cave pour nettoyer des fûts à vin inexploitables ou pour récurer la chaudière. On confia à Julie l'entretien de l'escalier principal. Au bout de trois heures, on la retrouva un étage en contrebas, paille de fer à la main, les genoux couverts de bleus. Elle fut réprimandée alors qu'elle rassemblait encore ses esprits pour bien comprendre ce que l'on était en train de lui expliquer. Elle n'était pas punie pour être tombée pendant sa mission, mais pour avoir sali le bois. Le sang que son nez n'avait pu contenir pendant sa chute avait malheureusement moucheté deux des marches en chêne massif. Il faudrait également penser à faire quelque chose avec cette chaussette, ce n'était pas une tenue correcte pour une jeune fille.

Elle fut sanglée sur son lit durant cinq jours. On ne lui permit de se mouvoir que pour aller manger, uriner ou déféquer, et ce à des horaires précis. Au troisième jour, elle tacha ses draps et fut gratifiée de deux jours supplémentaires. Alors Julie comprit qu'elle ne reverrait jamais Nathalie, ni ses parents, ni cet abruti de chien. Elle ne remettrait jamais les pieds sur le domaine Carville. Elle vieillirait ici, cachée aux yeux de la ville, derrière ces murs honteux.

Elle fit un nouveau malaise dès qu'elle se leva pour rejoindre les autres pensionnaires. Mais, cette fois, elle prit bien soin de coller sa main contre ses narines.

4 022 jours

“I get up in the morning
To the beat of the drum
I get up to this feeling
Keeps me on the run
I get up in the morning
Put my dreams away
I get up
I get up
I get up
Again”

« Je me lève au matin
Au rythme de la batterie
Je me lève avec ce sentiment
Qui me maintient dans la course
Je me lève au matin
Et mets mes rêves de côté
Je me lève
Je me lève
Je me lève
Encore »

Lose Your Soul,
Dead Man’s Bones

12.

Je n'aime pas les lueurs vives du matin, celles qui rendent vos peurs moins visibles. Elles les planquent jusqu'à la nuit tombée, où elles vous abandonnent avec délectation à vos terreurs délaissées.

Quelques minutes pour émerger. Ma sueur sur le cuir du canapé. Je suis dans la maison de ma mère, complètement nue.

Je relève la tête brutalement vers la fenêtre. Les rideaux sont toujours tirés et ne bougent pas d'un millimètre. Je prie pour que personne n'ait eu la curiosité de regarder au travers pendant la nuit. J'imagine déjà les ragots circulant dans la ville. *La fille Baudry est revenue et n'a pas trouvé mieux à faire que de défiler nue comme un ver dans le salon de sa folle de mère.* Chouette.

Je ramasse la serviette laissée au sol et me dirige vers la salle de bains. Mon reflet n'a pas changé et me toise d'un œil torve. Mon front est déjà envahi par les mèches épaisses et collantes, les cernes autour de mes yeux semblent encore plus sombres que la veille, et mes joues plus creusées.

J'ouvre ma valise et y attrape de quoi tenir toute la journée. Une culotte. Un jean. Une chemise. Pas besoin de me faire remarquer. Au fond de mon sac, les reliefs de ce qui reste de mon paquet de cigarettes. Mon pouce roule sur le briquet et la fumée, délicieuse, investit ma gorge. Dernière tige. Je vais devoir me ravitailler rapidement.

Je n'ai bientôt plus qu'un mégot entre les doigts, fumé en moins de trois minutes. Je me dirige vers la cuisine pour glisser le filtre brûlant sous le robinet, histoire de ne pas incendier la maison. Le filet d'eau est tiède, les canalisations bouillonnent déjà. Dehors, le soleil brûle ce qu'il reste du jardin. À certains endroits, la terre émerge à vif au milieu des touffes de mauvaises herbes. La poussière se soulève en fines volutes au-dessus des tonsures, puis retombe quelques centimètres plus loin. L'Apocalypse sur un lopin.

Dans la cuisine, les meubles n'ont pas bougé d'un poil. L'évier en pierre accueille une éponge recroquevillée. Le plan de travail sombre est strié de saillies argentées, perpétrées par les nombreux couteaux de cuisine. Sur la table, la corbeille de fruits est vide. La vie a disparu de cet endroit. Depuis longtemps.

Le frigo.

Le béton coule contre les parois de mon estomac vide et un soupir s'échappe douloureusement de ma gorge étroite. Sur le métal blanc, une photographie de Swan.

Elle a été prise quelques mois avant qu'il ne disparaisse, pendant l'été. Un chapeau de paille cisaille la lumière sur son visage souriant. Sous ses doigts, un dinosaure en plastique auquel il manque une patte. Elle a été prise sur la seconde marche du perron, sous la marquise fissurée.

Alors que la bile sautille pour se frayer un chemin jusqu'à ma gorge, je retire la photo de son support et la jette dans le premier tiroir venu. Je n'ai pas à supporter ça. Je ne veux pas supporter ça.

J'ouvre le réfrigérateur. Il est totalement vide.

13.

Pour oublier son rire, j'ai tenté de comprendre ceux qui avaient cherché à l'effacer. Pour oublier son visage, j'en ai cherché d'autres plus abîmés. Pour oublier la douceur de sa peau, je me suis entourée de corps froids. Et, pour oublier son odeur, j'ai choisi la puanteur de la mort.

Deux ans de technique et de théorie, et j'ai intégré les rangs de Ian Reisse. Nous nous sommes bien entendus dès le départ. Je faisais mon boulot sans jamais déborder. Pas d'avis superflu, pas de mot stérile.

Pour ma première mission, nous avons débarqué à quatre dans un quartier résidentiel. Mon baptême du feu. Mon *tu réussis ou tu dégages*. Une prière brève pour que ma batterie ne flanche pas, et j'ai foncé.

Des pavillons sages et rangés, plantés à égale distance les uns des autres. Un petit jardin carré, des arums, des camélias, du simple. Les riverains nous attendaient, des femmes surtout, pour la plupart encore en robe de chambre. Un chien hargneux dans les bras de l'une, du vide à serrer dans les bras de l'autre. De la curiosité dans tous les yeux avides, qui voulaient voir l'horreur, qui cherchaient des histoires à raconter autour du gigot du dimanche. Entre deux bouchées de haricots verts, placer la terrible nouvelle : *Vous ne devinerez jamais ; on a retrouvé le corps de notre voisine. Oui, la maison bleue* – elles l'étaient toutes, bleues. *Morte depuis une semaine, vous vous rendez compte ? Et c'est moi qui ai donné l'alerte, sinon elle y serait encore*. Cette fierté d'avoir trouvé la victime, d'avoir reniflé le cadavre.

Nous sommes entrés sans difficulté dans le pavillon 2238 et avons tous enfoui nos narines sous nos mains libres. Une véritable infection, *le trou du cul du démon*, comme disait Reisse. Lui seul respirait sans la moindre gêne, il semblait même à l'aise, comme si les odeurs les plus terribles lui servaient de points de repère. Je me suis calmée, et j'ai armé mon appareil, prête à faire feu. Quelques essais dans le salon désert, la table basse, le guéridon, le portrait d'un couple. J'ai supposé que c'étaient eux qui prenaient la pose en tenue guindée pour le grand jour. Sa robe était pleine de froufrous qui grattent, son costume serrait un peu trop à la taille. Mais ils souriaient. Ces deux-là s'aimaient, ça crevait les yeux.

Nous avons inspecté la cuisine l'espace d'une seconde, les placards bien rangés, l'évier impeccable et la fleur – une pivoine – dans son vase sur la toile cirée, lentement étouffée au fil des jours. Rien au rez-de-chaussée. Nous avons grimpé au premier. Trois officiers, deux pompiers et un urgentiste, postés au sommet de l'escalier, à l'étroit dans un couloir mal agencé. À leurs pieds, le cadavre d'une femme. Mme Odile

Bernard, octogénaire délicate, minuscule. Et, près d'elle, ce vieil homme à genoux.

« Il ne veut pas partir. »

Il restait là, prostré, les articulations tendues à la crampe, une main posée sur le poignet de sa douce. J'ai photographié cet homme, sans savoir s'il s'était levé une seule fois depuis la découverte du corps de sa femme. Un peu plus loin, j'ai remarqué le chien, un berger tranquille, la tête en appui sur ses pattes puissantes, les yeux bien ouverts sur son maître. Le chien veillait l'homme. L'homme veillait la femme. La femme était morte.

Le vieux n'avait probablement pas bougé depuis des jours, sa femme au bout de son bras, comme s'il ne voulait pas la laisser partir, ou qu'il attendait qu'elle l'emporte. Mais elle l'avait abandonné là, il n'avait pas fait partie du voyage, elle s'était envolée seule. Alors il patientait, jusqu'à ce que son tour arrive enfin. J'ai su qu'il attendait depuis quatre jours.

Lorsque le lieutenant Reisse a adressé la parole à M. Bernard, les yeux attentifs du vieil homme ont simplement continué à cligner sur le corps de sa femme. J'ai vu les dessins creusés par les larmes, comme deux blessures sur ses joues. Elles avaient coulé, jusqu'à ce que ses yeux soient vides. Jusqu'à ce que le vieux s'assèche complètement.

J'ai pris autant de clichés que possible. Le chien, l'homme et la femme. Une mort naturelle, la *belle mort*, comme on dit. Tu parles. Le dentier de Mme Bernard s'était déchaussé, et ses yeux restaient à fixer le tapis, pas tout à fait ouverts, pas tout à fait fermés. Sa peau s'était rétractée sur ses joues et ses pores devenaient cireux.

Elle pourrissait. Elle imprégnait la moquette, et ses sucs se déverseraient bientôt à l'étage inférieur si personne ne se bougeait. Il fallait séparer le couple.

Je me souviens que le chien s'est mis à grogner lorsque la main de Reisse a effleuré l'épaule du vieil homme.

« Il est temps, mon vieux. »

Un spasme a secoué l'homme, un sursaut de tristesse, de terreur, de colère. Un mélange toxique qui nous a fait frissonner. Il a reniflé et a jeté un dernier regard au visage monstrueux de sa femme. *À bientôt*, il a dit.

Puis il a retiré sa main et s'est levé avec la lenteur d'un homme détruit. Nous sommes tous restés là, immobiles, à le regarder. À regarder le corps de sa femme sur laquelle la main de l'époux meurtri avait reposé des jours durant. Sur le poignet nu et froid, nous avons tous vu l'empreinte carmin, imprimée au fil des jours.

Je suis prêt, vous pouvez m'emmener. Comme s'il était coupable.

Ça crevait les yeux. Ces deux-là s'étaient aimés.

Quelques erreurs de cadrage, mais j'ai passé l'épreuve. J'ai peu à peu fait mon trou, laissé glisser les plaisanteries de mauvais goût, oublié que je n'étais qu'une femme. Une gamine paumée au milieu de la férocité de flics dégoulinant de gras et de testostérone. J'ai encaissé et me suis fondue dans la masse. La meute m'a laissé le champ libre, juste le nécessaire. Je n'empiétais pas sur leur territoire, ils me permettaient de bosser. Ils ne m'ont pas facilité le travail, mais ils m'ont laissée tranquille. Suffisamment pour être efficace.

– Silence –

Avril 1920

La douleur terrassa Julie Carville dès le lever du jour. La jeune fille mit tout d'abord la brûlure sur le compte du régime alimentaire que le pensionnat lui imposait. Ces mets sans odeur ni couleur, qu'elle avalait sans pouvoir y associer le moindre nom.

Mais, à 13 heures, l'incendie rugit de plus belle sous son nombril. Vers 16 heures, elle défaillit au beau milieu du couloir. Sœur Michelle ne l'aperçut qu'une bonne heure plus tard, alors qu'elle cherchait une âme à réprimander. Une aubaine. La robe noire s'approcha sans presser le pas et ordonna à Julie de se lever, parce que, Seigneur, ce n'était pas une posture pour une jeune fille bien éduquée et que l'heure n'était pas aux caprices. Sœur Michelle avait raison, il était bien trop tôt, la chose ne devait pas voir le jour avant deux mois au moins. Julie avait été informée à plusieurs reprises de la date d'accouchement supposée, et cela ne concordait pas. L'adolescente ne put que secouer la tête ; de tout son cœur elle aurait voulu se mettre debout, reprendre le cours de sa journée monotone, mais à cet instant elle ne le pouvait pas. Elle essaya de prendre appui sur les dalles ternes et ses muscles lui firent faux bond : elle était parfaitement incapable de bouger. Le feu qui gagnait maintenant ses reins la clouait au sol et, au moment où elle trouva enfin la force de cambrer la nuque pour supplier sœur Michelle, elle sentit le flot brûlant se déverser entre ses cuisses tremblantes. Sa jupe fut trempée en un instant et les braises chutèrent bientôt pour attaquer son entrejambe. Ses mains tendues à se rompre glissèrent sous l'uniforme réglementaire et plongèrent vers le tison. Les offenses de sœur Michelle ne furent bientôt plus qu'un lointain murmure et Julie ne remarqua même pas son absence lorsque celle-ci se décida enfin à parcourir la distance nécessaire pour alerter ses acolytes.

Elles furent soudain quatre ou cinq autour d'elle, autant de robes noires agenouillées dans la flaque marbrée de sang, autant qui s'affairaient, parlaient, hurlaient, ordonnaient. On souleva son corps raidi pour l'installer sur l'inconfortable lit de camp de l'infirmerie, on examina son intimité, on la nettoya, on changea le linge, on observa encore. Les robes noires n'entendaient pas les supplications de Julie. Elle hurla lorsque ses hanches parurent se briser sous elle. Il n'y avait plus assez de serviettes pour éponger tout ce sang qui semblait jaillir hors de son corps ; on essorait le tissu souillé, on épongeait, on essorait de nouveau. Julie songea à cette biche que Dominique avait égorgée devant ses yeux derrière la propriété lorsqu'elle était plus jeune, aux cris de l'animal qui avaient percé ses tympans et marqué sa mémoire à jamais. Elle avait ri, non pas qu'elle eût trouvé ça drôle, mais pour impressionner le domestique. Le seau en ferraille que l'homme avait placé sous l'entaille s'était rempli en quelques secondes, et ce sirop sombre et visqueux, c'était le même qui coulait hors de ses entrailles aujourd'hui. Elle crut son torse coupé en deux, elle crut sentir les lames entailler ses cuisses, mais aucun outil pourtant ne l'effleura ; les robes noires firent leur possible pour étancher l'hémorragie mais le matelas trop fin semblait désormais saigner à son tour.

L'enfant ne se présentait pas bien. Au lieu de sa tête, ce fut la tendresse d'une cuisse qui apparut en premier. Les robes noires s'affolèrent un peu plus, et pourtant, à mesure que le brouhaha d'ordres et de gestes gauches grandissait, Julie semblait s'apaiser un peu. Elle ne braillait plus. Les sœurs allaient pouvoir agir plus efficacement, elles allaient pouvoir donner vie à cette créature qui, malgré tout, demeurait un fruit du Seigneur, peut-être un peu plus abîmé que les autres, mais elles l'accueilleraient, comme elles l'avaient toujours fait depuis plus d'un siècle qu'existait la confrérie.

Sœur Catherine atteignit l'infirmerie alors qu'une petite jambe inerte et bleuâtre pendait déjà dans le vide. Julie gémit tout juste lorsque la main puissante et habituée pénétra en elle pour aider l'enfant à voir le jour. Les doigts épais accompagnèrent le petit corps jusqu'à ce que ses deux jambes fussent à l'extérieur. Julie laissa échapper un souffle lorsque l'étau compressa son abdomen et fêla deux de ses côtes. Les fluides s'écoulaient à moindre flot lorsque sœur Catherine aperçut enfin le visage de l'enfant. Une petite fille qu'elle tint à bout de bras, inerte, et qui ne pesait guère plus qu'un chiot mouillé. Le cordon fut coupé et la petite gorge exposée trop tôt au grand jour se déploya brutalement, laissant exploser un cri manifeste. On la réchauffa à l'aide de serviettes souillées du sang de sa mère, puis on la sécha dans un torchon blanc et rugueux dans lequel on l'enveloppa et l'on courut lui administrer les premiers soins dans la pouponnière.

Les robes noires se pressèrent autour de Julie, lui tapotèrent le poignet, la secouèrent, puis giflèrent ses joues blêmes. Celles-ci ne rosirent plus sous les impacts. Un corps si frêle n'avait pas été conçu pour supporter une telle épreuve. Julie Carville était morte en hurlant, et pas une oreille ne l'avait écoutée. Son entreprise avait échoué, le bébé était bel et bien vivant, et la bâtarde s'égosillait à pleins poumons.

Quand le premier lange fut épinglé, on observa l'enfant sous toutes ses coutures. La créature minuscule et tremblante se tortillait en tous sens, infiniment vulnérable face aux robes noires inquisitrices qui la touchaient, la pesaient, la piquaient. On nota sans peine la tare qui suivrait cette petite tout au long de sa vie, si toutefois elle avait assez de forces pour survivre. Il n'était pas rare que les nourrissons succombent au pensionnat, le manque de soins et la température terriblement froide qui sévissait quelle que fût la saison emportant les plus faibles. Sœur Michelle paria pour elle que la bâtarde serait de ceux-là, elle ne lui laissait pas deux semaines. Sœur Catherine ne partageait pas ce pronostic, mais elle resta silencieuse elle aussi. Elle contempla cette petite œuvre de Dieu, trop vite sortie du nid et un peu estropiée. Elle caressa la fragilité de sa tête avec délicatesse, et du bout de ses doigts épatés saisit doucement cet étrange pied droit, à jamais coincé dans une position inconcevable, le genou complètement vrillé vers l'intérieur. La petite ne serait jamais capable de marcher.

Sœur Catherine pria pour cette enfant à l'avenir compromis. Personne ne l'adopterait, personne ne l'embrasserait, ne la caresserait. Elle ne devrait compter que sur elle-même. Alors, le bracelet que sœur Catherine scella au fin poignet de l'enfant accrocha un peu de lumière. *Lucie*, le prénom de celle qui avait couru trop tôt vers le jour.

14.

Je n'aime pas la technologie. À mesure qu'elle vous rend moins périssable, elle fragilise vos objets les plus précieux, et casse les plus utiles.

Mon pied s'embrase dès qu'il touche le sol. Dix heures et cette chaleur qui pince déjà ma nuque entre ses doigts secs. J'enfile mon casque et insère la clé dans la Duke. Une blague. Forcément une blague. La Duke ne démarre pas. Rien, pas un ronflement, ni même un souffle. Mettre un pied dans cette baraque était une fichue mauvaise idée, je n'aurais jamais dû rester. J'appelle l'un des garages de la ville. Ils seront sur place d'ici une heure. Plus de moto, plus de clopes. Merveilleux.

Un gosse apathique pédale au beau milieu de la rue déserte, une carte coincée entre les rayons de son vélo rouge.

Midi, ils arrivent et rient lorsque je leur explique ce qui me semble être à l'origine de la panne. Ils embarquent enfin la Duke. Je pourrai la récupérer dans un délai de quarante-huit heures. Je leur demande s'ils sont sérieux.

Oh oui, ma petite dame, ils le sont. Je vais devoir me débrouiller autrement. En train, à cloche-pied, à voile ou sur les mains, s'il le faut. Je soupire et regarde ma monture disparaître au coin de la rue.

Je rejoins Bellevue à pied, les écouteurs au fond des oreilles. Je n'en ai pas eu assez. Je voudrais voir ma mère crever. Les cymbales à l'intérieur de ma tête, comme tous ces coups que je ne lui assénerai jamais. Pas aujourd'hui, peut-être pas. Mais je dois la voir encore, regarder chacun de ses muscles devenir fou, examiner sa peau pâle et moribonde, observer les battements de son cœur et espérer qu'ils cessent sous mes yeux.

Bellevue surgit comme un fantôme au coin de la rue, je soupire et escalade les marches de pierre. Derrière la porte massive, les infirmières n'ont jamais cessé de s'affairer. Leurs sabots suivent tous le même circuit, la même ligne qui souille jour après jour les dalles blanches du damier.

Je ne m'arrête pas à l'accueil et emprunte directement l'escalier, me faufilant entre les timbrés, les suants, les malpropres, les râleurs, les gueulards ; les barges assis, debout, allongés ou perchés ; ceux qui me regardent et ceux qui ne me voient pas.

La cage d'escalier est à peine plus large que les lits qui circulent dans l'enceinte. À croire que ceux-ci ont atterri ici pendant la construction même de la bâtisse.

Au second étage, les murs demeurent plus ou moins silencieux, quelques ronflements lointains, des pages qui tournent, et quelques téléviseurs allumés sur une seule et unique chaîne.

La porte de la 237 est entrouverte de quelques centimètres. Il y a du mouvement, là, derrière. La voix d'une jeune femme postée derrière la porte.

Ma mère est assise dans le fauteuil près du lit. Sous le similicuir, la mousse s'émiette et les chaussons usés frôlent le petit tas jaunâtre qui s'est formé sous le siège.

« Allez, madame Baudry, un petit effort. »

Autour de son cou, une serviette est attachée qui repose sur sa poitrine tombante. Son regard ne vise rien de particulier, ses yeux sont vaguement ouverts, mais elle n'a pas l'air d'avoir conscience du monde qui l'entoure. Au coin de ses lèvres, une goutte épaisse. De la compote. Sa main gauche tremble un peu sur sa cuisse, tandis que la droite pend mollement dans le vide. Un légume. Un foutu légume auquel on donne la becquée.

L'infirmière me sourit. Ses doigts, guidés par l'habitude, vont du pot à la bouche de ma mère, dans une sorte de mouvement perpétuel dénué de sens. Pot. Bouche. Pot. Sourire contrit. Bouche.

Elle ne s'étonne pas de ma présence dans la chambre. Il y a même un zeste acide de pitié dans son expression.

« Vous voulez essayer ? »

Je reste un instant interdite. Essayer quoi ? De faire manger ma mère comme je nourrirais un putain de clebs ? La regarder dans les yeux et me surprendre à croire qu'elle pourrait encore sortir de sa torpeur et me reconnaître ? Lui pardonner ce qu'elle a fait ?

Je hoche la tête.

« Je vais m'ab-stenir.

— Approchez-vous. »

L'invitation ressemble plus largement à un ordre. Elle m'offre sa place, me tend la compote et la cuillère.

Je serre les lèvres, comme une vraie gamine contrariée, mais appliquée.

Pot. Bouche. Pot. Bouche. Ce n'est peut-être pas si difficile, après tout.

La main suspendue en l'air, j'attends que la lionne ouvre la gueule. Mais elle ne semble pas décidée. Je reste figée un instant, attendant la stupide délivrance.

L'infirmière plisse légèrement le front.

« Vous êtes de la famille ? Je croyais qu'elle n'avait personne.

— Je suis sa fille. »

Comme par magie, les lèvres du fauve hésitent puis s'entrouvrent un peu, laissant tout juste l'espace nécessaire à ma cuillère pour se frayer un chemin jusqu'aux gencives lisses et nues, dépourvues de canines. J'évite les dents branlantes et dépose le contenu de la cuillère sur la langue râpeuse de la bête.

Mon cœur bat plus vite.

« Peut-être qu'elle vous a reconnue. Ça arrive de temps en temps. Ce sont des moments précieux... Gardez-les à l'esprit. »

Bien entendu. Le pot, le bavoir et l'œil vide. Je conserve le tout.

Je recommence et, cette fois-ci, ses lèvres réagissent tout de suite.

« Vous voyez. »

Elle tousse un peu et ouvre à nouveau la gueule. Deux bouchées, puis trois. J'ai l'impression d'être entrée dans la cage et d'avoir pris le pouvoir.

Je me laisse enfin aller à croiser son regard, mais celui-ci n'est plus tout à fait vide. Il s'est fixé et je suis le point de mire. Elle me scrute sans ciller et ses yeux couleur d'ardoise m'intimident brutalement. Soudain, je peux entendre les efforts qu'elle produit. Sa nuque se cambre sèchement, son cou se raidit et le tir part. Elle me crache au visage. Elle n'a rien avalé de ce que je lui ai donné. Elle a pris son temps, elle a rassemblé toutes ses forces dans cet unique but. Mon col est trempé de pomme et de salive.

L'infirmière restée muette reprend les choses en main.

« Ne vous inquiétez pas, cela arrive tout le temps. Elle veut simplement vous faire comprendre qu'elle est encore présente. »

Je me lève et pose le pot sur le plateau. Dans le minuscule cabinet de toilette, je laisse couler le robinet à fond. Pour masquer le silence de la chambre, et pour ravaler le bruit des spasmes coincés à l'intérieur de ma gorge. Mes mains me brûlent, je les plonge sous l'eau comme si cela pouvait changer quelque chose. J'asperge mon visage. Dans le miroir, les yeux de mon reflet sont rougis par la honte. J'aimerais m'enfermer pendant des heures dans cette salle d'eau où on ne loge que debout, hurler des insanités à celle qui vient de me vomir sa foutue compote en pleine gueule. Et m'enfuir d'ici. Vite fait, bien fait.

Je le savais. Quelle idiote je fais.

Lorsque je sors, l'infirmière murmure que ce n'est rien, que cela se passera forcément mieux la prochaine fois. Qu'il ne faut pas lui en vouloir. Bla. Bla. Bla.

Je veux partir, aller crever sous le soleil de plomb, fumer, scotcher mes écouteurs contre mes tympans, mettre le son si fort que ma tête se mettra à vibrer. Et dégager d'ici. Comme je l'ai toujours fait.

En refermant la porte derrière moi, je m'aperçois que les yeux de ma mère ont regagné le néant. Ils ne cillent plus devant les gestes saccadés de l'infirmière.

Pourtant, sa bouche est encore ouverte. Ses lèvres réclament la nourriture qu'elle n'a pas voulu ingurgiter. Elle ressemble à un poisson en train de suffoquer. Un poisson qui crève la dalle.

– Silence –

Août 1926

En un temps record, la petite Lucie contrecarra presque tous les pronostics établis en sa défaveur. Non seulement elle survécut, mais elle donna de la voix et du fil à retordre aux robes noires ; elle fut rapidement plus vivace et plus solide que n'importe quel autre enfant qu'on pût croiser dans la pouponnière. Elle rampa, mangea et parla plus vite que ses camarades. Chaque jour marqua une nouvelle victoire, un nouveau mot, des cris de plus en plus maîtrisés, un babillage qui se transforma rapidement en phrases sensées. L'apprentissage de la marche, en revanche, fut plus laborieux, mais lorsqu'elle eut trois ans, à l'aide de plusieurs outils en ferraille et à force de longues heures de torture, elle parvint enfin à dompter sa patte brisée. Pas une seule des sœurs n'aurait misé le plus petit espoir sur sa jambe déformée, et pourtant, voilà qu'aujourd'hui, gazouillant à tout va, elle les faisait mentir. Elle gambadait dans les couloirs du couvent à toute heure du jour et de la nuit. Parfois introuvable, elle surgissait lorsqu'on ne la cherchait plus, le nez maculé de terre et le sourire aux lèvres.

À quatre ans, elle connut la première punition d'une liste interminable. L'unique moyen qu'avaient trouvé les sœurs pour la faire se tenir tranquille. Elles obligeaient Lucie à s'agenouiller durant des heures sur une règle d'acier aux angles obtus, jusqu'à ce que ses jambes se mettent à trembler si fort que la règle vibrait contre les tomettes. La peau de Lucie fut rapidement couverte d'hématomes, la douleur qui brûlait ses tibias la réveillait souvent au beau milieu de la nuit, mais elle n'émettait jamais la moindre plainte, habituée à cette sensation qu'elle expérimentait depuis qu'elle avait été mise au monde.

À six ans, elle sut lire mieux que tous ceux qui partageaient sa classe. Cette Bible que sa mère n'eut que le temps de feuilleter, elle l'apprit presque par cœur, et à sept ans elle récitait les psaumes sans hésiter, jonglant d'Évangile en Évangile : Dieu s'exprimait par sa bouche chaque fois qu'elle entrouvrait les lèvres. Lucie représenta même le pensionnat lors d'une intervention à la fête du village. La procession s'était rendue sur la place principale et la petite fille étonna la plèbe par son aisance. Certaines têtes s'inclinèrent sur le côté lorsqu'elle reprit sa place parmi les autres pensionnaires. *La pauvre petite est bien amochée, et pourtant regardez comme elle est gracieuse, oh, la vie est cruelle parfois, oui, ma bonne amie, bien cruelle.*

Assis en retrait, un couple lorgna d'un air grave le visage souriant de la petite Lucie. Eux n'avaient pas le cœur à éprouver quelque pitié que ce fût. Ils avaient fait une croix sur leur seule et unique fille quelques années auparavant.

Ce jour-là, ils eurent beau chercher parmi les filles, inspecter chaque visage, ils ne virent pas cette enfant qu'ils avaient reniée. Elle ne semblait pas faire partie de la procession ; ils quittèrent donc les lieux en s'épaulant tant bien que mal avec, murée au fond d'eux, l'intime conviction qu'ils ne la reverraient jamais plus.

15.

Je n'aime pas les voix des fous. Elles frôlent votre peau, elles sont crasseuses. Et tout le savon du monde ne vous en débarrasse pas.

Au moment même où je m'enfuis en piétinant le faux gazon de Bellevue, les cordes hurlent déjà à la mort au fond de mon oreille gauche. Je force mon corps à avancer et songe au frigo vide.

L'épicerie est toujours là, avec ses étals trop garnis qui pourrissent au soleil et le parfum des fruits mûrs qui s'empare de mes narines alors que je n'ai pas encore traversé la rue. Les fraises. Leur odeur parfaite. Leurs graines que j'imagine craquer entre mes dents. J'en vole deux, que j'avale avant d'entrer.

À l'intérieur, les rayonnages n'ont pas changé depuis trente ans. Les allées semblent simplement plus étroites. Je reste plusieurs minutes dans la fraîcheur des grands réfrigérateurs. Le contact fugace du verre givré m'électrise jusqu'à ce que le regard insistant d'un employé aux bras chargés de bières mexicaines se pose sur mon épaule. Je le décharge d'un pack bon marché et m'éloigne à regret, laissant l'étudiant au visage rongé par la puberté ranger ses bouteilles.

Derrière le comptoir, une adolescente mâche un chewing-gum jaune canari d'une façon plutôt vulgaire. Sa bouche épaisse reste constamment ouverte sur une mâchoire un peu trop proéminente. On doit l'affubler de tout un tas de surnoms plus ou moins cruels depuis que ses premières dents de lait ont poussé. Une bulle explose juste sous son nez et sa langue balaie grossièrement ses lèvres.

Je désigne une marque de cigarettes derrière elle et lui en réclame six paquets.

« Ce sera tout ? »

J'acquiesce, lui tends deux billets bien froissés et la laisse faire le calcul.

Sur mon mollet, une pression. Je n'y prête pas d'attention particulière et avance un peu. Une petite vieille me colle au train pour que j'accélère le mouvement. Tu rêves, cocotte.

C'est un jeu débile qui commence, moi qui recule pour m'imposer un peu, et l'autre qui ne bouge pas, têtue comme une mule.

Je me fige en attendant que le gros lapin me rende ma monnaie. Elle jette un regard par-dessus mon épaule et dévoile un énorme sourire qui se veut probablement aimable.

Ce n'est donc pas une petite vieille qui s'agite dans mon dos. C'est un homme.

La caissière, visiblement troublée, se trompe et recommence ses comptes, puis me rend trois pièces de trop.

Je ne dis rien et me dirige vers la sortie, à nouveau invisible.

Sa voix se met à roucouler dans mon dos.

« Bonjour, monsieur Carras. Qu'est-ce que je peux faire pour vous aujourd'hui ? »

Nans Carras.

Mes pieds collent au vieux lino. Cette ville est vraiment petite. Foutrement minuscule.

« Bonjour, ma jolie, donne-moi une cartouche de mentholées, tu seras gentille. »

Je pourrais me défiler, partir comme si je n'avais jamais entendu l'adolescente prononcer ce nom avec un léger cheveu sur la langue. Mais je l'ai parfaitement bien compris. *Carras*. Celui qui m'a harcelée pendant des mois après la disparition de Swan, persuadé que je savais quelque chose. Il m'a espionnée, soupçonnée, a fouillé mes poubelles et trié mes foutues épluchures. Cet enfoiré de journaliste.

Et le voilà, ce satané pisse-copie, ses yeux armés sur mes fesses, en train de faire mumuse avec son panier pour entamer la conversation.

Il taquine encore la tour d'ivoire et son chewing-gum canari durant quelques instants puis range son butin. Elle rit bêtement à l'une de ses blagues idiotes alors qu'il passe déjà la porte. Il s'apprête à chausser ses lunettes de soleil lorsqu'il m'aperçoit au coin des étals.

« Je savais qu'une belle touriste comme vous ne... »

Il ne finit pas sa phrase. Ses lunettes pendent au bout de sa main.

« Putain. La fille prodigue est de retour. »

Un rictus sur ses lèvres. Il me dégoûte.

« Je savais que tu reviendrais, Iris. »

Il fourre une cigarette au coin de sa bouche et tourne les talons.

« Je savais que tu reviendrais. »

La sueur bouillonne à nouveau entre mes reins, à la manière de ces premières pluies qui soulèvent la poussière des trottoirs crasseux. Je crois que je pourrais tuer pour prendre une douche. Sentir un filet d'eau fraîche sur mon visage, mes épaules ; frissonner, juste une seconde. Me coucher dans des draps propres, et dormir. Dormir aussi longtemps que possible. Jusqu'à ce que l'on crie derrière ma porte. Jusqu'à ce que l'on force l'entrée et que l'on vienne me chercher au fond de mon lit, nue, dans mes draps immaculés.

J'aperçois le visage de Carras alors qu'il disparaît au coin de la rue. Il est effroyablement radieux.

16.

Un voile scintillant recouvre la ville ; les panneaux de signalisation semblent précieux et les grilles d'égout moins sales.

J'essuie mes yeux et souffle bruyamment pour reprendre mes esprits. Plus je déambule sur les avenues, plus les promeneurs se font rares. Au bout de cinq minutes, je me retrouve complètement seule au milieu du silence. Pas un bruit. Rien. Juste le goudron dont les bulles crèvent mollement sous mes pieds.

Et tout près, aigu, rythmique, ce rire qui explose. J'ai beau regarder alentour, observer chaque ruelle, chaque recoin, tout est vide.

Puis, de nouveau, je l'entends. Le rire d'une adolescente, seize, peut-être dix-sept ans, pas plus. L'éclat est spontané, chargé d'insouciance, sincère. Une vingtaine de mètres plus loin, je découvre enfin la coupable – les coupables. Trois garçons et une fille. C'est elle qui a ri. Une blonde, maigrichonne, les cheveux en bataille relevés par un simple crayon rouge. Son expression change dès qu'elle sent ma présence. Elle baisse la tête. C'est la seule, les autres continuent de m'observer. Aucun ne parle, aucun ne bouge. Ils me regardent, patients, curieux. Ils pourraient se mettre à aboyer là, maintenant, sans que cela ne paraisse vraiment étrange. Simplement pour me terroriser, moi, la touriste. Juste pour rire.

La blonde ne relève pas la tête et la pointe de son pied droit se tortille sur le macadam suant. Je me dis que je devrais l'imiter, passer mon chemin et me faire discrète, regarder les pavés et marcher sans provoquer quiconque. Mais je ne peux m'empêcher de soutenir leur regard. Leur paralysie soudaine me fascine. L'un est brun, l'autre roux. Leurs âges sont différents mais leur allure est la même en tout point. Cependant, quelque chose me gêne dans leur posture, mais j'ai beau chercher, je ne trouve pas.

Arrivée à leur hauteur, je n'ai plus qu'une envie : fuir. Pourtant, ils n'esquissent pas le moindre mouvement. Ils me fixent, c'est tout. Ils me dévisagent comme si j'étais la plus curieuse des bêtes de foire.

J'accélère alors qu'ils se retournent déjà sur mon passage. Je ne cours pas et pourtant j'en meurs d'envie. J'ai peur. Une trouille profonde, infondée. Déclenchée par quatre pauvres gamins en rade. J'ai peur qu'ils ne me suivent. J'ai peur qu'ils ne me touchent, qu'ils ne me reniflent. Qu'ils ne me fassent mal.

Avant de regagner une rue un peu plus fréquentée, je leur jette un dernier coup d'œil. Ils sont tous tournés vers moi. La blonde aussi. Dans sa gorge, un rire étouffé se sent prisonnier. Dès l'instant où ils sont enfin hors de portée, j'entends l'adolescente pouffer. Un caquètement aigu et idiot que les rues étouffent rapidement.

Au bout de la route, la maison de ma mère apparaît enfin. Ma maison. Son architecture étrange, ses murs hauts et ses trois tuiles manquantes au-dessus du coude de la gouttière.

J'aperçois un homme dans le jardin voisin. Brun, la quarantaine, plutôt séduisant. Il a probablement emménagé ici après que je suis partie. Nous nous saluons vaguement. Je n'ouvre pas la bouche. J'ai conservé ce fichu réflexe de ne pas adresser la parole aux inconnus. À trente-quatre ans bien tapés, je joue encore à la petite fille timide, tout cela à cause d'une bête règle instaurée par ma mère. Une lubie, imposée à une gamine déjà asociale. Selon elle, j'aurais connu les pires tortures si j'avais eu le malheur de prononcer le moindre petit mot à un étranger. Elle-même qui restait muette dès que l'on se retrouvait dehors, comme si elle ne voulait rien avoir à faire avec le monde extérieur. Comme si rien n'était jamais assez bien pour elle.

J'aimerais pourtant dire bonjour à cet homme. Lui expliquer les raisons de ma présence ici pour effacer son air suspicieux. Lui parler du temps. Me plaindre de la chaleur en tripotant machinalement mon sac. L'inviter à prendre un verre. Mais je n'en fais rien, je m'enferme à double tour dans ces murs qui ne sont plus les miens. Pourtant, avant que cet homme ne soit définitivement happé par la lumière extérieure, un détail attire mon œil sur ses poignets. Des boutons de manchettes réfléchissent la lumière et m'aveuglent par intermittence. Ces petits cercles de métal qui ferment sa chemise blanche et impeccable singent le morse, envoyant des messages codés dans le vide. Je plisse les yeux un instant.

Des manches longues. Voilà ce qui clochait.

Par plus de trente-cinq degrés, les adolescents portaient tous des manches longues.

– Silence –

Août 1936

Lucie ne connaissait pas la date de son anniversaire. On ne fêtait pas ces choses-là à Bellevue. L'on n'offrait pas tant d'importance à ces petites âmes déchues, on les considérait simplement comme des chiots à céder aux maîtres les plus offrants. Et encore, il était indéniable que des chiots obtenaient parfois plus de considération que ces filles. Ici, on faisait taire les aboiements des pensionnaires les plus agitées, on corrigeait le museau des moins affables. On tentait de les mettre en valeur ; on les apprêtait, on dissimulait leurs tares à force de maquillage pour les plus pâles, ou de corsets pour les plus grasses. Lorsque les familles fortunées et stériles venaient en pèlerinage au sein de l'établissement, les garçons trouvaient à coup sûr de nouveaux parents, et les bâtardes les plus jeunes partaient ensuite. Leur petit corps fragile donnait aux couples infertiles de nouveaux sujets de conversation. Grâce à ces êtres frêles, façonnés au martinet des soutanes, leurs maisons devenaient moins silencieuses et plus supportables. La joie, alors, reparaissait.

Les filles étaient disciplinées et ne causaient généralement pas de problème. Elles faisaient les yeux doux aux familles qui leur rendaient visite. Certaines auraient même tout fait pour quitter Bellevue. Quitte à trouver pire ailleurs.

Quelques-unes, pourtant, pleuraient en silence au moment d'abandonner l'enceinte. Durant leurs sept ou huit ans d'existence, celles qui n'avaient connu que ces murs étaient terrorisées à l'idée de quitter ces lieux. On en retrouvait parfois certaines recroquevillées dans un coin de la cave de leur nouveau foyer, blotties dans le foin des étables, ou bien accroupies sous les ateliers des maîtres, dans le noir, les mains et le visage couverts de poussière, rassurées par l'obscurité et les odeurs piquantes de la promiscuité. Leur esprit semblait ne jamais vraiment quitter le cachot où il avait grandi. D'autres cependant n'avaient pas même la chance de goûter cette angoisse. Celles-là ne partiraient jamais.

D'un œil distrait, Lucie regarda ces deux enfants sur le départ, à peine en âge de gazouiller, secoués par cette femme qu'ils devraient appeler *maman* dès que leur langue leur permettrait de le faire, elle qui les portait déjà à bout de bras comme deux bagages à main encombrants.

La jeune fille haussa les sourcils et délaissa la pittoresque scène pour rejoindre la blanchisserie. Lucie ne participait plus aux journées de présentation depuis quelque temps déjà. Et, dès que de nouveaux couples franchissaient le seuil, elle était écartée, confinée ici, claudiquant entre les machines brûlantes, gommée tout entière, jusqu'à son souffle, par les vapeurs des fers.

Malgré la sueur qui la détrempait chaque jour, elle continuait de laver, de battre et de repasser. Elle reprisait, frottait, séchait. Les tuniques trouées, les culottes, les robes tachées, les draps auréolés d'urine, les taies d'oreillers, les couvertures bourrées de punaises de lit. Des tonnes de coton, de laine, des montagnes de tissus qui n'en finissaient pas de grimper jusqu'à presque atteindre le plafond de la pièce surchauffée.

Minuscule canard seul et boiteux au milieu des monts de linge sale, elle ignorait qu'aujourd'hui sonnait sa seizième année.

17.

Je n'aime pas le souffle des fantômes. Souvent prisonniers des murs que je visite, ils caressent mes épaules. Ils m'invitent à rester. Ils tirent sur mes manches et mendient mon temps.

Dans la maison de ma mère, mes doigts collent à la rampe alors que je gravis quelques marches. Le bois craque sous mes pieds nus, tiède et doux comme une peau tannée par le soleil. La sueur qui lèche mes reins m'indique un léger changement de température. Trois ou quatre degrés supplémentaires m'accueillent à l'étage, où quelques vieux tapis enchevêtrés servent de guides.

Au bout du couloir, la chambre de ma mère. La plus grande. Même derrière la porte fermée, je peux imaginer la disposition des meubles, de son lit, de l'édredon un peu trop lourd, de son vieux fauteuil rose à pampilles et de la commode marquetée.

En face, la chambre de mon père devenue la chambre de mon fils, devenue la chambre vide. Les draps n'ont probablement pas été changés depuis de longues années, et le matelas porte encore le poids des deux seuls hommes que j'ai aimés.

Puis ma propre chambre. La plus étroite, la plus biscornue. Impossible d'y loger une simple armoire sans que celle-ci ne bute sur un angle ou contre le plafond. Ma mère a certainement vidé la pièce après mon départ. Elle aura vendu mes meubles pour faire de la place, pour me remplacer par une bibliothèque, un atelier de couture ou une buanderie.

Mais je me trompe sur toute la ligne. Derrière la porte, rien n'a bougé, tout est à sa place, au millimètre près. Mes posters recouvrent encore les murs et mes photographies se recroquevillent sur la table de chevet. Je souffle sur la fine couche de poussière qui les rend floues et nous apparaissons plus nettes, Lauren et moi. Lauren, ma meilleure amie à l'époque, la seule en fait. Sur un cliché racorni, nous sommes maquillées à outrance. Les cheveux longs, emmêlés. Elle a dix-sept ans, moi tout juste seize. Mes dents sont blanches et j'ai l'air de les montrer toutes. Je suis heureuse, torchée, et enceinte.

À ce moment précis, je l'ignore encore. Ces traits insolents et ces fossettes insouciantes m'ont définitivement quittée quelques semaines plus tard, noyés dans un petit tas de vomissure craché discrètement derrière la porte du garage après les cours.

En guise de félicitations, j'ai reçu la gifle la plus douloureuse de ma vie. Sous les doigts de ma mère, ma lèvre s'est fendue – quelques gouttes de sang qui sont allées tacher la moquette, tout près de la table de chevet triangulaire. Elles sont toujours là. Trois petites taches indélébiles et parfaitement rondes.

Ma mère pensait savoir ce que j'étais. Une foutue *Marie-couche-toi-là*. Elle serait ravie de savoir que je n'ai plus couché avec le moindre type depuis plus de dix-sept ans. Pas un seul. Aussi sèche que les dunes.

Le dernier, un forain, un acrobate dresseur de chevaux. Je me souviens de sa troupe qui avait élu domicile près de la rivière, en contrebas de la ville. Lorsque j'avais vu cet homme, debout sur sa monture, les pieds joints et les muscles saillants, je l'avais trouvé grandiose, j'en suis tombée amoureuse instantanément. Je suis revenue voir la troupe chaque soir pendant une semaine. Je l'admirais, lui qui parlait à ses bêtes, les guidait, les aimait. Il m'a remarquée et le reste s'est fait comme ça, sans qu'on y réfléchisse vraiment l'un et l'autre. Le temps d'une nuit, il m'a considérée comme personne jamais ne l'avait fait. Il a contemplé mon corps inachevé, il a effleuré ma peau, mes mains, mon ventre. Je ne connaissais pas son nom, ni lui le mien. Il est reparti le lendemain avec toute sa ménagerie, ne laissant que ce souvenir entre mes cuisses et cette petite chose au fond de mes entrailles.

La dernière photographie est un plan large de mon père, à la plage. Les poings serrés sur les hanches, il se tient droit. Fort. Indestructible. J'essaie péniblement de me tenir debout près de lui, les jambes prisonnières de minuscules vagues. J'ai cinq ans et déjà une lourde tignasse brune, tirée en tous sens par le vent. Je le regarde, l'imite, l'admire. L'objectif a coupé mon visage, comme si je ne devais pas apparaître. Comme si je gâchais la pellicule.

18.

À mon oreille, trois sonneries. J'ai composé son numéro sans réfléchir. Elle ne répondra pas, elle n'habite probablement plus ici. Elle est forcément partie, comme tous les autres. Messagerie. Je prends une goulée d'air. Faire concis, et compréhensible.

« Lauren, je-je... Bon. Si ce répondeur appartient encore à Lauren Gissinger, qu'elle me rappelle. Je... C'est Iris. M-merci. »

Je n'ai jamais su laisser quelque message que ce soit, c'est tellement inutile.

En bas, la porte d'entrée claque violemment.

Un courant d'air. Ça ne peut être que ça. J'y crois dur comme fer, et pourtant ma main s'est agrippée au jeté de lit. Les vieilles lattes de bois se mettent à gémir sous mon poids. *Crac*. Grimace convexe. *Crac*. Grimace concave.

Des pas au rez-de-chaussée. *Un. Deux. Trois. Quatre*. Ils atteignent la cuisine. *Un. Deux. Trois*. Ils reculent vers le salon. Des semelles plates qui amortissent les chocs d'une démarche franche. Des chaussures pour vieux. Ou bien des baskets. Blanches. Neuves.

Les ados. Ces saletés de gamins m'ont suivie jusqu'ici.

Si j'avance de quelques mètres, je pourrai les voir. Mais je ne bouge pas. J'attends, coincée entre deux portes, priant pour qu'aucun d'eux n'ait la bonne idée de monter à l'étage. *Un pas. Deux. Trois. Quatre. Cinq.* Une seule paire de chaussures au bout de deux jambes décidées. Ma hanche se décale, simple oscillation, et le plancher grince à nouveau. Les semelles se sont figées. On m'a entendue.

Ça.

Ça m'a entendue.

Je recule brutalement. *Crac*. Grimace obtuse. Les pas se rapprochent et entament les premières marches. Je ferme la porte et recule jusqu'à presser mon dos contre le vieux mur décharné. Le papier peint dégage la même odeur de moisissure que les vieux livres de la bibliothèque du salon. Des classiques. Je les ai tous lus.

Ça frappe. Trois fois. Trois coups secs et bien sonores qui me font chacun sursauter. Contre ma peau, à quelques centimètres de mon omoplate, je sens un relief, une imperfection ancrée dans le béton. Une vis. Un trou.

Derrière la porte, ça hurle.

« Vous allez sortir d'ici ! Vous n'avez rien à fiche dans cette maison ! Foutez-moi le camp d'ici ! »

Une grosse femme entre comme un boulet de canon dans la pièce. Elle braille et m'examine de haut en bas.

« Déguerpissez d'ici, ou j'appelle la police. C'est compris ? »

La graisse sous son bras ballotte doucement alors qu'elle essaie de me chasser comme un vulgaire nuisible.

« Je-j'habite ici. Je suis la fille de M-Mme Baudry. »

Son visage furieux se métamorphose. Ses yeux s'écarquillent et me dévisagent d'une façon presque dérangeante. Le front de la matrone se déplisse comme par magie. Alors je la reconnais.

« Jackie... ? »

Elle m'examine sans parler et sa main s'approche de ma joue, qu'elle caresse avec douceur. Jackie Philco. Voisine et confidente de ma mère. Et, au passage, peut-être la seule femme qui ait jamais su susciter mon intérêt.

« Iris ? Tu es revenue... »

La main a glissé sur ma nuque et elle me serre soudain contre elle, contre sa poitrine fleurie, contre son visage humide et rebondi. Le miel recouvre la rudesse de sa voix.

« C'est extraordinaire... La petite Iris est de retour... »

19.

Alors que nous descendons ensemble l'escalier, je ne peux détacher mon regard de ses énormes mollets qui s'échappent à un rythme irrégulier de la courte fente à l'arrière de sa jupe. Sa peau est tendue, luisante, pleine de vie.

Je me concentre sur la rampe de bois sombre, rigide et tortueuse. Moins embarrassante. Jackie Philco se tourne vers moi.

« J'essaie de veiller à ce que personne ne pénètre ici pendant l'absence de ta mère. Je m'amuse à jouer les gardiens, si on veut.

— P-pourquoi ? On a déjà tenté de lui voler quelque chose ?

— Tu es rentrée sans clé, n'est-ce pas ? Si tu l'as fait, tout le monde peut le faire. Je ne parviens pas à remettre la main sur ce maudit trousseau. Pas plus tard que mardi dernier, j'ai trouvé deux gamins en train de forniquer sur le buffet de ta pauvre mère. J'ai dû les déloger à coups de balai. »

J'imagine que, pour ces deux-là, l'expérience n'a pas dû être probante. Je les vois d'ici courir en tous sens pour tenter de lui échapper.

Nous atteignons le hall et je coupe le silence avec maladresse.

« Qu'est-ce qui s'est p-passé ? Avec ma mère, je veux dire. Qu'est-ce qu'elle fait à B-Bellevue ?

— Eh bien, disons que, depuis quelque temps, Diane avait beaucoup de mal à se rappeler certains détails. Elle oubliait mon prénom, ou bien l'heure de nos rendez-vous, de petites choses sans grande importance. Et puis ces petites choses sont devenues de plus en plus gênantes. Elle oubliait de manger, ou bien elle prenait deux repas à quelques heures d'intervalle. Elle ne se coiffait qu'une seule partie de la tête, la gauche le plus souvent. Elle oubliait de mettre ses chaussures avant de sortir en ville. Elle... »

La voix de Jackie Philco tremble un peu. Lorsque nous arrivons dans la cuisine, je l'invite à s'asseoir près de la fenêtre. Je ne fais qu'effleurer la chaise qui lui fait face.

De l'eau. Du thé. Deux tasses. Rien de compliqué.

« Il pouvait lui arriver quelque chose à chaque seconde. Elle aurait pu oublier d'éteindre le gaz. Elle aurait pu se casser le cou sur ces maudites marches... Je n'étais pas toujours là pour elle.

— Ou se retrouver nue, d-déambulant dans le quartier... »

Jackie Philco est concentrée sur le paysage que lui offre la fenêtre.

« Je ne l'ai pas vue sortir. Je ne sais même pas depuis

combien de temps elle était dehors... Quand la police l'a trouvée, elle était frigorifiée... »

Je cherche nerveusement la bouilloire. Mes yeux fouillent chaque recoin de la cuisine sans parvenir à la trouver.

« Sur la gazinière. »

Le sucre de ses mots me serre la gorge. Je jette un coup d'œil à l'énorme four, à ses finitions émaillées ternies par endroits. Sur l'un des feux éteints repose l'imposante théière en fonte. Je soupire et sens la pression entre mes articulations. J'étale mes mains le long de l'évier fissuré. La pierre froide va m'apaiser. Sans nul doute. L'air circule par saccades à l'intérieur de mes narines. Je vais exploser.

Les doigts qui se posent sur mon épaule m'électrisent.

« Ça va aller, Iris. »

J'ai envie de la croire. Je me force à penser qu'un jour tout cela sera fini, qu'un jour je ne ressentirai enfin plus rien. Pour rien, pour personne.

« Ma très chère Iris, dans le placard, juste au-dessus de ta tête, se trouve le meilleur thé du monde. Sers-nous-en une grande tasse. Cul sec. »

Je souris malgré moi. Sa main se retire et les saccades s'espacent. Mon corps se calme et je peux de nouveau faire semblant. Je m'assois face à elle, et nous discutons comme si nous étions les plus vieilles amies du monde.

À l'intérieur de ma poche, mon téléphone s'agite. Aucune mélodie à la mode ne s'en échappe. Ni triste, ni gaie, ni rythmée, ni rien du tout. Seulement quelques vibrations, juste un signal pour que je puisse décrocher sans me faire remarquer.

Probablement une mission, une nouvelle scène de crime à mettre en boîte. Je veux de la simplicité, pour une fois. Une vieille dame sans histoire qui aurait bêtement trébuché sur son couteau de cuisine. Je prie pour du malentendu, du meurtre en douceur, du suicide éthylique. Rien d'extraordinaire. Par pitié.

L'appareil m'indique un nouveau message que j'écoute distraitement, les yeux rivés sur les cuisses dodues de Jackie Philco, qui s'échappent de part et d'autre de la pauvre chaise en bois.

Une femme au bout du fil. Sa voix est hésitante puis gagne en assurance au fil des mots qu'elle prononce. Elle voudrait me revoir. Elle se demande si j'ai changé. Elle connaît mon métier et voudrait entendre des anecdotes croustillantes. Elle ne me parle pas de mon fils, ne pleure pas, ne m'insulte pas. Elle n'a toujours pas précisé son nom mais ce n'est pas grave, son rire, je le reconnaîtrais entre mille.

Lauren.

Elle s'impatiente au bout du fil. Elle veut me présenter son ami, Ted, Fred, ou quelque chose dans le genre. Elle m'attend au bar en sirotant une seconde bière. Une brune. Elle a toujours préféré les brunes. De la bière d'homme. Pas du houblon de fillette, ouep m'dame. Un sourire entre ses mots, encore, juste avant qu'elle ne raccroche.

– Silence –

Août 1940

Derrière les murs de Bellevue, lorsque les jeunes filles n'étaient plus en âge d'être adoptées, on les rendait transparentes. On les cachait jusqu'à ce qu'elles atteignent enfin leur majorité. Alors, on leur offrait parfois l'alternative : gravir un échelon, revêtir l'habit et inculquer la crainte de Dieu aux nouvelles arrivantes, ou bien quitter les lieux. Celles qui restaient laissaient leurs pulsions trop longtemps retenues se déverser sur les plus faibles. Le cycle recommençait et la relève s'avérait toujours plus volontaire et toujours moins clémente.

Finalement, Lucie était peut-être la plus libre des pensionnaires. Au fil des années, elle avait su se rendre invisible aux yeux et aux coups du couvent. Lorsqu'elle n'était pas à la blanchisserie, on l'envoyait chercher les denrées nécessaires au confort minimal des autres filles. Chaque fois, elle revenait sagement, courbée par le poids des paniers dont l'osier lui blessait les jambes, sans même avoir eu l'idée de s'échapper.

Des bidons d'huile, des pommes de terre, du riz, du pain. Du sucre aussi, que les sœurs conservaient jalousement à l'abri de placards verrouillés à double tour et qu'elles dévoraient parfois en cachette au milieu de la nuit. Lucie reprisait les robes de celles qui engraissaient trop vite, masquant les dégâts des douceurs dont les nonnes avaient été privées depuis bien trop longtemps.

Ce jour-là, donc, Lucie se rendit en ville pour garnir les placards et les poches de Bellevue. Le vent frais chatouillait sa nuque et décoiffait ses cheveux épais, charriant les odeurs de la ville. Lucie s'arrêtait parfois quelques minutes pour observer la variété des visages. Personne ne la remarquait, incrustée comme un vulgaire caillou entre deux boutiques. Elle n'y restait pas longtemps, juste quelques minutes, le temps de s'assurer que la vie existait encore à l'extérieur.

Depuis quelques mois, il devenait difficile d'obtenir certaines denrées. Une nouvelle guerre dissimulait la nourriture, rationnait, vendait au noir, dévalisait les étals. Le nombre de langes pour les plus petits avait été réduit au minimum. Le café avait disparu, et le charbon manquait à la chaudière.

Les familles aisées avaient oublié pour un temps les orphelins de Bellevue et, tandis que les placards se vidaient, l'établissement comptait chaque jour de nouvelles têtes blondes, mais aussi des brunes, des rousses, des chauves, des têtes par dizaines, que l'institution ne pourrait bientôt plus loger.

Pourtant, le lendemain et comme chaque année, Bellevue s'exhiberait en ville. Les sœurs vanteraient leur soutien aux soldats en exposant l'innocence des enfants, et la procession se rendrait jusqu'à la place principale, rassurant les âmes perdues et prônant la vertu avec un sourire égal. Le jour finissant, le cortège rentrerait, silencieux, fermant les lourdes portes de l'institution derrière lui. Les filles quitteraient leur corsage de fête et enfileraient à nouveau leur chemisier usé jusqu'à la corde. La vie reprendrait à Bellevue, comme si cette célébration annuelle n'avait jamais eu lieu, les joues roses retrouveraient leur pâleur, les sœurs perdraient leur sourire. Les gifles et les humiliations pleuvraient à nouveau, jusqu'à l'été suivant.

Lucie n'était plus conviée au cortège depuis longtemps. Sa démarche grotesque nuisait aujourd'hui à l'image de l'institution. Lorsqu'elle était petite, c'était différent, elle inspirait la pitié.

Depuis quelques années, on la faisait patienter à l'ombre des murs, dans cette blanchisserie dont elle connaissait maintenant les moindres recoins, et elle passait généralement la journée à pousser les monceaux de tissus, libérant un peu d'espace pour le linge qu'on lui confierait le soir venu. Des voiles, des jupes et des corsages auxquels il faudrait redonner leur aspect impeccable pour l'année suivante.

Sur les trottoirs, Lucie regardait les enfants de la ville, eux qui semblaient bien plus propres et plus sages que ceux qui naissaient par dizaines au foyer. Mieux habillés, mieux coiffés et, surtout, souriants. Elle reculait lorsqu'un chien venait renifler les provisions posées à ses pieds. Elle tendait la main lorsqu'il s'agissait d'un chat. Elle aimait la douceur de leur fourrure sous ses doigts, leur odeur de terre et leur manière de ronronner, se roulant dans la poussière, le ventre nonchalant offert au soleil tiède.

Parfois, l'adolescente déchiffrait les couvertures des livres exposés sur les stands. Elle caressait les tranches, pinçait les rubans des plus anciens, jusqu'à ce que les commerçants la remarquent et la fusillent du regard pour qu'elle déguerpisse. Alors elle saisissait ses paniers surchargés et reprenait son chemin, le sourire aux lèvres.

Elle remarqua à peine l'ombre qui lui emboîta le pas. Elle ne la sentit pas prendre place près d'elle dans le bus qui la ramenait au bercail.

Lucie se nourrissait simplement de toutes ces images fugaces auxquelles elle repenserait ce soir avant de s'endormir, pour éviter de devenir folle. Elle rangea dans sa mémoire le chapeau de feutre de cet homme qui lisait son journal, oscillant au gré des amortisseurs précaires. Elle y rangea aussi le visage de cette femme assise face à elle, son chignon travaillé, son rouge à lèvres impeccable et son sourire sincère. Elle s'imagina dans ce tailleur ajusté, et perçut même le voile poudré sur ses joues tannées par le soleil. Elle s'imagina belle un instant. Rien qu'un instant.

Puis le regard de Lucie se porta sur trois dames âgées qui discutaient un peu plus loin, fermement accrochées à leur canne. Elles acquiesçaient, puis hochaient la tête, sans jamais tomber d'accord. Lucie les regarda grimacer un instant et se prépara à descendre. Les deux soldats qui fumaient dans son dos se mirent à murmurer. Ils sifflèrent discrètement. Au travers des volutes grises, elle n'entendit pas les commentaires qu'ils faisaient sur la courbe de ses hanches voluptueuses. Mais après deux virages, quand ils la virent boiter vers le marchepied, les deux hommes se turent. L'un d'eux tordit le nez, recrachant sa fumée en direction de la jeune fille. Elle les dégoûtait, eux qui l'avaient désirée une minute auparavant. Mais cela non plus, elle ne le remarqua pas.

Lorsque la porte grinça, l'ombre fondit sur elle.

« Je peux vous aider ? »

Lucie demeura quelques secondes lèvres béantes. Hormis l'épicier qui la jaugeait chaque semaine d'un sale œil, persuadé que les poches vides de la jeune femme se remplissaient de victuailles volées, jamais un homme n'avait osé lui adresser directement la parole. Dans le meilleur des cas, on évitait soigneusement le regard de Lucie. Ou bien l'on changeait de trottoir. Qui était-il donc, celui-ci qui se permettait de lui parler ?

« Je vous remercie. Je m'en sors très bien toute seule. »

L'homme ne portait pas d'uniforme, une simple chemise blanche retroussée sur ses bras. Ce n'était pas un soldat. Alors qui ?

« Ne vous faites pas prier, mademoiselle. Ces paniers sont bien trop lourds pour les bras d'une femme. Laissez-moi faire. »

Il avait tort. Elle n'avait pas le moindre mal à soulever un tel poids. Ses bras s'étaient rodés au fil des ans, à force de kilomètres à traîner des tonnes de denrées. Peu à peu, elle était parvenue à apprivoiser la marche sur une distance plus longue que celle qui partait d'un mur à l'autre de Bellevue. Et même si ses jambes trébuchaient encore, la douleur, au moins, semblait de moins en moins vivace.

Le chauffeur souleva sa casquette sur un sourcil

impatient, alors Lucie céda, prenant malgré elle le bus entier à témoin. La paume de sa main dissimula le blason sur son sein. Une fille de vertu, éduquée à Bellevue qui plus est, n'adressait pas la parole à des inconnus. Et encore moins à des hommes. Si les sœurs l'apprenaient, sa tranquillité s'envolerait d'un claquement d'ailes. On ne la laisserait plus jamais seule, on la surveillerait jour et nuit, on la frapperait à nouveau. Être invisible lui convenait parfaitement. Elle voulait que rien ne change. Et pourtant elle ne put s'empêcher d'examiner les taches de rousseur sur les bras dorés du jeune homme. Ce dos qui devenait de plus en plus large à mesure qu'il se redressait. Ces cheveux cuivrés qui semblaient boire le soleil tout entier.

« Vous pouvez retirer votre main, mademoiselle.

— Pardon ? »

Il désigna les doigts de la jeune femme contre la broderie bleu et or qu'ils cachaient à peine. Elle rougit.

« Elles ne sont pas trop dures avec vous, là-bas ? »

Il perçut immédiatement l'embarras de la jeune fille.

« Ne vous inquiétez pas, elles ne me verront pas. Elles ne sauront même pas que j'existe. »

La jeune fille acquiesça. Elle ralentit un peu sa foulée et se surprit à soupirer. Ses pieds lui semblèrent même ne plus s'emmêler pendant quelques instants.

À l'abri des regards, devant les hauts murs qui protégeaient l'enceinte, il déposa les paniers à ses pieds.

« Je suppose que je vous abandonne ici.

— Merci. »

Il lui tendit une main chaude qu'elle prit soin de ne pas serrer trop longtemps.

« Je m'appelle Charles. »

20.

Je n'aime pas les au revoir, ils m'obligent à mentir presque chaque fois.

Après avoir promis à la vieille Philco que je reviendrais la voir dès que possible, je parviens enfin à m'échapper de la maison sans clé. Elle me jure de surveiller l'entrée et de faire fuir les rôdeurs éventuels. Je lui fais confiance et pense aux coups de manche à balai bien placés qu'elle pourrait leur promettre.

Il est presque 19 heures, le soleil épuisé embrase la ligne d'horizon qui rosit lentement. L'air circule à nouveau dans mes poumons sans les ébouillanter. Je respire.

Play.

Un chien dépèce les sacs-poubelles entassés sur le trottoir. La chasse paraît intéressante. Sa queue, sorte de gouvernail arbitraire, le guide de détritus en détritus sans qu'il parvienne à se décider vraiment. Un lézard à la taille impressionnante se faufile sous la fraîcheur d'une pierre. Le vélo rouge est appuyé contre un poteau électrique, une carte toujours coincée entre ses rayons. La reine de cœur.

Une fillette me regarde passer, elle observe ma façon de marcher, mes chaussures, puis ces petites choses qui dépassent de mes oreilles. L'ourlet minuscule de ses lèvres s'arrondit. Elle me sourit. Comme si je lui plaisais. Comme si j'étais jolie. Je dois rougir un peu, et nous devenons complices l'espace de quelques instants. Sa mère l'appelle puisqu'elle traîne le pas. Sa frimousse disparaît et elle court vers le tissu délicat et rassurant de la jupe de cette femme qui ne m'a même pas vue.

Un écureuil grisâtre escalade le tronc d'un peuplier. Il agrippe l'affiche fixée de biais sur l'écorce. Ses griffes ponctuent le papier de petits trous asymétriques. C'est écrit à la main, photocopié et cloué à perte de vue sur chacun des arbres de la rue. Je fronce les sourcils pour évaluer le cliché. Tout faux.

« Aidez-nous à retrouver notre petit Paul... »

Je survole la suite. Une adresse et un numéro de téléphone dont on peine à déchiffrer la fin.

Reisse m'a pourtant dit qu'il n'y en avait pas eu d'autre.

Une photo de mauvaise qualité apparaît sous une description physique sommaire. L'enfant semble fasciné par l'objectif. Ce doit être un appareil photo imposant. Onéreux. Le cliché a probablement été pris par un photographe, peut-être à l'école. Ou peut-être l'enfant est-il issu d'une famille aisée qui a les moyens de posséder ce genre d'appareil. Non, une famille aisée aurait investi dans des copies couleurs. Mais pas une famille avare.

Sur le cliché, le gosse a les yeux un peu fous, il a l'air d'avoir été interrompu en plein jeu.

J'imagine les parents de Paul, leurs cris, leurs pleurs, leurs nuits blanches. Je sais qu'ils tournent en rond, cloîtrés dans leur salon, se rongeant les sangs près du téléphone. Ils craignent la sonnerie, ils sursautent au moindre bruit. Ils savent qu'au moment où ils l'entendront, ce sera fini. Mais ils continueront d'espérer. Ils ne croiront pas les insanités que l'officier leur infligera au bout du fil. Ils voudront voir. Et ils verront.

Dans la main droite du jeune Paul Trenti, un chien en peluche porte un tee-shirt à rayures.

J'ai assez tourné en rond moi aussi. Je connais cette attente par cœur. Elle est nocive, elle tue à petit feu. Elle vous change, vous transforme en une machine qui respire à peine. Un robot aux piles qui refusent de lâcher, et qui ne garde les yeux ouverts que dans un espoir machinal. Celui que son enfant revienne. Au bout de dix jours. Au bout de dix ans. L'espoir est toujours là, faible mais présent, chargé d'aigreur. Il fait mal. La douleur ne cesse jamais. Elle est là qui tortille vos boyaux, qui démange, qui donne envie de hurler. Elle ne vous quitte pas. Elle vous contemple, vous surveille, attend le moindre faux pas pour surgir à tous les coins de rue. Elle est l'unique preuve que vous êtes encore en vie. Vous, et vous seul.

Je continue d'examiner l'affiche. Je me dis qu'ils se ressemblent un peu, mais pas tant que ça, finalement. Ils n'ont en commun que leur naïveté. C'est tout. Le gamin a le nez légèrement épaté, et une canine qui poussera de travers ou qui ne poussera jamais. Je m'éloigne et monte le son au creux de mes oreilles. Un cadavre de bière tient en équilibre sur le trottoir, je ne suis plus très loin.

Quelques promeneurs profitent de ce court moment de fraîcheur pour s'exiler hors de leurs quatre murs. Des shorts, des sandales, couvrir un minimum de peau. Cela m'est impossible. Mes grosses baskets me conduisent tout droit vers l'entrée du bar. J'entortille mon casque à l'intérieur de mon sac et m'engouffre à l'intérieur.

– Silence –

Août 1941

À travers la buée, Lucie assista au départ du cortège. Une année avait passé depuis la dernière procession et la jeune fille ressemblait de plus en plus à un fantôme derrière la fenêtre sale de la blanchisserie. Un spectre blanc observant d'autres spectres blancs qui s'éloignaient lentement, deux par deux, main dans la main, rangés par ordre de taille et de corpulence. Une cinquantaine de pensionnaires encadrées par seize religieuses. Dans les bras de certaines, des poupons de quelques mois à peine, qui seraient exposés comme des reliques aux yeux des plus curieux. Des bâtards de guerre. Fils d'entrailles violées entre deux tirs d'obus, dans le silence, pour le simple confort des soldats.

À l'avant de la procession, les crécelles tournoyaient déjà aux poignets des plus jeunes. Bellevue ne possédait plus de clocher, alors le foyer s'exprimait comme il pouvait. Lucie détestait par-dessus tout ce raclement affreux. Il évoquait à s'y méprendre les troncs fragiles

les soirs de grand vent, ce bruit qui parmi tant d'autres l'empêchait de dormir, quand les sœurs daignaient lui en laisser le loisir.

Les craquements disparurent en même temps que le petit groupe, qui marcherait au pas jusqu'à la ville. Une quinzaine de kilomètres sur les graviers, la terre, puis le goudron. Les pieds les plus délicats reviendraient en sang. Lucie frotterait comme chaque année les taches brunâtres sur les bas et les chaussettes qu'on lui rapporterait par kilos. Le talon et le petit orteil. Toujours la même chose. Les ampoules, comme les sandales, se transmettaient de génération en génération d'âmes perdues. De bonne sœur en fille-mère, et de fille-mère en fille.

Lucie épongea son front. Même avec l'habitude, les vapeurs nauséabondes l'incommodaient de plus en plus. Les haut-le-cœur devenaient récurrents et elle retenait souvent son estomac près à se déverser dans les lessives.

Une silhouette derrière le portail attira son attention. De sa manche, elle essuya la condensation sur la vitre et ses joues prirent feu. Charles.

Depuis un an, ils se rencontraient régulièrement, échangeaient quelques mots polis sur la ligne A, ignorant les regards réprobateurs des passagers. Une vingtaine de minutes par semaine à se nourrir uniquement de la futilité de leurs conversations. En riant, Charles saisissait parfois la main de la jeune femme, maladroitement, juste quelques secondes durant lesquelles, autour de ses doigts fragiles, elle sentait sourdre toute la force de cet homme aux épaules si larges.

La colère empourpra ses joues lorsqu'elle le vit, le col de sa chemise relevé, qui rasait le grillage, jetant des coups d'œil furtifs à l'intérieur du domaine. Il ne s'était jamais approché aussi près. Elle pensa qu'il était devenu fou.

Ce jour-là, seuls Lucie et le jardinier étaient présents dans l'enceinte, et même si ce dernier était sourd comme un pot, il possédait encore une vue correcte, assez bonne en tout cas pour faire la différence entre un homme et une bonne sœur. Et le jeune visiteur allait à coup sûr goûter à quelques coups de bêche s'il continuait dans cette direction.

Charles aperçut alors les gestes discrets que lui adressait Lucie, depuis cette minuscule percée entre les pierres, bousculée par les vapeurs bouillonnantes. Elle posa un doigt sur ses lèvres et lui indiqua la porte de service une trentaine de mètres plus loin.

Lorsqu'il fut assez proche, elle l'entraîna furieusement à l'intérieur.

« Mais qu'est-ce qui vous prend ? Vous n'avez pas le droit d'être ici !

— Je... j'avais besoin de vous voir.

— Vous me verrez en ville demain, Charles, le monde ne s'écroulera pas pendant la nuit. »

Elle vit les lèvres du jeune homme se mouvoir, sans comprendre ce qu'il marmonnait. Il se parlait à lui-même. Il tentait de se donner le courage d'aligner ses prochains mots.

« Je devais vous voir maintenant.

— Ça ne pouvait pas attendre ? Si quelqu'un remarque votre présence ici, vous n'imaginez pas quel...

— Partez avec moi. »

Lucie se figea, les paumes levées vers le ciel, comme pendues à des fils de lin. Elle regarda autour d'elle. Les couloirs vides, le couvent désert.

« Vous divaguez. Je ne peux pas partir.

— Vous pensez réellement leur manquer ici ? »

Elle le regarda avec des yeux ronds mais ne se vexa pas. Bellevue connaissait la colère, la folie et l'humiliation au quotidien. On ne s'offusquait pas pour de telles broutilles.

« Je n'ai pas le choix, Charles, je dois rester. Elles me laisseront partir à ma majorité, dans quelques mois. Soyez patient. »

Il hocha la tête.

« Lucie, vous savez ce que l'on dit à propos de ce couvent ? »

Elle fit mine de ne pas l'entendre.

« On l'appelle le *mouroir aux fleurs*. Les filles qui naissent ici fanent ici. Et lorsqu'elles parviennent à s'échapper enfin, c'est dans un tel état que seuls l'hôpital et la rue ont la capacité de les récupérer. Moisir ici, c'est vraiment ce que vous voulez ? »

Lucie ne savait pas ce qu'elle voulait. Elle n'espérait plus depuis longtemps qu'on lui offre le choix. Elle n'avait plus la force ni la volonté de décider de ce que serait sa propre vie.

« Venez avec moi. J'ai un appartement en ville. Il n'est pas très grand, mais il l'est bien assez pour nous deux. »

Lucie demeurait silencieuse devant la puissance de cette voix qui franchissait un cran à chaque nouvelle phrase. À n'importe qui d'autre il aurait paru effrayant, gesticulant comme un ours pris au piège, hurlant presque, les poings vibrant comme des machines en surchauffe. Mais pas à elle. Pas à celle qu'on ne regardait qu'en ricanant.

Soudain, il saisit le bras délicat de la jeune femme, exposant aux faibles lueurs du corridor les marques bleutées qui serpentaient autour de son poignet.

« Regardez ce qu'elles vous font !

— Vous me faites mal, Charles, laissez-moi maintenant.

— Moi ? Je vous fais mal ? »

Il relâcha son étreinte.

« Très bien. Faites comme bon vous semble. »

Charles tourna les talons et frappa l'embrasure de la porte. Avant de passer le portail, il salua le jardinier qui, accoudé sur sa faux, le regarda s'éloigner en haussant un sourcil.

21.

Je n'aime pas l'odeur sirupeuse des bars. Celle qui colle à vos doigts jusqu'à ce que votre crâne se dégrise. Le parfum sucré que vous y reniflez et qui n'est souvent que le relent de vomissures anciennes.

Ici, l'ambiance est feutrée. Quelques tables rondes sont dispersées çà et là, déjà investies malgré le jour qui peine à s'enfuir. Je remarque le vieux juke-box encore en état de marche malgré son grand âge. Même si quelques néons ont rendu l'âme, il continue d'égrener les mêmes notes depuis toutes ces années. Entre les lueurs rouges, une guitare suit le rythme d'un pied qui bat la mesure, et un homme qui en a trop vu murmure d'une voix profonde qu'il n'a pas pris le soleil depuis un bail. Il fredonne doucement qu'il entend le train arriver et qu'il a tué cet homme, juste pour le regarder crever. Et les cordes de prendre le relais.

Le barman promène son chiffon sale sur le zinc en contournant soigneusement cendriers, soucoupes et pichets. Au bout du bar, deux silhouettes graciles oscillent un peu, à la recherche d'un sujet de conversation intéressant. Elles n'en trouvent pas et leurs lèvres restent immobiles. L'une d'elles relève enfin la tête et m'aperçoit.

« Iris ! T'en as mis du temps ! Amène-toi, t'as une tournée à payer ! »

Lauren m'embrasse dès que je me tiens suffisamment près. Son sourire franc et ses gestes brusques m'obligent à m'asseoir. J'escalade donc le tabouret bancal et m'installe tant bien que mal entre les deux jeunes femmes.

L'amie de Lauren évite mon regard. Elle doit déjà tout savoir. Forcément. Si son visage basculait un peu, je pourrais y lire cette expression que je connais par cœur. Un papillonnement de cils. La moue discrète de ses lèvres. La pitié. La putain de pitié qu'ils éprouvent tous la première fois. Et les suivantes.

Je la salue d'un simple mouvement de tête auquel elle répond en fixant imperturbablement son genou droit. Je tente de détendre l'atmosphère.

« Lauren, tu ne devais pas me p-présenter celui qui partage tes nuits ? Je suis là uniquement pour ça, t-tu sais ? »

Lauren ne rit pas, j'ai raté mon effet. L'homme tant attendu lui a fait faux bond. Le mâle, le vrai. Ted ou un truc du genre. Je m'apprête à arrondir les angles en lui proposant une autre bière.

« Iris, je te présente Fred. »

La jolie demoiselle cesse d'examiner son genou nu et relève enfin la tête. Ses yeux, d'un vert profond, ne recèlent aucune once de pitié. De la gêne, l'usure de l'habitude, peut-être. Mais pas de pitié. Mes pieds dans le plat, avec des bottes taille 52.

Je vois leurs mains qui se frôlent sous le comptoir. Fred sourit un peu. Ses yeux en amandes brillent sous l'effet de l'alcool. Elle est belle. Foutrement belle.

« Bon, Iris, tu nous la commandes, cette bière ? Ou est-ce que tu as le cran de passer au niveau supérieur ?

— Vodka ?

— Vodka. »

La bouteille glaciale ne met qu'une seconde pour atterrir sur le comptoir. Trois shooters débordent. Puis trois autres. Puis nous ne comptons plus.

Nous parlons de tout, de rien, de choses sans aucune importance que j'oublie rapidement. Rien n'a changé depuis mon départ que les chats morts des vieilles qu'il a fallu remplacer. Les chats, pas les vieilles. C'est tout. Rien d'autre.

Pour la première fois depuis des années, la douleur a quitté le bout de mes doigts. Et la bille de fer au fond de mon estomac semble s'être dissoute dans les vapeurs d'alcool. Je me sens bien. Presque détendue.

Je me demande comment elles se sont rencontrées. Dans ce bar, devant ce comptoir ? Quelle chanson passait sur le juke-box ? L'ont-elles entendue ? J'essaie d'imaginer la douceur de leurs gestes lorsqu'elles sont délivrées du jugement extérieur. Leurs mots, leur attention, leurs rires, leurs cris.

Fred rougit presque immédiatement. Le sang afflue sous l'angle doux de ses pommettes, puis c'est l'arc délicat de son oreille droite qui se teinte légèrement. Lauren, que j'ai oublié d'écouter pendant quelques secondes, ne cesse de parler. Je vois simplement ses traits se modifier de temps à autre, son sourire se tord un peu, effectuant un ballet riche en figures. Les bribes de mots flottent un moment dans l'air avant d'atteindre mes oreilles. Ville. Vieux cons. Toujours pareil. Fred. Gosses. Étagères. Ornithorynque.

« Tu m'entends, Iris ?

— Pardon ?

— Tu ne m'écoutes plus depuis combien de temps ? »

Je n'en sais rien. Le temps a disparu, et mes angoisses avec.

Une bière atterrit alors près de mon verre, et un peu de mousse gicle sur le zinc. Les bulles éclatent une à une, ne laissant qu'une flaque ambrée et amère. Autour de la bouteille, une main pataude qui ne veut pas lâcher son butin. La main d'un homme, de ceux, généralement trop seuls, ou trop saouls, qui entament des conversations sans intérêt et dont on ne parvient jamais à se débarrasser vraiment. Celui-là, je le connais.

« Alors, on a décidé de sortir entre filles ? Enfin, entre filles... »

Adam Labrune. Un ancien banquier qui piquait dans les coffres. Il s'est fait virer quand la sécurité l'a trouvé complètement ivre en train de compter son petit pactole directement sur son bureau, entre deux dossiers. Désormais, on ne peut croiser sa route qu'entre deux bars. Manque de pot, ce soir il a choisi celui-ci.

Fred se fige instantanément et redevient muette. Je vois la mâchoire de Lauren se contracter un peu et son poing se resserrer. J'attends, immobile, une bonne minute, juste pour voir si le coup va partir. Mais rien ne se produit. Chacun reste là, prêt à bondir au moindre mouvement de l'autre.

« D-dégage, D-d-ducon.

— Qu-qu-quoi, la bègue ? Articule. »

Ma gorge s'est verrouillée. Mes menaces viennent de sonner comme la réplique la plus pathétique de ce putain de Porky Pig.

« Mais attends, je te connais, la bègue... »

Il fouille un instant dans son esprit imbibé. Il ne me remet pas. Il ne trouvera pas. Il ne...

« Oh merde, la fille Baudry. Nom de Dieu en petite culotte, elle est revenue. T'as retrouvé tes amies, la bègue ? La belle brochette que voilà !

— Tu sais ce qu'on raconte sur toi, Adam ? »

Les souffles restent un instant en suspens. C'est Fred qui vient d'ouvrir la bouche. Sa voix est calme, totalement maîtrisée. Adam Labrune ricane.

« Vas-y, ma jolie, fais-moi marrer.

— Tes tatouages, là, tu sais ce que les gens disent ? »

Le barman, une oreille aux aguets, jette un coup d'œil au bras gauche de Labrune. Une femme aux attributs démesurés est piquée grossièrement à l'encre bleuie par les années. Les doigts trapus s'agitent autour du bock tiède. Adam rit jaune, il attend la suite.

« Ils disent qu'ils sont laids, mais ça, tu le savais déjà. »

Le visage de Labrune passe lentement par toutes les couleurs : du rouge brique, il tourne au pourpre puis au violet.

« Mais ils disent surtout que tu aurais pu choisir un meilleur modèle... »

Sa mâchoire se serre sous ses joues tombantes. Il est mûr.

« Fantasmer sur sa propre mère, c'est une chose. Payer pour la dessiner à poil sur... »

Labrune bondit et saisit Fred par la bretelle de sa robe. Il va la cogner. Peu importe qu'elle soit une femme, un homme ou un chaton, il frappera de la même manière.

Fred ne bouge pas.

« Putain de lécheuse à la con, qu'est-ce que tu viens de dire ? »

Fred sait. Elle sait qu'Adam Labrune est resté pendu aux seins de sa mère jusqu'à ses sept ans, à la vider en public, dans le parc, dans la rue, au marché, à la banque. Tout le monde le sait. Et tout le monde ricane en le voyant aujourd'hui, gros muscles et ventre flasque, faire le dur devant ceux qui font obstacle. Celui qui habite encore avec sa maman, qui suscite encore la rumeur, qui fait rire derrière les murs. Fred sourit.

Adam tient la jeune femme et Lauren s'avance d'un pas. L'animal, dans sa gorge, grogne et montre déjà les dents. L'alcool lui a donné des forces et l'a désinhibée. Elle attaquera, s'il le faut, pour défendre les siens.

Labrune jauge Lauren, découvrant des chicots crasseux, sourire infâme.

« Tu vas me frapper ? Vas-y, que je te regarde un peu faire. Tape. »

Il n'attend que ça. Qu'elle lève le poing de quelques centimètres. Que la lécheuse de culottes se dévoile aux yeux de tous. Qu'elle leur montre à quel point elle ne peut pas se contrôler, comme le pauvre mec qu'elle ne sera jamais.

Fred se force à sourire, retenant sa bretelle détendue que les doigts suants viennent de lâcher.

« On s-s'en va. T'as g-gagné, Ducon. »

Lauren ne bouge pas, sa main tremble mais Labrune ne la voit pas. Ce sont ses yeux qui l'intéressent. Ses yeux ronds comme des hublots, emplis de peur et de rage. Je fouille mes poches et tends deux billets au barman. Je ne sais pas si celui-ci me remercie pour mon argent ou pour éviter que son bar tranquille ne soit troublé par une énième bagarre à laquelle il n'a pas envie de prendre part. Il reste silencieux, hoche simplement la tête et me rend ma monnaie.

« Lauren. Range t-tes m-mains, on se t-tire d'ici.

— C'est ça, Lauren, écoute ta petite amie. Tire-toi d'ici. »

Je reste en arrière et pousse Lauren vers la sortie. Fred nous suit prudemment puis s'arrête soudain. Labrune la retient à nouveau. Il plaque les doigts fins de la jeune femme sur son entrejambe et les serre un peu trop fort. Juste avant qu'il ne la libère, je lis sur ses lèvres les mots qu'il lui glisse au creux de l'oreille.

« Voilà les couilles qu'il te manque. Si tu les veux, tu sais où me trouver. »

J'entends clairement le gémissement de dégoût qui s'échappe des lèvres rouges et parfaites de la jeune femme. Elle aurait voulu le frapper, avoir un peu de son sang sur les mains. Et sur le bout de ses escarpins.

Je la raccompagne à l'extérieur où Lauren nous attend, furibonde. Elle n'a rien vu de ce qui vient de se dérouler. Remercions le ciel.

« Quel sale con ! »

J'acquiesce en silence et nous faisons quelques mètres ensemble. Fred marche devant nous.

« Suceur de queues molles. »

Nous nous arrêtons subitement, interloquées.

« Qu’est-ce que tu as dit, Fred ? »

Fred continue d’avancer, concentrée sur les pavés. Sa démarche est légère et ses talons ne semblent qu’effleurer le sol.

« Je dis que c’est un enfoiré de suceur de nouilles molles, c’est tout. »

Lauren est la première à éclater de rire. J’explose à mon tour, aidée par toute la vodka qui se balade dans mes veines. Fred se retourne et hausse les épaules, un rictus en coin.

« Vous n’êtes pas d’accord, peut-être ? »

Lauren tente péniblement de reprendre son souffle.

« Totalement d’accord. On ne pouvait pas trouver meilleurs adjectifs. Fleuris, mais seyants. »

Je secoue simplement la tête, le fou rire m’empêche de sortir un seul mot.

« Et je meurs de chaud, on pourrait peut-être aller se rafraîchir ailleurs, non ? »

Lauren observe sa compagne, un peu surprise.

« Mais on ne t’arrête plus ! On boira plus souvent à l’avenir !

— Non.

— Pourquoi ?

— Je n’ai pas franchement envie de le croiser tous les soirs, ce... »

Je regarde Lauren et nous braillons en chœur :

« Enfoiré de suceur de nouilles molles ! »

Cette fois, Fred rit avec nous. Et sans que je m’en rende vraiment compte, nous tournons à droite au lieu de prendre à gauche. Je mets un pied devant l’autre sans faire attention au trajet que nous empruntons. J’ignore même si les filles savent où elles vont.

22.

Nous atterrissons dans une ruelle, étroite et complètement aveugle. Un endroit qu'il me semble connaître. Je suis certainement venue ici auparavant. Il y a des années. Peut-être avec Lauren. Ou quelqu'un d'autre, je ne m'en souviens plus.

Fred retire ses escarpins.

« Ils me font un mal de chien.

— Mais t-tu ne vas pas marcher pieds nus ? Tu vas te blesser...

— Qui a parlé de marcher ? »

Je ne comprends pas ce qu'elle essaie de me dire. Va-t-elle sortir un skateboard de son sac à main ? Est-ce qu'elle va s'envoler ?

Lauren me lance un clin d'œil, retire sa veste, puis, à son tour, se déchausse.

« Q-qu'est-ce que vous faites ? Vous voulez bien m'expliquer ? »

Elles restent muettes toutes les deux, et me poussent gentiment vers une minuscule bifurcation sur ma droite. Une ruelle où l'on ne peut circuler qu'en file indienne, si étroite que je peux poser mes mains bien à plat sur les murs de chaque côté. Ceux-ci sont hauts et ne laissent voir qu'une tranche de ciel, si l'on incline assez la tête. Une lame d'un noir profond, dépourvu d'étoiles.

« Vous ne voulez même p-pas me donner un petit indice ?

— Sois patiente, Iris, on arrive bientôt. »

Nous grimpons sur une passerelle, suspendue au-dessus du vide. Totalement surréaliste. L'euphorie se dissipe doucement. Et des picotements commencent à mordiller mes orteils. Je ne vais pas tomber. Je ne vais pas...

« Tu ne te souviens vraiment pas ?

— N-non, je ne m-me souviens p-pas, Lauren. P-putain, Lauren, on va où, là ?

— C'était un vrai cauchemar pour toi. Chaque fois.

— Alors q-qu'est-ce qu'on f-fiche ici ?

— Chaque fois, tu le faisais pour atteindre ce qu'il y avait de l'autre côté.

— Mais q-qu'est-ce qu'il y a de l'autre côté ? Dis-le-m-moi ! »

Elle rit et trébuche.

« T'as intérêt à avoir une f-foutrement bonne raison de me f-faire faire tout ça. »

Dans la seconde qui suit, Fred disparaît. Elle a sauté, un peu plus bas. Les câbles d'acier tordent mes chevilles, j'ignore comment on peut bien s'aventurer ici sans chaussures. Je m'agrippe à tous les reliefs qui veulent bien accueillir mes ongles. Et c'est au tour de Lauren de s'éclipser. Je me retrouve seule, en équilibre sur des fibres moins épaisses qu'un pouce, à plus de dix mètres au-dessus de la route. Mon estomac s'emballe et la peur commence à caresser mes tripes. Je suis bloquée. Figée en l'air.

« Allez, Iris, magne-toi, arrête de faire ta pleureuse et bouge tes fesses. »

Un chalumeau ronfle doucement à l'intérieur de mon corps, prêt à s'allumer et à enflammer mes viscères. Un mètre. Un tout petit mètre. Je vois la main de Lauren qui s'agite devant moi, comme un fanion malmené par le vent. Je me concentre là-dessus et fais un autre pas. Soixante centimètres. Son poignet prend forme et je discerne sa chevelure blonde. J'y suis. Elle nous aide à descendre, moi et mes muscles tétanisés.

« Tu vois, c'était facile !

— Dis-moi où on est, m-merde.

— Regarde autour de toi, on est arrivées. »

Je soupire. Je commence à en avoir assez de ses devinettes débiles. Je jette un coup d'œil rapide, mais je ne vois rien de spécial. Des pierres, du béton. Je suis fatiguée maintenant, je n'ai pas envie de jouer.

« Ça ne me dit rien, Lauren. Vraiment rien d-du tout. »

Elle s'adresse à Fred.

« On venait ici après les cours, l'été, quand on était gamines. C'était un peu notre endroit à nous. »

Je regarde mieux. Sous les pavés blancs érodés par la poussière. Devant moi, un muret prêt à s'effondrer, et une fissure plus large que les autres qui, si on a beaucoup d'imagination, ressemble vaguement à un dragon.

« Le drag-gon de la vérité.

— Ça lui revient, alléluia ! »

Ce dragon dans la bouche duquel nous glissions nos doigts en nous racontant nos secrets les plus secrets.

Prêtes à voir nos mains croquées. Nous devions avoir neuf ou dix ans. Les étés étaient déjà insupportables à cette époque-là. Ce soir, l'endroit me paraît plus petit, presque étriqué. Au bout de la fissure, un piton auquel nous suspendions nos sacs. Et derrière le muret, je sais pertinemment ce que je trouverai.

« Un bain de minuit, ça te tente ? »

Le vieux lavoir. Notre cachette, à Lauren et à moi.

Au loin, derrière les câbles métalliques, le décor semble avoir été modifié. Comme une esquisse, sous les milliers de coups de crayon argentés qui s'entrecroisent, il manque quelque chose. L'horizon n'est pas complet.

« Allez, bouge-toi un peu !

— Tu p-plaisantes ? Je ne mets pas un pied là-dedans, je ne veux p-pas être ensevelie sous la vase !

— Qu'est-ce que tu racontes, ils le nettoient tous les ans. Cette ruine est plus propre que la piscine municipale.

— Il n'y a p-pas de piscine municipale.

— C'est ce que je dis. »

Je lève les yeux au ciel. Elle a peut-être raison, après tout.

« Vous connaissez la légende des lavandières ? »

Fred fait rouler sa voix fraîche à mesure qu'elle retire ses vêtements un à un. Je ne réponds pas et Lauren soupire.

« Je retire ce que j'ai pu dire tout à l'heure. Il faut qu'elle arrête de boire.

— La nuit, lorsqu'on croit entendre l'orage mais que la pluie ne vient pas, on dit que ce sont les lavandières qui font clapoter frénétiquement leur battoir dans l'eau des lavoirs abandonnés. Elles essaient d'invoquer les éléments, de provoquer la tempête. On les appelle les *meneuses de nuées*.

— Fred, tu es complètement ivre.

— Et, si on s'approche un peu plus près, on se rend compte qu'elles n'ont plus de visage, qu'il a disparu, et qu'elles lavent encore et toujours les mêmes haillons. Elles battent et rebattent le même linge déchiré et glacial, tachée du sang de leurs victimes.

— Fred. Tais-toi.

— Et si l'on continue d'avancer, on devinera la forme triangulaire du coton grisâtre. On reconnaîtra les langes sales de leurs enfants... Elles... »

Fred vient de surprendre le regard assassin que Lauren pose sur elle. Elle s'arrête, tordant ses lèvres parfaites dans une moue qui la rend touchante. Elle ne l'a pas fait exprès. L'alcool l'a poussée à continuer. Elle ne voulait pas me blesser. Je ne crois pas.

La jeune femme dépose soigneusement sa robe près du dragon. Ses escarpins, suspendus au piton, ont l'air de ne jamais avoir été portés. Leur vernis impeccable est moucheté de lumière, tous les réverbères alentour viennent s'y refléter. Le corps de la jeune femme, comme ses lèvres, est absolument admirable. Sa peau diaphane n'est que fragilité. Une véritable poupée de porcelaine presque nue au beau milieu de la ville. Elle pénètre dans l'eau en culotte. Elle rougit lorsqu'elle surprend finalement la curiosité de mon regard et je peux voir un frisson effleurer son dos, à mesure que l'eau la dévore.

« Tu attends quoi, exactement ?

— P-pardon ?

— Tu enlèves tes baskets moches, ton pantalon, ta chemise, et tu nous rejoins. »

Je grimace.

Mon jean trop large est à terre. Mes écouteurs à l'abri. Je croise les bras devant mon soutien-gorge opaque, comme si celui-ci pouvait laisser filtrer le moindre détail. Tout autour, le silence, lourd et presque palpable.

« Arrête de te la jouer pin-up, personne ne te regarde ! Et dépêche-toi un peu. »

Les mouvements retenus de Lauren dessinent des cercles éphémères et sombres à la surface de l'eau. Je m'assois sur les pierres blanchies par les années et introduis le premier orteil.

Glaciale. Douloureuse.

Alors que ma jambe est engloutie, mon corps tremble presque immédiatement et, lorsque mon ventre est à son tour submergé, c'est mon souffle qui est coupé.

Une gerbe d'eau piquante me recouvre tout entière. J'entends les cris de Lauren, fière de m'avoir arrosée par surprise.

« Elle est bonne une fois qu'on y est, non ? »

J'ai du mal à respirer.

« Ça va aller, Iris ? Nous fais pas de malaise, on pourra pas te ranimer !

— L-laisse-moi reprendre mon s-souffle. Elle est vraiment g-glacée...

— Petite nature, va. »

Nous passions des heures près de ce lavoir, les pieds dans l'eau, à faire nos devoirs avant de rentrer. Les pages de nos cahiers étaient souvent éclaboussées, parfois complètement détrempées.

J'ai reçu quelques claques à cause de cet endroit, mais ma mère n'a jamais su où je me cachais. Je lui parlais de la rivière pour justifier l'ourlet mouillé de mes pantalons, et elle me croyait, évidemment. Elle hurlait, me maudissant toujours un peu plus, réprouvant chacun de mes gestes. Je ne pensais vraiment à rien. J'aurais pu me faire kidnapper. Ou même violer. Il aurait pu m'arriver n'importe quoi. Il se passait tellement de choses du côté de la rivière, je devais vraiment être inconsciente pour ne pas m'en rendre compte. Et elle criait plus fort que j'étais bien trop stupide pour comprendre, que si je continuais à traîner autour des berges je n'aurais que ce que je méritais.

Je ne savais pas ce que je méritais. Être sa petite fille morte ? Un bras pâle, caché sous les feuilles pourries, le visage tourné vers la cime des arbres, pas encore abîmée par l'humidité, paisible. Peut-être, enfin, aurait-elle arrêté de jurer. Peut-être, enfin, m'aurait-elle aimée un peu.

Les créatures de la rivière ne m'ont jamais violée, ni même effleurée. Elles ont simplement pris ce que j'avais de plus cher au monde.

La voix fluette de Fred sautille à la surface de l'eau et semble se cogner contre les angles ruisselants.

« Qu'est-ce que vous faisiez ici toutes les deux ? »

— T'es jalouse ?

— Non. Curieuse. Je connais ce lieu parce que Lauren me l'a montré, mais j'ignorais que vous passiez du temps ici.

— Beaucoup de temps. C'est tellement loin... La toute dernière fois, Iris a failli se noyer. Elle a glissé sur une pierre et sa tête a atterri juste là. »

Elle montre une excroissance pointue près du muret.

« À deux centimètres près, la chute aurait pu tourner très mal.

— C'était déjà très d-douloureux.

— Petite nature. »

Je souris et caresse ma nuque, entre mon crâne et mon oreille gauche. Alors je sens à nouveau ce léger relief que j'avais oublié depuis tant d'années. Comme un poinçon, une oblitération directement dans l'os. J'ai attendu ici, un mouchoir collé contre ma peau, que le sang cesse enfin de couler. Je me souviens maintenant des larmes de Lauren. Minuscules, collantes, gorgées d'une trouille extraordinaire.

« T-tu faisais pas la fière, toi non plus...

— Tu te vidais comme un goret, je te rappelle. »

Ma mère a mis près de trois heures à gober que j'étais tombée dans la cour de l'école. J'avais trouvé très intelligent, à l'époque, de lui raconter comment je m'étais emmêlé les pieds dans les racines du grand chêne. Elle s'est plainte directement auprès du maire. Il n'en a pas fallu davantage, la Ville a rasé l'arbre quelques semaines plus tard.

« Ensuite, Iris est partie. Elle a quitté la ville sans laisser d'adresse. »

Je regarde au loin, pile entre les câbles d'acier.

Le chêne. L'élément manquant.

« Il y a d'autres g-gamins qui t-traînent dans le coin ? »

Lauren soupire.

« Il n'y en a plus.

— Comment ça ? »

Elle jette un coup d'œil à Fred, qui baisse la tête vers les ondes noires.

« Quelques-uns ont suivi nos traces il y a des années, des écoliers comme nous qui voulaient prendre un peu de bon temps après les cours. Des couples qui voulaient se bécoter. Des ados qui cherchaient un coin tranquille pour fumer, tu vois ? »

J'acquiesce et prends conscience qu'elle hésite à continuer.

« Il y a eu d'autres enlèvements, Iris. »

J'encaisse le coup.

« Les parents ont eu la trouille. Ils ont instauré eux-mêmes un couvre-feu. Aucun môme dans la rue après 21 heures. C'est comme ça. »

Lauren ouvre à nouveau la bouche mais aucun son n'en sort.

« Ils sont m-morts ? »

Mon amie me regarde. Elle sait qu'elle est allée beaucoup trop loin. Le point de non-retour est franchi.

« La police a trouvé... d'autres corps après ton départ. »

Elle se tait et laisse grandir cette chose au fond de mon ventre, cette terreur chaude et palpitante.

« Je pensais que tu étais au courant, Iris. »

Lauren ne me dit pas qu'elle est persuadée que je suis revenue pour ça. Pour mener ma propre enquête. Pour trouver ce foutu assassin qui terrorise la ville, au point que l'on retire tous les enfants de l'école, au point qu'on leur fait porter des manches longues pour que leur odeur n'attire pas la bête. Pour sauver d'autres gosses alors que je n'ai pas été foutue de sauver le mien.

L'éclat dans ses yeux est le même que celui que j'ai surpris la veille dans les yeux de Reisse. Quand ils me regardent, ils voient la folie.

23.

La chair de poule s'éternise sur mon bras, et mes épaules continuent de rougir. J'observe ma peau s'exprimer à sa façon, ma poitrine se gonfler un peu plus, submergée par la fraîcheur. Pour la première fois depuis de longues années, mon corps a l'étrange envie de me montrer qu'il vit encore un peu.

Un bruit sur ma droite et Lauren qui se raidit face à moi. J'aiguise mon attention et n'entends que l'écho lointain des rares voitures qui traversent encore la ville, pressées ou perdues.

Alors un son presque musical me parvient. Les coups sont saccadés et rapides. Mais, surtout, ils se rapprochent.

« Les flics.

— Quoi ?

— Les poulets, ils se ramènent. Magne, on se tire. »

Leurs talonnettes sur les câbles métalliques, voilà l'origine de la musique. Piètres percussionnistes.

J'ai beaucoup trop bu et mets quelques secondes avant de réagir.

« Iris ! Dépêche-toi ! Je te jure que tu n'as aucune envie de passer la nuit au poste. »

Hors du bain glacial, la chaleur pèse une tonne. Je saisis mes vêtements d'une main et mon sac de l'autre. J'enfile mes baskets, sans nouer mes lacets, priant pour ne pas m'étaler sur le béton.

« Par ici. »

Je suis les deux jeunes femmes à pas de géant pour ne pas perdre l'équilibre. Je jette un œil en arrière et vois les deux uniformes batailler entre les barres d'acier pour rejoindre dignement notre berge. Je ne peux m'empêcher de sourire. J'ai quinze ans de moins et je cours en petite culotte comme si ma vie était en jeu.

Fred s'engouffre la première dans un bâtiment qu'il me semble vaguement connaître. Je l'imite, calant docilement mes pas sur les siens, les méninges encore trop alcoolisées pour chercher à comprendre ce que nous faisons.

Je ne vois pas grand-chose, quelques ombres dispersées çà et là, mais rien de précis. Nous sommes à l'intérieur d'une gigantesque construction circulaire et béante. Fred attrape soudain ma main dans le noir, alors je me laisse guider. Mes doigts sont déjà brûlants autour de sa peau encore fraîche. Je la serre fort, pour ne pas la perdre.

« Où est-ce qu-qu'on est ?

— Tais-toi, suis-moi. »

La police nous talonne et ne met qu'un instant à pénétrer dans l'enceinte.

« On sort gentiment, vous n'avez pas le droit d'être là. »

Une voix calme et profonde qui n'a pas vraiment l'habitude du conflit. Une voix lasse dont le propriétaire aimerait bien rentrer chez lui.

Accroupie derrière un établi abandonné, Fred garde un doigt sur mes lèvres pour m'ordonner de me taire. Sur sa joue, une mèche dégringole, bouclée et brillante d'humidité. Malgré la crampe qui agrippe ma cuisse, je ne bouge pas.

Un klaxon résonne à l'extérieur, suivi d'un cri. Une insulte, plutôt bien sentie. Un frein à main est relevé et une portière claque. Bientôt, un poing s'envolera et embrassera une mâchoire, le sang coulera, une dent se fissurera.

« Y a du grabuge, là, en bas. »

La voix du second flic est plus aiguë, moins patiente, avide de nouveauté. Moins expérimentée aussi. Il attend de l'action dans cette ville où il ne doit pas beaucoup s'amuser. Les cris se multiplient près des véhicules à l'arrêt. L'officier le plus calme soupire et bénéficie de l'acoustique parfaite du bâtiment.

« Rentrez sagement chez vous, les jeunes. Vous n'avez rien à faire ici, et surtout pas à 2 heures du matin. »

De toutes mes forces, je me retiens de rire. *Les jeunes.*

L'haleine de Fred court sous mon nez. Elle sent les bonbons piquants.

La police se retire en traînant la patte. La nuit est loin d'être terminée pour eux. La chasse aux délinquants de pacotille ne fait que commencer. J'attends qu'ils soient assez loin pour chuchoter :

« Où sommes-nous ? »

La voix de Lauren explose derrière mon dos.

« Dans les vieux fours. »

Les fours à porcelaine. Cet endroit nous terrifiait quand on était gosses. Une imposante tour de briques rouges, dont les carreaux encrassés ne nous laissaient rien voir de ce qui pouvait bien se trouver à l'intérieur. Nous imaginions donc des tonnes de scénarios tous plus affreux les uns que les autres quant à l'utilisation des fameux fours.

Les ombres qui dansent ce soir autour de nous ne veulent apparemment pas contrarier ces histoires que nous inventions à l'époque. Les fours sont tout aussi effrayants vus de l'intérieur.

Je profite de l'obscurité pour me rhabiller et nouer mes lacets. Il serait un peu stupide de conclure la soirée par une longue chute entre les câbles. Lorsque nous sortons, l'altercation bat son plein en contrebas. Nous en profitons pour traverser la passerelle et rejoindre le cœur de la ville désertée. Les portes du bar sont fermées, et personne ne sirote de dernière bière assis sur le trottoir, comme nous avions l'habitude de le faire. La ville s'est endormie, d'un sommeil lourd et sans rêve.

Nous nous séparons ici, un peu chancelantes. Mon crâne pèse lourd. L'une des affiches clouées sur les arbres a disparu, arrachée au tronc par une main énervée ; elle gît sur le sol, à demi coincée dans le caniveau. Le visage de Paul Trenti sourit entre les détritus secs. Près de sa joue, un briquet vide. Et, sur la description désespérée de ses parents, une capsule de bière, légèrement incurvée. L'écriture large penche d'un côté, puis de l'autre, dans un équilibre sans cesse mis à l'épreuve.

– Silence –

Octobre 1941

La nuit, lorsque Lucie entendait le pas traînant des religieuses s'approcher de son lit, elle plissait les yeux et contractait chacun de ses muscles. Elle ne bougeait plus, prête à supporter la gifle brûlante des lanières de cuir contre son dos. Elle tressaillait lorsqu'elle entendait les cris étouffés d'une autre fille, à la fois terrifiée et soulagée de passer son tour.

Lors des inspections nocturnes, les pensionnaires feignaient toutes de dormir. Elles se cramponnaient à leurs draps, respirant vite et peu, cachées sous ces couvertures qui puaient la trouille et la pisse. À peine l'aube délivrait-elle les filles de leurs cauchemars qu'on les poussait déjà vers l'eau froide. Les corps nus et frissonnants se frictionnaient entre eux pour se réchauffer, contournant hématomes et intimité. Les chevelures étaient examinées et tondues si on y détectait le moindre pou. Les sœurs rasaient les sujets sains comme les infectés. Juste par plaisir, pour supprimer tout résidu d'orgueil, pour harmoniser les personnalités. Et on dissimulait les crânes chauves sous des voiles épais. Toutes à la même enseigne.

Sous le tissu bleuâtre qui recouvrait sa tête, Lucie parvenait depuis peu à glisser quelques mèches derrière ses oreilles. Au début de l'été, on l'avait punie pour avoir laissé brûler le fer sur un jupon bon à jeter. Pas pour avoir laissé entrer un homme entre les murs de Bellevue. Ça, elles ne l'avaient jamais su. Le jardinier n'avait rien dit. Il avait enterré l'incident avec les graines semées ce jour-là.

L'on avait donc laissé la corvée des provisions à la jeune femme, qui continuait mécaniquement d'emprunter chaque semaine la ligne A, à l'aller et au retour, guettant la silhouette puissante de Charles à chaque arrêt, examinant les rangs de soldats pour y trouver son visage.

De la pâture à cochons, voilà ce que ces hommes devenaient tous, ces soldats au regard fier dont les tripes éparpillées dans les champs ne servaient plus qu'à nourrir les bêtes échappées de leurs enclos. Leurs corps faisaient pousser les fougères, et on les oubliait. Lucie observait donc les visages à contrecœur, espérant ne jamais reconnaître celui qu'elle chérissait.

Charles avait eu raison sur toute la ligne. Lucie pourrirait seule entre les murs de Bellevue sans que personne, jamais, y accordât la moindre importance. On ne lui avait pas proposé de rejoindre les ordres, encore moins de recouvrer sa liberté. À elle, qui se sentait bien incapable de corriger les autres pensionnaires, de les frapper ou de les humilier, on avait refusé le port de l'imposante robe noire. On l'avait simplement mise à l'écart, cette fille qui ne serait toute sa vie bonne qu'aux corvées les plus méprisables. Recroquevillée au beau milieu de la blanchisserie, elle se demandait parfois si on ne l'avait pas tout simplement oubliée. Les sœurs ne venaient même plus la chercher aux heures des repas. Elle manquait souvent les services, se fiant aux faibles rayons qui perçaient au travers des carreaux fardés de graisse et de poussière grise. Alors elle se couchait sans avoir rien avalé de la journée, avec des crampes à l'estomac si fortes qu'elle en aurait hurlé.

Octobre était arrivé et la pluie tombait à flots sur la ville depuis une dizaine de jours. Cet après-midi-là, elle ruisselait sur le visage de Lucie. De son menton, les gouttes filaient entre ses seins, couraient le long de ses cuisses, jusqu'au fond de ses souliers. Les jours d'averse, sa jambe abîmée lui faisait un mal de chien et les pavés glissants constituaient de nouveaux pièges à chaque pas.

Le bus mit plus de vingt minutes à rejoindre son arrêt. Lorsqu'elle y grimpa enfin, aucun des passagers ne lui offrit sa place. Lucie s'agrippa à ce qu'elle put, aux anses de ses paniers, aux dossiers des fauteuils assiégés, aux barres de sécurité. Et soudain, elle sentit la chaleur de la laine recouvrir ses épaules frissonnantes.

« Au moins, ne tombez pas malade. »

Il était là. Ses cheveux de rouille touchant presque le toit, sa chemise collant à son ventre ferme, ses godillots couverts de chaux. Elle eut envie de pleurer, de lui dire mille choses, de le serrer dans ses bras trop fins. Mais elle n'en fit rien. Elle resta là, muette comme une carpe abrutie. À peine murmura-t-elle un vague *merci*, qui fut immédiatement écrasé par le ronflement du moteur fatigué.

« Vos paniers ont l'air de plus en plus lourds... »

Il n'avait trouvé que cela. Cette simple phrase sans intérêt qui changea tout. Les gouttes de pluie grimpaient le long des vitres, semblant vouloir rejoindre la noirceur du ciel. Lucie resserra la veste autour d'elle.

« Je ne sais pas faire la cuisine. »

Charles éclata de rire.

« Je vous apprendrai.

— Je n'ai pas d'argent.

— Ne vous en faites pas pour ça.

— Pas un centime.

— Je gagnerai ce qu'il faut pour deux.

— Je ne connais même pas votre métier...

— Je suis ouvrier, au four à porcelaine. J'empile, je cuis, je refroidis, je range, et ainsi de suite. »

Le bus entier les couva de dizaines d'yeux gris qui contemplèrent la joie en silence, se prenant tous à croire que ces deux-là tenaient encore entre leurs mains la fabuleuse capacité de changer le monde.

« Je vous ferai visiter la manufacture, si vous voulez. Elle est tout près de la rivière. »

Lucie remarqua à peine que le bus venait de dépasser Bellevue.

« Avec joie. »

24.

Je n'aime pas le bruit de mes pas sur les pavés secs. Cet autre cœur qui fait semblant de battre près de moi et qui n'existe pas.

Je suis complètement torchée. Nuit noire. Je contourne l'école, et prends un chemin plus court. M'allonger. Étirer chacun de mes muscles. M'endormir. Ronfler. Baver. Et m'en foutre.

Les odeurs se multiplient, les bouches d'égout ont besoin de s'exprimer. Un relent d'abricot frit, la puanteur du lait caillé. De la viande, de l'herbe, du poisson grillé. Toutes les saveurs se mélangent à l'intérieur de mon estomac, qui commence à maugréer.

Un souffle derrière moi.

La maison de ma mère se rapproche à chaque seconde, mais j'allonge tout de même la foulée. Ce n'est rien. Juste mon imagination. J'accélère. J'aperçois la maison, à quelques mètres, son toit comme fendu, sa marquise cassée, sa serrure inutile.

En empruntant l'allée, je cours. J'entre, claque la porte

et tourne le verrou, deux fois. Je suis dans le noir le plus total. Je cherche l'interrupteur à tâtons. Il est là, à portée de main, et pourtant je ne le trouve pas, littéralement effacé de ce maudit mur. Sous mes doigts, je sens le papier peint sec et ses irrégularités, mais pas le moindre foutu interrupteur. Dans l'obscurité, j'accède au salon et fais un pas vers la fenêtre.

Une décharge électrique traverse ma jambe et m'arrache un gémissement. La douleur, soudaine et inattendue, irradie de mon genou jusqu'à la courbe de mon talon. Les ombres se dessinent plus précisément à mesure que mes yeux s'habituent au manque de lumière. La table basse et ses angles saillants. Elle est décalée, légèrement en biais par rapport à l'agencement du salon. La brûlure qui lèche mon tibia me dégrise peu à peu. On a déplacé le meuble. Jackie Philco. La vieille femme n'a pas pu s'empêcher de venir fourrer son nez ici dès que je suis partie. De ranger, de nettoyer, de fouiner. Qu'est-ce qu'elle croit trouver ?

Concentrée sur chacun de mes mouvements, je me déplace jusqu'à la fenêtre, pour laisser entrer un peu d'air. Une brise asthmatique pénètre dans la pièce et les rideaux fins ne bougent pas. Je m'assois lourdement sur le canapé, retire mes chaussures et étends mes jambes. Rien qu'une seconde, le temps que la douleur s'efface un peu. Deux coussins derrière mon dos. Juste un instant. Et je partirai. En métro, en bus ou en monocycle. Deux secondes de répit, et je dégage.

La lune éclaire fébrilement ma peau. Sous ma rotule un peu cagneuse, je peux voir un filet sombre de sang déjà sec. Un nouveau bleu sur mon corps. Un de plus, parmi les autres qui vont et viennent depuis des années.

À l'extérieur. À l'intérieur. Je bascule mon bassin et m'enfonce dans le cuir frais. Ce canapé, je l'ai sali, il y a longtemps. Je me souviens encore du regard de ma mère, horrifié, planté entre mes jambes.

Dix-sept ans, engrossée jusqu'au cou, et pas la moindre idée de ce qui était en train de se passer. Sous mon short, j'avais senti la flaque humide et humiliante. Je perdais les eaux et je ne savais pas ce que cela signifiait. Personne ne m'avait dit que cela pouvait arriver. Pas autant. Pas comme ça. Pas sur le canapé chéri de ma mère. Je me sentais dégoûtante et, plus que tout, j'avais honte.

Ma mère a saisi mon bras si fort que mon poignet s'est tordu. Je l'ai suivie, la tête basse, jusqu'au garage. Nous sommes montées dans le pick-up. Ce vieux tas de ferraille qui pourrissait dans le noir et qui lui permettait, à l'occasion, d'atteindre le bout de la rue lorsqu'elle était trop fatiguée pour marcher. Elle s'y est reprise à trois fois avant de pouvoir démarrer, j'ai cru voir sa main trembler sur la clé. Le boîtier de vitesses a émis un craquement terrible lorsqu'elle a enclenché la marche arrière, le vieux pick-up a toussé et craché comme si sa dernière heure était arrivée, puis nous avons enfin reculé. Midi pile, et nous étions dehors. Je crois encore aujourd'hui que c'est le soleil et lui seul qui a déclenché la toute première contraction. Et, avec elle, l'impression que tous mes organes allaient exploser. Je me suis raidie sur mon siège et j'ai serré les dents pour ne pas hurler. Ma mère fixait la route pour ne pas avoir à me regarder. Feu rouge. Feu vert. Clignotant à gauche. Coups de klaxon. Et ses mains qui étreignaient le volant à tel point que ses doigts pâlissaient.

À l'intérieur de mon bassin, j'ai senti la pression devenir plus forte. Un coup de frein à main et la voiture s'est immobilisée. La portière s'est ouverte et ma mère m'a tirée vers l'extérieur. Elle m'a demandé de me tenir droite et de garder ma dignité, nom de Dieu. Ce que j'ai fait, de mon mieux. Je me suis redressée au maximum, et mes entrailles me l'ont reproché presque immédiatement. Une infirmière m'a enlacée et installée dans une chambre vide. Elle a demandé à ma mère si elle voulait rester pour assister à l'accouchement. Bien sûr qu'elle resterait, elle était ma mère, est-ce qu'elle avait vraiment le choix ? L'infirmière avait acquiescé en silence.

J'ai dû retirer mes vêtements pour enfiler une blouse bleue en papier. J'ai cru tomber dans les vapes alors que mon bras gauche visait la manche. Ma mère a soupiré. Quelle gourde je faisais. Si seulement j'avais agi autrement qu'en mauvaise fille, rien de tout cela ne serait jamais arrivé. Je n'entendais plus les mots qui sortaient de sa bouche. Ils n'étaient plus qu'un flot incompréhensible qui me donnait la nausée. J'ai vomi sur le carrelage. Deux grandes lampées de bile mousseuse qui s'étalaient lentement sur les motifs géométriques. À ce moment précis, ma mère a quitté la chambre, j'avais dépassé les bornes, je ne méritais plus sa présence.

L'infirmière a passé un gant humide sur mon visage et m'a promis que tout se passerait bien, que je n'avais pas à m'inquiéter. Elle a pris ma main et j'ai serré, de toutes mes forces, pour qu'elle reste avec moi. Pour qu'elle ne me laisse pas seule. J'étais tétanisée.

Alors un homme est entré, silencieux, un masque en papier sur la bouche, des gants poudrés aux mains.

Sans délicatesse, ses doigts se sont introduits en moi et j'ai grimacé. Dans les sillons de son front, j'ai lu que j'étais une traînée. Une mauvaise fille qui ne réussirait en rien. Jamais.

Il a retiré ses doigts et changé ses gants ; au bout de son index, mélangé au talc, j'ai pu voir le sang, sombre et sale. Mon sang, sombre et sale.

Il m'a demandé si j'étais prête. Évidemment, je ne l'étais pas, mais j'ai fait comme si, et j'ai hoché la tête. Alors on allait pouvoir y aller. J'ai fermé les yeux. J'ai pensé au grand huit, à ce qu'on devait ressentir lorsqu'on se trouvait tout en haut, au sommet de la première descente, lorsque les rails se mettent à craquer, que le wagon ralentit et que les gorges cessent de respirer. Mon cœur s'est mis à battre plus vite, plus fort, et la douleur entre mes cuisses est devenue insoutenable.

Le gant sur mon visage, trempé de ma propre sueur, ne me soulageait plus. Seule l'énorme pierre coincée dans mon bas-ventre monopolisait mon attention, mes efforts, mon épuisement. Et soudain, j'ai crié, de toutes mes forces, pour extirper cette chose dont je ne voulais pas. Pour m'en débarrasser et redevenir comme avant. Une petite fille sage et sans histoire. Sauf que plus rien, jamais, ne serait pareil.

Une dernière fois, j'ai contracté tous mes muscles et me suis cambrée sur le drap trop fin.

Alors je l'ai entendu.

Le cri qu'il a poussé à cet instant était le plus terrible, le plus fragile et peut-être le plus désespéré que j'avais jamais entendu. Il hurlait, lui aussi, de toutes ses minuscules forces. Pour se faire entendre. Pour respirer. Pour vivre.

On a collé cette petite chose contre ma poitrine, elle m'a respirée et a cessé de pleurer. Épuisée, j'ai posé mes mains sur son dos fragile et brûlant. C'était comme s'il ne pesait rien. J'ai senti sa peau contre la mienne, incroyablement chaude et tremblante. Dans le creux de son cou exposé, j'ai vu son cœur battre, fort et régulier, et ses yeux aveugles chercher les miens. Et lorsque enfin je me suis retrouvée seule, hors de tout regard, j'ai fondu en larmes.

J'essuie mes joues du revers de la main et me recroqueville un peu contre la douceur du cuir encore frais. Dans le salon de ma mère, je renifle et étreins le vide avant de m'éteindre tout à fait, abattue par le sommeil.

– Silence –

Mai 1942

Lorsque ses mauvais rêves l'empêchaient de s'assoupir, Lucie allumait la radio et fermait les yeux. Assise dans le noir, elle écoutait. Elle aurait pu ne faire que ça, écouter. La musique, les lectures nocturnes, les voix grésillantes des speakers avinés, le bruit des parasites. Charles la retrouvait parfois au matin, près du canapé, la tête enfouie sous un bras pâle, respirant à peine, dormant à même le sol, la main sur le bois de la radio qui fonctionnait en sourdine. Elle sursautait dès qu'il la frôlait. Il posait alors sa gigantesque patte sur le cœur affolé, jusqu'à le sentir s'apaiser sous sa paume.

Lucie, comme une enfant, s'émerveillait de tout. Elle feuilletait inlassablement les livres d'art que Charles rangeait minutieusement dans la petite bibliothèque du salon. Elle tournait les pages avec le plus grand soin et passait des heures à déchiffrer le titre des peintures et des photographies dont, à force de les examiner, elle connaissait chaque éclat de lumière et chaque coup de pinceau par cœur. Pourtant, elle semblait redécouvrir couleurs et angles de vue dès qu'elle consultait à nouveau les ouvrages, prononçant le nom des artistes à haute voix. Malgré la reliure en toile qui irritait ses cuisses nues, elle continuait d'examiner le corps de ces femmes, le rayon de soleil sur le galbe de leur pied, le détail de l'étoffe sous leur sein lourd, leur quotidien magnifié. Elle effleurait le papier épais, et sentait alors l'écume fraîche de l'océan caresser ses orteils, le blé sec piquer ses mollets, le tabac chatouiller son palais.

Le premier dimanche du mois de mai, les forces de l'ordre vinrent enlever Charles. Il fut conduit en silence vers cette automobile que Lucie regarda partir, le front appuyé contre la fenêtre. Elle ne sut rien de plus, ni où on l'emmenait, ni s'il reviendrait un jour.

Elle pleura trois jours durant, dévastée et incapable de vivre seule. Elle écouta la radio jour et nuit, les histoires, les messages dissimulés, le nom des morts. Un jour sans entendre de ses nouvelles était un jour de plus. L'espoir s'entêtait. Lucie ne bougerait pas d'ici. Elle se promit d'attendre le retour de Charles. Que cela dût durer deux semaines ou bien trente ans, elle attendrait.

Elle survivait tant bien que mal, se nourrissait autant qu'un oiseau et mouillait ses lèvres de temps en temps. Elle dormait pour raccourcir les longues journées d'été, elle sortait uniquement pour se rendre à l'église où, chaque semaine, elle déposait un cierge pour Charles. Elle prenait alors la ligne A et descendait au troisième arrêt, comme tous les autres passagers. Ils étaient tant comme elle à prier pour que leurs proches reparaissent.

Ce jour-là, le crépuscule approchant, la lumière agaçait les visages à l'intérieur du bus, perçant à jour les plus fardés, les plus coupables aussi. Lucie plissait les yeux, cherchant à tâtons le premier siège qui s'offrirait à elle. Elle en trouva un vide, sur lequel elle prit place. Discrète, elle se concentra sagement sur le mauvais pli que sa jupe faisait sur son genou. Alors elle entendit les voix. Celle-ci, stridente comme de la craie sur un tableau noir, elle l'aurait reconnue entre mille. Sœur Michelle. Assise à quelques centimètres seulement, elle discutait avec le jardinier. De ces rosiers qu'il faudrait tailler, de cette cloche qu'il faudrait tout de même songer à replacer, de ces filles qu'il faudrait mater. Pas un mot sur la guerre, comme si elle n'avait jamais existé.

Lucie baissa les yeux, les joues aussi rouges que le tissu sale de son siège. Paralysée, elle ne bougea pas, ne respira plus, déglutit peut-être. Elle pouvait sentir le sang battre à ses tempes, jusqu'à l'intérieur de sa gorge. Les mots grinçants semblèrent se dissoudre en quelques secondes ; la conversation ne fut bientôt plus nourrie que par le ronflement encrassé du bus. Lorsqu'ils se turent tout à fait, Lucie perçut le regard sur elle et se sentit prise au piège. Elle tordit les doigts sur son ventre.

Les pavés, le chemin de terre, les hauts murs de Bellevue et ce silence qui n'en finissait pas. Le bus s'arrêta, Lucie demeura figée, froissant sous ses doigts le coton de son corsage léger.

« Le temps est à l'orage, filons. »

C'est le jardinier qui avait parlé. Il pressait sœur Michelle vers la sortie.

« Vous plaisantez ? Le temps est superbe ! »

Lucie risqua un œil vers le couple improbable. La grosse femme ne la regardait pas et se contentait d'avancer, râlant dans ses mi-bas qui glissaient mollement sur ses chevilles grasses.

Avant de descendre à son tour, le jardinier posa une main ridée sur l'épaule brûlante de Lucie. Le cœur près d'exploser, elle leva la tête vers cet homme et remarqua les sillons tracés par la vieillesse autour de sa bouche. Il souriait. Lucie ne cilla pas.

« Ne monte plus jamais dans ce bus, petite. Il n'y a rien de bon pour toi ici. Il n'y a jamais rien eu de bon pour personne dans le coin. Essaie au moins d'être heureuse et va-t'en. »

4023 jours

"Would you be happy if I cried sometimes ?
You know I
Sit in the dark and I try I try
But I can't make a sound until the morning comes
My head is dumb and my heart is dry
And some things cannot be fixed"

"Serais-tu heureux si je pleurais parfois ?
Tu sais que je
M'assois dans l'obscurité et que j'essaie j'essaie
Mais je suis incapable du moindre son jusqu'à ce que le matin arrive
Ma tête est engourdie et mon cœur est sec
Et certaines choses ne peuvent pas être réparées »

Happy, Kat Frankie

25.

Je n'aime pas être réveillée aux aurores. Les appels matinaux sont ceux que je redoute le plus, les victimes de l'aube ne se loupent pas, elles sont déterminées. Elles s'exposent à la vue du plus grand nombre, en pleine lumière, dans les parcs, les parkings, les rues vides. Les plus frais choquent les yeux, et ceux qui traînent encore chatouillent les narines de leurs voisins. Le soleil fait courir la puanteur sous les portes et dans les couloirs. Ses rayons font tourner votre petit déjeuner. Le soleil est la pire des rumeurs.

Je m'éveille en sursaut avec la vague impression que le sol tremble sous mon corps. Des vibrations, entrecoupées de silence. Mon téléphone. Je tends le bras et décroche. Au bout du fil, je n'entends pas mon interlocuteur. En fait, je n'entends rien du tout. Ou presque rien.

Sur la ligne, aussi lointain que s'il parvenait d'un autre monde, je peux discerner un souffle. Une respiration rapide, presque saccadée. Je raccroche.

Par le passé, j'ai reçu des tonnes d'appels semblables à celui-ci. Des anonymes transpirant. Suffoquant. De sales badauds pervers, affamés de drames quotidiens, excités par la souffrance. Parfois, des appels de soutien. Des femmes le plus souvent. Des mères, des filles, qui voulaient supporter ma peine à ma place. Qui tenaient à porter mon deuil. Ces voix m'ont anéantie. J'ai changé de numéro de téléphone six fois au total mais elles ont toujours fini par retrouver ma trace. On me suivait dans la rue, avec ce regard terrible gorgé de pitié à en gerber. Un homme m'a demandé ma pointure. Quelques autres se sont masturbés en m'entendant pleurer au bout du fil. Mille fois, j'ai raccroché.

La lumière transperce les volets çà et là, creusant des plaies aveuglantes. Le soleil est aussi peu aimable que la veille.

9 heures et je ne suis plus qu'un magma de sueur lorsque je pénètre dans l'enceinte étouffante de Bellevue. Les couloirs se suivent et se ressemblent. Chambre 237. Derrière la porte, une voix douce récite un long monologue, sans réelle spontanéité, juste des phrases, mises bout à bout dans un semblant de vie. Jackie Philco. Dans l'entrebâillement, sur la rondeur de ses cuisses, un vieux livre tient en équilibre. Il s'agit d'un vieil ouvrage trop consulté. La couverture est prête à rendre l'âme et ne tient plus que par les deux fils les plus résistants de la reliure. Un livre de contes.

Je ne distingue pas tous les mots qui s'échappent des lèvres de la grosse Philco. Il pourrait s'agir de n'importe quelle histoire. Je ne sais même pas pourquoi elle lui fait la lecture, ni pourquoi elle lui propose des contes pour enfants. C'est un peu humiliant.

« Bonjour, Jackie. »

La graisse sursaute au niveau de son cou. Elle lève les yeux vers moi et ajuste ses lunettes en écaille. Elle se racle la gorge, me sourit et referme le livre sur ses doigts, à quelques pages de la fin.

Je m'approche de ma mère avec méfiance.

« Elle aime qu-quand vous lui faites la lecture ?

— Disons que j'essaie de la garder au maximum en contact avec la réalité... Mais il est plutôt difficile de capter son attention. »

Jackie Philco a surpris mon regard sur le vieux livre.

« L'infirmière m'a dit qu'elle serait incapable de comprendre quoi que ce soit d'autre. Des phrases simples, des histoires courtes. Les contes, c'est ce qu'il y a de plus simple, non ? »

Qu'est-ce qu'elle en sait ? Peut-être que ma mère comprend chaque mot que l'on prononce à son intention. Peut-être que ne lui parler qu'avec le vocabulaire d'une gamine de cinq ans ne l'aide pas franchement. Peut-être qu'elle aimerait pleurer pour ça.

Jackie rajuste le livre défraîchi. Ce bouquin, il m'appartient, je l'ai lu et relu des dizaines de fois quand j'étais gamine. Les contes d'Andersen.

Les coins sont enfoncés à force d'avoir heurté le sol. Sur le dos, la belle dorure a disparu, émiettée sur la plupart des pantalons que je portais, et quelques pages ont été déchirées par le temps sans que personne n'ait jamais pris soin de les recoller.

Les contes pour enfants sont terrifiants et merveilleux, on y souffre, on y saigne, on y meurt et, parfois, on y vit heureux. Comme la princesse, j'avais tenté de sentir ce petit pois au travers de mon matelas, jurant que j'en devinais chaque relief. Comme le soldat, j'avais chevauché ce chien aux yeux grands comme des soucoupes puis tué pour conquérir ma belle. J'aimais me plonger dans ce livre, même si j'en connaissais chaque ligne par cœur. La fin des histoires avait beau ne plus être une surprise depuis longtemps, je la redécouvrais chaque fois.

Cet ouvrage, que la vieille Philco balance nonchalamment d'une main à l'autre dans une danse presque hypnotique, me donne une furieuse envie de le lui voler et de courir m'enfermer pour le dévorer encore. Je n'en fais rien. Je reste sage, sans bouger, de l'autre côté du lit de ma mère qui ne me lâche pas des yeux. La porte s'ouvre et crève le silence.

« Bonjour, madame Philco. Et vous êtes madame... ?

— Baudry, je suis la fille de Diane B-Baudry.

— Bien. »

Je suis fatiguée de répéter la même chose. Cela ne sert à rien, les infirmières ne m'écoutent pas. Demain, on me demandera sans doute qui je peux bien être et ce que je fais dans la chambre de Mme Baudry. Mais, demain, je ne serai plus là. Dès que cette satanée Duke sera réparée, je dégage d'ici.

Ma mère geint lorsque la jeune femme retire le drap qui la recouvre. Sa chemise de nuit est retroussée jusqu'à la taille et laisse apparaître une culotte de mauvaise qualité, largement tachée par endroits. Je grimace et l'infirmière ajuste le tissu. C'est l'heure de la toilette. Alors que je lui tourne déjà le dos, j'entends ma mère gémir derrière moi. Un son affreux, animal, comme si tout son corps venait de crier. Un frisson se faufile entre mes os.

« Je crois qu'elle vous demande de rester... »

Génial. D'un regard, je supplie Jackie de me sortir de là, mais elle n'en fait rien. Elle saisit son sac et m'indique simplement qu'elle m'attendra près de la machine à café, au rez-de-chaussée, que je ne m'en fasse pas, que je prenne mon temps, tout se passera bien.

« Et ils veulent ton numéro de téléphone à l'accueil, pour pouvoir te contacter en cas de souci.

— Non, Jackie, j-je... »

Alors qu'elle passe déjà la porte, je vois le livre de contes s'enfuir avec elle, bien à l'abri dans le creux de sa main épaisse, un fil d'or s'échappant d'entre ses doigts.

Lorsque je me retourne, les lèvres de ma mère sont toujours tordues d'avoir gémi. Mais elle est silencieuse, elle me fixe et se laisse faire. Je ne participerai pas. Je ne laverai pas le corps de ma mère, j'en suis foutrement incapable. Ce corps qu'elle ne maîtrise plus m'écœure. En une seconde, sa chemise de nuit est posée sur le fauteuil, et sa culotte à terre.

Le gant humide récure la peau noueuse. L'infirmière annonce chaque geste d'une phrase ferme et courte. Elle va laver le bras. Et maintenant la main. Chaque morceau est nettoyé. Et les yeux d'ardoise sont toujours collés aux miens, brillants, comme s'ils allaient pleurer. Mais ils ne pleurent pas. Ils me regardent, jusqu'au fond, c'est tout.

Alors que l'infirmière lave le cou de ma mère, celle-ci déglutit avec peine. Elle se met à pleurnicher un peu lorsqu'on la positionne sur le côté, face à moi.

Là encore, chaque mouvement est accompagné d'un prologue. *Je vais laver vos cuisses, vos mollets, vos chevilles, votre dos.*

Sa bouche striée par la sécheresse est toujours un peu ouverte et un léger filet de bave s'en échappe discrètement. Sa tête, mollement posée sur l'oreiller, suit les assauts du gant savonneux. Elle ne dissimule pas son intimité, elle n'en a aucune conscience. Ses seins sont deux amas de peau ridés et ballants, vidés de toute substance ayant le moindre trait à la vie. Sous chacun d'eux, des rougeurs suintantes. Des irritations provoquées sans nul doute par l'immobilité et la toilette imparfaite. Son ventre se soulève douloureusement, et chaque respiration paraît être un vrai calvaire. Elle couine à nouveau. J'ai du mal à supporter l'expression sur son visage, mélange d'humiliation, d'impuissance et d'incompréhension. Elle n'a aucune idée de ce qui se passe, des raisons pour lesquelles on la touche de cette manière. J'ignore même si elle sait qu'elle possède un corps. Elle est si maigre qu'elle pourrait se briser à la moindre chute, si fragile qu'un seul souffle pourrait la détruire.

Je baisse les yeux et contourne le lit pour ne plus l'affronter. L'infirmière chantonne alors qu'elle a presque terminé. Elle commence à la sécher avec une serviette rendue grisâtre par un millier de passages en blanchisserie. De nouveau, les chevilles, les mollets. Et le dos.

Je peux voir sa colonne vertébrale saillir sous la finesse de sa peau blanche, chacune de ses côtes se soulever doucement pour laisser l'air pénétrer à l'intérieur de ses poumons, ses omoplates se rapprocher sous les frictions de la serviette. Et la cicatrice sur son flanc.

Mes doigts sont attirés par les volutes d'encre rose figés dans sa chair. Sous le regard incendiaire de la femme en blanc, je ne peux m'empêcher de tendre la main. Elle me laisse faire. Et mon index, affreusement aimanté, effleure la souffrance de ma mère.

La peau est douce et bombée. Je longe les arabesques pourpres sans pouvoir m'arrêter. Le regard de l'infirmière s'agrandit. Elle n'a pas le temps de me prévenir, de me dire qu'elle vient de remarquer un changement soudain, qu'elle vient de voir les lèvres de sa patiente se tordre de douleur alors que je n'ai fait que frôler son flanc. Son corps, que je croyais apathique, se retourne brusquement vers moi et mes poignets, en une seconde, se retrouvent prisonniers d'un véritable étau d'écorce. De la force, elle en possède encore sacrément. Je ne bouge pas, incapable même d'ouvrir la bouche pour demander de l'aide. La bête féroce vient de resserrer ses griffes et m'attaque. Comme au bon vieux temps. La noirceur de ses yeux me jauge et ses doigts me font mal. Ses ongles s'enfoncent dans ma chair, dans l'encre noire de mes poignets, les chiffres palpitent sur et sous ma peau, enflent et rougissent. Je crois que je vais pleurer, comme avant.

De sa bouche, ou plutôt de tout son corps, le gémissement se fait à nouveau entendre. Profond, rauque. Animal. Elle ne desserre pas son étreinte. Ses yeux sont grands ouverts sur la scène. Ses traits difformes expriment trop de choses au même moment. De la colère, de la haine. Mais, par-dessus tout, de la peur. Ma mère est terrorisée et c'est la seule manière qu'elle a de me le faire comprendre.

Elle se met à hurler, d'une voix totalement insupportable, presque inhumaine. Mon cœur cogne à tout va dans ma poitrine mais je me force à la regarder. Je ne sais pas si j'essaie de la comprendre, ou si la voir dans cet état me procure une quelconque satisfaction, mais je la laisse faire, je la laisse beugler comme une génisse qu'on égorge, je la laisse griffer mes poignets, autant qu'elle le voudra. J'attends qu'elle s'arrête. C'est tout ce que je veux. Qu'elle se taise. Qu'on l'endorme, qu'on l'entrave, qu'on la pique, mais qu'elle la ferme.

Une seconde infirmière intervient enfin et me libère des pattes du monstre. Ma mère me regarde intensément, et je m'enfonce dans les marais de ses yeux couleur de boue.

Malgré sa faiblesse, elle gagne encore à ce jeu. Toute ma vie, j'en suis toujours sortie perdante.

Je pars sans m'excuser, la tête rivée vers le sol. Je percute mollement une énième forme blanche, sans même me retourner. Je m'en moque. Je veux un café. Et une cigarette.

– Silence –

Décembre 1944

Au second jour de décembre, le premier flocon de l'année s'échappa de son nid de glace. Il voleta au-dessus des champs, nargua le bétail apathique, puis reprit de l'altitude. Il ignora cette cloche sous laquelle rien n'avait plus poussé depuis presque vingt ans, tournoya entre les cheminées fumantes et continua sa course instable et légère jusqu'à ce que, sans un bruit, il pût enfin embrasser la robe de Lucie.

Une petite église froide et baignée de lumière accueillait un mariage simple. Un prêtre qui bourdonnait, vibrant dans sa soutane comme un gros papillon de nuit prisonnier d'immenses vitraux sales. La célébration avait peu duré et seules quelques âmes avaient été conviées. Des murmures, des hochements de tête, deux *oui* qui avaient caressé les voûtes de pierre, deux sourires discrets, quelques applaudissements et ce fut tout.

Charles était rentré. La guerre l'avait peut-être tué mais son cœur battait encore. Il avait frappé à cette porte, trempé par la pluie de novembre, priant pour que Lucie fût encore là, à l'intérieur de cet appartement.

Pendant deux ans, il n'avait possédé que cette seule photographie fourrée au fond de sa poche pour se souvenir de la beauté de son visage. Un bout de papier égaré lors de sa troisième année de travail au front, alors qu'on le transférait vers un village plus au nord. Il avait misé sur sa mémoire, compté les grains de beauté sur le cou de Lucie tous les soirs, dans l'inconfort de sa paillasse. Il n'avait pensé qu'à elle, oublié les cris et les explosions. Il n'avait pensé qu'aux retrouvailles, qu'au rouge de ses joues lorsqu'il l'embrassait, qu'au goût salé de sa peau, qu'aux tremblements de ses pieds lorsqu'elle jouissait, qu'à ses larmes lorsqu'il lui disait l'aimer. Il s'était promis de la revoir, juste pour l'épouser. La porte s'était ouverte. Et, derrière la porte, la photographie avait pris vie.

La cérémonie achevée, tous étaient sortis, couvrant leurs crânes plus ou moins fournis sous des chapeaux de laine et enfonçant leurs pattes d'ours dans leurs poches un peu serrées. La température n'en finissait pas de chuter, et le ciel n'avait plus de couleur depuis des semaines.

Malgré le froid, la jeune femme ne tremblait pas. Entièrement drapée de bleu, elle marchait lentement, quelques fleurs blanches piquées avec une grâce simple dans ses boucles brunes, un anneau sans pierre à son doigt, et, à son bras, un colosse souriant.

La jeune femme, qui n'avait jamais porté que l'unique sobriquet de Lucie, comme ces vulgaires animaux domestiqués auxquels on ne donne qu'un seul nom, était officiellement devenue Mme Charles Witkin. Les liens l'avaient libérée.

Dans ce village où il avait été forcé de travailler, on levait Charles aux aurores pour ne le relâcher qu'à la nuit tombée, à l'heure où même les chats croyaient au calme et osaient fermer un œil. Il façonnait des armes, des balles, des projets de tuerie. Ses mains savaient, ses doigts chauffaient à blanc, modelaient, polissaient, lustraient.

Dans les heures qui avaient précédé sa libération, Charles avait croisé le chemin de troupes armées. Lui sur son vélo, les épaules chargées de ferraille et de pierres, et eux en face, perchés sur leurs tanks et leurs camionnettes fumantes. Sa dernière heure sonnante et trébuchante, qu'il avait vue approcher sans empressement. Ces dizaines de soldats qui s'étaient arrêtés à sa hauteur et qui avaient articulé avec difficulté le nom du village. Charles avait tendu une main fort peu assurée vers l'est. Les soldats avaient ri et la terre avait tremblé sous les chenilles des chars d'assaut. Charles avait fermé les yeux et attendu la décharge entre ses deux oreilles, l'impact des balles contre son crâne, la poudre brûlante à l'intérieur de son cou. Il avait gardé les yeux clos jusqu'à ce que le rugissement s'éloigne suffisamment.

Sain et sauf, il avait lentement repris sa course. Puis il l'avait entendue. La première rafale. Les cris et les grenades dégoupillées que les soldats lançaient à la va-vite comme pour s'en débarrasser. Il avait entendu ses amis d'infortune hurler sous les tirs. Les troupes avaient décimé le village entier sans préavis, et Charles était celui qui leur avait montré le chemin.

Il s'était enfui, se délestant de tout ce que son dos supportait. Il s'était mis à courir jusqu'à la ville la plus proche et s'était endormi sur un banc. L'ennemi pouvait revenir, il s'en fichait. Il méritait d'être abattu, lui plus que tous les autres.

Lorsque le soleil avait chauffé son crâne assez fort pour le tirer du sommeil, il avait alors entendu les sifflets et le moteur des avions. Il avait d'abord cru à la fin du monde. Puis d'autres hommes que lui s'étaient aventurés sur les routes. Des femmes, puis des enfants. L'un d'eux avait dit : *Je crois que c'est fini.* Et un convoi avait ramené Charles chez lui, maigre, trempé de pluie et de terreur, mais bel et bien vivant.

26.

Je n'aime pas les ascenseurs, leurs boutons sales, leur moquette râpeuse, leur mécanique incertaine. Leurs portes qui peuvent vous faire mal, vous emprisonner pendant des heures, s'ouvrir sur le vide et vous y projeter comme un fichu pantin.

Lorsque j'atteins le rez-de-chaussée de l'hôpital, Jackie Philco est là qui m'attend, près de deux énormes cubes luminescents et cabossés, assise sur un minuscule banc où son postérieur ne peut loger que seul. La machine à café n'a pas vraiment l'air de répondre correctement à toutes les questions qu'on lui pose, à en juger par les coups de pied qui l'ont heurtée à maintes reprises. Café court. Sans sucre. Elle honore ma demande sans se tromper, il suffit de lui parler avec douceur, rien de compliqué.

Je m'appuie contre la seconde machine qui ronfle bruyamment et je peux sentir la ventilation glacer mes chevilles. Le café est terriblement mauvais, mais je l'avale quand même. Le goût de ce qu'on ingurgite ici importe peu, finalement.

« Elle t'aimait, Iris. »

L'art des moments choisis. Je ne trouve rien à répondre.

« Quoi que tu en penses, Diane voulait le meilleur pour toi. Elle était certainement un peu dure, mais je t'assure que tu étais ce qu'elle avait de plus cher au monde.

— Vous parlez d'elle c-comme si elle était m-morte. »

La vieille Philco soupire.

« Tu as son sens de la repartie, en tout cas. Et ses mains. »

Je ne vois pas le rapport. Nos mains n'ont rien en commun. Qu'elle me laisse tranquille.

À l'intérieur de ma poche, contre ma cuisse droite, je sens une vibration légère. Mon téléphone s'agite. Je le laisse sonner sans bouger, jusqu'à ce qu'il s'arrête enfin.

« Je dois y aller. D-désolée. »

Je jette le gobelet dans la corbeille qui déborde déjà largement. Celui-ci tient en équilibre et je file avant qu'il ne tombe.

À peine sortie, j'allume une cigarette dont je prends juste le temps d'apprécier la première bouffée.

« Iris, attends. »

Jackie se dandine jusqu'à moi.

« Je crois que c'est à toi. »

Je crache rapidement la fumée sur le côté. La robe de Jackie, d'un vert printanier, presque mûr, colle à sa gorge, à ses épaules, à son ventre. Et dans la main humide qu'elle agite sous mon nez, les contes d'Andersen dodelinent doucement. Un fil d'or oscille entre son pouce et son index.

« Il est dans un sale état, mais je pense qu'il te revient.

— M-merci.

— Parfois, tu me lisais des histoires à voix haute. Tu t'en souviens ? Tu n'avais pratiquement pas besoin de consulter le livre, tu les connaissais sur le bout des doigts. »

C'était vrai. Certains contes plus que d'autres, certes, mais j'avais une mémoire excellente. Et, apparemment, je n'étais pas la seule. Jackie commence :

« *Le Prince la prit donc pour femme, sûr maintenant d'avoir une vraie princesse...*

— *Et le petit pois fut exposé dans le cabinet des trésors d'art, où l'on peut encore le voir si personne ne l'a emporté.* »

Jackie ouvre de grands yeux ravis.

« Ce livre t'aidait, tu te rappelles, c'était un exercice. Grâce à lui tu ne...

— Bégayais plus... »

Nouvelle vibration contre ma cuisse. Je la sens à peine. Jackie ouvre le livre au hasard.

« Plus dur. *Mais lui restait immobile, raide et froid – alors Gerda pleura de chaudes larmes qui tombèrent sur la poitrine du petit garçon, pénétrèrent jusqu'à son cœur, firent fondre le bloc de glace, entraînant l'éclat de verre qui se trouvait là. Il la regarda, elle chantait le psaume...*

— *... Les roses poussent dans les vallées, où l'enfant Jésus vient nous parler.* Et le petit garçon éclate en sang-glots. Comment s'appelait-il déjà... ? »

Je fronce les sourcils et fais travailler mes méninges rouillées.

« Un petit effort, Iris.

— K-Kay, c'est ça. *La Reine des neiges.* »

Un sourire sincère éclaire plus encore la bonhomie de Jackie. Elle me tend l'ouvrage, qui se met à tanguer un peu au bout de son bras. Je prends le livre et reconnais instantanément chaque défaut qui le définit. Je ne le glisse pas dans mon sac, je le garde à la main. Il est précieux. J'avais oublié à quel point. Je sais précisément à quel endroit mon ongle s'attardait lorsque je m'y plongeais pendant des heures ; le coin inférieur droit de la couverture est abîmé à force d'avoir embrassé la moquette, l'escalier, le trottoir. Si j'avais un microscope ultra-perfectionné, je trouverais sans le moindre doute les souvenirs de dizaines de lieux différents, incrustés dans la reliure. De la laine, de la sciure, des miettes, du sable, du sel.

À mon tour j'ouvre l'œuvre d'Andersen, à une page indéfinie qui me projette une bonne vingtaine d'années en arrière. Et me voilà en train de faire la lecture à ma voisine, sur le parking de l'hôpital, comme si j'avais douze ans, comme si tout avait disparu autour de nous. Je n'ai pas la moindre idée de ce qui me prend... mais je claironne, à haute et intelligible voix, les premières lignes que je trouve.

« *Et il vola dans l'eau, où il nagea vers les superbes cygnes, qui l'aperçurent et accoururent à lui à grands coups d'ailes.* »

Je jette un coup d'œil à la vieille femme, qui m'écoute avec attention. Ses yeux roulent à chacun de mes mots.

« *“Tuez-moi si vous voulez !” dit le pauvre animal. Et il pencha la tête sur la surface de l’eau, attendant la mort... mais que vit-il dans l’eau claire ? Il vit sous lui sa propre image, mais qui n’était plus celle d’un oiseau gris tout gauche, laid et vilain. Il était lui-m-même...* »

Je m’arrête subitement. Ma bouche ne parvient pas à se fermer. Alors Jackie finit ma phrase dans un souffle.

« *Un cygne.* »

Elle me regarde, dans l’attente d’une réaction de ma part à laquelle elle pourra enfin s’adapter. Si je pleure, elle me prendra dans ses bras. Si je pars en courant, elle ne me rattrapera pas, mais elle viendra ce soir me proposer une tasse de thé, peut-être même du gâteau tout juste sorti du four. Et si je ne dis rien...

« Je sais qu’il te manque terriblement, ma chérie. »

Elle saura quoi dire.

Je me concentre sur les pages jaunies qui deviennent de plus en plus floues. Elle ne s’approche pas, me laisse respirer, me laisse le temps.

Le jour où ma mère a appris que j’étais enceinte, après m’avoir flanqué la gifle la plus terrible de mon existence, elle a quitté la pièce, muette. Je n’ai pas nettoyé les trois gouttelettes de sang qui ont taché la moquette de ma chambre. Je suis partie en courant. Je doute encore aujourd’hui que ma mère ait entendu claquer la porte. Si fort, pourtant, que le bois juste au-dessus du gond le plus haut s’est fendillé. Avant de fuir, je l’ai vue, dans la cuisine, les yeux rivés sur le carrelage, la main serrée sur un chiffon épais. Je n’ai jamais su si elle s’en voulait de m’avoir frappée. Je pense plutôt qu’elle m’en voulait tout court. Pour tout,

tout le temps. J'ai cessé de la regarder et j'ai foncé à l'extérieur.

Le mois de février débutait tout juste, je me rappelle la fine couche de neige qui recouvrait le sol. Mes chaussons immédiatement trempés, et mes orteils frigorifiés à l'intérieur. Je ne savais pas où aller. J'ai couru jusqu'à ce que mes poumons s'embrasent. J'étais à bout de souffle, et mon ventre s'est mis à me faire un mal de chien. Je me suis appuyée contre un réverbère et me suis agenouillée dans la neige. Ma peau était douloureuse. Honteuse. Coupable.

Lorsque j'ai trouvé la force de me relever, j'ai rebroussé chemin, affreusement embarrassée. Je priais pour que personne ne me voie. Pour que mon escapade à demi nue ne revienne pas aux oreilles de ma mère. Je ne voulais plus l'affronter. Plus jamais.

Je suis passée devant la maison sans y entrer, et j'ai escaladé le perron de Jackie Philco. J'ai sonné, frappé, sonné à nouveau. Je ne sentais plus mes doigts bleuâtres. Je me rappelle m'être demandé combien de temps cela me prendrait pour mourir de froid. Ça devait se compter en minutes. J'ai frappé à nouveau. La porte s'est ouverte doucement et la chaleur de la maison m'a aspirée à l'intérieur.

Je me suis assise dans un vieux fauteuil en cuir qui râpait les mollets. Jackie m'a servi un chocolat chaud bouillonnant et m'a emmitouflée dans une épaisse couverture en laine qui me démangeait le corps. Je n'ai rien dit, évidemment. Je l'ai laissée s'occuper de moi, j'en avais besoin. Je voulais qu'elle me traite comme la gamine que j'étais, pas comme une femme débile de quarante ans. Voilà la façon dont me traitait ma mère : elle me considérait comme une adulte stupide.

J'ai bu le chocolat chaud, lentement, attendant patiemment que les nausées se calment entre chaque gorgée. Alors je lui ai tout raconté. Le forain, le bébé, tout.

Elle a considéré la situation sans dire un mot et a avalé d'un trait le thé fumant qu'elle s'était préparé. Elle a soupiré puis m'a frictionné le dos. La laine me faisait l'effet d'un papier de verre, mais qu'importe. Jackie Philco m'a serrée dans ses bras. Je me souviens de ses bracelets trop gros et trop nombreux qui cliquetaient à ses poignets, de ses ongles, longs et vernis, et de son parfum aux notes épicées. Elle m'a parlé tout doucement au creux de l'oreille, d'une voix presque inaudible. J'ai oublié la plupart des phrases qu'elle m'a murmurées ce jour-là, j'ai simplement profité de son étreinte, m'imaginant sûrement qu'elle aurait dû être ma mère, et je me suis recroquevillée un peu plus contre ses rondeurs. Avec elle, je serais devenue une autre, une enfant vivante, vide de honte et de regret.

Je me rappelle ce qu'elle m'a répété à deux reprises. Peu importait la manière dont il était arrivé là, ce petit être qui poussait à l'intérieur de mon ventre était un vrai miracle. Lorsque ma mère verrait cet enfant, elle saurait. Elle l'aimerait, puis elle m'aimerait. Le vilain petit canard que j'étais à ses yeux deviendrait à son tour un cygne, accepté et adoré par sa famille.

Swan. Voilà d'où provenait le prénom de mon fils. Le cygne.

Jackie m'a promis de m'aider dès que j'en sentirais le besoin, ce qu'elle a fait. Elle a toujours été présente, du début à la fin de ma grossesse, avant même, et après. Jusqu'à ce que je m'enfuie. Elle a tenté de garder le contact, j'ai reçu quelques lettres que j'ai lues puis délaissées sans jamais trouver le courage d'y répondre. Je ne voulais pas remuer le passé, peu importe ce que cela pouvait impliquer, peu importe ce que j'y perdais. J'ai fait une croix sur tout, même sur ce dont j'avais le plus besoin.

– Silence –

Janvier 1945

Les vapeurs de chloroforme avaient privé Lucie du premier contact avec son enfant. Elle avait vaguement saisi cette chaleur sur sa poitrine avant que le faible poids ne s'efface et qu'elle ne sombre à nouveau. Elle n'avait pas entendu le moindre cri, à peine aperçu le visage de ce petit être qu'elle venait de mettre au monde. Rien qui pût lui indiquer s'il était en vie ou non. Rien qui pût l'orienter, ni vers la joie, ni vers l'anéantissement. Et pourtant, malgré l'hébétude, elle pouvait les sentir couler, aussi chaudes que ses joues étaient froides, ces larmes que l'attente ne parvenait à retenir. À flots, elles s'échappaient de ses yeux lourds, pleins à éclater de milliers de grains de sable qu'elle aurait juré entendre crisser sous ses paupières closes.

Le cri. Elle l'entendit soudain percer le silence dans la pièce voisine. Derrière les murs, elle pensa discerner les soupirs de soulagement des infirmières autour de cette petite chose qui venait enfin de hurler à la vie.

Charles, retenu par ses cauchemars et ses médications, n'assista pas à la naissance de son premier et unique fils.

Lucie dut alors décider seule du nom que porterait cet enfant. William était le prénom du père de Charles. William Witkin. Voilà ce qui était convenu et que Lucie n'avait jamais remis en cause.

La jeune femme, inspectant le corps du nouveau-né, sembla prise d'un léger doute. Elle examina ses bras, ses jambes, chacun de ses os, de ses muscles. Elle vérifia qu'aucune infirmité répugnante ne déformait ses membres ou son crâne. Elle dut l'admettre, le petit corps chaud et remuant était parfait. Elle le caressa, le palpa, le respira. L'odeur était la même que celle de ces chats qu'elle côtoyait auparavant. Ceux qui offraient leur toison brillante aux soleils provocateurs de ses jours de captivité.

« ... Vous m'entendez, madame ? »

Lucie ferma les yeux un instant. Elle aimait tant qu'on la nomme ainsi. *Madame*. Elle se serait tue uniquement pour l'entendre à nouveau.

« Comment s'appelle-t-il ? »

Une seconde encore, Lucie hésita. Elle huma à nouveau cette odeur de terre et de biscuit rance qu'exhalait le petit dos nu, puis elle prit la décision de donner à cet enfant le nom de celui sans qui elle serait probablement morte.

« Henry. Il s'appelle Henry William Witkin. »

Lorsque l'infirmière traça la dernière courbe sur le bracelet d'Henry, une larme roula sur la joue de Lucie. Elle fut pour ce jardinier, cet employé un peu sourd à qui elle devrait à jamais son salut.

27.

Je crois que j'aime cette femme. Ses gestes simples, qui pourtant sont tout. Ses doigts, qui glissent une mèche épaisse derrière votre oreille, qui caressent votre joue, avec une douceur dont vous n'avez plus l'habitude. Cette femme qui repose délicatement vos pieds sur ce sol que vous étiez persuadée d'avoir quitté, et qui vous aide à vous remettre debout. Jackie Philco est capable de vous ressusciter au beau milieu d'un parking presque vide.

Je la laisse faire. Je voudrais la prendre dans mes bras, mais au lieu de ça je trouve une excuse pour m'esquiver. Je m'écarte lentement, jusqu'à ne plus sentir sa bienveillance brûler mon dos.

Une fois seule, je consulte ma messagerie. Cinq appels en absence et trois messages. Tous proviennent d'un numéro inconnu. Il suffit que je revienne ici pour que les appels anonymes fusent à nouveau. Les nouvelles vont vite, et les mauvaises sont toujours plus rapides que les bonnes.

Je compose trois chiffres et la voix inégale et doucereuse de ma boîte vocale annonce le programme. Le premier appel a eu lieu à 10 heures et 19 minutes. La Duke sera prête en fin de journée. Je soupire, puis écoute le second message. Un silence, qui dure une bonne dizaine de secondes, et, juste avant que je ne passe au suivant, une voix se fait entendre.

« Ouais, Iris. Je... je voulais savoir si tu étais toujours dans le coin. »

Ian Reisse. De la gêne dans sa voix.

« Je ne sais pas où tu es, mais rappelle-moi si tu veux bosser. Excuse-moi pour l'autre jour. Je ne voulais pas m'emporter. Je... Appelle-moi. Ça devrait te plaire. »

Aucune scène de crime ne me *plaît*. Ni le sang ni la violence. Rien de tout cela ne me fait sauter de joie en me levant le matin. J'essaie simplement de comprendre ce qui peut pousser un esprit à se tordre à tel point qu'il devient capable de ces choses-là. Je tente juste de mettre le doigt sur les raisons qui rendent capable de franchir la limite fragile entre le bien et le mal, les raisons qui permettent de commettre de pareilles horreurs. Cerner ceux qui violent des octogénaires, qui s'attaquent à des gamines tout juste en âge de gazouiller ou qui prennent leur pied en pénétrant un cadavre. Ou ceux qui regardent simplement leur victime agoniser, sans rien faire, juste enivrés par un semblant de pouvoir.

Une mère violente. Un père absent. Des brimades d'écoliers. Ou, parfois, rien de tout cela. Une enfance tranquille, remplie d'amour, protégée. Et le déclic qui change tout.

J'attends que la demoiselle coincée dans ma boîte vocale me propose de rappeler mon correspondant, j'accepte. Deux sonneries, puis il décroche.

« Baudry, je savais que je pouvais compter sur toi.

— Ton super-photographe n'était p-pas libre ? »

Je l'entends soupirer bruyamment au bout du fil.

« Iris, tu veux bosser ou pas ?

— D-de quoi est-ce qu'il s'agit ?

— On a retrouvé un corps, près du lac Andres. »

Ma main se serre contre le combiné. Le lac se situe à quatre ou cinq kilomètres à l'ouest de la ville. Il n'est ni immense ni très fréquenté. On y accède par un chemin de terre que seuls les pêcheurs de la région connaissent. Il faut enjamber les ronces et, après quelques pas dans les hautes herbes, on peut trouver une petite étendue pentue de sable sale, de cailloux et de branches mortes qui plonge directement dans l'eau verdâtre. Juste de quoi poser une barque. Bref, pas vraiment un site touristique.

Je connais cet endroit parce que j'y suis déjà allée avec mon père, il y a très longtemps. Il m'y avait conduite en cachette pour m'apprendre à pêcher. Un matin, alors que même le jour paressait, il m'avait réveillée. Il avait chargé un sac à dos avec des sandwichs, des appâts et une bouteille d'eau. Je m'étais rendormie le temps du trajet, la joue posée sur le tissu raboteux des sièges. Je me rappelle l'odeur âcre à l'arrière de l'habitacle, des relents de pluie, d'essence et de plastique chaud. Je me souviens aussi de la guitare et de cette voix douce à la radio qui traversait le désert, et du cheval sans nom qu'elle laissait s'enfuir, libre. C'est ce que nous étions ce matin-là. Libres et seuls au monde. Sans *elle*.

Recroquevillée dans les bras de mon père, flottant au-dessus des épines sombres, j'étais enfin libre. Nous avions mis la petite embarcation à l'eau, puis nous avions regardé le soleil se lever depuis le milieu du lac. Ses rayons roses qui dansaient à la surface, explosant dès que nous les effleurions. Nous n'avions rien pêché et étions revenus les mains vides. Bredouilles mais heureux.

Lorsque nous avions franchi le seuil, les beuglements de ma mère nous avaient accueillis. Stridents, seulement interrompus par les sifflements de sa respiration. Qu'est-ce qui nous avait pris ? Nous étions fous ! Nous aurions dû la prévenir !

Mes parents ont échangé des hurlements à l'étage tandis que je jouais silencieusement sur le tapis du salon. *Laisse-la un peu tranquille, besoin de sortir, sage,* voilà les bribes que je saisissais de la bouche de mon père. *Elle n'avait rien à faire là-bas, doit rester ici, jamais recommencer* : voilà ce que ma mère crachait.

Je fredonnais, parcourant machinalement les broderies de la nappe du bout des doigts, cachée sous la table immense. Je ne les entendais plus. Je reniflais, persuadée de sentir encore les effluves d'essence tout autour de moi.

« Iris ? Tu es toujours là ?

— Oui, Ian. J'arrive.

— Je savais que je pouvais compter sur toi. »

28.

Plus que quelques heures et j'enfourcherai à nouveau la Duke. *Bye bye sweet home.*

Je tourne la poignée de cette bonne vieille maison et la porte s'ouvre sans opposer la moindre résistance. À l'intérieur, la température a baissé de trois ou quatre degrés. Les clés du vieux pick-up sont bien sagement accrochées dans l'entrée. Je les saisis et mon geste reste en suspens. C'est la toute première fois que je vais conduire la voiture de ma mère.

La maison possède un accès intérieur vers le sous-sol. Une bonne dizaine de marches abruptes qui mènent directement au garage. Le mur est creusé de plusieurs rangements où trônent des bouteilles poussiéreuses aux étiquettes illisibles. Du mauvais vin, et du pire encore. Cet endroit me foutait la frousse. Je dévalais les marches à toute allure et les remontais aussi sec, m'écorchant les tibias sur le bois vermoulu. *Elle* prenait un malin plaisir à me faire descendre pour n'importe quoi. Une boîte de conserve. Un crayon. Des clous. Des objets parfois imaginaires, que je cherchais seule entre les moisissures et les toiles d'araignées. Enfin, quand, par chance, je dénichais l'objet de sa requête, elle me reprochait de ne pas être allée assez vite ; quand je ne le trouvais pas, elle me riait au nez. Ce rire mitrailleur, je peux l'entendre encore, si clair qu'il hérisse ma peau.

Je cherche la chaîne qui permet d'éclairer le sous-sol. Je la sens cliqueter sous mes doigts mais rien ne se produit. Je tire encore et encore, sans succès. La lumière a déserté les lieux. Je pince l'arête de mon nez et hoche la tête. Ma pauvre fille. Il n'y a rien en bas. Rien qu'une guimbarde à la peinture oxydée. Quelques vieilleries et deux ou trois rats. Rien de méchant.

Je m'accroche aux murs pour ne pas tomber. Les reliefs électrisent mes doigts. Le bois humide plie et soupire sous mon poids. Les blattes, les scolopendres, les araignées. J'attends leur caresse. Je vais sentir leurs antennes chatouiller mes paumes, leurs pattes courir sur ma main, mon bras et mon dos. J'entendrai leur carapace craquer sous mes chaussures et je trébucherai dans leur nid.

Un rai de lumière agrippe brusquement mes yeux. La porte du garage, en bas. J'avance à tâtons et bute sur quelques cartons dont le contenu s'éparpille un peu sous mes pieds. Je titube vers la porte métallique, qui s'ouvre dans un grincement terrible. Le mécanisme est complètement rouillé. Un coup d'épaule et le soleil pénètre brutalement dans le sous-sol. Je distingue les petites ombres noires qui s'agitent en tous sens sur les murs. Elles étaient bien là, partout, qui veillaient sur ma peur. Prises de panique, elles se cognent les unes aux autres et disparaissent en un clin d'œil à l'intérieur de leurs abris.

Sur le sol, un carton éventré déverse son butin. Des

photos. Des centaines de clichés, rangés depuis toujours hors de ma portée. Des photos appartenant à mon père, qu'il a prises au fil des ans, à l'insu de ma mère. Il ignorait que je le surprenais parfois, perché sur ces étagères instables, en train de glisser de nouveaux clichés à l'intérieur des cartons détrempés. Il savait que le temps les détruirait. Il se disait probablement que sa femme ne les trouverait jamais, qu'elles s'effriteraient avant qu'elle ne mette la main sur le carton. Il se trompait. Il est mort avant que les premiers champignons aient grignoté un seul cliché. Et, lorsque ma mère a découvert l'existence de ces photographies, l'humidité n'avait même pas atteint un seul carton.

Les couleurs jaillissent d'abord de dizaines d'espèces de fleurs. Du rouge, du jaune, du mauve, des nuances étendues à l'infini. Des pivoines, des hortensias, des jacinthes, des trèfles. Puis, sous les fleurs, ma mère. Les couleurs ont disparu, laissant place au grain contrasté du noir et blanc. Ce visage alors que je n'étais pas encore née. Je ne l'avais jamais vue ainsi. Ses cheveux lissés derrière ses oreilles, les doigts finement repliés sur une cigarette longue. Des volutes de fumée soulignent ses yeux clairs. Son visage est dur, je reconnais bien quelques traits mais, malgré cela, je la trouve différente. Belle, peut-être. Cette femme qui a disparu le jour de ma naissance est probablement la plus jolie au monde.

Se cachent ensuite des souvenirs de nous, des photos de moi surtout, que mon père avait conservées pour qu'*elle* ne les jette pas. Assise en short dans la paille, en maillot de bain au bord du lac, en culotte dans la cuisine, nue dans mon bain, nue dans ma chambre. En plan large et en gros plan. Je range les épreuves dans le carton abîmé. J'attendrai que les champignons les dévorent, comme mon père l'avait probablement souhaité.

La portière du pick-up grince fort. J'ignore depuis combien de temps il n'a pas servi, je ne sais même pas s'il reste assez d'essence pour que j'atteigne le bout de l'allée. J'insère la clé, et le vieux moteur tousse douloureusement avant de caler.

Ne me fais pas ça. Je me suis engagée, tu démarres.

La seconde tentative est la bonne. La fumée efface tout sur son passage et j'avance dans un ronflement effroyable. Je sors et referme tout derrière moi, même si cela ne sert à rien. Sinon à retarder un éventuel cambrioleur, ou à le décourager s'il est foncièrement idiot.

L'aiguille de la jauge sursaute un peu mais le réservoir est plein. Sur le volant crasseux, une fine couche duveteuse qui colle à mes paumes. J'ouvre les vitres à l'avant, histoire de ne pas suffoquer.

La radio crachote un peu mais elle fonctionne : la première phrase que je comprends est adressée à notre Saint Sauveur. Une fréquence catholique. Je tourne le tuner poussiéreux vers la droite. Les infos, sur toutes les stations, il doit être midi. Elles disent toutes la même chose, que Paul Trenti n'a pas été retrouvé ; si je possède quelque information que ce soit, je dois contacter un numéro que je ne retiens pas, et si je croise l'agresseur, je suis priée de ne pas agir seule, mais de contacter ce même numéro que je ne retiens toujours pas. Une voix autoritaire me rappelle que Paul portait un pyjama vert lorsqu'il a disparu, et qu'il tenait à la main un chien en peluche orange. Je change de station et des notes envahissent l'habitacle.

– Silence –

Juillet 1945

Le premier cri qui explosa hors des lèvres d'Henry William Witkin sembla ne jamais cesser. Lorsqu'il ne hurlait plus, il pleurait. Lorsqu'il ne pleurait plus, il geignait. Le sommeil ne le rattrapait que rarement, et dès lors, les yeux bouffis de fatigue, il continuait de tordre sa bouche béante en silence.

Charles s'échappait souvent, lui qui ne supportait plus ni les cris de son fils ni les larmes de sa femme. Qui ne supportait plus que le silence et ces cachets qui le faisaient s'assoupir souvent.

Lucie restait alors seule avec son fils ; depuis des mois, elle apprenait à supporter ce bruit incessant. Henry ne jouait pas, ne souriait pas, ne gazouillait ni ne babillait. Il pleurait. De l'aube à l'aube. Le temps passait et les cris gagnaient en ampleur. Un sifflement presque palpable qui garnissait le vide entre les murs, une stridence qui aurait irrité les oreilles de quiconque serait resté plus de quelques minutes dans l'appartement. Cela tombait bien, Lucie ne recevait pas. Ni famille ni ami, personne. Elle déambulait dans les chambres, la cuisine, le salon, n'entendant plus depuis des mois la radio constamment allumée, ne comprenant plus les murmures poussés au maximum de l'audible, devenue sourde au bruit blanc, imperméable aux parasites.

Dès le premier jour, Lucie avait su qu'il n'y aurait qu'un seul moyen pour faire taire Henry. La toute première fois, lorsqu'elle l'avait posé dans son berceau pour oser se reposer un peu et qu'il avait braillé instantanément, elle avait compris. Un long moment, elle avait observé cet enfant, ses gencives hurlantes et ses minuscules yeux noirs qui, lorsqu'ils n'étaient pas clos, ne la lâchaient jamais. Alors elle avait caressé sa peau claire et fragile, l'avait saisi et pressé délicatement contre son corps à elle, sale et encore meurtri de l'avoir mis au monde. Presque immédiatement, il n'avait plus émis que quelques sanglots étouffés. Quelques jérémiades anodines et émiettées qui ne vrillaient plus les tympans, un simple bruit de fond tout juste désagréable.

Chaque jour depuis lors, elle tentait de patienter jusqu'à ce qu'elle ne puisse plus supporter les plaintes derrière la porte fermée de la chambre du bébé. Elle attendait de moins en moins longtemps, recroquevillée sur le sol, les oreilles bâchées par des mains de plus en plus tremblantes. Elle cédait vite, ne sentant même plus les larmes user ses cernes. Et elle l'attrapait pour le coller contre son cœur prêt à exploser. Elle le serrait, parfois peut-être un peu trop fort, mais enfin il se calmait. Le silence reparaissait, néant en suspens, instant hésitant de calme avant la tempête.

Alors Lucie s'allongeait doucement sur le lit conjugal, quelquefois à même le sol. Elle respirait à peine pour ne pas éveiller son fils, puis ils s'endormaient ensemble, épuisés d'avoir lutté l'un contre l'autre, bataille vaine à laquelle ils perdaient constamment tous les deux. Lucie, abattue par la fatigue, ne se nourrissait plus que de l'odeur de son fils, enfouissant son nez dans la courbe rebondie d'une épaule souvent nue. Henry, lui, n'en finissait pas de dévorer sa mère, pressant son sein entre ses lèvres arrondies, la suçant jusqu'à la moelle.

29.

Je n'aime pas l'eau. Cette façon qu'elle a de vous étouffer sans forcer, ce poids glacial qu'elle pose sur vous et que vous ne pouvez retirer. Son arrogance à vouloir vous engloutir, à pénétrer dans votre bouche et votre culotte, à vous empêcher de crier. Son impalpable culpabilité. Et son incroyable tendance cleptomane, à vous arracher des mains ballons, bijoux et enfants.

Le pick-up emprunte une petite route de campagne peu fréquentée qui ne doit pas voir passer plus d'une petite dizaine de véhicules chaque jour. Deux voitures sont garées sur le bas-côté, gyrophares éteints. J'entends la voix des équipes déjà sur place, étouffées par la végétation sèche et compacte. Ils ne sont qu'à quelques mètres.

Le lac Andres forme une espèce de trou au centre des bois. Une tonsure en pleine forêt. La cime des séquoias mange une partie du ciel, si bien que l'endroit est toujours protégé du soleil. L'eau reste glaciale et noire à l'ombre des arbres gigantesques. Je le sais car j'avais peur de m'y noyer lorsque nous venions en secret avec mon père. Il faisait tanguer notre barque pour me terrifier, et il riait si fort qu'il manquait de chuter lui-même dans les eaux sombres. Je ne pleurais pas, je ne hurlais pas, je me cramponnais. À la coque, à mon père, à tout ce que mes mains avaient le temps d'agripper. Nous ne tombions jamais. Nous restions à peu près secs, collés l'un contre l'autre pendant des heures, et je m'endormais, la tête sur ses genoux, respirant l'odeur d'herbe sur son pantalon, et le parfum de la terre sous ses doigts qui se perdaient dans mes cheveux.

J'avance lentement, mon reflex entre les mains, jusqu'à ce que les paroles des officiers deviennent plus nettes et que j'aperçoive enfin les contrastes de leurs uniformes. Ils continuent sans même remarquer ma présence. Les ronces enlacent mes jambes jusqu'aux genoux et, sous les épines, les orties me mordent.

Maël Dandolo détourne le regard et fait mine de travailler. J'arme mon objectif et observe Reisse sur l'écran. Il est posté un peu plus loin, seul. Il observe la scène. Il n'y a aucun marquage au sol et si peu de place pour circuler que les chaussures des officiers ont déjà souillé les lieux depuis belle lurette.

Le corps de la victime est échoué sur la berge tandis que ses pieds, lestés par des chaussures de randonnée, ondulent à la surface de l'eau. C'est un homme, d'une quarantaine d'années. Ses vêtements sont trempés et son corps a déjà commencé à enfler sous l'effet des gaz. Une alliance cisaille son annulaire gonflé. Ses doigts sont propres et relâchés. Cela fait au moins deux jours que le corps barbote. Une chemise jaune est ouverte sur un torse marbré. Les os ont l'air en place, il n'y a pas de fracture apparente. Je mitraille, en me rapprochant toujours un peu plus. Je salue discrètement Reisse et replonge dans mes prises de vue. La cause de la mort est plutôt évidente. La gorge de la victime est ouverte sur sept ou huit centimètres, la jugulaire a été tranchée. Un coup mal maîtrisé et plutôt brutal. La coupure est courte et sauvage. Animale. Elle ressemble à une griffure, profonde et sèche. Les yeux sont vitreux et n'affichent pas la moindre terreur. Je me demande même si l'homme a eu le temps de voir ce qui l'a attaqué.

Une canne à pêche flotte près de la rive, une cuiller argentée flambant neuve et ornée de longs fils de laine rouge y est accrochée.

« Un ours, t-tu crois ?

— Non, l'entaille ne correspond pas. »

Reisse étudie la barque, abandonnée elle aussi sur la rive. À l'intérieur, une glacière est renversée. Dans la petite coque en bois, quatre canettes de bière roulent calmement. Deux sandwichs. Deux parts de tarte. Une bouteille d'eau. C'est beaucoup pour un seul homme.

Je quitte une seconde l'écran des yeux.

« Il n'était p-pas seul.

— Apparemment, non. »

La voix de Reisse est calme et profonde. L'épisode de la gare semble propulsé à des années-lumière. Nouveau jour, nouvelle affaire, on efface tout et on recommence.

L'eau noire clapote contre les semelles du pauvre égorgé. Une matinée entre amis qui tourne mal. Des vérités peu bonnes à dire qui s'échappent. Le fiel qui délie les langues. La bestialité à 5 heures du matin sous un soleil pas tout à fait prêt à se lever. Le sang qui gicle. La panique du coupable. Le corps qui tombe à l'eau et se débat, les mains autour de la plaie, la bouche ouverte sur un souffle qui ne vient plus, les yeux grands ouverts sur ces petites bulles qui viennent éclore à la surface. Puis plus rien, seulement le silence. Quelques corneilles qui crient et un cadavre qui flotte au milieu d'un lac froid. Le bois qui racle le sable, le chuintement de pas fuyant sur les cailloux sales.

Je sursaute lorsque j'entends la voix de Dandolo dans mon dos. Il est si près que je peux sentir son souffle sur ma nuque. Une haleine lourde de café et de lait presque caillé. Je détourne la tête.

« La voiture du type est garée un peu plus bas.

— Tu es sûr que c'est la sienne ?

— Pas trop de doutes, la portière était ouverte et ses papiers bien rangés dans la boîte à gants. C'est bien lui. Robert Blot. Marié. Trente-neuf ans. D'après nos infos, c'était un gars sans histoires. Il bossait à l'usine de papier en zone industrielle. Pas de casier.

— Tu as appelé sa femme, Dandolo ?

— Non, je...

— Fais-le. »

Maël Dandolo ne répond pas. En bon chien-chien qu'il est, il a voulu rapporter les informations à son maître, et le voilà affublé de la pire des tâches. Annoncer le décès, trouver les mots, attendre que la famille les comprenne, et laisser le silence faire le reste. Il s'éloigne en maugréant discrètement, et dès que Reisse lui tourne enfin le dos, je le vois attribuer la corvée à un autre subalterne.

« À ton avis, Baudry ?

— À m-mon avis quoi ? »

Il désigne le corps d'un coup de menton.

Ian Reisse me fait confiance. Il dit que j'ai du flair. C'est peut-être moi le bon chien-chien, finalement.

Je lui réponds que je n'en sais trop rien, qu'il s'agit peut-être d'une histoire de fric, d'alcool ou de femme. Peut-être que le Robert Blot au casier vierge se tapait la femme de son pote. Reisse est perplexe. Je hausse les épaules ; tout est envisageable dans cette région de ploucs. Tuer pour affirmer sa virilité est devenu un adage plutôt commun, que ce soit ici ou partout ailleurs. Je cesse un instant de shooter.

« On n'a trouvé que la voiture de B-Blot ?

— Oui, et ?

— Tu crois vraiment qu'ils ont pris deux véhicules différents ? Je v-veux dire, pour des amis qui viennent p-pêcher ensemble, ça me semble un peu bizarre.

— Peut-être que son "ami", comme tu dis, est rentré chez lui à pied... »

La solution se dessine devant nous, dense et obscure. La forêt. Le coupable s'y cache peut-être encore.

Reisse rappelle ses hommes et en envoie vingt pour quadriller les bois. *Vous me trouvez ce type, même si vous devez ratisser chaque putain de terrier.* Go.

Deux cent soixante-dix-huit clichés. Les cailloux, la barque, la glacière, le chapeau de paille tombé sur la berge, le cadavre, ses semelles, son pantalon en toile, sa chemise jaune, son alliance, les ombres sur sa joue, la gorge tranchée, l'écume sur ses lèvres, la vase dans ses yeux. Je pense que j'ai tout.

« Tu viens avec moi, gamine ?

— T-tu me proposes une b-b-balade dans les bois ?

— Tout juste. »

Je protège l'objectif et range l'appareil dans sa housse. Reisse ouvre le chemin, et je le suis en silence. D'autres techniciens continuent d'examiner chaque gravier, et la plupart se penchent maintenant sur le véhicule abandonné. Une vieille allemande cabossée. Elle est garée un peu plus loin, en contrebas, à l'abri de la chaleur. Juste à l'orée des bois.

30.

Les branches mortes craquent sous nos pieds et la fraîcheur caresse enfin notre peau. Le chant discret des feuilles rougies qui n'en finissent pas de tomber autour de nous. L'automne était bien là, caché depuis toujours dans cette forêt gorgée d'oiseaux et de boue. Un chemin de terre nous offre deux choix. Les équipes sont parties côté ouest. Nous empruntons l'autre voie.

Les martinets, les piverts et d'autres espèces côtoient les cimes, virevoltant d'un arbre à l'autre sans que je parvienne à distinguer vraiment leurs piaillements. Les ailes des papillons se noient dans la végétation et les toiles vides s'étirent entre les troncs. Quelques scarabées courent sur les bouts d'écorce tombés au sol, et d'autres insectes que je ne vois pas filent sous mes chaussures. Entre les feuilles humides, les grenouilles et les salamandres. La vie est partout.

Tout est calme ici. Il fait bon. Les parfums des sous-bois chatouillent mon palais. Les voix de la cavalerie se sont taries. Je ne sais pas depuis combien de temps nous marchons. Je ne sais même plus ce que nous cherchons exactement. Reisse est loin devant. Mes pieds sont trempés par cette rosée qui ne sèche jamais mais je n'ai pas froid. Je n'ai pas mal. Je suis bien. Quand, sous mon pied, une chose minuscule et amorphe manque de me faire trébucher.

C'est mou et immobile, tapi sous les feuilles collantes. Je m'agenouille. Des auréoles oxydées tachent instantanément le bas de mon pantalon. Je pose les mains sur la terre meuble et m'approche de la silhouette informe. Il s'agit sans doute d'un animal mort ; pourtant, je ne peux m'empêcher de l'observer, de l'examiner, de l'écouter, comme si je pouvais encore l'entendre respirer. Je retire délicatement les feuilles. L'animal ne crie pas. Il n'est pas mort. Il ne vit pas non plus, en fait il n'a jamais vécu. C'est une peluche. Pas un vulgaire bout de tissu rembourré, non. Un chien. Et, sous la couche de saleté brunâtre, je peux discerner les rayures orange, bleues et jaunes. Le chien aux rétines manquantes. La peluche de Paul Trenti.

Un bruit dans mon dos.

Je me redresse brusquement et fourre la peluche à l'intérieur de mon sac.

Je me retourne mais ne vois rien. La forêt, elle, n'a pas sursauté, rien ne la dérange jamais.

« Iris ? Tu as vu quelque chose ? »

Mon cœur cogne. Un craquement. Un pas sur une branche sèche. C'est là. Juste derrière moi. Ça m'observe depuis un bon moment. Ça me connaît. Je ne respire presque plus.

Un autre bruit, plus près. Reisse se fige. Il regarde la bête avancer dans mon dos, sans bouger. Sans lever le petit doigt. Il attend.

Un nouveau craquement derrière moi et mes jambes se détendent enfin. Je cours vers Reisse. Aussi vite que je peux. Plus que quelques mètres et il me protégera. Il tuera le monstre.

Une racine sangle brutalement mon pied. L'étrange sensation de voler, puis mon corps qui s'étale de tout son long dans une tranchée boueuse. La joue sur la terre et les bras noirs d'une crasse fraîche. Les pas se rapprochent et Reisse demeure immobile. Il laisse la bête venir à lui. Il l'amadoue.

« Bonjour. »

Pas de réponse. Juste un reniflement. La bête pleure, à gros sanglots. Ce n'est pas une bête, même pas un homme. Ce n'est qu'un gosse. Un gamin perdu. *Paul.*

Mes muscles répondent enfin et je relève la tête. La petite silhouette vacille devant Reisse, tremblante et vulnérable. Ce n'est pas Paul Trenti, c'est une petite fille. La môme sanglote. Elle porte un polo mauve et un bermuda noir. Ses cheveux cuivrés retombent en boucles épaisses sur des oreilles un peu décollées et de longs cils trempés de larmes papillonnent sur ses yeux verts. Elle est terrorisée. Ses vêtements sont sales et le lacet de sa chaussure droite est défait. Elle laisse échapper une sorte de bâton au sol. Ça ressemble à du métal, en plus léger. Du carbone. Merde. Au bout de la tige, un long fil de nylon s'emmêle dans le mécanisme, et, sur l'hameçon, je devine des traces de sang brun. Le sang de Robert Blot. Merde, merde, merde.

« Comment est-ce que tu t'appelles ?

— Marie.

— Tu veux bien me dire ce qui s'est passé, Marie ? »

Elle regarde Reisse et hésite quelques secondes avant de continuer.

« Je suis allée pêcher avec mon papa. Il a voulu m'apprendre comment lancer. J'ai fait comme il m'a dit, et... et... »

L'hameçon tout neuf a ferré le mauvais poisson. Le crochet lisse s'est enfoncé dans la gorge de Robert Blot. Paniquée, elle a dû tirer plus fort pour le lui retirer, ce qui a aggravé les choses. Elle a tué son père et a assisté à son agonie.

Une grosse larme roule sur sa joue, traçant un sillon rose à travers la saleté.

« Il est tombé dans l'eau... sa bouche... elle était ouverte... »

La gosse est terrorisée.

« C'était un accident, ma puce... Rien qu-qu'un accident. »

Soudain, le petit corps se jette dans mes bras. Marie pleure à chaudes larmes dans mon cou. Malgré deux jours passés à errer dans la boue, ses cheveux dégagent un parfum entêtant de maïs grillé et de chewing-gum. Ses bras nus sont doux sous mes doigts.

« Ça va aller, m-ma puce, ne t'inquiète pas...

— Je ne l'ai pas fait exprès, je vous... le jure... »

Elle se demande ce qui va se passer maintenant. *Aura-t-elle le droit de retrouver sa mère ?* Voilà l'unique question qu'elle se pose désormais. Voilà pourquoi elle me serre si fort. Parce qu'elle n'a absolument aucune idée de la réponse.

Je me redresse lentement.

« Viens avec nous, Marie, tu n'as pas mangé dep-puis deux jours, tu dois reprendre d-des forces. »

Elle glisse sa petite main à l'intérieur de la mienne.

« Tout ira bi-bien maintenant, ne t'en fais pas. C'était un accident. Ta maman doit être très inquiète. »

Je la serre plus fort lorsqu'elle trébuche sur les pierres. Marie ne sourit pas et continue de marcher en faisant un peu plus attention. Elle pose sur moi des coups d'œil furtifs et insistants.

« Qu'est-ce qui se p-passe, ma puce ? »

Elle ne me regarde plus. Rouge pivoine, elle pose un pied devant l'autre en examinant le chemin de terre qui se dessine à nouveau sous nos pieds.

« Tu peux t-tout me dire, qu'est-ce que t-tu as ? »

La nuque courbée, concentrée sur chacun de ses gestes, sa voix-clochette ressemble aux pépiements des oiseaux libres.

« Pourquoi... pourquoi est-ce que tu parles comme ça ? »

31.

Il nous faut pas moins d'une demi-heure pour rejoindre les berges du lac Andres. Marie s'emmêle de plus en plus les pieds dans les hautes herbes. Elle est épuisée. Ses doigts recroquevillés contre ma paume sont mous, totalement dépourvus de force. Je lui dis que nous sommes presque arrivés, qu'il ne nous reste plus que quelques pas. J'ignore si cela la rassure vraiment, mais elle ne s'arrête pas, elle s'accroche et continue de marcher, le souffle court et les genoux écorchés.

Sur la rive, l'une des équipes de Reisse est revenue. Leur battue n'a pas été franchement fructueuse. Les officiers tournent en rond, bredouilles, trop nombreux pour circuler sans se frôler sur cette étendue minuscule de graviers grisâtres. Reisse s'agite au milieu des uniformes. Ses épaules émergent dans la masse et les autres s'écartent tant bien que mal pour lui libérer le passage. Alors qu'il bouscule la moitié de son équipe, il glisse un mot à l'oreille de l'un des agents, qui saisit immédiatement son téléphone. Les cerveaux percutent enfin, et les regards ne nous quittent plus.

Reisse s'agenouille devant la gosse.

Elle se tourne vers moi, effrayée par sa taille gigantesque, et agrippe le bas de mon tee-shirt. Le lieutenant lui explique que sa maman s'inquiète probablement beaucoup, qu'il va la prévenir immédiatement. *Tu vas rentrer chez toi très vite, ne t'inquiète pas.*

Les sanglots rejaillissent. Peu à peu, je peux discerner le hurlement des sirènes qui se rapprochent. Une ambulance vient chercher Marie pour procéder aux premiers soins. Pour nettoyer son visage, étancher sa soif et désinfecter ses plaies. Après seulement, la gosse pourra retrouver sa mère, folle d'inquiétude, qui l'attendra sur le perron.

Mais personne ne lui enlèvera ce qu'elle a fait. Personne ne modifiera les faits, ni sa mère, ni l'ambulance, ni Reisse. Personne. Elle a tué son père. Le traumatisme restera. Malgré tous les médicaments qu'elle pourra ingérer, malgré tous les psychologues qu'elle pourra consulter, l'image de cet homme en train de suffoquer dans l'eau glaciale ne s'effacera jamais.

Une fois l'ambulance partie, je tends la canne à Reisse, prenant bien soin de ne pas effleurer l'hameçon ensanglanté.

« Merci, Baudry. »

– Silence –

Août 1957

Août détrempait les corps ramollis et paresseux, la brûlure de l'été asséchait la ville et parfumait les peaux. Aujourd'hui, Lucie portait une robe rouge en toile qu'Henry ne lui avait jamais vue. Il la trouva si belle qu'il ne put s'empêcher de venir se blottir dans ses bras malgré la chaleur qui pesait sur l'appartement. Il aimait l'odeur piquante de sa mère. Elle sentait les oignons, l'eau de Cologne et le cuir du vieux canapé. Henry fourrait son crâne dans le creux confortable de son aisselle, collait sa paume moite contre la poitrine suante et s'amusait de ces sensations qu'il connaissait par cœur. Ils fondaient ensemble, l'un contre l'autre, prêts à défaillir mais ne relâchant jamais leur étreinte, chacun devenu l'organe vital de l'autre.

Charles Witkin ne partageait plus le lit de sa femme depuis des mois, peut-être même des années. Il n'était qu'une ombre errant entre les murs de l'appartement. Parfois, quand la nuit le levait pour renouveler son traitement, l'envie lui prenait d'entrouvrir la porte de la chambre. Il regardait alors sa femme et son fils, membres mêlés, enchevêtrés sur et sous les draps. Il lui semblait parfois les entendre ronronner, enroulés l'un contre l'autre. Il n'avait plus sa place auprès d'eux. Ces deux-là n'avaient besoin de personne.

Le matin, il quittait l'appartement sans un mot, souvent défroqué, parfois imbibé, déposant juste un baiser sur le front de Lucie.

Jamais il n'embrassait Henry avant de partir. Il hochait simplement la tête avant de fermer la porte derrière lui. Comme un homme aurait salué un autre homme.

Dès lors qu'ils étaient seuls et que la température grimpait au-delà du supportable, Lucie souriait à son fils. Un sourire qui ne soulevait qu'un coin de ses lèvres rondes. Dans leur langage qui ne nécessitait aucun mot, Henry espérait ce sourire par-dessus tout. Il signifiait qu'ils allaient quitter l'appartement pour quelques heures, s'envoler hors de la cage et partager un peu d'air frais.

Lucie ouvrait la fenêtre et un pauvre courant d'air léchait les murs. Le cadre léger accroché au-dessus de la radio du salon tanguait toujours vers la gauche. Un portrait noir et blanc, d'une femme à l'épaisse frange et aux lunettes noires immenses. Cette créature superbe que sa mère admirait. Cette femme au visage parfait.

Ils se glissaient à bord de la vieille auto que Lucie avait appris à dompter, plus ou moins. Lorsqu'ils parvenaient à démarrer, le moteur semblait faire plus de bruit qu'un avion, alors ils avançaient tant bien que mal, toussotant et cahotant, évitant décor et passants, riant à s'en arracher la gorge. Ils hurlaient en chœur, toutes vitres ouvertes, les fesses et le front douloureux de franchir les nids-de-poule à pleine vitesse. Au bout de la course, Lucie freinait dans le chiendent, et tous deux crachaient leurs poumons en traversant la poussière restée en suspens autour de la voiture au capot au bord de l'implosion. Ils sentaient à peine les ronces écorcher leurs jambes et les orties enflammer leurs genoux, ils couraient, main dans la main, épuisés et ruisselants d'avoir tant ri et crié, pressés de gagner leur endroit secret.

Ils dépassaient la barrière de séquoias pour retrouver ce lieu qui n'appartenait qu'à eux. Derrière l'immensité des arbres, le lac les attendait, ce bout d'eau fraîche dont ils ne connaissaient pas le nom et qui leur appartenait un peu.

Lucie retirait sa robe et la pliait soigneusement loin de la rive, sur les pierres érodées par le temps. Comme chaque fois, elle frissonnait lorsque l'eau fraîche grignotait ses orteils, et Henry restait en retrait, les jambes repliées sous son menton, assis sur l'inconfort d'une racine, le ventre douloureux de trouver sa mère si belle, elle qui avait déjà plongé et qui lui faisait signe de la rejoindre. Un battement de cils hésitant avant de sauter à son tour dans ce trou d'eau glacée dont on ne devinait même pas la profondeur. Ils s'aspergeaient alors comme deux gosses du même âge, faisaient la course et buvaient la tasse. Haletant et grelottant, ils rejoignaient la berge pour s'allonger un instant. Henry regardait les gouttes rouler sur la peau diaphane de sa mère. De son épaule sur une pierre blanche. De ses hanches sur une pierre noire. De sa cuisse sur une pierre grise. Il tendait le bras et suivait les sillons de la cicatrice sur la jambe indolente, sur le genou sculpté. Ce dessin lisse et tortueux qu'il connaissait sous toutes les coutures. Un camaïeu sombre qui changeait en fonction du temps, des ecchymoses comme une peinture de maître sous ses doigts. Il s'endormait en contemplant sa peau, voyageant sur ce paysage couleur de crépuscule. Ce soleil brûlant qui languissait sous le derme, ces orages qui rugissaient sous la courbe d'un genou, il aimait tant s'y perdre...

Lucie le secoua doucement alors que le jour déclinait déjà. Il se mit debout lentement, le ventre ravagé par l'empreinte des pierres fraîches. Il avait faim – l'eau le creusait chaque fois. Il enfila son pantalon sur ses sous-vêtements encore humides, riches de cette odeur de vase qu'il chérissait sur la peau de sa mère. Le parfum de la forêt qui s'accrochait à ces longues boucles brunes longtemps après qu'ils étaient partis, parfois des jours. Chaque goulée d'air le ramenait ici, chaque baiser, chaque effleurement le conduisait tout droit au bord du lac. Il n'avait qu'à fermer les yeux.

Avant que la portière ne claque, il entendit le chant d'un oiseau. Il lui sembla si proche qu'il le crut un instant perché sur le tableau de bord, mais le piaillement disparut lorsque le moteur se remit à ronfler. Le soleil embrasa la terre, et les sumacs, tout autour d'eux, parurent plus rouges et plus féroces que jamais. Henry vit le sourire discret sur le visage de sa mère, alors il colla sa tignasse épaisse contre la frêle épaule de Lucie.

Le grincement de la courroie avala les cris de son estomac. Il aurait dévoré un bœuf. Sa main frôla celle de Lucie sur le pommeau de vitesse et elle le regarda.

Ses cernes semblèrent peut-être un peu plus sombres, son visage plus pâle. Mais Henry oublia.

« Tu veux essayer ? »

Aux yeux du gosse de douze ans, le vieux coucou n'était rien de moins qu'une énorme créature métallique têtue et incontrôlable. Le volant, serpent fin et fuyant, glissait sous les doigts à chaque virage, le tableau de bord tapissé de poussière semblait respirer et grommeler sur chaque bosse. Les pédales demeuraient inatteignables et le pare-brise presque borgne ne laissait entrevoir qu'une tache de route en plein milieu.

« Monte sur mes genoux, je vais t'aider. »

Lucie lui vit toutes les dents, celles du haut, du bas et même du fond. Elle fit une légère embardée lorsqu'il l'escalada pour saisir les commandes. Elle glissa une main autour de sa taille, laissa l'autre sur le pommeau de vitesse bombé.

Ils rirent de se cogner l'un contre l'autre sur le chemin de terre. Lucie le serrait si fort qu'il crut bien étouffer, mais malgré tout il souriait. Une grimace pleine d'émail et de trous, croquant le macadam à pleine bouche.

Ils filaient comme des diables sur les chemins caillouteux, zigzaguant le long des plantations de maïs aux fanes sèches. L'homme qui jaugea la voiture en lissant sa moustache, aucun d'eux ne le vit. Henry s'accrochait au volant à pleines mains et maintenait le cap comme il le pouvait. Au bout de quelques minutes, il maîtrisait suffisamment l'engin pour ne pas plonger dans le fossé. L'enfant évita trois autres voitures, quatre cyclistes, un tracteur et cinq ou six piétons. À chaque nouvelle rencontre, de grands gestes à son intention. Les autres enfants le saluaient, heureux et solidaires de celui qui conduisait ce char à héros. Les adultes ouvraient grands leurs yeux et leur bouche, lui hurlaient de faire attention, d'aller moins vite, et d'autres mots, moins délicats, qu'il ne comprenait pas.

Ils atteindraient bientôt la ville, et le tour de manège prendrait fin. Alors Henry saisit l'instant. Il prit soin de retenir chacune des sensations qui parcouraient son corps et sa tête. Le vent sur son front, le rire toujours collé à ses lèvres et à son ventre. Les moucherons écrasés sur le pare-brise presque opaque, la couleur franche de l'herbe, le clocher sans cloche. Les mains de sa mère sur son cœur qui battait la chamade, son souffle saccadé sur sa nuque.

Il lui sembla entendre Lucie lui susurrer quelque chose au creux de l'oreille. Un mot, presque inaudible, que lui seul crut comprendre. *Henry*. Son prénom, tout juste soupiré, et soudain, l'étreinte autour de son torse qui se relâcha doucement. L'air emplit d'un coup ses poumons et les champs se mirent à défiler plus vite derrière les vitres, comme si le vieux tacot s'apprêtait à s'envoler. Comme si le pied de sa mère était plus lourd tout à coup. Un petit gloussement d'enfant, tel du cristal au-dessus du vide.

« Maman, arrête ! »

Henry se mit à rire plus fort, de ce petit éclat qui trahissait la peur.

« Maman, c'est pas drôle. Qu'est-ce que tu fais ? »

Alors que sa phrase demeurait en suspens, il sentit la main de sa mère glisser lentement contre son flanc et la vit se coincer près du pommeau de cuir. Le front de Lucie percuta par deux fois le crâne de son fils. Sonné, il aperçut à peine les moutons qui déguerpissaient tandis qu'ils pénétraient la propriété des Duval. Il se retourna un instant, ne se préoccupant plus de l'endroit où les roues le menaient. À tâtons, il chercha le visage de sa mère. Ses lèvres rouges, ses joues pleines, ses yeux noirs. Lorsqu'il le trouva, elle le regardait, de cet air absent qu'elle prenait parfois, quand le temps se figeait sous ses paupières. Un battement de cils et le tic-tac repartait. Mais, parfois, elle s'absentait longtemps.

« Maman, réveille-toi ! »

La voix d'Henry se cassait un peu plus sur les graviers glissants. Les yeux de Lucie ne cillaient pas.

« Mam... »

D'une bouchée, l'obscurité et le vacarme dévorèrent le soleil.

Lorsque le pare-brise explosa, Henry agrippa le corps lourd de sa mère. Il sentit chaque bris de verre entailler sa peau, il les entendit déchirer la robe rouge et s'emmêler dans les boucles brunes. Le capot hennissant brûla la peau de ses bras et de son dos. Les deux corps s'écrasèrent sur une fine couche de foin et de poussière, sourds au chaos. Une petite chaussure alla se nicher près d'un bidon d'huile.

Les mains pleines de sang et de cambouis, Henry essaya de toutes ses forces d'écouter la respiration de sa mère, mais seule la toux rauque du moteur lui répondit.

32.

Je n'aime pas l'été. Il est l'excuse qui dénude vos corps et le leurre qui les rapproche.

Le lac Andres disparaît derrière moi. Les sièges du vieux pick-up exhalent une odeur douceâtre de gaufres moisies, comme si on avait laissé fondre des pommes d'amour sur le moteur brûlant et qu'on les avait abandonnées à pourrir là. Le capot tremble et, dans le rétroviseur, je peux voir les volutes noires enfler à vue d'œil.

La Duke doit être prête. Quoi qu'il en soit, je ne croupirai pas ici. Pas pour tout le fric du monde. Je récupère ma moto et je me tire de là. Vite fait, bien fait.

Mais avant, une dernière chose.

Les stations de radio défilent encore une fois, quelques notes de piano et de nouveau, dans la vallée, le bruit blanc qui envahit l'habitacle et m'apaise immédiatement. Ce son plein et mat, semblable à la douceur du coton. Je monte le volume, comme s'il s'agissait d'un titre à la mode, mais il n'y a là ni musique ni parole, seulement les parasites qui tapissent mes tympans. Les parasites et le vent qui chahutent à l'intérieur de ma tête.

Je sursaute lorsque les cordes du piano se remettent soudain à vibrer et que j'entends la voix de cette femme, si triste et si rauque, annoncer l'arrivée du soleil. Je ne baisse pas le volume, je la laisse chanter si fort que ses mots semblent flotter un instant au-dessus des champs de maïs pour s'étioler doucement dans la fumée noire de la Ford.

L'architecture des premières maisons se dessine au loin. L'arête des toits, la courbe des portiques, les haies taillées, les façades repeintes, les piscines débâchées et les chiens méchants. La tranquillité excentrée des huit pièces tout confort. Le quartier huppé et sa verdure périphérique. Le bon air à quelques minutes du centre-ville.

Les habitations se rapprochent sans jamais se frôler, les jardins sont des carrés bien alignés aux couleurs parfaitement maîtrisées. Un rang de jonquilles, un autre de tulipes, des rosiers, des géraniums. Du classique. Toujours disponible. Interchangeable.

Les voitures ont toutes été rangées à l'abri du soleil, à l'intérieur de garages immenses. Toutes, sauf une. Une Lotus grise, stationnée près d'un pavillon flambant neuf, aux volets fermés.

Je me gare à quelques mètres, doux bruit des graviers écrasés. Craquement du frein à main. Claquement de la portière déglinguée. Rien ne bouge. Un aboiement et puis le silence absolu autour, comme si tous se terraient au fond de leur baraque, espérant ferme qu'on ne les dérange pas.

La porte vers laquelle je me dirige est un modèle plutôt récent, chêne massif, verrou sécurisé. Quelques barreaux forgés pour la forme, mais aucune folie. J'entends le carillon retentir derrière l'épaisseur du bois. Une vingtaine de millimètres à en juger par l'étouffement du son. La maison est grande alors j'attends un peu. Nouvelle tentative et les trois cloches résonnent dans le hall vide. Dix secondes, puis quinze, puis trente. Et j'entends enfin les talons ferrés résonner sur le carrelage. Une femme à la démarche courte, qui se presse d'atteindre l'entrée.

Lorsqu'elle m'ouvre, son regard ne croise pas le mien. Ses yeux inspectent immédiatement ma main vide. J'y lis l'espoir qui disparaît en moins d'une seconde. Je sais ce qu'elle y cherche, mais elle ne le trouve pas. Il n'y a personne au bout de mon bras. Son fils n'est pas avec moi.

« Qu'est-ce que vous voulez ? »

Sa voix est cassée d'avoir trop pleuré, ses yeux rougis d'avoir été trop essuyés. Ses joues sont marquées des broderies de l'oreiller sous lequel sa tête vient de s'enfouir des heures durant. Ses gestes lents et imprécis trahissent la prise récente d'anxiolytiques puissants. Sa main gauche s'accroche à la porte comme à une planche en pleine mer.

« J-je voudrais vous parler.

— Je n'ai plus envie de parler, vous comprenez ? J'aimerais simplement qu'on me fiche la paix. »

Je sors ma carte de technicienne comme s'il s'agissait là d'un argument imparable. Ma trogne flanquée de l'écusson de la justice, ça pourrait fonctionner. Elle soupire. Échec cuisant.

« Écoutez, la police sait déjà tout. Je n'ai plus rien à

vous dire. Ils cherchent Paul, j'ai confiance en eux. Ils font leur travail. Laissez-moi maintenant.

— Attendez. »

Prête à claquer la porte, elle me toise une dernière fois, de haut en bas, comme ils le font tous. Elle hésite, se demande si ce qu'elle vient de voir, ce bout de chiffon encore à moitié coincé dans ma poche, est bien ce qu'elle pense être. Je saisis délicatement la peluche encore humide de terre et la lui tends.

« C'est à lui, n'est-ce p-pas ? »

Sa mâchoire se crispe, ses yeux se plantent dans les miens et oublient le chien au tee-shirt rayé. Sa surprise se mue en trouille. En rage. La petite-bourgeoise vient de se métamorphoser en louve, et ses crocs sont acérés.

« Qu'est-ce que vous lui avez fait ? Où est-il ? Qu'avez-vous fait de mon fils, nom de Dieu ?

— Rien. J-je... »

Des dizaines d'yeux nous épient derrière les rideaux de flanelle et des dizaines d'oreilles nous entendent, à travers les fenêtres entrouvertes. Du bout des doigts, je lui tends le trésor.

« Je ne sais pas où est votre fils. J'ai t-trouvé ça, c'est tout. Est-ce que je peux entrer ou est-ce que vous préférez qu'on discute ici ? »

Les portes alentour commencent à s'ouvrir ; deux des voisins des Trenti sont déjà dehors, à s'en mettre plein les mirettes, alors elle me vole le butin et s'écarte pour me laisser entrer.

Mes chaussures impriment des traînées sombres sur le carrelage, mais elle s'en fout. Maintenant, elle veut juste m'entendre, peu importe la saleté que je laisserai en partant.

Le salon est grand et devait être bien entretenu, pourtant quelques tasses encore à moitié pleines semblent à l'abandon sur la table basse depuis plusieurs jours. Du café qui commence tout juste à moisir. Comme ceux qui vivent ici. Et ces tonnes de mouchoirs tombés au sol, près du canapé, sous la lampe, sur l'enfilade cirée. Il y en a partout, qui ont poussé là comme autant de champignons vénéneux. Elle ne les ramasse pas et ne m'invite pas à m'asseoir.

« Où l'avez-vous trouvée ? »

Ses doigts s'enfoncent dans le rembourrage souillé. Elle caresse les rayures jaunes, puis les bleues. Elle attend.

Je lui indique la forêt près du lac Andres. Je lui épargne les détails, prétextant une simple promenade dans les environs. Me croire n'est pas l'important, elle veut simplement que je lui parle. Pour que l'espoir subsiste.

« Paul emportait ce truc partout. Il l'appelait Archibald. Il lui racontait des tas de choses. Il chuchotait ses secrets à son oreille... Il dormait avec, mangeait avec. Il discutait plus avec cette... chose qu'avec moi... »

Cecilia Trenti porte la peluche à son visage, et, comme si ma présence n'avait plus d'importance, elle ferme les yeux et se met à la respirer. Profondément, de toutes ses forces, jusqu'à ce que ses poumons soient pleins de cet air vicié de boue. Elle recommence sans pouvoir aller au bout. Les larmes tranchent son souffle en plusieurs petits fragments étouffés.

« Son odeur... Je peux la sentir... »

Je la laisse avec le fantôme de son fils pendant quelques secondes qui me semblent des heures. La douceur de cette peau sous sa joue, la chaleur de ces petites mains dans les siennes, sa voix qui l'appelle, son rire grelot.

Quand elle ouvre les yeux, Paul n'est pas là. Nous sommes seules au milieu de ce salon en désordre. Moi debout dans mes baskets sales, elle recroquevillée sur sa peluche pleine de vase et de silence.

« C-comment c'est a-arrivé ? »

Cecilia me regarde enfin, et au creux d'une ride, au coin de ses lèvres, je remarque qu'un grain sombre de terre est venu se nicher.

« C'était une journée normale. Un jour comme un autre. Il faisait beau, on l'a laissé jouer dans le jardin. Peut-être un peu plus longtemps que d'habitude. Mais il était tellement énervé, vous comprenez... avec cette chaleur... Il voulait rester dehors, continuer à jouer. Il aurait joué en pleine nuit s'il avait pu. Mon mari est rentré tard ce soir-là.

— Vous étiez seule ?

— Oui. Il fallait préparer le repas, ranger, repasser. Je surveillais Paul d'un œil, depuis la cuisine. Il était sage, il ne demandait rien d'autre que d'être là, dehors, tranquille. »

Cecilia baisse les yeux.

« Quand je ne l'ai plus vu, j'ai cru qu'il était rentré profiter de la fraîcheur de la maison. Je ne me suis pas inquiétée tout de suite... Paul était... Paul est un enfant calme. Il ne crie pas, ne hurle pas pour attirer l'attention. Il sait s'occuper tout seul. Le jour baissait, je me suis rendu compte que la baie vitrée n'était pas fermée. J'ai appelé Paul pour qu'il vienne dîner. Et... »

J'acquiesce en silence. J'ai envie de lui dire quelque chose de rassurant mais rien ne vient. Rien ne viendra jamais. Je ne lui demande pas ce que lui a dit la police parce que je le sais. *On retrouve généralement un enfant dans l'heure qui suit sa disparition. Ce n'est qu'au bout de trois jours qu'on peut commencer à s'inquiéter. On va retrouver votre fils, madame.*

Paul a disparu depuis cinq jours. La veille de mon arrivée ici.

« Et cet homme est venu nous voir.

— Qu-quel homme ? »

La jeune femme s'arrête un instant, comme si elle avait commis une faute.

« De qui est-ce que vous p-parlez ?

— Un homme est venu ici il y a quelques jours. Il voulait une photographie de Paul. Il tenait des propos totalement incohérents. Il nous a parlé de la canicule... Il puait l'alcool à plein nez. »

Nans Carras. Qu'est-ce que ce type est venu foutre ici ?

« Il disait qu'il était encore temps. Peut-être que... »

Le bruit d'une clé qui s'enfonce dans la serrure pour tourner dans le vide.

« Peut-être que j'aurais dû l'écouter... »

La porte s'ouvre sur un individu trapu, visiblement agacé.

« Chérie, je t'ai dit mille fois de fermer cette satanée porte. N'importe qui peut... »

Le gros type m'aperçoit. *N'importe qui peut entrer.* Sous sa veste, je peux voir les auréoles de sueur s'agrandir encore un peu.

« Qu'est-ce que vous foutez ici, vous ?

— Vous avez raison, je v-vais vous laisser. Excusez-moi pour le dérangement.

— Une minute, je vous connais... »

Évidemment.

« Vous... »

Je remercie Cecilia Trenti du bout des lèvres, elle qui ne comprend plus rien.

« Dégagez de ma maison tout de suite ou j'appelle les flics. Vous n'avez rien à faire ici. Sortez maintenant. »

Hors de la vue de sa femme, je sens l'étau de sa main se refermer sur mon col.

« Si tu remets les pieds ici, j'éclate ta petite gueule de fouine, c'est compris ? Ce n'est pas parce que t'as perdu ton gosse qu'il faut venir renifler ceux des autres, c'est clair ? »

Il y a ceux que je fascine et ceux qui ne me voient pas. Il y a ceux qui voudraient me frapper ou même me baiser. Voire les deux en même temps.

Et il y a ceux que je terrorise.

Perdre un enfant est une maladie que l'on a peur de contracter. C'est une contagion dont on évite soigneusement les infectés. On change de trottoir, on les fuit à toutes jambes.

De ces gens-là, je suis la peste et le choléra. Je suis leur Faucheuse, leur cancer, leur .22 Long Rifle.

Avant de grimper à nouveau dans le pick-up, je peux entendre le type rugir dans le salon. Trois mots perdus dans la confusion de phrases trop longues et enragées. Trois mots, secs comme la langue d'une vieillarde claquant contre son palais d'écorce.

Folle.

Enfant.

Tué.

La phase d'incubation a débuté.

– Silence –

Août 1957

Le vieux Josef Duval crut d'abord que la foudre était tombée sur sa précieuse grange. Il avait entreposé là quelques outils, des planches mitées et des boîtes. Des tas de petites boîtes contenant des centaines de clous, de vis, d'écrous, de piles, de clés, de bobines d'étain, de cuivre, de nylon, d'ampoules grillées, de bougies, de fusibles. Le tout soigneusement rangé par taille, catégorie, calibre. Une étiquette collée sur chaque petit carton, minutieusement griffonnée à la plume. Boutons, mouches, aiguilles, trombones, punaises, étiquettes. Des tonnes de petites choses, rigoureusement entassées ici année après année, inutiles et comble-vide.

Après que l'horloge massive avait sonné sept coups, le tonnerre avait retenti sur ses terres. Un vacarme qui avait fait trembler les murs de sa modeste maison et les os de ce corps raviné qu'il tentait de réchauffer chaque soir sous sa couverture de laine. Il avait froid depuis qu'il dormait seul. Huit ans que ce lit était devenu trop grand pour le vieil homme chétif. Huit ans qu'il se couchait bien avant le soleil, ne dormant que d'un œil, comme ces oiseaux persuadés d'être chassés de leur abri au moindre coup de vent.

Il s'était redressé comme si une bombe avait explosé dans la chambre, soufflant chaque meuble, le laissant ridicule et frigorifié sur son sommier inconfortable.

Josef Duval avait enfilé sa robe de chambre froissée, et avait pris son temps pour descendre les marches qui menaient au perron. Avant de sortir, il avait dégagé le deux-coups du râtelier et ôté le cran de sécurité. On n'était jamais trop sûr.

Une fois dehors, il remarqua l'affolement de ses bêtes. Douze moutons, bêlant à tout rompre, perdus aux quatre coins de l'enclos minuscule. Un piquet arraché gisait au beau milieu de la propriété, laissant aux animaux la liberté de s'évader. Les douze pleins-de-laine restaient pourtant là, labourant le lopin d'herbe de leurs dents mal dégrossies entre deux bêlements paniqués.

Josef Duval épaula son fusil et s'approcha lentement de la grange, se demandant quelle créature avait pu provoquer un tel désordre. Il l'entendit grogner, prisonnière de l'atelier. Il vit qu'une des portes manquait, arrachée à ses gonds ravagés par la rouille. La fumée lui chatouilla les narines et il grimaça. Ça empestait le gasoil.

Le vieux bonhomme n'accéléra pas lorsqu'il découvrit la vieille Dodge qui rendait son dernier souffle. Le moteur s'arrêta alors qu'il ne se tenait plus qu'à quelques mètres, le canon bien en joue.

« Y a quelqu'un ? »

La voix de Duval chevrotait presque autant que celle de ses moutons qui, curieux, resserraient de plus en plus le cercle autour de la grange.

« Sortez de là ! C'est une propriété privée ! »

L'homme plissa les yeux sur les tourbillons de poussière qui virevoltaient à l'intérieur de l'abri. La lumière s'accrochait aux débris, tournoyant dans l'air vicié par les gaz d'échappement. Sous les volutes de clarté, il vit d'abord la voûte d'un pied nu, moucheté de sang, puis, lorsque le voile rouge s'envola, cette jambe charnue à la cambrure étrange.

« Bon Dieu de bon Dieu. »

Un doigt toujours calé sur la détente, il avança un peu plus pour découvrir le reste du corps inerte. La poussière sur la robe déchirée. Les boucles noires collées à la crasse. Le profil livide. L'œil noir, grand ouvert, tourné vers l'obscurité.

Josef Duval posa la crosse sur le sol. D'une main un peu tremblante, il effleura les écorchures sur les épaules saillantes de la jeune femme et, doucement, fit basculer le corps. Le vieillard laissa échapper un gémissement qui se dissipa immédiatement, dévoré par les cris ovins.

Sous ses doigts, la terre devenait boue. Il trouva le crâne léger entre ses mains d'ancien ouvrier. Il regarda la terre avaler le sirop sombre par goulées avides. Il reposa la tête abîmée dans la flaque noire avec moins de délicatesse. Ce visage...

L'œil gauche de la jeune femme, figé par la surprise, semblait toiser le vieillard. Et ses lèvres, étirées dans une grimace absurde, paraissaient lui sourire. De la tempe à la gorge, comme une tache de vin à vif, la peau manquait.

Duval remarqua les bris de verre tout autour du corps. L'accident l'avait salement amochée. Il se demanda ce qu'il fallait faire. Alerter les voisins ? La police ? Appeler une ambulance ? La gamine avait déjà l'air morte. Elle pouvait bien lui laisser le temps de la réflexion. Il avait besoin d'air, l'odeur était intenable.

Derrière lui, un bruit le fit sursauter. Il crut d'abord que c'était l'une de ses bêtes, que l'odeur du sang aurait attirée par ici. Lorsqu'il se retourna, ses yeux eurent besoin d'un instant pour déchiffrer.

Recroquevillée contre le radiateur de la Dodge, la silhouette s'affaissa un peu.

« C'est pas vrai. T'es maudit, Jo. »

Une saleté de gosse.

Duval maugréait. Il se demandait ce qu'il avait bien pu causer comme ennuis au bon Dieu pour qu'Il lui inflige une soirée pareille. Il devrait rendre des comptes aux officiers, qui videraient toute la bière de son frigo. Ils feraient des cochonneries partout, et soulèveraient juste leur chapeau en partant. Le vieux soupira. Il devrait aussi faire rebâtir la grange et il n'en avait pas les moyens. Il était bien trop grabataire pour entreprendre quoi que ce soit. Il souffla une seconde fois avant de s'approcher de la petite victime.

« Hé, gamin, ça va ? Fiston ? »

L'enfant était couvert de sang lui aussi. Le visage coincé entre les genoux, il ne bougeait plus. Josef Duval se demanda s'il respirait encore.

« Ah non, petit. Pas ici. Ça va aller, tu as besoin d'air, c'est tout. Allez ! »

Le vieillard déploya toutes ses maigres forces pour soulever le garçon. Quarante kilos au moins qui le feraient souffrir pendant des semaines, ou même des mois. Peut-être qu'on lui offrirait au moins une infirmière à domicile pour avoir sauvé le gosse. C'était la moindre des choses.

Duval sentit ses vertèbres craquer lorsqu'il déposa l'enfant sur l'herbe tondue par les moutons. Ceux-ci regardaient la scène d'un mauvais œil, à distance, maugréant la bouche pleine.

Le petit corps demeurait replié sur lui-même, si tendu qu'un pied-de-biche n'eût pas été suffisant pour le déverrouiller.

Le bassin douloureux d'avoir fourni tant d'efforts, le vieillard se pencha et écouta, l'oreille collée contre les lèvres de l'enfant. Il respirait. Faiblement, mais il était en vie. Seul et maculé de sang au beau milieu de son jardin, le vieil homme sourit à ses moutons.

« Vous pensiez que je n'étais plus capable de rien, vieux cabots, hein ? »

Dans l'enclos du vieux Josef Duval, le garçon se détendit un peu. Les yeux toujours clos, il entrouvrit les lèvres pour happer un peu d'air. Les gaz d'échappement l'avaient sacrément sonné. Du sang sur sa chemise, au niveau du col. Peut-être deux ou trois éraflures, mais c'était tout. Un vrai miracle.

Alors que le vieillard s'apprêtait à se mettre debout pour aller enfin prévenir les autorités, quelque chose attira son attention. Jamais il ne sut pour quelle maudite raison ce qu'il prit d'abord pour un mouchoir captiva à ce point son œil fatigué. Ce gosse, accroché à ce bout de tissu, il l'avait trouvé curieux.

En se penchant un peu plus, il avait compris que ce que le gamin serrait si fort contre son visage, ce qu'il pressait si intensément contre ses lèvres et ses narines, n'avait rien d'un mouchoir.

Cette chose que l'enfant ne lâcherait que sous la pression d'officiers grimaçant de dégoût, ce reliquat si précieux qu'il hurlerait avant de céder. Ce lambeau d'amour. C'était tout ce qu'il lui restait de celle qu'il aimerait toute sa vie. Un peu de sa mère, de sa douceur, de son odeur.

Quand enfin on retira le bout de chair sanguinolent d'entre ses petites mains, Henry se sentit mourir un peu.

33.

J'aimais Swan. J'aimais mon fils à en crever. Des heures durant, je caressais sa peau douce et hâlée, j'aurais léché ses plaies si la morale l'avait permis. J'aurais pansé ses bobos de salive et de baisers. Si j'avais pu.

Swan était toujours malade. Ces jours où il ratait l'école, il s'emmitouflait contre moi et nous restions là, immobiles, dans le silence de nos souffles encombrés. Nous écoutions de la musique jusqu'à nous rendre sourds. Je lui apprenais le son et le nom des instruments et le faisais chanter. Il toussait parfois, alors j'embrassais son cou pour le soulager. Je lui préparais des tonnes de mixtures qui n'avaient que peu d'effet. Je cajolais ses pieds glacés jusqu'à ce qu'ils se réchauffent un peu, puis je les enfouissais sous une couverture qui irritait tellement notre peau que nous ne cessions de nous tortiller que pour nous endormir l'un contre l'autre.

Un jour, il est tombé dans le jardin et s'est foulé le poignet droit. Chacun de ses gestes est devenu pataud, il brisait les assiettes qu'il rangeait et les verres dans lesquels il buvait. Je me souviens des éclats cristallins qui résonnaient fort dans la cuisine et des épaules de Swan qui se voûtaient. Il n'a plus rien touché que les brins d'herbes folles qui poussaient dans le lopin de mon père. Et, un jour, il y a trouvé autre chose que du chiendent. Il a ramené dans le salon ce petit chaton qui ne devait pas avoir plus de quatre mois. Il m'a fait les yeux doux et nous avons gardé le chat, le temps que la bestiole reprenne des forces. C'est ce que je lui ai dit au début. Nous l'avons installé dans le garage, et j'ai fait promettre à Swan de ne pas en dire un mot à sa grand-mère. Il a tenu parole. Il a nourri et soigné le chaton. Il a joué et ri avec lui. Et ma mère l'a entendu. Au début, elle a fait semblant d'épousseter les meubles comme si de rien n'était, comme si ce satané chaton ne miaulait pas à pleine gueule. Comme si elle était sourde. Et puis, un jour, le chat s'est tu et Swan n'est plus allé dans le garage. Je lui ai demandé si la bête s'était enfuie et il n'a fait que hocher la tête sans jamais vouloir me répondre. Alors je suis descendue au sous-sol, juste pour voir. J'ai vu la gamelle vide mais rien d'autre. Au bout d'un long moment, j'ai trouvé le chat. Il était là, sur l'une des étagères du vieil établi de mon père, à l'abri de cette boîte à chaussures dans laquelle nous avions fourré une vieille écharpe, pour que la bestiole puisse dormir au chaud. J'ai cru qu'il était là.

Dans cette boîte, je n'ai découvert que sa tête. J'ai eu beau chercher, je n'ai pas retrouvé le corps du chaton.

La vieille n'a jamais rien dit, et Swan n'a jamais réclamé son chat. L'affaire s'est vue close. Et malheur à moi si je décidais de l'ouvrir.

Il est presque 18 heures et je paie une somme insensée pour récupérer ma moto. Les mécanos me lancent un sourire entendu, taché de graisse noire. Je me fais entuber dans les grandes largeurs mais, comme d'habitude, je ne parviens qu'à me taire. Ils acceptent les cartes de crédit.

Je charge la Superduke à l'arrière du pick-up et escalade le marchepied. Je sens un regard insistant sur mes fesses avant de claquer la portière. Ma mâchoire se serre, et je mets le contact. Dans le rétroviseur, je les vois ricaner à mon intention. Je lis dans les trous plissés qui leur servent d'yeux qu'une femme n'a pas à conduire ce genre d'engin. C'est une monture d'homme, pas de gamine. Les cons. Ils s'effacent rapidement au premier virage de mon angle de vue, de la rue, de ma tête.

Pour la dernière fois, la maison se dresse devant moi, maussade et noire, et le jardin sec respire au rythme de mes pas. Je ne reviendrai plus jamais, j'oublierai à nouveau, et pour de bon.

Alors que je referme la porte dans mon dos, mon téléphone se met à hurler silencieusement dans ma poche, comme une alarme de mauvais augure. Deux vibrations, deux vibrations, deux vibrations. Le troisième message, celui que je n'ai toujours pas écouté, se tortille contre ma peau pour qu'on l'entende enfin. Je retire le combiné de son abri étroit et le porte à mon oreille. Voix de sucre. Un message, ce matin à 11 h 02. C'est à propos de ma mère, il s'est passé quelque chose à Bellevue, je dois me manifester au plus vite et demander Élisabeth Debeurme, de toute urgence. Je ferme les yeux, et imagine déjà le pire. Attendre quelques minutes de plus, pour ce que ça change...

Mes baskets foulent la poussière là où, quelques années auparavant, elles auraient écrasé des dizaines de fleurs. Des pétunias, des bégonias, des glaïeuls, des campanules. Les couleurs ont été ensevelies depuis longtemps, excepté le jaune sale des mauvaises herbes qui ont subsisté autour de la grosse pierre, près du petit portail cassé. Le chiendent, dernier survivant du lopin, dresse ses épis vers le ciel. Ils ressemblent à des insectes aux pattes fines et innombrables, à des mille-pattes verts.

Une cigarette au coin des lèvres, j'aperçois l'homme qui vit dans le pavillon voisin. Une chemise impeccable, taillée sur mesure sur ses épaules larges. Il me regarde, s'approche, et je rougis.

« Vous allez racheter la maison ? »

Je lui souris.

« Non... J-j'ai vécu ici... il y a longtemps.

— Ah. Vous savez ce qu'est devenue la vieille dame qui vivait là ?

— Elle a été int-ternée, je ne sais pas grand-chose de plus.

— Bien.

— Bien ?

— Vous la connaissiez ?

— Un p-peu.

— Je dois vous avouer une chose. Lorsque j'ai emménagé ici, j'ai hésité plusieurs fois à replier bagages. À l'époque, cette femme m'effrayait déjà. La nuit, il arrivait qu'elle se mette à hurler, comme ça, sans raison. »

Je hoche la tête, feins l'empathie ; je ne le coupe pas, je reste là, à l'écouter comme s'il me racontait une histoire extraordinaire. Sauf que cette histoire, c'est en partie la mienne.

« Ses cris changeaient parfois de ton, comme s'ils hurlaient à plusieurs dans sa gorge. Ça faisait froid dans le dos.

— J'imagine. »

Oh oui, j'imaginais. Cette vieille folle, braillant à la lune, comme les louves.

Je regarde l'homme et ses lèvres dessinées qui remuent. Son nez en trompette et son regard insolent.

« Les gosses du quartier disent que la maison est hantée. »

Stop.

« Que, s'ils arrivent à pénétrer à l'intérieur, ils pourront voir tous les fantômes qui ont vécu ici. »

Tais-toi.

« Certains disent y avoir vu un enfant mort. »

Ferme ta putain de gueule.

« Enfin. C'est une bonne chose qu'elle ne soit plus là. Je vais enfin pouvoir dormir tranquille. »

Je crois qu'il m'invite à rire ou quelque chose du genre, alors je laisse échapper un ricanement complètement inapproprié. Je le salue et écrase mon mégot dans l'allée. À l'intérieur, mon cœur bat dans toute ma chair.

– Silence –

Octobre 1962

Dans la poche de son pantalon de toile aux ourlets retroussés, Henry saisit le poids frais d'un grigri métallique. Ce beau briquet à essence aux arabesques travaillées, Henry l'avait volé à son père un mois tout juste avant que celui-ci ne se pende. Deux ans après la mort de sa mère, le gosse avait retrouvé l'homme en suspens dans la cage d'escalier commune, la nuque brisée et le visage pourpre, l'une des ceintures de Lucie sanglée autour du cou.

Henry avait continué de gravir les marches, le regardant à peine, puis il avait hoché la tête avant de verrouiller la porte de l'appartement derrière lui.

Un cri dans la cage d'escalier et le gamin avait immédiatement compris qu'il comptait ses derniers instants dans ces lieux où il avait grandi. Il avait terminé son sandwich aux œufs tranquillement et s'était lové dans le lit parental, à la place de sa mère, comme s'il pouvait la sentir une dernière fois avant qu'on l'arrache à son nid, avant qu'on le foute dehors, en compagnie de ces putains de services sociaux.

En l'espace de cinq ans, armé d'une simple valise qu'il n'avait jamais ouverte, Henry William Witkin avait fait le tour de chacun des dix-huit agents qui composaient l'équipe du département. Dix-huit assistants sociaux qu'il connaissait comme le fond de sa poche. Avec Sam, il fallait rester sage et silencieux. Alex préférait les enfants plus volubiles. Marla aimait les chocolats et les gamins un peu abîmés. Henry adoptait le comportement qui lui permettait d'obtenir ce qu'il souhaitait. Une heure de sortie, un magazine, deux barres chocolatées, une autre famille d'accueil.

Après six heures de route, Henry Witkin avait découvert l'océan. Il ne l'avait jamais vu qu'au travers des livres que sa mère feuilletait avec lui les jours de pluie. De ces images, petites et sans relief, il n'avait conservé que le souvenir brûlant de la moquette sur ses genoux nus, de la musique douce étouffée par la poussière des enceintes, de la main délicate de sa mère désignant l'écume, cette étoffe blanche qu'il peinait à concevoir.

Henry retira ses chaussures usées qu'il tint du bout des doigts. Pieds nus, il marcha sur le sable humide. L'immensité de l'océan lui donnait un peu le vertige et le ressac lui semblait assourdissant, pas une seconde il n'avait imaginé que l'eau puisse produire un tel vacarme. Plus il avançait, plus les vagues le défiaient et faisaient mine de vouloir le dévorer. Il se sentait minuscule, invisible. Insignifiant. Cela lui plaisait.

De loin, comme on laisse à un animal le temps de prendre ses marques, la famille Mann observait le jeune garçon. Ils évaluaient ses gestes, mesuraient ses capacités d'adaptation. Dans quelques jours, le gosse s'habituerait à l'air marin. Puis les Mann lui feraient découvrir la pêche, la voile, ou le plaisir de déjeuner les pieds dans l'eau. Ils lui donneraient des repères stables, apprendraient à Henry à vivre à nouveau comme un garçon de son âge, à s'amuser, à rire, à rêver. Ils effaceraient le cauchemar qu'avait été sa vie jusqu'alors. Ils le répareraient. Voilà ce que la famille Mann faisait depuis plus de vingt ans. Ils recollaient les gamins cassés.

Henry multipliait les foyers. Il avait eu des tas de nouveaux parents, tantôt aisés, tantôt simples. Il avait vécu dans des maisons plus ou moins grandes, dans des appartements plus ou moins rangés, il s'était balancé sur des portiques en fer et sur des chaises en bois. Il s'était distrait avec des jouets déjà torturés par des dizaines d'autres mains, d'autres enfants que ces couples avaient tenté de faire rentrer dans le droit chemin. Et puis il avait grandi.

Tous ceux qui l'avaient accueilli n'avaient pas forcément eu vent de son histoire. On leur présentait Henry comme un gamin intelligent, plutôt calme, parfois imprévisible, rarement violent. Son portrait était toujours brossé de la même manière. Un gamin facile à vivre, peut-être un peu grand pour son âge.

Henry demeura sur la plage près d'une heure, à apprivoiser la houle, les sillons du sable détrempé roulant sous ses pieds. À travers le crachin, il crut distinguer la vieille radio du salon et, au-dessus des vagues, il vit les doigts de porcelaine de sa mère lui montrer l'ourlet blanc brodé sur les crêtes mourantes. Il aimait le parfum que dégageaient les lieux, celui des algues et des couteaux vides. Celui des crabes enterrés et des branches brisées flottant entre les roulis.

Il jeta un œil au ciel d'ardoise et se dit que l'averse était proche.

« Henry, il est temps de rentrer à la maison. Nous allons te présenter notre fille, Irene. »

À cette note appuyée à la fin de leur phrase, Henry sut qu'il ne ferait jamais partie de la famille Mann. Il n'y serait qu'une pièce rapportée, un chiot qui animerait leurs soirées jusqu'à ce qu'ils le trouvent trop vieux. Très bientôt, il serait majeur, il volerait de ses propres ailes. Plus aucun compte à rendre. Plus besoin de faire le beau. Mais, en attendant ce jour, il fallait être patient.

En un instant, le pli creusé entre ses yeux disparut et le pincement qui raidissait ses lèvres se détendit. Lorsqu'il se retourna, Henry adressa le plus aimable de ses sourires aux parents Mann.

« J'ai hâte de faire sa connaissance. »

34.

Je n'aime pas les surprises, votre quotidien rodé qu'on décide de sortir de ses rails. Ce que l'on n'attend pas n'arrive jamais au bon moment. Je n'aime pas les surprises et, dans le fond, vous non plus.

La nuit est tombée, emportant enfin avec elle deux ou trois degrés. Le parfum du lac Andres et son odeur brune de vase imprègnent encore mes vêtements, gluante comme une seconde peau. La puanteur des feuilles humides est collée à mon corps, tel un lot d'écailles pourrissantes et privées de sève, piquées à vif sur mon dos, mes bras et mes joues.

Il est 21 h 35 et mon sac est prêt.

Une bière. Deux bières. Trois.

Je sursaute lorsque mon téléphone se met à vibrer. Un numéro local s'affiche sur l'écran, le même qui m'a laissé ce message quelques heures plus tôt et que je n'ai toujours pas pris la peine de rappeler. Bellevue.

« Mademoiselle Baudry ? Iris Baudry ?

— Oui.

— Élisabeth Debeurme, institution Bellevue. »

Sa voix, dénuée d'envie et d'intonation, est celle d'une commerciale fatiguée. Elle ne m'appelle pas pour me vendre quoi que ce soit.

« Nous nous sommes déjà rencontrées, je m'occupe de Mme Baudry. »

Un temps, elle déglutit.

« Votre mère.

— Je sais qui est Mme B-Baudry.

— Il est arrivé quelque chose. »

Bingo.

« Que s'est-il p-passé ?

— Il faut que vous veniez au plus vite. Il s'agit simplement de formulaires administratifs. Nous ne vous retiendrons pas longtemps. »

Des aiguilles au bout de mes doigts.

« Elle est... »

Je me concentre pour ne pas bégayer sur ce dernier mot que je ne pensais plus redouter depuis des années.

« ... m-morte ?

— Je préférerais que nous discutions de vive voix. »

Elle articule chaque syllabe pour que je lui accorde toute mon attention.

« Je peux compter sur vous ?

— Je... j'arrive. »

Nous raccrochons sans un mot, sans formule superflue.

Quatrième bière, et le malt amer coule au fond de ma gorge. Un bruissement à l'étage, comme un oiseau prisonnier d'un arbre mort. Je lève la tête et le lustre me dégueule ses cailloux de lumière en plein visage.

Au-dessus de moi, la chambre de ma mère. Cette pièce dont je n'ai jamais pu franchir la porte. Ce lieu interdit. Son endroit à *elle*. Son terrier. Le bruit provient de là. Des pattes griffues, minuscules, qui s'acharnent contre le plancher tiède.

Je pose la bouteille au goulot long sur la table basse et une goutte glacée entame le bois. L'auréole grandit. Je m'en carre.

L'escalier grince sous mes pas lourds, et mes pieds usent un peu plus les tapis fatigués. La poignée crisse à l'intérieur de ma main, comme si quelques grains de sable s'étaient glissés dans le mécanisme, comme si la poussière s'était cachée là au fil des ans. Un grésillement et je découvre l'ampoule nue, simplement recouverte d'un fin voile de coton, prêt à prendre feu. Les particules dansent devant mes yeux, dans de multiples tourbillons qui ne retombent pas.

Mes yeux mettent quelques secondes à s'habituer et à comprendre.

Des touches de couleurs vives défigurent le papier peint fleuri. Des centaines de taches jaunes, roses, mauves, vertes et orange sollicitent mon regard, qui saute de l'une à l'autre sans pouvoir s'arrêter.

Des Post-it. Partout. Collés jusqu'au plafond.

Des dizaines de bouts de papier, pliés, déchirés, remplis, vides, cornés, froissés, recollés, jaunis. Partout. Et là où les couleurs disparaissent, ce sont des pages entières qui masquent le peu d'espace restant. Et sur toutes ces feuilles, dont certaines jonchent même le sol, tombées contre les plinthes, des milliers de mots. Énormes, minuscules, illisibles, droits ou tremblants. Parfois un simple nom, parfois des phrases entières, notés dans le désordre le plus parfait. Je m'approche des carrés colorés avec méfiance.

Des stylos, des feutres, plus ou moins secs, bleus, noirs, rouges, la mine charbonneuse d'un crayon à papier. Elle prenait ce qu'elle avait sous la main. Pour pouvoir écrire au plus vite. Pour ne pas oublier.

Voilà contre quoi elle luttait, dans cet espace réduit. Contre l'oubli.

Je ne décroche aucun des Post-it. Je les épargne, les laisse chacun à leur place. Je n'ouvre pas la fenêtre malgré la chaleur de four, malgré l'absence évidente de vent, de peur que tout ne s'envole.

La composition me fascine. L'on pourrait presque y voir une œuvre d'art urbaine, dure et anguleuse. Mais ma mère n'a pas la moindre fibre artistique, elle a simplement utilisé minutieusement chaque millimètre, accolant ses notes les unes aux autres, les alignant avec une rigidité militaire.

Je m'approche, prenant bien soin de ne pas effleurer le papier.

Sucre, riz, lait, fil...

Des listes de courses, il y en a des dizaines, plus ou moins longues, reprenant souvent les mêmes articles dans un ordre différent. La dernière ligne semble pourtant consacrée toujours au même produit :

Chocolat

Bien entendu.

Elle détestait le chocolat, elle détestait tout ce qui pouvait susciter le moindre plaisir.

Sur d'autres feuillets, des adresses sont indiquées. Celles de la pharmacie (à moins de cent mètres d'ici), de la boulangerie (deux cents mètres), de l'hôpital (celle-ci est accompagnée d'un plan détaillé). Des numéros de téléphone sont éparpillés çà et là. Il me semble reconnaître les noms de riverains que je croyais morts. Peut-être le sont-ils, je ne sais pas si elle tenait sa liste à jour.

Et en hauteur, inatteignable, un carré rose emprisonne mon nom. Sous l'écriture noire et baveuse, un numéro de téléphone qui ne m'appartient plus depuis longtemps.

Iris Baudry

Un mot parmi les autres, sans le moindre degré d'importance, rien qui aurait pu me distinguer de l'épicière ou de cette voisine qui promenait son caniche, le soir sous nos fenêtres. Quel était son nom, déjà ? Celle-là même.

En bonne place, près de la table de chevet, un carré jaune pisse exhibe l'énorme numéro de Jackie Philco. Corné par trop de lectures, le morceau de papier tient pourtant le coup, accroché par je ne sais quel miracle aux fleurs du papier peint terne.

Le chocolat était pour elle. Voilà ce qu'elle lui offrait pour la remercier, elle qui s'occupait de ma mère, peut-être jour et nuit. Ma mère l'amadouait donc avec de la nourriture, comme un vulgaire animal, pour qu'elle se plie à tous ses désirs. Pour qu'elle l'accompagne au marché, qu'elle lui repasse son linge, qu'elle change ses couches. Un vulgaire animal de compagnie. Plus intelligente qu'un poisson et plus indépendante qu'un chien. Moins coûteuse que n'importe quel chaton. Une tablette de chocolat par semaine. Loto gagnant.

Juste à côté, elle a collé une feuille blanche. Détachée avec soin de son support d'origine, pour être placée là, bien visible entre les Post-it.

Rien n'y est inscrit.

Je m'approche un peu plus, peut-être qu'une note apparaîtra dans l'un des coins, sous un pli. Mais il n'y a aucun pli. Juste une feuille à petits carreaux fades, ôtée de son carnet à spirale.

L'un des carnets de mon père.

Je ne comprends pas. Ma mère a-t-elle voulu garder une page en souvenir ? Une page vierge ? Pourquoi, dans ce cas, ne pas avoir conservé ses mots ? Il en écrivait pourtant à la pelle. Des *Je t'aime,* des *Tout ira bien*, des *Je n'ai pas mal.* Des phrases rassurantes qu'il prenait un temps fou à écrire sur ces carnets aujourd'hui rangés au placard. Ou à la poubelle. Bien tassés au fond. Ceux-là, elle n'aura pas eu de mal à les oublier. Mais cette feuille-ci est restée, et elle me nargue, sans que je ne devine ce qu'elle veut me dire.

L'ampoule fait danser les ombres sur les angles fluorescents des notes voisines. Alors, je vois.

Sur la page vierge, sur les carreaux délavés, la pointe d'un stylo a été appuyée si fort que l'obscurité vient s'y nicher un peu. Pourtant, pas la moindre trace d'encre. Juste les reliefs d'une écriture qui n'a pas eu le temps de trouver un feutre en bon état.

Je colle mes yeux contre ces mots invisibles. Les

ombres changent et dévoilent lentement les mots, un par un, douloureusement.

Ils sont écrits en majuscules, comme si mon père les avait hurlés.

IL FAUT QUE ÇA S'ARRÊTE
AIDE-MOI

– Silence –

Juillet 1964

Perché sur le toit, Henry pensait qu'en tendant la main un peu plus loin, en étirant ses muscles au maximum, il parviendrait peut-être à effleurer les gerbes d'étincelles que le ciel répandait sur le quartier. La fête nationale hurlait depuis les berges. Lui était resté là, seul et silencieux, sur le toit des Mann.

Les jambes nues, les pieds tordus sur les tuiles, il devinait les reflets crépitants du feu sur le lit de la rivière, les torches tenues à bout de bras par les habitants éméchés. D'ici, il devinait les jupes trop courtes et les torses ruisselants. L'odeur de tous ceux auxquels il ne se mêlerait jamais.

Le dos appuyé contre le montant vérolé de la fenêtre, Henry tendit l'oreille. Un bruit, dans le jardin, derrière les buissons. Il coinça le mégot sous une lame d'ardoise et enjamba les huisseries poussiéreuses. Invisible dans l'obscurité, il vit la silhouette pénétrer dans la maison. Irene. La fille biologique de la famille Mann, une gamine de dix-sept ans, peu farouche, habituée à voir défiler régulièrement de nouveaux visages dans sa chambre. Jamais les parents Mann n'avaient eu l'idée d'installer les enfants de passage dans une pièce différente, et jamais Irene n'avait contesté leurs méthodes. Les adolescents partageaient donc la même chambre, un peu exiguë pour leurs corps grandissants. Ils s'écoutaient dormir, échangeaient occasionnellement une phrase ou deux, se sachant chacun de passage dans la vie de l'autre sans vouloir y laisser trop de traces.

Henry parvint à se glisser dans son lit avant même qu'Irene ait tourné la poignée. Il feignit de dormir, ralentissant le rythme de sa respiration, le nez enfoui sous les draps rêches. Il l'entendit retirer ses chaussures et ses vêtements. Il la savait nue mais ne jeta pas le moindre coup d'œil. Les yeux clos, il attendrait qu'elle s'allonge et s'endorme.

Mais l'alcool fit trébucher Irene, qui se mit à rire en chutant sur le lit d'Henry.

« Pardon, monsieur. »

Elle pouffa aussi silencieusement que possible et son souffle courut sous le nez d'Henry, qui cilla. Sur sa nuque et à l'intérieur de ses mains, des épines se mirent à dévorer sa peau. Il se crut soudain malade. Il eut envie de vomir, et des frissons coururent sur son échine jusqu'à ce que la chair de poule le recouvrît tout entier.

Sa mère. Il pouvait sentir sa présence dans la pièce, comme si elle se tenait là, debout, tout près de lui. Il n'était pas fou. Il ne l'avait jamais été.

Irene rejoignit son lit, encore secouée par quelques hoquets hilares, puis elle s'étira et soupira. Elle était épuisée, le sommeil ne tarderait pas à venir.

La douleur dans le bas-ventre d'Henry, qui ne l'avait pas indisposé depuis des années, refaisait surface. Il plissa les yeux de toutes ses forces pour que sa mère disparaisse, mais son parfum persistait. L'odeur de l'eau glaciale, des sous-bois, de la terre. La barrière de séquoias, et le lac, plus avant. Le dos laiteux sous ses doigts. Les boucles noires sur l'opale. Ses mains se mirent à trembler un peu.

Les yeux brûlés par les flammes des torches estivales et par quelques verres anisés, Irene ne distingua pas clairement le visage d'Henry lorsqu'elle se retourna. Elle ne vit pas les yeux grands ouverts qui la fixaient dans l'obscurité. Elle dormait à moitié quand le souffle de l'adolescent devint saccades et elle avait déjà sombré lorsque Henry fondit sur elle.

Il sentait le sang battre à ses tempes comme jamais. La rage. Pure. Incontrôlable. Absolue. Il la sentait monter en lui, palpable, mêlée au reste, comme un raz de marée avalant tout sur son passage, une coulée de boue déterrant les arbres centenaires qui avaient grandi avec le paysage.

Ses poings, alourdis de frustration, vibraient dans le vide. Son crâne bourdonnait si fort qu'il n'entendit même pas le ronflement léger s'échapper des lèvres d'Irene.

Le jeune homme fit trois pas et s'accroupit devant cette valise qu'il n'avait jamais pris le temps de déverrouiller. Il perdit l'équilibre lorsque les loquets craquèrent sous ses doigts. Le parfum, à l'intérieur, lui explosa au visage. Il y plongea la main et reconnut chaque tissu dans l'obscurité. Le coton et le satin, les cligna pas, ne respira plus. C'était comme s'il n'était plus là.

« Viens. »

Elle cambra légèrement les reins et Henry distingua le duvet d'argent entre ses cuisses. Sa peau, si douce sous ses doigts raides comme l'acier. Et la rage, qui n'en finissait pas de gonfler en lui.

« Ne te fais pas prier, Henry... »

En croisant son regard, il vit les yeux noirs de sa mère qui le suppliaient. Il hocha la tête. Ce n'était pas bien. La chaleur au fond de ses reins, il aurait voulu qu'elle cesse. Ce n'était pas convenable. Il ne voulait pas.

« Henry... »

Contenue depuis si longtemps entre ses tripes, la rage explosa d'un seul coup, comme une bombe vous aurait arraché les jambes, mauvaise, visqueuse et étincelante ; cette chose creva le corps d'Henry de tous côtés. Les coups se mirent à pleuvoir, si violents qu'Irene n'eut pas même le temps d'ouvrir la bouche. Il frappait avec ses mains, ses pieds, ses genoux et ses dents. Une machine folle. Un mécanisme déglingué.

« Tu n'es pas elle, connasse. Tu n'es pas *elle*. »

Il n'avait pas crié. Tout juste murmuré. La rage s'évacuait. Le flot brûlant quittait son corps.

Il recula, les mains repues de sang et de colère. Et, sur la soie rougie et sur sa langue, ce goût alcalin le soulageait déjà un peu. De l'intérieur de sa bouche, il retira le trophée. Un peu de peau tiède qu'il glissa dans la petite valise avant d'enjamber le châssis écaillé de la fenêtre. Dans la foule, personne ne le remarquerait.

méfaits de l'amidon et l'appétit des mites. Il saisit un foulard et l'entendit glisser sous les vêtements de sa mère. Son trésor, tout ce qu'il avait pu conserver était là, dans cette précieuse et minuscule malle. Rien, trois bouts d'étoffe et un bâton de rouge à lèvres. Un trésor sans valeur, rien de méchant.

Le drap glissa sur le corps d'Irene, offrant son corps aux lueurs lunaires. Henry eut à peine le temps de remarquer la courbe légère d'un sein, peut-être le creux d'un ventre. Il s'agenouilla au pied de son lit et ferma les yeux, ses larmes brûlantes, prisonnières à l'intérieur.

Il huma profondément l'odeur qui émanait du corps assoupi. Cette peau qui sentait la joie et la sueur. Il posa le foulard de soie sur la gorge nue de la jeune fille. Et, sans délicatesse, tout refit surface. La couleur ardente des sumacs, les galets saillants contre son dos, les boucles brunes de sa mère dégoulinant sur son torse. La douleur dans son bas-ventre dès qu'il la regardait.

Il reconnut l'odeur de la vieille Dodge, les effluves de gasoil, les relents de vieux cuir du volant qui avait filé entre ses doigts.

Je t'aime, Henry.

Sa mâchoire se crispa. Irene venait d'ouvrir un œil. Sans même tressaillir, elle toisa la carcasse vacillante au-dessus d'elle.

« Qu'est-ce que tu fous ? T'es complètement malade ? »

Quelques secondes d'un silence plein de souffles. Irène ne se donnait pas la peine de dissimuler sa nudité. Au bout de quelques secondes, elle saisit le poing d'Henry et le posa sur sa cuisse. Il ne bougea pas, ne

35.

Je n'ai jamais aimé ma mère. Cette façon qu'elle avait de vous humilier, de vous faire mal sans que jamais personne d'autre que vous ne le remarque. Ses yeux pleins de boue, son rire mitraillette. Je l'ai détestée si fort, j'ai entretenu ma haine, je l'ai toujours bien nourrie pour qu'elle ne faiblisse pas, qu'elle ne s'éteigne pas. Pour qu'à jamais je puisse mettre à mort cette femme, par mille moyens, dans mes rêves et mes cauchemars. Pour que je puisse la tuer chaque jour sans que jamais elle ne me contredise.

Je ne peux cesser de penser à mon père, à ses mains, larges et abîmées, à ses fleurs, ses dahlias, ses œillets, ses glaïeuls. À son odeur, mélange de pluie et d'herbe coupée qui m'enveloppait dès la sortie de l'école lorsque je me réfugiais dans son manteau épais. La douceur de sa barbe poivre et sel sur ma joue, dans mon cou lorsque je me recroquevillais contre lui. Le bruit des clés au fond de sa poche, qui dansaient à chacun de ses pas. Leur musique me rassurait. Lorsqu'il était là, tout allait bien.

(Il faut que ça s'arrête)

Il calmait le jeu. Il évitait que tout tourne au drame.

(Aide-moi)

Ma mère l'a tué, maintenant je le sais. Éliminé, comme on retire une écharde. Parce que sa maladie pesait des tonnes. Parce qu'elle ne voulait pas s'embarrasser d'un impotent qui lui aurait gâché la vie plus encore qu'elle ne l'était déjà.

J'imagine les doigts tremblants et terrifiés de mon père écrivant ces mots. Il ne supportait plus sa maladie. Il souffrait. Il n'avait plus toute sa tête. Parfois, la nuit, il se mettait à frapper contre le mur, comme un forcené. Et, lorsque la mort le détrempait, il venait parfois dans ma chambre et je sentais les arômes cuivrés de sa fièvre se glisser sous mes draps. Il posait ses mains humides sur mon torse plat et ma respiration l'apaisait. Ma mère venait le déloger de mon lit au beau milieu de la nuit, l'aspergeant d'eau froide et d'insultes dans lesquelles elle prenait plaisir à nous noyer tous les deux.

Comment a-t-elle pu ? Et, surtout, quand a-t-elle pu ?

Étais-je présente ? L'a-t-elle tué alors que je dormais ? Ou bien lorsque je finissais mes devoirs d'algèbre ou de géographie ? Quel bon Dieu de moment a bien pu lui paraître le bon ?

Cette femme m'écœure, je n'ai rien à voir avec elle. Nous n'avons jamais rien eu à faire ensemble. Elle ne mérite que de crever. Et je veux voir ça de mes propres yeux.

Et, si Bellevue ne m'avait prêté que de faux espoirs, si je la trouvais tout juste un peu plus faible, vivante et sèche dans son lit froissé, alors je finirais le travail de mes propres mains.

– Silence –

Septembre 1964

Henry Witkin prit d'abord un train au hasard puis voyagea à bord de trois camions de marchandises. Il prit toujours le soin d'entamer la conversation le premier. Il parla du temps, changea deux fois de parti politique et s'inventa des vies qui allèchaient la curiosité de ses chauffeurs et qui déliaient leur langue. De simple hippie qui voulait rejoindre une communauté plus à l'ouest, il devint petit-bourgeois en proie à ses démons. Il voulait tout quitter pour prendre conscience de ce qu'était la *vraie* vie, celle qu'on ne voyait que sur les cartes postales qu'il n'envoyait jamais. Au dernier conducteur, qui ne l'emmena pas au-delà de trois bourgades, il se composa un passé d'ancien écrivain, parti sans rien pour puiser l'inspiration à la source. Le conducteur un peu inquiet lui avait indiqué une casse dans le coin. Un endroit qui recrutait facilement si on n'était pas regardant sur les formalités administratives. L'écriture, lui n'y comprenait rien, seul un vrai travail méritait salaire, donc si, entre deux poèmes à la mords-moi, Henry était intéressé pour se faire un peu de blé, il se pourrait que la casse l'accueille.

« Joue pas trop les intellectuels, gamin. Ici, ça ne te servira pas à grand-chose. Mais, avec ta carrure et ton bagout, tu devrais sans doute pouvoir trouver une place de choix à Babel. »

Babel. Voilà comment les gens du coin surnommaient la casse. Personne n'y parlait la même langue, n'employait les mêmes mots, mais une bagnole restait une bagnole, il n'y avait pas besoin de longs discours pour la désosser. Les gestes suffisaient.

De leurs mains sales et pour s'éviter le choc des langues, les hommes se montraient les choses, ils faisaient de grands gestes ou tentaient d'être plus délicats, ils riaient ensemble de plaisanteries qu'ils ne saisissaient jamais vraiment. Les corps suaient et bronzaient en été, se couvraient peu en hiver. Les odeurs de gomme et d'essence les gardaient au chaud. L'alcool y contribuait aussi – Babel ne se refusait jamais la petite gorgée qui lui permettait de supporter un peu mieux les journées passées sous les châssis brûlants, à se briser les reins contre le terrain caillouteux.

Babel avait continuellement besoin de main-d'œuvre. Noire, rouge, jaune, blanche, peu importait ; de toute façon, les hommes ne faisaient que traverser le terrain en friche. Certains y restaient quelques jours, d'autres plusieurs années. Henry n'y vit pas passer le temps. Il dépiautait, cassait, broyait. On ne lui demandait rien d'autre que de faire correctement son boulot, et ça lui convenait. Zakar payait plutôt bien. Zakar Agobian, le maître des lieux, deux doigts en moins à la main droite qu'il disait avoir perdus à la guerre. Zakar et sa gueule dévastée par le whisky et le soleil, jamais souriant, toujours en train de beugler. Zakar et son chien, Gus. Le dogue, un vieux berger dont on peinait à déterminer parfaitement l'origine, gardait l'entrée de la casse, montrant les crocs à tous ceux qui n'appartenaient pas à la communauté. Police, facteurs, démarcheurs, soutanes, Gus les flairait à des bornes à la ronde. Et dès que l'un d'eux s'aventurait, bien avant que les premières fanes de maïs qui encerclaient la propriété ne fussent piétinées, le molosse se mettait à grogner et commençait à faire les cent pas, le flanc collé au grillage rouillé. Quand les poils de son échine se dressaient, vous pouviez être sûr que les plus aventuriers avaient franchi les dernières limites. Lorsqu'il aboyait, vous pouviez songer à détaler. Gus courait plus vite que les lapins et les chats. Plus vite que le vent, que la marée. Plus vite que les flics et que ces putain de témoins de Jéhovah. Les hommes de la casse n'approchaient jamais vraiment le cerbère, le soupçonnant lui, bien plus que la guerre, d'avoir arraché ses doigts au boss. Ils restaient en retrait, évitant autant que possible le regard du chien. Voyant ses gars si concentrés sur leur tâche, Zakar se félicitait alors silencieusement de son indéniable autorité.

36.

Je n'aime pas le regard des infirmières. Cette aisance qu'elles ont de pouvoir tout vous dire en chantant. Cette force que vous n'aurez jamais.

Les ombres nocturnes lèchent les angles et les recoins de Bellevue. Derrière la porte battante, les corps qui ne trouvent pas le sommeil transpirent et s'asphyxient.

Deux uniformes blancs fument, perchés sur leurs talons de gomme, postés en retrait de l'institution. Elles me toisent avec méfiance alors que j'escalade maladroitement les marches en pierre. Je sens les yeux de l'une examiner mon front et l'état de ma peau, tandis que l'autre reste à l'affût d'un tremblement ou d'une odeur reconnaissable.

Je m'engouffre à l'intérieur. Au bout des escaliers, sur le second palier, une nouvelle infirmière se plante devant moi, une que je n'ai encore jamais vue. Elle attend que je fasse l'effort de lever la tête.

« Je vous attendais. »

Elle me tend une main blanchie par le port de gants neufs. Autour de son poignet, l'élastique a laissé une esquisse rougeâtre. Je me dérobe entre ses doigts poudreux. La chambre de ma mère est là, juste derrière elle. Elle qui m'empêche d'avancer. Probablement parce que ma mère ne se trouve déjà plus dans son lit.

L'infirmière attend, comme l'une de ces poupées qui ne parlera pas tant qu'on n'en aura pas compris le mécanisme. C'est à elle de parler, c'est elle qui m'a convoquée ici, je suppose qu'elle a des tas de bonnes histoires à me raconter. Je plante mon regard dans le sien et, dans ses yeux, je trouve enfin la clé. Elle attendait que je l'affronte, que je sois prête à l'écouter. Et à l'entendre.

« Votre mère est décédée ce matin. »

L'information me survole comme un nuage mauvais. Un nimbus noir et moite qui me caresse sans vraiment m'agripper, irréel et impalpable.

« Qu'est-ce qui s'est p-passé ?

— Nous supposons qu'elle s'est endormie après son déjeuner. Nous inspectons chaque chambre vers 15 heures. Votre mère ne s'est pas réveillée. Elle s'est éteinte dans son lit. »

Une cigarette.

« Tout ce que je peux vous dire, c'est qu'elle nous a quittés de la manière la plus naturelle qui soit. Elle n'a pas souffert. »

J'acquiesce et l'infirmière croit lire la tristesse dans mon regard.

« Je-je... je dois signer quelque chose ? »

Sur ses talons silencieux, l'uniforme laisse échapper un sourire sirupeux. La pitié, maudite bestiole, est encore là, tapie au coin de ses lèvres.

« Prenez votre temps. Nous verrons ensemble pour les formulaires administratifs. »

Elle fait un pas de côté et libère l'accès à la chambre 237. Je soupire et contemple le couloir, désert hormis ces deux poupées ramollies par la chaleur, qui tirent mutuellement sur leur ficelle.

« Je ne possède pas le mode d'emploi, Iris, même après toutes ces années passées ici. Mais je pense que lui faire vos adieux serait un bon début. »

– Silence –

Septembre 1970

Depuis quelques semaines, la nuit s'abattait comme une beigne et la lune glaciale délogeait le soleil brûlant sans grand ménagement. Octobre roussissait les plants de maïs et tout ce qui avait encore l'audace de pousser.

Après le travail, Henry longeait les champs sur deux bons kilomètres. Tout près, il percevait le tumulte de la rivière. Le courant, comme un ami loyal, suivait ses pas depuis des années. Les bouillons argentés qui lui parlaient parfois, d'une voix douce et bienveillante, le félicitaient d'être devenu si grand et fort. Il méritait mieux que cette vie. Il devait être patient. Le moment viendrait bientôt. Il saurait.

Cela ne tarda pas.

Chaque soir, à la débauche, il détachait ses cheveux. Les boucles brunes coulaient alors dans son cou, jusqu'à son dos devenu trop encombrant. Lorsque ses épaules étaient nues, on eût dit qu'elles supportaient des tonnes. Ses bras puissants demeuraient collés à ses flancs, sans plus osciller au rythme de ses foulées, l'affublant d'une démarche bringuebalante et mécanique. Ses yeux noirs restaient rivés au sol, guidés par les trente-sept touffes d'herbe sèche qui ponctuaient le chemin depuis des siècles. Henry appréciait cette routine. Compter le nombre de ses pas jusqu'à la chambre qu'il occupait : 7 648 jusqu'à son immeuble, puis 108 marches desservant trois paliers, porte de gauche, deux verrous. Et parfois, avant de rentrer, le bonheur de trouver une occupation. Un craquement derrière les buissons, des bris de branchages, juste avant que son chemin ne l'éloignât définitivement de la berge. Henry s'arrêtait le souffle court, comme chaque soir, d'avoir marché à bonne allure. Il se mettait à écouter. Le silence tout d'abord, puis, de nouveau, ce bruit, près de la rive, comme du bois mort écorchant la terre. Ce gémissement dont il connaissait l'empreinte musicale, semblable à celui d'une bête prise au piège, luttant pour se dégager des crocs de métal.

Ce soir-là, Henry choisit de s'approcher lentement, ralentissant ses pas pour éviter d'effrayer plus encore sa proie. Pour l'achever sans qu'elle le vît, pour que la peur ne racornisse pas la chair.

Il reconnut alors l'ombre chétive de la bête ; il l'entendit geindre à nouveau, d'un cri fragile, empreint de graves. Et soudain, la créature devina la présence d'Henry. Elle se mit à rire, d'un rire double, se contorsionna, et rit plus fort encore.

Lorsque la bête se scinda en deux, il distingua cet homme et cette femme, nus comme des vers, maculés de boue fraîche et de limon. Eux qui ne se cachaient pas, qui l'aguichaient à se trémousser devant lui. L'homme s'écarta un peu, délaissant la femme assise le cul sur la vase, souriant béatement au vide, plissant les yeux pour évaluer ce à quoi il avait affaire.

Parfois, les couples fuyaient, essoufflés par le rire et la honte d'avoir été découverts. Henry les laissait alors partir, c'était le jeu. Qu'attendaient ceux qui restaient, à part qu'il les tue ? Que pensaient-elles, ces femmes qui le regardaient, incapables de prononcer la moindre phrase ? Certaines étaient seules, profitant de l'ombre et du calme qu'offrait la berge, mais ils étaient parfois quatre ou cinq à détaler dès qu'Henry se montrait. La lame les effrayait chaque fois. Alors la partie pouvait commencer. Il leur suffisait de partir, rien de plus. Henry ne les poursuivait jamais, il était piètre coureur. Ses jambes n'étaient pas lestes, il serait tombé au bout de quelques mètres seulement. Mais encore fallait-il que les proies se décident à fuir.

« Dégage, vieux, tu vois pas qu'on est occupés, là ? »

Henry n'entendait plus. La rage montait, armant sa nuque et cambrant ses reins. L'acier au bout de ses doigts se mit à osciller.

« Non, mais qu'est-ce que c'est que ce con ? Hé ! Je t'ai dit de... »

Un choc, plein, mat et humide.

Au creux des oreilles d'Henry, il n'y eut bientôt plus qu'un sifflement. Peut-être un tiraillement dans ses épaules alors qu'il continuait à frapper, encore et encore. Sur la tempe fendue de l'homme, le sang se mit à couler comme un jaune hors de sa coquille, visqueux et épais. Son visage fêlé se mêlait à la terre tandis que son corps démantibulé continuait à s'ébrouer de manière incontrôlable. Le sifflement dans la tête d'Henry se mua en cri, celui de cette femme qui ne pouvait s'empêcher de regarder, la gueule pleine de boue et de morve.

Henry posa un doigt épais sur les lèvres tremblantes de la fille.

« Chut. Tout va bien se passer. N'aie pas peur... »

Il saisit un poignet délicat et l'attira vers lui.

« Ne fais pas de bruit. Je suis là, tout ira bien. »

Elle se mit à hurler de plus belle. Il pressa le corps précieux contre son torse immense, d'abord doucement.

« Tu peux dormir maintenant. Finis les cauchemars, les monstres sont partis. »

Elle sentit les herbes coller à ses joues, son front et ses cheveux épais. Henry serra plus fort.

« Doucement, doucement s'en va le jour... »

La jeune femme cessa de crier. Elle tenta de tousser mais sa gorge n'émit qu'un ridicule gargouillis. Elle ne pouvait pas se débattre, Henry maintenait fermement chacun de ses membres. Elle pensa à son chien qu'elle avait enfermé dans son appartement. Elle se demanda qui le nourrirait une fois que.

« ... Doucement, à pas de velours. »

Une fois qu'elle serait morte. Elle se demanda comment se nommait ce maudit chien, déjà. Était-ce Twinkie ? Kiwi ? Elle ne se souvenait plus. Elle songea à appeler sa voisine pour la prévenir. Ou était-ce un voisin ? Sa langue, elle ne sentait plus sa.

37.

La chambre 237 est plongée dans une obscurité douce. Sur son matelas inconfortable, ma mère ne respire plus. Le corps du croque-mitaine gît sans vie, dans le froissement des linges souillés. Le drap recouvre à peine son ventre, et là où ses mains se rejoignent, sa peau me paraît plus ridée et plus sèche qu'auparavant. Sa poitrine ne se soulève pas, et à l'intérieur de son cou, le sang ne cogne plus. Le regard maussade de ma mère s'est éteint. La boue ne salira plus jamais quoi que ce soit, retenue par la finesse de deux paupières aussi fragiles que du papier de soie.

Je distingue à peine ses lèvres fades entre les plis de son visage. La colère ne retrousse pas son nez alors même que nous ne nous trouvons qu'à quelques centimètres l'une de l'autre. Ses traits semblent presque détendus. L'élastique a cédé.

Les deux sillons creusés au milieu de son front sont moins sévères. Ses cheveux ont été coiffés, ramenés en arrière, comme elle le faisait lorsque j'étais enfant.

Je fais le tour du lit et m'installe sur le vieux fauteuil.

Ces accoudoirs ont peut-être reçu des dizaines de coups de poing, autant de pincements et de coups d'ongles. La sueur et les larmes d'un tas d'endeuillés ont trempé ce cuir défraîchi. Ce fauteuil a probablement traversé un paquet de services. Peut-être a-t-il fait le tour des hôpitaux du pays. Une maman berçant son bébé, un père réconfortant son fils à la veille d'une opération bénigne, un ancien fumeur crachant son dernier souffle. Une pauvre fille, fantôme parmi les fantômes, impotente, privée du soulagement de pouvoir toucher le corps de sa propre mère. Privée de la moindre larme.

Ses mains attirent inlassablement mon regard. Sous ses doigts blancs, raides comme du bois, j'imagine le visage de mon père. Les griffes, les coups, et les caresses qui le réconfortent.

Je les imagine sur ma joue, irrités par le dégoût et la déception.

Je les imagine sur les cheveux brillants de mon fils.

À la mort de mon père, ma mère n'a pas pleuré et, pour l'enterrement de Swan, ses joues sont restées plus sèches que des toiles de lin. Ma mère n'a jamais versé la moindre larme, ni de joie, ni de peine, ni de quoi que ce soit. Seules la colère et la déception ont jamais su pincer ses lèvres, rien de plus.

Je voudrais la gifler, lui cracher au visage, la tuer une seconde fois. Mais je ne fais rien, je me contente de me lever, et de partir, comme je l'ai toujours fait.

Même mort, un monstre demeure un monstre. Alors je quitte la pièce, plus tremblante que jamais.

– Silence –

Août 1972

Sur un trottoir vidé par l'été, Julieanne Archer plaça un siège pliant devant l'échoppe de son père. Elle aimait travailler dehors lorsque les rues se dépeuplaient, sentir le souffle tiède sur sa nuque, comme si le soleil ne brûlait que pour elle. Chaque année, ses rayons devenaient ses alliés, ils lui rendaient le travail plus simple et plus rapide.

Depuis qu'elle était gamine, Julieanne confectionnait des étuis pour l'armurerie de son père. Des cartouchières pour les carabines, des holsters pour les petites armes à feu, des fourreaux pour les armes blanches. Des accessoires simples que ses mains gracieuses avaient su perfectionner au fil du temps. Le cuir obéissait toujours à ses doigts, il pliait et cédait docilement, la matière semblait écouter la gosse.

Julieanne chaussa de larges lunettes de soleil pour ne pas être éblouie par les reflets métalliques de ses outils, s'installa et s'attela à la tâche.

Il arrivait que son père lui laisse tenir la boutique. Elle était presque adulte maintenant, elle savait se débrouiller seule. Son sourire vendait mieux, et les clients étaient toujours plus nombreux lorsqu'elle était là. Elle savait y faire, Julieanne. Elle leur servait des *j'ai exactement ce qu'il vous faut,* la bouche ronde comme une bille rouge. Elle embobinait et pillait les plus fidèles de leurs dernières pièces de nickel.

Certains faisaient appel à elle pour des commandes spéciales, des cadeaux, des anniversaires, des baptêmes. De petits étuis pour les nouveau-nés, une minuscule lame à l'intérieur, qu'ils garderaient précieusement, au cas où. Elle fourguait des armes comme d'autres auraient vendu des jambons. Mais peu importait l'usage que les clients en faisaient. Ils achetaient, voilà tout.

Aujourd'hui pourtant, l'échoppe demeurait vide. Pas de chasseur en vue, pas de boucher ni de volailler. Pas de mains salies par la fraîcheur de la viande. Julieanne ne vit pas âme qui vive jusqu'au soir.

Alors qu'elle songeait à fermer boutique, elle le sentit dans son dos. Un homme qu'elle n'avait encore jamais vu dans le coin. Un tas de muscles voûté qui s'était approché sans faire le moindre bruit et qui se tenait là, devant elle, silencieux.

« Je peux vous aider, monsieur ? »

L'homme la toisa comme s'il voyait une femme pour la première fois de sa vie. Julieanne eut peut-être un peu peur, mais elle ne se démonta pas. Elle en avait adouci des plus coriaces.

« Vous cherchez quelque chose de particulier ? Un couteau ? Un fusil ? Vous chassez quel type de gibier ? »

Julieanne avait tué une biche l'année passée. Une belle petite biche qu'elle avait allongée d'un seul coup de carabine. Le recul avait propulsé la jeune fille au sol et la balle avait abattu l'animal. *Une pierre deux coups*, avait dit son père.

L'homme n'avait pas l'air d'être un tueur de biches. Il ne quittait pas des yeux le petit étui sur le siège pliant, il ne regardait que ça.

Un client difficile qu'elle paria d'amadouer aussi vite qu'elle savait coudre.

La jeune femme souriait. Elle rayonnait même, faisant rouler ses lèvres écarlates. Les hommes trouvaient ses grimaces adorables, mais celui-ci était plus exigeant. Alors Julieanne ravala sa moue et se mit à parler technique. Elle faisait mouche chaque fois lorsqu'elle expliquait d'où provenait le cuir. Elle emballait riverains et touristes, hommes, femmes et pasteurs.

Julieanne parla comme elle aurait conté une grande histoire d'aventure, elle employa des mots trop grands pour sa petite bouche, décrivit la rigidité des peaux avant qu'elles ne soient plongées dans l'eau bouillante, les cristaux d'alun qu'elle et son père frottaient contre le cuir encore humide, et le sel qu'ils y laissaient pour une nuit seulement.

L'homme l'écouta avec attention et sembla se détendre un peu. Par habitude, Julieanne lui proposa enfin d'entrer pour choisir un couteau. Henry lui en acheta trois.

38.

Je n'aime pas mes pieds. Ils me conduisent souvent vers des lieux que vous trouveriez terribles, ils piétinent près des victimes et continuent d'avancer. Ils enjambent les corps et trébuchent sur les moquettes sales. Ils me mènent toujours là où je ne veux pas aller.

Sans vraiment m'en rendre compte, comme un robot sous la lune tiède, j'ai pris ces virages que je connais par cœur, j'ai évité les trous dans les pavés, j'ai contourné l'école, ou bien je ne l'ai pas remarquée. J'ai marché jusqu'ici, jusqu'à ce bar rempli ras la gueule de chair saoule. Juste pour m'en jeter un dernier avant l'aube.

Les cernes sous mes yeux se dissipent sous la lumière des néons poussiéreux. Le bruit des verres qui s'entrechoquent m'est bien trop familier pour produire autre chose qu'un brouhaha confus à l'arrière de mon crâne. J'avance comme à mon habitude, sans que personne ne me remarque. Personne sauf cette paire d'yeux qui ne me quitte plus depuis que je suis entrée.

Nans Carras. Assis un peu trop loin de sa table en ferraille attitrée, comme si cela faisait des siècles qu'il se tenait là. Sa main gauche protège un journal des courant d'airs inexistants tandis que la droite gratte son menton rugueux. Ses lèvres fines sont figées sur ce sourire insupportable qu'il m'adresse à chacune de nos rencontres.

J'emprunte une chaise à la table voisine et m'assois face à lui.

« Mais je t'en prie, la fille prodigue, prends donc un siège et joins-toi à moi.

— P-pourquoi es-tu allé voir les p-parents de Paul Trenti ? »

Il se tait, la bouche ouverte sur des mots qu'il ne prononcera jamais. Il ravale un peu de son cynisme et racle sa gorge mal rasée.

« Tu harcèles les habitants de cette saleté de ville depuis toujours. Tu les p-pousses à bout. Qu'est-ce que tu cherches, à la fin ? »

Il sourit et ne me répond pas.

« Tu veux quoi ? Jouer les justiciers ? Tu n'as que ça à f-foutre, b-bon sang ? Tu ferais mieux de te mêler de...

— Oui.

— Oui quoi ?

— Oui, je n'ai que ça à foutre. Les enfants continuent de disparaître, Iris. Et quand on les retrouve, c'est pas forcément joli à voir, tu le sais. »

Non, je ne le sais pas. On a enfermé le coupable il y a longtemps. Eddy Chapelle moisit en tôle pour ce qu'il a fait. Carras ment. Il ment. Il ment ! Sale bon Dieu de menteur.

« Swan n'est pas le seul, Iris. Il n'a pas été le premier, ni le dernier. Juste une victime entre des tas d'autres. Un détail dans la masse. »

Ma main frappe sa joue si fort que mes doigts rougissent. Ce salaud n'a pas le droit. Ce gratte-papier à la con. Une goutte de sang vient perler au bord de son sourire minable.

« Qu'est-ce que tu veux, Baudry ?

— Savoir p-pour quelle raison tu t'acharnes dans le vide.

— Pour la vérité. »

Ce type est surréaliste.

« Tu sais, Iris, le cliché est vérifiable : la bouche des gens a tendance à s'ouvrir plus facilement ici qu'ailleurs. Le zinc et l'ami Jack délient les langues les plus timides. Tu n'imagines pas tout ce qu'on a pu me confier dans cette gargote. Il suffit d'insinuer que tu sais quelque chose, alors ils se sentent coupables, et ils se déversent.

— Tu as accusé tout le monde, Carras. Il n'y a pas une p-personne que tu n'aies pas interrogée à cinquante kilom-mètres à la ronde. Tu m'as montrée du doigt, Carras. Nom d'un chien, mon propre gamin...

— Chacun ses démons, ma belle.

— Le malheur des gens ne te suffit jamais, il faut que tu ailles les t-torturer un peu plus. T-tu as fouillé les poubelles de la famille Trenti ? Tu les as soupçonnés, eux aussi ? Tu les as culpabilisés pour l'enlèvement de leur fils ? »

Le sourire, le voilà de retour, plus superbe que jamais.

« Tu ne sais rien, ma pauvre Iris. »

Il essuie la goutte de sang sur sa bouche sèche et hoche la tête.

« Je t'offre un verre ? »

De l'insolence, à l'excès. Et dans ses yeux, cet éclat qui m'incite à accepter malgré moi. Ce type est une foutue blessure qu'on entretient en ne cessant de la lécher. Un poison qu'on hésite à avaler. Un connard qui fascine. Un ivrogne à qui je dis *oui*.

« OK, Iris, mais pas ici. Allons ailleurs. »

– Silence –

Juin 1973

On avait inscrit « *Souvenirs de voyages* » à l'encre noire sur la boîte qu'Henry Witkin désigna avec assurance au vieux commerçant qui le précédait. Une petite caissette en bois verni, fermée par deux loquets de métal. La matière était douce et le tout semblait solide. Le quart d'un salaire qu'Henry paya sans rechigner. Cinq billets si lisses et si propres que le petit homme les examina durant cinq bonnes minutes, courbé derrière son comptoir, avant de conclure que, vrais ou faux, ils valaient toujours mieux que la camelote qu'il vendait depuis toutes ces années. De la verroterie qu'il était toujours parvenu à bazarder, quel que fût l'endroit ou le moment.

Witkin traversa la ville, son trésor serré contre sa poitrine. Ce serait parfait.

Dès qu'il eut fermé la porte de sa chambre à double tour, il installa la boîte sur le seul meuble qui habillait la pièce, une vieille radio qu'il avait dégotée chez un brocanteur, une beauté. Rien à voir avec ces nouveaux gadgets en plastique, cette pacotille qui vous lâchait au moindre heurt. Le noyer était rayé en plusieurs endroits et elle semblait avoir traversé plusieurs guerres. Henry adorait ces vieilles chansons dont il connaissait les paroles par cœur. Il y écoutait le bruit blanc et les berceuses de sa mère, les publicités et les séries à suspense.

Cette fois, Henry ne l'alluma pas. Il contempla le petit bijou qu'il venait d'y déposer. Les finitions étaient soignées et le bois entretenu avec soin. Henry libéra les deux loquets et ouvrit délicatement la boîte. L'intérieur était tapissé d'une toile de Jouy épaisse, rouge et crème, sur laquelle il pouvait distinguer l'encolure d'un cheval, le chapeau d'un paysan et l'aile saillante d'un oiseau. Un faisan, probablement. Henry ausculta le fond, sec et moelleux. La boîte était vide.

Quelque chose brilla dans ses yeux avant qu'il ne se lève. Quelque chose de mauvais qui étincela rien qu'un instant. Une flamme fugace, lueur froide au fond de l'abîme.

Il fit trois pas pour ouvrir le seul tiroir de la pièce, situé sous l'évier monté trop bas. Avec délicatesse, il y saisit un petit paquet enveloppé dans une feuille de soie. Il retira le papier, prenant bien soin de ne pas le déchirer entre ses grandes pattes.

On aurait pu confondre ce qui était disposé à l'intérieur avec de petits linges usés. De vulgaires rebuts de torchons sales qu'on aurait entassés là. Mais si vous preniez le temps, et que votre œil s'accoutumait enfin, alors vous pouviez distinguer la finesse des arabesques à la surface de chaque fragment. Vous auriez reconnu la capillarité d'une cuisse, le duvet d'une joue, vous auriez surpris un grain de beauté ou une petite tache de vin. Alors vous auriez su.

Henry caressa son trésor du bout des doigts, replia le papier de soie et déposa le tout à l'intérieur de sa nouvelle boîte. Puis il verrouilla les deux loquets sur toutes ces vies qu'il avait volées. Les trophées s'accumulaient, mais désormais il avait de quoi les entreposer.

La seule chose qui lui manquait vraiment était de ne pas pouvoir partager ce trésor. Henry aurait tellement voulu pouvoir raconter de quelle manière il enfonçait son couteau pour qu'aucun cri ne puisse s'échapper des corps transis. Il aurait aimé dire le temps que cela prenait de faire sécher cette peau et la technique qu'il employait. S'il avait trouvé un ami, un véritable ami, alors il lui aurait tout raconté. Ils auraient opiné du chef, concluant que les victimes avaient leur part de responsabilité. C'était aussi un peu leur faute, il fallait tout de même le reconnaître. Ces idiots se laissaient approcher sans se défendre. Ils le cherchaient, non ? Lorsque l'on cambriolait une maison restée délibérément ouverte, le voleur était-il vraiment le seul coupable en cause ? Henry ne le pensait pas, et il n'aurait pas eu de mal à en convaincre son ami.

Il lui aurait décrit à quel point il aimait le bruit des crânes qui se brisent, celui des femmes qu'il soulevait de terre, leur corps qui devenait plus docile et plus souple. À cet ami, il aurait dit ce qu'il faisait des corps après les avoir dépecés. Il lui aurait expliqué de quelle manière il parvenait à récupérer les batteries des carcasses de Babel pour en extraire l'acide. Il lui aurait décrit l'odeur des os qui fondaient, la mousse blanchâtre et fumante qui détruisait tout. Il lui aurait dépeint l'endroit précis où il enterrait les restes, le matin, lorsqu'il était seul derrière l'abri en tôle de son patron, ce vieux chacal dont il se méfiait comme de la pire des grippes. Il aurait ri jaune et lui aurait avoué sentir le regard du vieux parfois sur son dos immense. Henry et son ami auraient traité Zakar de fiotte et ils auraient avalé un nouveau verre de cette liqueur trop sucrée. Si Zakar était au courant, Henry le tuerait. Ils auraient ri plus fort et Henry se serait laissé aller. Il aurait expliqué que palper la chaleur de la chair l'apaisait comme l'alcool en soulageait d'autres ; que la peau des femmes était fraîche, celle des hommes plus sauvage. Et que la peau des enfants était probablement la plus douce.

39.

Je me maudis de suivre Carras à travers la ville. Je le regarde marcher, quelques pas devant moi, sans se retourner. Je pourrais bifurquer dans une ruelle qu'il ne le remarquerait même pas. Et pourtant, je m'en abstiens. Je continue, docile et muette, à avancer en pleine nuit derrière cet homme que j'exècre. Sa tignasse mal coiffée, son cou, rougi d'avoir trop bu, ses épaules un peu tombantes et ses pattes arquées, j'en hais chaque pore, chaque poil, chaque ride. Chaque phrase, chaque mot. Chaque souffle.

Le temps d'une clope et nous nous retrouvons devant un immeuble délabré de huit étages. Dans le hall, un homme dort en tee-shirt sur un carton d'emballage. Le squelette d'une armoire suédoise apparaît dans l'un des coins, grignoté par de petites dents.

Carras raye la porte en introduisant ses clés dans la serrure branlante. L'ascenseur est en panne et nous grimpons à pied jusqu'au troisième étage. Palier de droite, troisième porte. Aucun nom sur la sonnette.

Nous ignorons tous les deux comment nous nous sommes mis dans un tel pétrin. Il ne me veut pas ici, et j'ai encore moins envie d'y être. Il ne peut plus me demander de partir et je n'ai pas prononcé le moindre mot depuis que nous avons quitté le bar.

Il déverrouille. Le champ est libre et la porte s'ouvre.

Lumière.

« Whisky ?

— Merci. »

Un deux-pièces exigu, du vieux papier peint et une moquette défraîchie. Nous pénétrons directement dans le salon, rempli de livres et de carnets de notes. Des stylos sur le sol, des vides, des pleins. Des bouteilles. Des vides, surtout. Et sur le mur le plus large, une fresque particulière.

Des articles de journaux, les siens et d'autres. Des traits et des flèches les reliant entre eux. Des mots surlignés, entourés, rayés. Des photos d'hommes, de femmes et d'enfants. Les tenues qui varient selon les époques, des coiffures mal taillées et des moustaches. Certains clichés datent d'au moins trente ans, d'autres sont plus récents. Paul Trenti apparaît sur l'un d'eux, photo couleurs d'un gosse souriant, serrant fort ce chien à rayures qui séchait dans ma main il y a quelques heures à peine. Plus bas, plus petit, Swan. Copie noir et blanc d'un article de Carras. Le visage de mon bébé. Ses joues roses et lisses rendues sombres et granuleuses par le tirage et les années.

D'autres visages sont punaisés un peu partout, selon un ordre qui n'obéit qu'à la seule logique de Carras. Il insiste. Il dit qu'il y a eu d'autres victimes. Des tas. Ici et ailleurs. Il en a recensé une trentaine dans le pays, et ce depuis quarante ans.

« Tous les corps ont été retrouvés près d'une source d'eau. Une rivière, ou un lac. L'océan, parfois. Les poumons des victimes toujours retrouvés vides. Elles n'ont pas été noyées, mais nettoyées. »

Il dit n'importe quoi. Je veux partir.

« Il y en a eu des dizaines, à travers le pays. »

Il me montre une carte griffonnée. Des pattes de mouche rouges cernent le nom de plusieurs villes.

« Tous tués de la même manière, écorchés, puis nettoyés. La peau arrachée aux victimes, il l'a emportée avec lui, chaque fois. Depuis toujours, il n'a jamais modifié son rituel.

— On a arrêté le b-barge qui a assassiné mon fils. Chap-pelle est sous les verrous. Qu'il y croup-pisse jusqu'à ce qu'il en crève.

— On a trouvé *un* barge. Tu crois vraiment que c'est le bon ? »

La tête me tourne et mes mains sont douloureuses. Le bout de mes doigts est engourdi et je ne sens pas clairement que je les enfonce dans le béton – bientôt, ils saigneront sans que je ne m'en rende compte.

Eddy Chapelle. Le visage de ce type est gravé dans ma mémoire. Impression haute définition. Les boursouflures sous ses yeux bleus. Les rides aux coins de sa bouche. Sa peau abîmée par une vie en plein air. Ses cheveux filasse et déjà grisonnants réunis en sortes de touffes inégales et laides à l'arrière de son crâne bossu. Je l'ai vu derrière le miroir sans tain, contemplant ses mains pleines d'un sang nettoyé vingt fois. Ses chaussures sans lacets. Ses chaussettes dépareillées. Les mouvements silencieux et répétitifs de ses lèvres sèches.

Chapelle s'est baladé plusieurs kilomètres avec le corps de Swan sur l'épaule, jusqu'à ce qu'il tombe bêtement sur les flics. Ils l'ont arrêté. Chapelle a avoué. Qu'est-ce que Carras veut de plus ?

« La même chose est en train de se produire avec un autre gamin, tu comprends ?

— Je ne veux p-pas recommencer... Je n'ai...

— Tu vas laisser le gosse crever ? C'est ça que tu veux ?

— Je...

— Putain mais réveille-toi, Iris ! Swan est mort. Il ne reviendra pas, tu m'entends ? Il est...

— Je sais ! Je sais tout ça ! Je n'ai plus la force, nom de Dieu. Plus la f-force... »

J'avale le verre cul sec. Les vapeurs brûlantes me coupent le souffle.

« Je veux juste que tu réfléchisses, Iris. Peut-être qu'Eddy Chapelle n'est pas le seul coupable. T'es-tu au moins posé la question ? Peut-être qu'ils étaient plusieurs. Peut-être qu'il s'agit de quelqu'un d'autre. Es-tu au moins allée l'interroger toi-même ?

— T'as fondu les p-plombs, Carras ? Pourquoi je ferais une chose p-pareille ? Pourquoi est-ce que je me détruirais à adresser la parole à ce... à cet...

— Je l'ai fait. »

Je baisse les yeux. Mon verre est vide, je n'ai plus rien à quoi me raccrocher.

« Ce gars est incapable de tuer qui que ce soit. Je peux te l'assurer.

— Tu m'en diras tant.

— Vas-y.

— Qu-quoi ?

— Va le voir et fais-toi ton propre avis. Pose-lui toutes les questions qui te démangent depuis tout ce temps. Du temps, lui, il en a à perdre, et sacrément. Et toi ? Qu'est-ce que tu as à perdre... ? »

Onze ans de ma vie. Voilà ce que j'ai déjà perdu.

– Silence –

Juillet 1985

Rosie avait cumulé les petits boulots pour payer ses études. Ouvreuse dans plusieurs cinémas des bas quartiers, trieuse de verre, serveuse. Et pute.

Elle avait échoué à la plupart de ses concours et avait poursuivi les passes. C'était finalement le plus rentable. Elle pratiquait à l'écart, loin de son domicile, pour ne jamais être remarquée de ses voisins ou harcelée par ses clients. Elle était plutôt jolie. Ses traits ne trahissaient plus la naïveté mais elle savait la feindre à la perfection. Elle aurait fait avaler au plus pointu des maquereaux qu'elle avait conservé sa virginité. Elle rameutait de nouveaux consommateurs sans la moindre difficulté. Elle travaillait seule, et les clients le sentaient, à sa manière de ne pas se laisser totalement apprivoiser, à ses yeux qui ne cherchaient pas leur maître avant de grimper dans leur voiture : Rosie était différente des autres. Ses mains chaudes et adroites semblaient inlassablement découvrir le sexe de ses hôtes, et chacun d'entre eux aurait pu jurer qu'elle avait joui sous ses assauts. Ils payaient le prix fort pour cette marchandise qui se parfumait à la viande fraîche. Ils casquaient tous, les réguliers comme les bleus, Rosie Fontes ne faisait jamais de ristourne.

Une fine mentholée collée à ses lèvres parfaitement dessinées, elle jeta un coup d'œil alentour, une œillade experte qui ne dénonçait jamais son impatience. Un regard furtif à la ronde, pour jauger la soirée à venir.

Les averses se multipliaient ces derniers jours sans que la température baisse d'un seul degré. Les corps étaient moites et nerveux. Les couples hurlaient depuis leurs fenêtres, de rage ou d'extase. Les hommes n'aimaient pas la pluie, ils préféraient mille fois sauter leur mégère au sec plutôt que de boire une pinte, le bout de leur cravate mouillé. Ces nuits-là, les clients devenaient rares, plus brutaux et moins volubiles. Ils en venaient au fait sans verbiage. Quelques coups de reins, une ou deux jérémiades et le tout était plié. Pas même le temps de crier, l'affaire était réglée.

Elle soupira.

Il n'y avait personne. Aucun claquement de chaussure cirée, aucun ronflement de moteur. Rien. Elle retira ses talons noirs et soupira. La pluie froide sur les pavés caressa la voûte délicate de ses pieds.

Minuit. Elle s'apprêtait à fermer boutique lorsqu'un type à la chemise blanche trempée l'interpella.

« Je peux vous accompagner quelque part ? »

Sous le nylon de sa chemise, Rosie devina le torse puissant de son futur client. Elle haussa un sourcil.

« Tu m'as volé ma réplique, beau brun. Où veux-tu aller ?

— Dans un endroit plus tranquille. Suis-moi. »

Henry Witkin referma sa main immense sur les doigts fins de la pute. Elle se remplit d'orgueil d'être si bien accompagnée. Le corps de ses habitués était d'ordinaire bien moins entretenu que celui-ci. Les épaules gigantesques lui ôtaient toute visibilité. Elle serait la belle, et lui la bête. Imperceptiblement, elle se laissa aller à sourire.

La petite pièce où il la conduisit était une véritable fournaise. L'odeur du cuir et de la sueur en imprégnait chaque parcelle. Mais Rosie avait l'habitude. Elle avait reniflé bien pire dans ses vies passées.

Henry effleura les boutons de sa radio. Rosie demeura silencieuse. Elle retira lentement ses vêtements, qu'elle déposa un à un sur le sol, puis elle entreprit de déshabiller son client. Elle déboutonna sa chemise et la fit glisser à terre. Les poings serrés à en trembler, Henry se laissa faire. La pute retira le pantalon de son client, puis ses sous-vêtements. Il ne bandait pas.

Rosie caressa la joue imberbe, puis la douceur de ce torse si large. Elle saisit son intimité avec délicatesse, comme si c'était à nouveau la première fois pour elle. Elle le regarda longuement et frissonna un peu. Il ne cillait pas. Il la toisait sans bouger.

Soudain, un léger souffle et, entre ses mains, Rosie perçut enfin l'excitation qui gonflait peu à peu ce corps gigantesque. Les paupières d'Henry clignèrent. Il murmura :

« J'aime beaucoup cette chanson. »

Un nouveau frisson, un peu moins agréable que le premier, rongea la nuque de Rosie. Cette fois, elle vit clairement la lueur froide au fond des yeux de son client. Mais il était trop tard, elle devait finir ce qu'elle avait commencé. Henry se mit à fredonner doucement.

« Tu l'aimes, toi aussi ? »

Rosie hésita avant de répondre. Elle ignorait ce qu'il attendait d'elle.

« Je... Il n'y a pas de chanson. Il n'y a que des parasites...

— Tu n'écoutes pas... Attends. »

Henry Witkin poussa le son au maximum et le bruit blanc garnit la pièce d'un coup. Un orage sembla éclater au beau milieu de la minuscule chambre et une pluie désespérément sèche les imbiba tous les deux. Il saisit les poignets de la fille et la fit tournoyer. Il riait et chantait à tue-tête des couplets dont elle ne saisissait pas le moindre mot. Avant que sa tête ne heurte l'évier, elle comprit qu'il s'agissait d'une comptine.

Lorsqu'elle revint à elle, son crâne lui faisait un mal de chien. Elle n'était plus tout à fait nue. Elle portait une robe un peu trop grande. Une robe doublée qui puait la naphtaline. Ses bras étaient recouverts d'une substance grasse. Ça sentait le sable et les vacances qu'elle ne prenait jamais. Autour de ses poignets et de ses chevilles, de vulgaires serre-joints attachés solidement. Elle crut à un cauchemar, elle allait se réveiller, retrouver sa vie, ses clients réguliers, prendre trois coups de trique et rentrer chez elle.

Devant elle, elle vit la créature, d'abord. Ce monstre qui souriait de toutes ses dents et cette bouche monstrueuse qui prononçait des phrases incompréhensibles. Puis elle vit la lame. Un couteau à viande qu'il pointait vers elle en riant.

Quand fut ôtée la première livre de chair, Rosie hurla. À la seconde, elle se mit à sangloter. Elle perdit connaissance lorsque le métal entama à nouveau sa peau maculée.

Alors qu'il venait de dépecer la moitié du corps de la pute, Henry se rendit compte qu'elle respirait encore. De fines bulles carmin continuaient d'éclore à l'orée de ses lèvres dessinées. Witkin soupira profondément puis plaqua sa main avec dégoût sur ce visage qu'il trouvait si sale. En quelques secondes, Rosie mourut sans même se débattre.

4 024 jours

"I have saved every piece of paper
Like grocery lists and note cards
To do lists and race scores
So just in case you change your mind
And come back, I've kept everything safe"

« J'ai conservé chaque morceau de papier
Des listes de courses et des fiches cartonnées
Pour écrire des listes et noter les résultats des courses
Donc, au cas où tu changerais d'avis
Et revenais, j'ai tout gardé en sûreté »

Gone Away, My Brightest Diamond

40.

Le jour est déjà là. J'essuie le filet de bile au coin de mes lèvres et tire la chasse. L'émail frais sous mon front ne change rien, les spasmes éthyliques continuent d'agripper mon estomac. Assise sur le sol, le dos contre le carrelage, j'allume une cigarette. Je fume sous son toit. Elle serait furieuse si elle en était encore capable. Elle me giflerait peut-être, beuglerait à coup sûr et me fusillerait du regard. Je baisserais les yeux, supporterais ses cris, j'attendrais que l'orage passe et que les éclairs ne m'éblouissent plus. Elle me ferait mal. Elle attendrait que je crie et s'arrêterait. Elle me laisserait croire à la trêve, ferait semblant de me prendre dans ses bras et feindrait de me cajoler, puis elle me repousserait, frapperait à nouveau, plus fort, esquisserait une caresse qui ne porterait jamais, puis recommencerait. Alors les rugissements laisseraient la place au silence, jusqu'à ce que le cycle recommence.

Je ne sais pas à quelle heure je suis rentrée, et encore moins dans quel état. De ma conversation avec Carras, il ne me reste que quelques morceaux effilochés par le bourbon. Je me souviens des articles, des photos. Les haut-le-cœur soulèvent à nouveau mon estomac.

Ma mère est morte et je n'ai pas encore prévenu Jackie Philco. J'étais seule à l'hôpital, je n'ai même pas songé à lui passer un coup de fil pour l'en informer. Je vais devoir lui annoncer la nouvelle. Sa réaction sera forcément vive, elle laissera peut-être échapper quelques petits jappements, comme elle le faisait lorsqu'elle était trop triste ou trop gaie, quand j'étais plus jeune. Si je portais une robe, elle jappait. Si je chutais devant ses yeux, elle jappait. Si mon genou se mettait à saigner, elle jappait.

Je monte les marches de béton jusqu'à la porte de la vieille dame. J'ai besoin de sa présence, de la voir pleurer à ma place, j'ai besoin que quelqu'un le fasse, même si c'est une autre. Je frappe trois coups secs et la porte s'ouvre rapidement. Jackie Philco se tient sur le seuil. Elle sourit dès qu'elle me voit, me demande ce qu'elle peut faire pour moi, tient à savoir si je ne manque de rien, me dit qu'elle a du thé que je dois absolument goûter, et du sucre si je n'en ai plus. Des tonnes de sucre.

Sa main entoure mon épaule. J'ai de nouveau l'impression d'avoir cinq ans. Son sourire s'estompe et une ride se creuse sous sa lèvre inférieure.

« Qu'est-ce qui t'arrive, mon petit ? »

Je cherche mes mots. Ma langue se coince contre mon palais sans que je ne puisse y faire quoi que ce soit. Et c'est moi qui me mets à japper. Aucun mot valable ne veut sortir de ma bouche tendue. Des sons incompréhensibles, même pas des syllabes, qui ne ressemblent à rien d'autre qu'à des aboiements. Ou à un moteur en rade.

Jackie m'invite à entrer. L'odeur de la cire et des produits ménagers est aussi présente qu'il y a dix ans. Les mêmes tableaux sont accrochés aux mêmes murs. Quelques-uns, plus récents, s'y sont simplement ajoutés, réduisant un peu plus l'espace. Des fleurs, des paysages neigeux, ensoleillés, des paysages partout. Et malgré ces innombrables vues sur le monde, toutes les fenêtres sont fermées pour laisser entrer le minimum de chaleur. Pourtant, on crève ici.

Jackie Philco s'assoit face à moi et me tend un grand verre déjà recouvert de buée. Du thé glacé. Je le bois d'un trait, il est délicieux. Ma langue se détend un peu et prend son élan pour formuler une ou deux phrases compréhensibles.

« Je reviens de l'hôpital. M-ma mère... Elle est... »

Elle a compris, je n'ai pas besoin d'aller plus loin.

« Elle ne souffre plus...

— Vous croyez qu'elle souffrait, qu-qu'elle se rendait compte de ce qui se p-passait ?

— Je pense qu'elle conservait des moments de lucidité, même s'ils étaient devenus très rares. Même si elle ne parlait plus, je suis persuadée que, parfois, elle était sereine. »

Je songe à la toute première fois où je l'ai revue dans sa chambre d'hôpital, le sourire aux lèvres.

« Vous avez sûrement raison.

— Tu sais comment c'est arrivé ?

— Elle s'est j-j-juste... endormie. »

Jackie ne dit rien, elle assimile l'information, lentement. Son orgueil l'empêche de pleurer devant moi. Je me suis trompée, elle ne jappera pas.

Je bois rapidement le second verre de thé glacé qu'elle

m'offre. Le liquide dénoue ma gorge. Je me sens soulagée de me livrer à cette femme qui connaissait ma mère mieux que quiconque. Je guette un signe, un spasme et n'en vois pas le moindre, elle ne montrera rien. Elle est là pour me soutenir, pas pour s'effondrer. Elle vacillera lorsque je serai partie, que je ne l'entendrai plus. Alors ses sanglots pourront inonder ses joues et ses mains. Ces femmes ont partagé une vie, ça ne s'efface pas d'une rasade de thé.

« Je crois que j'ai découvert quelque chose. Je ne suis p-pas sûre... »

Jackie fait tourner lentement la cuillère à l'intérieur de son verre embué. Il n'y a pourtant aucun sucre à briser. Elle s'accroche à ce morceau d'argent pour donner une occupation à sa main, toute sa concentration tient dans ce geste. J'hésite une seconde à aller plus loin. J'ignore comment elle pourrait réagir. Elle peut s'effondrer maintenant, me gifler, me jeter dehors avec perte et fracas. Je me sens minuscule face à elle. Alors je fais bien attention à chacun des mots que je vais employer.

« Je crois que ma mère a qu-quelque chose à voir avec la mort de mon père. »

La cuillère tinte doucement contre les parois transparentes.

« Je sais que ce n'est p-pas le moment le plus approprié pour en parler, mais je c-crois qu'elle l'a... qu'elle l'a... »

Ça ne sort pas.

« Tu crois qu'elle l'a tué ? »

J'ai du mal à accepter que ces mots soient prononcés à voix haute.

« Je... je n'en suis pas certaine... »

Jackie n'a pas l'air surprise. De grosses gouttes d'eau viennent embrasser le napperon qu'elle a disposé sous son verre. Elle soupire et lâche enfin la cuillère.

« Vous savez qu-quelque chose ? Ma mère vous a parlé de... de...

— Tu n'aurais jamais dû être au courant de tout cela, Iris. »

Ses mots mordent mon estomac. À pleines dents. Ma bouche est ouverte et rien n'en sort.

« Elle ne voulait pas que ça arrive. Elle ne voulait pas aller aussi loin. »

Mes entrailles sont serrées à tel point que mes mains agrippent instinctivement mon ventre. Au travers de ma chemise, mes ongles griffent mes flancs. Jackie ne voit rien, c'est mon visage qu'elle examine. C'est elle à présent qui craint ma réaction.

« Elle voulait juste... »

Jackie baisse les yeux, contrite.

« Elle voulait juste l'aider. »

Je ne comprends pas.

« L'aider ? Bon D-d-d... Il aurait pu vivre encore quelques années, il aurait pu s'occuper de ses fleurs, m'apprendre tous leurs noms, il aurait peut-être pu s'en sortir, les traitements évoluent si rapidement, il aurait p-pu...

— Iris...

— Il avait du t-temps, elle lui a volé ce qu'il lui restait...

— Tu en es vraiment persuadée ? »

La rage brutale dans mes tripes. Je me retiens de ne pas jeter le verre vide. J'aimerais qu'il explose, que de minuscules bouts de verre s'incrustent dans chaque latte du parquet. J'aimerais qu'elle se coupe, qu'elle se blesse, qu'elle saigne. J'aimerais qu'elle souffre. Elle ne comprend rien, elle est de son côté, elle a toujours été de son côté. Elle était au courant depuis tout ce temps. Et je ne l'aurais jamais été si je n'étais pas revenue dans cette foutue baraque. Personne ne m'aurait jamais dit la vérité sur mon père.

Je me sens conne. J'ai envie de partir. Je me lève d'un bond et Jackie Philco ne bouge pas, elle me laisse fuir. Il n'y a rien d'autre à faire. Je claque la porte de toutes mes forces. Je ne veux plus jamais la revoir. Ni elle, ni cette saleté de maison, ni personne. Elle n'aura qu'à s'occuper du corps de ma mère. La tâche lui revient. Qu'elle se démerde.

– Silence –

Mai 1988

Depuis le temps qu'il arpentait les allées de Babel, Henry avait appris à y occuper ses mains et son esprit. La casse lui évitait de devenir fou. Elle le contenait. La journée, du moins. Ses doigts étaient devenus noirs à force de dépecer les vieilles bagnoles, la fatigue et le quotidien commençaient à le rouiller, et ses gestes, autrefois si précis, il ne les contrôlait plus aussi bien.

Zakar avait bien vu les mains d'Henry trembler sur les carcasses, mais il s'était tu. Le boss le laisserait travailler tant qu'il en serait capable. C'était un bon élément, présent chaque jour que le bon Dieu faisait ; il ne rechignait jamais à la tâche. Il froissait, compilait, dépeçait sans jamais geindre. Dans la vieille camionnette de Zakar, Henry parcourait chaque semaine les trente kilomètres qui séparaient Babel de la décharge pour y vider les inutilisables. Il y récupérait de nouvelles pièces à l'œil, et rentrait au bercail sans la moindre once de fierté d'avoir trouvé des trésors de ferraille.

Lorsque la canicule allongeait tous ses autres hommes, Henry était le seul à rester encore debout, ses boucles brunes retenues par une simple ficelle sur son dos brillant de sueur. Et quand des grêlons plus gros que des citrons défonçaient les piles de voitures mortes, il ne bougeait pas de son poste, insensible aux coups, se repaissant de la fraîcheur, le torse offert au vent. Il arrivait parfois à Zakar de surprendre un sourire sur le visage de cet homme lorsqu'il fracassait les pare-brise au beau milieu des intempéries.

Zakar voyait sa casse se vider peu à peu de ses occupants. La main-d'œuvre devenait rare et exigeante. Ces petits cons lui demandaient des jours de congé, des avances, des horaires aménagés. Les gars voulaient profiter de leurs gosses, rien que ça. Zakar les envoyait se faire foutre. Certains se repointaient, d'autres non. Et le vieux ne pouvait plus vraiment compter sur Gus pour chasser les nuisibles. Depuis peu, l'arrière-train de la pauvre bête déchargeait sans prévenir, entre les carcasses, sur les sièges à nu des pick-up ou dans les allées, déclenchant les jurons pittoresques des hommes au pied malchanceux. Gus n'en finissait plus de crever aux côtés de son maître, qui le laissait pourrir à l'ombre de la tôle. Tout plutôt que de le faire piquer. Il ne tuerait pas ce clebs, c'était dit. La bestiole mourrait ici, la gueule rassise par le soleil et le cul rongé par les asticots.

Depuis ce matin, pourtant, impossible de trouver le dogue. Zakar l'avait cherché partout. Il avait inspecté le hangar et les cabriolets, il avait beuglé dans les champs sans pouvoir mettre la main sur ce foutu clébard. Et alors que la chaleur se décidait enfin à tomber, que les hommes étaient partis et que le vieux commençait à se faire une raison, un aboiement étranglé retentit derrière le hangar.

Zakar longea la tôle brûlante jusqu'à ce qu'il trouve enfin l'animal, la gueule et les griffes couvertes de poussière. Celui-ci avait trouvé la force de creuser peu profond, jusqu'à la première couche humide.

« Gus, qu'est-ce que tu fous ? »

Le vieux chien scella sa position. Sa queue bâtarde entre les pattes, il se mit à grogner.

« Qu'est-ce qui te prend encore ? »

Zakar s'approcha un peu plus, fourrant par instinct ses mains tout au fond de ses poches trouées. On ne laissait pas traîner ses doigts devant un clebs agacé. Jamais.

Une maigre étincelle raviva ses souvenirs, du temps où il s'était improvisé organisateur de combats clandestins dans les villes alentour. Des chiens. Des petits, des molosses, des qui couinaient, des qui grognaient, et leurs maîtres qui hurlaient en chœur pour rafler la mise. Où que l'on posât le regard, il y avait des crocs. Jaunes, blancs, acérés, luisants de bave, claquant au vent. Des mâchoires, prêtes à dévorer.

L'odeur de gasoil et les flaques d'alcool les rendaient fou. Les duels se jouaient à mort et l'argent filait de main en main. Zakar débarrassait les cadavres des vaincus. Des tonnes de barbaque qu'il faisait brûler à l'arrière des bâtiments dérobés, dans cette odeur de viande et de poils roussis qui incommodait les voisins. Jamais ceux-ci ne s'étaient plaints, ni à la police ni à Zakar, craignant probablement les représailles des parieurs.

Un jour qu'il avait cru débarrasser la dépouille d'un perdant et qu'il l'avait jetée sur le tas de viande morte de la veille, après qu'il eut imbibé le tout d'essence et craqué l'allumette, le molosse s'était réveillé d'un coup, aveuglé par les vapeurs de pétrole, mordant à vide et faisant claquer ses crocs pleins de salive et de sang. Zakar, paniqué, avait lâché la mèche. Et le dogue avait flambé en hurlant, croquant à tout va, refermant sa gueule brûlante sur la main paralysée de cet homme qui le laissait cuire sous ses yeux. Zakar avait crié alors que la torche gambadait dans la cour, un pouce et un index orphelins, coincés dans la gueule calcinée du chien à moitié mort. Il l'avait regardé rôtir jusqu'à ce que plus un aboiement ne se fît entendre. Jusqu'à ce que le chien tombât comme un sac noir et fumant sur les pavés. Alors il avait récupéré ses deux doigts carbonisés et avait balancé le corps de l'animal avec les autres, comme si rien ne s'était passé.

Zakar toisa Gus, puis s'avança avec méfiance, prêt à frapper sa propre bête pour se défendre. Le chien se mit à grogner de plus belle, les babines retroussées, protégeant son butin avec une fougue que Zakar ne lui connaissait plus.

« Qu'est-ce que t'as trouvé, l'ami ? »

Gus ne répondit pas. Il reconnut peut-être la voix de son maître puisqu'il s'écarta un peu. Tout juste de quoi faire un pas de plus. Alors le vieux Zakar examina la découverte de son compagnon.

Un trou sur l'enfer qui refoulait autant qu'une bouche d'égout condamnée depuis des siècles. Une odeur de viande pourrie et de chaux. Et, entre les pattes de Gus, un tas d'os.

Zakar songea d'abord à un animal venu mourir derrière son hangar, puis il vit les lambeaux de tissu recrachés par son chien, un peu plus loin. Une étoffe autrefois délicate, tachée par la terre et la putréfaction. La robe d'une femme.

41.

Je n'aime pas l'odeur âcre du chiendent, lorsque le soleil calcine ses épis et qu'il se défend comme il peut. Il attaque vos narines et votre gorge jusqu'à vous faire tousser, jusqu'à ce que vous ayez la sensation de brûler avec lui.

Je laisse échapper la moitié de mon paquet de cigarettes dans l'allée. Je retiens ma colère et ne hurle pas. Je me baisse et les ramasse une à une, d'une main affreusement tremblante. Je les replace toutes sauf celle que je fiche entre mes lèvres, un genou encore posé à terre. Les volutes blanches caressent mes joues avant même que je ne sois debout.

Sur ma droite, le jardin complètement dévasté de mon père. J'y fais quelques pas et m'adosse contre le flanc de la maison. Les reliefs inégaux de la façade emportent un peu ma peau, et me voilà par terre, à l'ombre brûlante de cette foutue baraque.

Les mauvaises herbes ont tout détruit, elles qui, à certains endroits, mesurent un bon mètre de hauteur. Ma mère ne les a jamais taillées, Jackie Philco non plus. Le chiendent s'est épanoui tranquillement, dévorant doucement le peu de beauté qui restait sur ces carrés de terre. Je me rappelle les couleurs qui composaient ce jardin. Je m'amusais à croire que je pouvais peindre à partir de cette large palette, des toiles immenses et abstraites qui changeaient au fil des saisons, parfois plus vertes, parfois rouges et jaunes, parfois blanches et rosées. Les possibilités étaient infinies. Je restais là des heures entières, sans rien faire d'autre qu'examiner les nouvelles espèces que plantait mon père chaque mois. Je les regardais pousser, il me laissait parfois les tailler ou donner quelques petits coups de bêche. Il m'a appris la délicatesse, la beauté des choses, l'importance du silence. Nous pouvions nous taire pendant des journées entières, profitant simplement l'un de l'autre, évitant chaque parole superflue. Le sourire de mon père suffisait. C'était le plus beau du monde.

D'ici, je pouvais effleurer la corolle ouverte des jonquilles, et lorsque je me penchais un peu, les tulipes se laissaient à leur tour caresser. Ce jardin me calmait, il me permettait de supporter plus aisément les remontrances de ma mère lorsque je rentrais à la maison. Lorsqu'elle me recoiffait et qu'elle me tirait vigoureusement les cheveux pour les glisser derrière mes oreilles, je grimaçais moins. Lorsqu'elle léchait le bout de ses doigts secs pour retirer la terre de mes joues, la brûlure sur ma peau était un peu moins désagréable. Ses gifles semblaient moins douloureuses et ses cris moins perçants.

Comment Jackie peut-elle avoir aimé cette femme à ce point ? Comment a-t-elle pu garder le silence au point de protéger une meurtrière ?

La cigarette se consume au bout de mes doigts sans que je n'y goûte vraiment. Un peu plus loin, au beau milieu de la gerbe de dahlias, je peux discerner la pierre sur laquelle on a retrouvé le sang de mon fils. Ma mère ne l'a jamais retirée du jardin. Quelle folle.

Je me lève et m'approche du caillou. Mon cœur bat fort. Voilà que je crains un vulgaire bout de roche. Une saleté de caillou recouvert de la souffrance de mon gosse. Sa surface est tout à fait plane. Une légère fissure court entre deux arêtes, faisant trompeusement croire à la fragilité de l'objet et, tout près de la lézarde, trois petits cercles sombres. Ni la pluie ni la neige ne les ont effacés.

Je jette mon mégot par-dessus la clôture. Celle-ci est branlante et la peinture bleue s'écaille franchement pour tomber en gros lambeaux sur le ciment. Le verrou est accessible des deux côtés. Un inconnu aura facilement pu déverrouiller la porte. Ce scénario, je l'ai joué mille fois à l'intérieur de ma tête. Le type entre, sans que Swan ne le voie, il frappe et le sang éclabousse la pierre. Il soulève Swan et le transporte jusqu'à la rivière sans plus de difficulté. Il tue mon fils. Fin de l'histoire. La nicotine est amère au fond de ma gorge.

Je ne saurai jamais ce à quoi Swan a pu penser avant de mourir, avant de pénétrer dans cette eau glaciale. Il était vivant quand son assassin l'y a plongé. Swan savait nager, l'autre l'en a forcément empêché. Ses mains l'ont maintenu sous l'eau et ont attendu que son corps ne se débatte plus. L'homme devait être terrifiant. Swan a eu peur. Ce monstre a terrorisé mon fils avant de le tuer.

Mille fois je me suis posé ces questions et jamais je n'obtiendrai de réponse. La police a classé le dossier, l'a rangé dans un tiroir sous des cas d'enlèvements plus récents. Sous celui d'enfants morts dont la douleur des familles semblait sûrement plus vive.

La maison paraît énorme, le mur aveugle se dresse devant moi. Des fissures courent depuis le toit pour s'évanouir à quelques mètres du sol. Des lézardes larges comme le pouce, dissimulées par le lierre et la saleté, qui plongent vers la terre sans pouvoir l'atteindre. Des bacs sont posés contre la façade. Autrefois, ils contenaient des tas de fleurs, de plantes, de verdure, de vie. De la bourrache, de la lavande, des odeurs, des insectes, des volants, des rampants, autre chose que le vide. Des couleurs si vives, si riches que je ne pouvais leur prêter de nom. Aujourd'hui, seule la grisaille remplit les bacs. Il n'y a plus que cette terre sèche à l'intérieur. Plus que...

Je fronce les sourcils.

Un pot cassé déverse son contenu friable au sol, dans ma direction. Sur l'amas compact et sombre, un reflet m'aveugle. Le soleil s'accroche encore à quelque chose.

Je m'approche et me penche, comme une pie stupide, attirée par ce qui brille. Mes ongles griffent la terre dure tout autour. Je retire le mystérieux objet de son trou. Un simple déchet qui s'est glissé là. Un bout d'aluminium, replié, écrasé par la pierre. Sur le papier, des dessins colorés percent encore à travers la saleté.

Ma gorge se serre.

Quelques mois avant que Swan ne disparaisse, nous avons fêté Pâques. Il s'est amusé à chercher les friandises que j'avais dissimulées un peu partout dans le jardin.

Il ne lui restait plus qu'un seul œuf à trouver.

Je porte l'emballage à mon visage. Je ferme les yeux. Il ne me reste que ce parfum fantôme, dévoré par l'oubli et par des tas d'insectes.

– Silence –

Mai 1988

Au-dessus de la décharge planait un halo mauvais, mariage puant de rosée du matin et de gaz putréfiés. Les herbes y poussaient péniblement, déjà sèches et vénéneuses, entre les graviers sales et les ordures oubliées.

Cachée entre les replis saillants d'une carrière de kaolin à l'abandon, la décharge ressemblait à un morceau de lune échoué. Une fine poussière blanche recouvrait les détritus, maigre couche de poudreuse, plongeant le mois de juillet en plein cœur de l'hiver.

Le lieutenant Larce chassa un rat. Ces bestioles grouillaient par tonnes ici, tapies sous les denrées pourries et sous les tessons tièdes. Il pouvait presque sentir les vibrations de leurs milliers de pattes griffer la terre, entendre leurs dents cisailler la viande avariée, leurs moustaches fines comme des antennes, sonar abject, cherchant les excréments d'un semblable pour se sentir moins perdu.

Comme d'autres faisaient leur prière, Larce se demandait chaque matin ce qui pouvait bien le pousser à continuer. Ce n'était pas l'argent, ni les jours de congé. Pas le port de l'uniforme non plus, cette étuve trop serrée qui gênait chacun de ses mouvements. Il ne sauverait jamais le monde, ni même la moitié, et pourtant il continuait, obsédé par la traque, chien parmi les loups. Il gagnait parfois et perdait souvent, la main rarement chanceuse.

Le flic rajusta sa veste sur sa chemise trempée, plaquée contre son torse comme une seconde peau superflue. Il essuya son front et fit quelques pas en direction du petit attroupement qui se tenait un peu plus loin. Six hommes en complet noir, sonnés par le mercure, agglutinés autour du corps. Derrière eux, un homme au torse nu. Un riverain sans doute, probablement attiré par l'odeur de charogne. Aucun cordon de sécurité ne délimitait les lieux. Essayer de contenir le Mal entre quatre malheureux bouts de ficelle semblait vain. On ne posait pas de barrière dans le trou du cul du diable. Quand il avait décidé de semer la merde, il n'attendait pas l'assentiment des hautes sphères. Il fonçait.

Larce observait les ombres suantes danser au-dessus du cadavre. L'une d'elles s'écarta un peu du groupe pour se tourner vers lui.

« Encore une. »

Le flic hocha lentement la tête. Une nouvelle fille. La troisième depuis le début de l'été. Toutes dépecées comme des lapins et abandonnées après usage, dans des endroits tous plus lugubres les uns que les autres. La première, Ana Richard, une étudiante retrouvée dans un fossé. Il lui manquait la peau des jambes, et une partie du flanc. La deuxième, pas encore identifiée, découverte sur un parking bondé, un soir de match. À celle-là, il n'avait eu que le temps d'écorcher le mollet gauche. Le cuir pendait mollement à sa cheville comme une vulgaire chaussette. C'était la foule qui l'avait probablement fait fuir. Et puis il y avait celle-ci, tache écarlate au milieu de la carrière aveuglante, comme une traînée de sang sur la culotte d'une vierge.

Silencieux, une ride coincée entre les yeux, Larce constata les faits. Le pied droit était nu et les orteils recouverts d'une fine couche de kaolin. On lui avait arraché la peau des jambes, avec soin. Cela ressemblait même à de la délicatesse. Il lui avait laissé ses sous-vêtements. Il ne les déshabillait jamais complètement, il n'aimait pas voir leur intimité. Il les découpait, les abîmait, les torturait, mais voir le moindre bout de sein paraissait l'écœurer.

La fissure entre les yeux de Larce se creusa un peu plus. Ce salaud pouvait se planquer n'importe où. Dans une foutue cave en train de s'astiquer, en ville en train de vendre des sandwichs à trois billets, ou bien à une terrasse en train de siroter une bière. Ou bien ici, parmi les flics, faisant semblant de réfléchir.

La peau du bas-ventre manquait, et celle de la joue gauche aussi. Les cheveux n'avaient pas été touchés, au pire juste emmêlés. Les poignets étaient à vif, et, des aisselles jusqu'à son cou, la chair faisandait déjà sous le soleil. L'officier posa un mouchoir sur son nez. L'odeur de sa maison, de son lit, de la nuque de sa femme.

« S'il y a des charognards dans le coin, ils ne vont pas tarder à rappliquer, il faut l'emmener.

— Le brancard est en route. »

Larce jeta un œil vers le badaud qui restait planté là, le nez pointé vers le ciel, les bras hâlés d'être toujours à l'air.

« Quelqu'un peut dégager ce péquenaud d'ici ? Il n'a rien à faire dans le coin.

— C'est lui qui a découvert le corps. »

Le lieutenant soupira et fourra son mouchoir au fond de sa poche, là où personne ne viendrait le prendre.

« On l'a interrogé ?

— Oui, le chef s'en est chargé.

— Alors qu'il dégage. »

Le flic examina la camionnette garée en travers de l'entrée de la décharge. *Zakar Agobian Autos – Pièces détachées*. Les lettres commençaient à se décoller sur la portière avant gauche. Un garage situé à la frontière de la ville. Les casses alentour déversaient une partie de leur matériel hors d'usage ici. Ils en récupéraient aussi ; les pieds enfoncés jusqu'aux genoux dans les déjections, rats chez les rats, ils pillaient les ordures à la recherche de pièces utiles, cardans, bougies, moteurs, bouts de métal. Tout ce qui pouvait se revendre, ils l'époussetaient un peu et le fourguaient au prix fort à qui en voulait. À qui préférait payer plutôt que se salir.

Le type avait dû découvrir la fille en cherchant de la ferraille. Il s'était peut-être même demandé s'il pourrait tirer quelque chose du cadavre. Apparemment non.

Juste avant qu'on ne le reconduise jusqu'à la camionnette, le témoin jeta un dernier coup d'œil à l'attroupement de flics. Il ne sourit ni n'exprima la moindre satisfaction. Il releva simplement le menton, cambrant légèrement sa nuque mate, roussie par la chaleur de four. Larce se demanda ce qu'il faisait.

« On a trouvé quelque chose, Larce. »

Quand le lieutenant regarda à nouveau, le type avait disparu à l'intérieur de sa camionnette. Et, lorsqu'il s'agenouilla près de la fille, le véhicule était déjà loin.

« Regarde. »

Sur la poitrine livide, il vit les filaments sombres qui se mêlaient aux veines de la morte.

« Qu'est-ce que c'est que cette merde ? »

Du bout des doigts, Larce caressa la peau laiteuse dont les sucs transpiraient déjà. D'autres auraient attendu raisonnablement les conclusions du labo, mais lui porta la substance graisseuse à ses narines. Il inspira en silence, laissant la puanteur se matérialiser lentement à l'intérieur de sa tête. L'humidité des sous-bois, la moisissure, l'odeur de l'herbe coupée et de la boue. Et, en note de cœur, quelque chose de plus sucré, presque doucereux. Peut-être de la crème solaire.

« Il y a une rivière et trois bois à proximité. Dites au légiste de trouver où ce malade est allé la promener avant de l'amener ici. »

Le visage gris acquiesça.

Tout près, des piaillements soudains que le flic prit d'abord pour ceux des oiseaux. Les enfants des mobile homes voisins. Ils rappliquaient, la chaleur les chassait de leurs abris, ils seraient là dans quelques minutes.

« Emballez-la et embarquez-la pour l'autopsie avant qu'elle ne soit trop avariée. »

Larce se dirigea vers sa voiture alors que les agents glissaient le corps dans le sac. Restait à lister les autres casses du coin, le nom de ceux qui vivaient près d'ici, dans ces mobile homes déglingués que les flics évitaient généralement d'approcher, les pêcheurs, les chasseurs habitués des lieux. C'était la procédure. Questionner l'entourage proche pour se rendre compte que le coupable ne faisait jamais partie de ces gens-là. Le flic s'y plierait en bâclant le travail. Un après-midi de gâché. Du temps gaspillé pour rien, qu'il aurait pu partager avec sa femme autour d'un verre de vin trop frais.

Quelques mètres avant d'atteindre son véhicule de service, Larce s'arrêta. La sueur dans son cou lui parut plus fraîche tout à coup. Le vent qu'il croyait absent s'était soudain mis à fouetter son visage. Il demeura là une seconde, puis comprit qu'il se tenait à l'endroit même où le témoin l'observait quelques minutes plus tôt. Un courant d'air circulait ici, prisonnier de la carrière, cherchant en vain à s'échapper, charriant les odeurs de la décharge avec force.

Il songea à ce plouc, couvert de cambouis, à son nez pointé vers le ciel. Celui-ci ne profitait pas du courant tiède. Il le reniflait.

4025 jours

“Just remember when you think you’re free
The crack inside your fucking heart is me”

« Souviens-toi juste que quand tu te penseras libre,
La fêlure dans ton putain de cœur, ce sera moi »

The Speed of Pain, Marilyn Manson

42.

Il aura fallu moins d'une heure pour signer les documents liés au décès de ma mère. Deux formulaires carbone déchargeant l'hôpital de toute responsabilité. Trois feuillets permettant le transport avant la mise en terre. Un certificat médical, attestant que le corps de ma mère ne pose pas de problème médicolégal, stipulant clairement qu'elle n'est pas porteuse d'un virus mortel.

J'ai refusé qu'on lui administre des soins de conservation. Je veux simplement qu'on visse ce foutu cercueil et que plus personne ne l'ouvre. Qu'on la laisse pourrir là où elle est.

Elle a été rapatriée dans une chambre funéraire. La seule de la ville, établie dans un immeuble ancien, réhabilité pour accueillir les familles endeuillées. Je m'y suis rendue après avoir effectué toutes les procédures administratives nécessaires. La bâtisse entière a été réquisitionnée. Le rez-de-chaussée est destiné aux veillées. Deux grands salons, séparés par un mur plus fin que du papier où les proches de deux défunts peuvent croiser leurs larmes sans grande intimité. À l'étage, des bureaux permettent de choisir les obsèques adéquates. Pour toutes les envies et pour toutes les bourses, le défunt est roi.

Quant à la cave, elle est devenue le domaine des thanatopracteurs. Des fluides de conservation, de la poudre teintée, des aiguilles, du fil, des moulages plastique, des mensonges en tube, pour redonner la vie quelques heures à ceux qui l'ont définitivement perdue. Pour garder l'illusion. Pour dissimuler ce qui nous effraie tous.

J'ai dû choisir un cercueil sur catalogue, comme j'aurais acheté un aspirateur ou un canapé. Seuls les prix changent. Les tendances sont les mêmes pour tous les produits. Le design, le confort et la qualité du matériau décident du coût.

Chaque cercueil est livré avec un bac étanche biodégradable, voilà ce que je peux lire au bas des pages de papier glacé. J'ai un vaste choix de matières, de bois aux essences exotiques, de clous, de touches de nacre. Certains produits sont même totalement recyclables et ressemblent à de vulgaires boîtes en carton dont seule la forme vaguement reconnaissable évite d'y entreposer des fruits ou des légumes.

J'ai opté pour un bois simple et pas trop onéreux. Sa banque se chargera des frais, je ne débourserai rien. Pas le moindre centime.

J'ai signé un dernier formulaire et me suis enfuie loin de cet immeuble étrange aux odeurs de fleurs et d'encens, puis je me suis retrouvée à genoux devant la table basse du salon de ma mère, une petite valise posée devant moi, que l'on m'a remise à l'accueil de l'hôpital. Ses affaires. Des vêtements. Trois chemises de nuit, bleue, blanche et rose pâle. Une bonne dizaine de petites culottes neuves. Elles n'ont jamais été portées. Un lainage bleu marine, affublé de boutons dorés. Elle mettait cette veste lorsque je vivais encore avec elle, presque chaque jour. Toutes ses jupes étaient grisâtres, dénuées de couleur, elle ne commettait donc jamais de réelle faute de goût. Des mi-bas, filés pour la plupart. Des pantoufles neuves. Une trousse de toilette. Une bible. Et, dans une petite enveloppe pliée en deux, l'alliance de mon père, entravée dans une chaîne qu'elle portait précieusement autour du cou, comme un boulet.

Je soupire. Rien d'intéressant. Je referme la valise et la pose contre le buffet.

On enterrera ma mère dans deux jours. Elle n'existera plus, s'affaissera à l'intérieur de ce cercueil en solde. Les vers la boufferont lentement. Comme ils ont digéré mon père. Comme ils me dévorent depuis tout ce temps.

– Silence –

Juin 1988

À cette heure où le soleil se levait timidement, les bruits semblaient plus audibles. On pouvait entendre le coassement des crapauds sur la berge ; on discernait le rire des enfants en vacances et le cliquetis des pièces de nickel que le vieux Zakar n'en finissait pas de compter et de recompter, encore et encore. Henry Witkin arrivait toujours plus tôt que les autres à Babel. Ce matin, seul ce bruit métallique et familier manquait à l'orchestre. Le silence d'un halo gris planait sur les carcasses empilées, donnant à la casse des airs de royaume en ruine délaissé par son roi. Le brouillard était si bas, si épais qu'on avait l'impression de pouvoir y enfoncer sa main.

Henry, tenant à pleines mains le manche piqué d'échardes, souleva la masse érodée par les coups. Elle semblait toujours disparaître l'espace d'un instant, une seconde où, happée par le vide, elle n'existait plus. Puis elle redescendait à toute allure pour aller s'écraser sur les capots rouillés et les pare-brise poussiéreux. Le vacarme aurait troué les tympans de n'importe quel autre gars, mais Henry... Henry travaillait sans casque, sans gants et sans jamais se plaindre. Si l'un des autres ouvriers avait besoin d'aide, il était là. Ses mains étaient à l'œuvre et son sourire faisait le reste.

Sa masse à bout de bras, Henry sentit une main ferme agripper son épaule.

« Fiston, il faut qu'on parle, toi et moi. »

La différence d'âge entre les hommes semblait s'être réduite depuis quelque temps. Les mêmes sillons s'étaient creusés sur les deux visages cramés par le même soleil de plomb. Henry vieillissait ici comme d'autres y grandissaient. Autour du manche de bois, la main droite du colosse se mit à trembler et Zakar essaya de ne pas la regarder. Il planta alors ses yeux dans ceux de son employé.

« Viens avec moi. »

Henry suivit Zakar jusqu'au réduit en tôle où le vieux passait la plus grande partie de son temps. Une odeur âpre de bière et de mégots froids agrippa ses narines. La tôle était percée çà et là de quelques fêlures. Un rayon de soleil gris et froid qui éclairait à peine l'endroit depuis des lustres, retenu prisonnier seulement par la poussière.

« Gus a trouvé quelque chose. »

Henry attendait la suite, ni impatient, ni craintif, ni rien du tout. Même si ses mains tremblaient à le faire vaciller, ses traits, eux, n'exprimaient rien. Le néant flanqué de deux yeux qui ne clignaient pas. Zakar soupira et posa un sac en plastique noir sur la table en formica. À la puanteur des cendres se mêla un parfum qu'Henry connaissait. Celui de la viande qu'on avait cuite en terre. Celui des tissus pourrissants, des chairs abandonnées. Celui des cadavres exhumés.

« Tu sais ce qui se trouve à l'intérieur, n'est-ce pas ? »

Pour la première fois de sa vie, Henry ne sut comment réagir. Il ignorait ce que le vieux attendait de lui. Des excuses ? Des menaces ? La vérité ? Il ne savait pas. La chaleur rendait ses mains moites, et son dos lui faisait mal. Tout près de lui, il entendit un grognement, si faible qu'il crut d'abord avoir rêvé. Gueule contre terre, cherchant l'air frais, le chien continuait de crever au chaud, aux pieds du vieux. Henry se demanda comment la bestiole tenait depuis tout ce temps, il ignorait pour quelle foutue raison elle ne lâchait pas prise, pourquoi elle ne se laissait pas mourir.

Alors, derrière le chien, il vit le coffre. Il imagina les angles saillants dans l'obscurité, les billets rangés par liasses. La fortune amassée par le vieux depuis des années, lui qui ne dépensait son fric que pour des croquettes et des pintes de whisky. Il se mit à sourire dans le noir.

« Henry, je n'ai jamais fait appel aux flics pour quoi que ce soit. Je ne les aime pas, et ce n'est pas le vieux schnock que je suis devenu qui va commencer à leur faire risette. Alors, si ce qui se trouve à l'intérieur de ce sac est à toi, je ne dirai rien. Et, de toute façon, tu n'aurais qu'à lever la main pour me clouer définitivement le bec. »

Henry releva la tête et se concentra sur ce que le vieux débitait.

« Je t'ai vu derrière le hangar, fiston. Je t'ai vu jeter des choses, et en enterrer d'autres. Je croyais que c'était juste de l'huile ou de l'essence, mais nom de Dieu, Henry... »

Le vieux entendit du bruit à l'extérieur, Babel était en train de reprendre vie. Il devait aller droit au but.

« J'ai aussi vu tes mains trembler, Henry. Je ne suis pas aveugle, et encore moins débile. »

Henry, les yeux secs comme la tôle qui l'entourait, cligna enfin. Une ride se creusa plus que les autres à la naissance de son nez.

« Ma grand-mère, Dieu ait pitié d'elle, était malade elle aussi. Elle avait cette *chose* que tu as. Je me rappelle les pas minuscules qu'elle faisait dans sa petite cuisine minable, la peau qui ballottait le long de son bras quand elle me disait de déguerpir, les phrases que ses mâchoires serrées peinaient à laisser sortir. »

Henry n'était jamais allé voir de médecin de toute sa maudite vie. Jamais leurs instruments froids ni leurs mains humides ne s'étaient posés sur lui. Sa mère avait toujours eu la médecine en horreur. Elle les disait pires que les rats, eux qui transmettaient plus de maladies qu'ils n'en soignaient.

« Ils lui ont diagnostiqué son Parkinson deux semaines avant qu'elle y passe. Oh, elle n'en est pas morte, rassure-toi, c'est juste qu'elle avait fait son temps. »

Henry n'écouta pas la fin. Ses oreilles n'entendaient plus rien que ce mot, que la voix du vieux répétait en boucle dans sa tête. *Parkinson. Parkinson. Parkinson.* Il se souvenait de ces images qu'il avait regardées en cachette, ces livres étranges rangés dans la bibliothèque de son père, cachés bien haut pour qu'il ne puisse les atteindre. Il se rappela ces maladies aux noms barbares qu'il s'empressait d'oublier pour qu'elles ne le contaminent pas. Mais celle-ci, il avait mémorisé son nom. Parkinson. Bientôt, il ne serait plus capable de rien. Ni de marcher, ni de lire, ni d'allumer sa radio. Bientôt, il ne serait plus capable de tuer.

Le chien laissa échapper un pet aux allures de dernier souffle.

« Écoute-moi, fiston. »

Henry se sentait comme un moins que rien. Il avait honte. Sa mère devait avoir honte de lui, là où elle était. Il allait devenir un nuisible. Un vieux macaque tout juste bon à être nourri pour ne pas encombrer les cimetières.

« Si ce qui pourrit dans ce sac est à toi, Henry, je la fermerai, tu peux compter là-dessus. Je ne vais pas te virer, tu bosses mieux que la moitié de mes gars réunis. Mais je veux juste une chose. Une seule et unique petite chose, avant que tu n'en sois plus capable, Henry. »

Witkin avait envie de chialer. Il aurait tout donné pour serrer sa mère dans ses bras et lui demander pardon. D'avoir causé sa mort, de n'être pas devenu ce qu'elle voulait. De n'avoir pas été à la hauteur.

« Je veux tout voir, Henry. Pour une fois dans ma misérable petite vie de merde, je veux être aux premières loges. »

43.

Je n'aime pas les retrouvailles. Ces moments de silence que vous avez toujours fantasmés, gâchés par la gêne et la promiscuité. Ces instants que vous avez tant attendus et qui, lorsqu'ils arrivent enfin, vous font l'effet d'une bière tiède que vous n'avez plus vraiment envie de boire, ni de partager.

Le centre de détention où crèche Eddy Chapelle est un cube de béton gris jeté au milieu de nulle part. Alcatraz en pleine campagne. Chaque brin d'herbe semble écrasé sous la masse grise et pourtant, ici, les oiseaux continuent de chanter, habitués à cette tache dans le paysage, qui ne gêne plus leurs yeux.

Des fils barbelés courent le long de murs bien trop hauts pour que quiconque puisse en atteindre le sommet. Ils dansent et s'entortillent froidement entre eux, immobiles, en suspens au-dessus des champs déserts qui s'étendent à perte de vue.

Carras a gagné. Me voilà garée devant les miradors,

prête à faire la causette avec celui qui a abîmé le corps de mon bébé.

J'abandonne mon navire sur le parking poussiéreux. Mes chaussures se remplissent immédiatement de terre.

Il me faut traverser deux barrages bariolés et assurer deux gardiens peu aimables de ma bonne foi et de mon identité. Surprise, ma carte me permet de passer sans encombre. On ne me pose pas de question, je ne me justifie pas. Je passe comme si de rien n'était. Je m'interroge quant aux mesures de sécurité appliquées à l'établissement. Si je suis entrée, tout le monde le peut.

C'est le jour des visites et nous sommes une trentaine à patienter devant la porte blindée de l'enceinte. Lorsqu'elle s'ouvre, les moins habitués suivent les pas de ceux qui connaissent le chemin. Nous avançons en file indienne, foulée traînante. Troisième contrôle d'identité. Fouille. Signature du registre. Parloir. On m'attribue le numéro 7. Des mots entaillent la tablette devant moi. Je ne les lis pas, je regarde la grille, guettant l'arrivée d'Eddy Chapelle. Plusieurs hommes la franchissent, tous entravés de menottes aux poignets et aux chevilles. Des petits, des grands, des gros, des maigres, tous coupables. Leurs mains, nerveuses, qui s'agitent et se tortillent entre les bracelets de métal. Ils prennent place face à leur femme, leur fils, leur avocat.

Eddy Chapelle arrive. Un rictus sur ses lèvres, qui s'efface dès qu'il m'aperçoit. Il regarde le gardien, semble ne pas comprendre, mais continue d'avancer, frisant la chute à chaque pas. Il évite soigneusement tout autre contact que celui du sol sous ses chaussures. Il s'assoit à l'endroit exact qu'on lui désigne, pose ses mains bien en évidence sur la table, à quelques centimètres des miennes, que je retire immédiatement. Ses ongles un peu longs sont parfaitement propres et les taches sur le revers de ses mains trahissent son âge.

Cet homme dont je n'ai jamais vu le visage qu'en photo ou dans l'édition télévisée locale pose sur moi des yeux bleus immenses. Un regard couleur piscine, fragile et tétanisé. Il semble perdu et démuni de toute agressivité, de toute force. Il est bien loin de l'animal de mes souvenirs, de cette créature qui se débattait en pleurant et en hurlant dans sa cellule. Cet homme s'est fait une raison. Il ressemble à un gamin qu'on aurait flanqué ici en guise de punition. Il attend qu'on lui dise quoi faire, sans bouger le petit doigt, sage comme une image. Il patientera jusqu'à ce que je me décide à parler ou que je parte enfin.

Chapelle sursaute alors que mes lèvres ne font que s'entrouvrir.

Je cherche mes mots. Cet homme a tué mon fils et je suis venue ici pour discuter avec lui. Grande idée. La plus fabuleuse de tous les temps. Que va-t-il me dire ? Qu'il est innocent, évidemment. Que ce n'est pas lui qui a fait du mal à Swan. Qu'il n'a jamais blessé qui que ce soit, ou bien c'était il y a longtemps, lorsqu'il était jeune. Et puis ça ne compte pas, un chat, n'est-ce pas ? Ce n'est pas comme un petit garçon, ça n'appelle pas sa mère, un chat.

« Vous savez qui j-je suis ? »

L'homme cesse totalement de bouger. Son uniforme plisse un peu lorsqu'il respire, c'est à peu près tout ce qui le différencie d'une statue. Il ne répond pas.

« Est-ce qu-que vous m'avez entendue ? »

Ses yeux brillants s'ouvrent un peu plus, alors je découvre que son cerveau possède la miraculeuse faculté d'oublier. Il ne sait absolument pas qui je peux bien être. Il n'en a pas la moindre idée. Mon cœur cogne fort, mais je ne laisse rien paraître, et soutiens la douceur de son regard candide.

« Je m'appelle Iris Baudry. »

Il cherche encore, et je m'impatiente.

« Je suis la m-m... la mère de Swan Baudry. »

Il baisse les yeux, posture enfantine, comme si on l'avait mis au piquet. Il a sagement accepté la punition mais n'en comprend toujours pas la cause. Ce type est dénué de toute conscience. Il est complètement fou. Il ne sait même pas ce qu'il fiche ici, entre quatre murs sales, depuis toutes ces années. Sous le tissu, ses muscles roulent doucement. Un taureau endormi, Minotaure sous anesthésie. Il peut se réveiller à tout moment. Franchir la grille. Me sauter dessus. M'étrangler avec ses menottes. Mais seules ses lèvres bougent.

« Swan, le petit garçon dans les bois. »

L'océan, d'un bleu profond sous des paupières violacées, et le roulis entre ses lèvres fines.

« Il s'est baigné, le petit garçon. »

Je savais que je n'aurais jamais dû foutre un pied dans cet endroit.

« Vous l'avez tué. Vous avez m-maintenu sa tête sous l'eau jusqu'à ce qu'il ne puisse plus respirer. »

La bouche de Chapelle se tord dans une moue boudeuse. Ses bras puissants restent soudés à la table.

« Je vous jure que je ne l'ai pas tué... Petit garçon dans les bois, il était malade. »

Non.

« Qu'est-ce que t-tu racontes ? Tu es venu le chercher chez moi, dans m-mon propre jardin, nom de Dieu... P-pourquoi lui, hein ? Pourquoi pas n'importe quel autre gosse de la ville, ils pullulaient... Il a fallu que tu choisisses mon fils. »

L'un des gardiens nous a rejoints, sa main cramponnée à sa ceinture. Il me demande si tout va bien, mais je ne lui réponds pas. Je veux qu'il ramène Chapelle dans sa foutue cellule, pour qu'il s'y pende. Je veux...

« Le petit garçon dans le lac. Il... »

La houle se lève sur l'océan et l'eau devient sombre sous les paupières de Chapelle.

« Les garçons sont méchants. Ils ont fait du mal à Eddy. »

Je me lève. Il faut que je sorte d'ici. Prendre l'air. Ne pas m'évanouir.

« Vous-vous êtes un monstre. »

Alors que je m'apprête à tourner les talons, Chapelle jette un coup d'œil au gardien.

« Elle est pas là, Diane ? »

La douleur, fulgurante, pince mes tripes.

« Qu'est-ce que t-tu viens de dire ? »

L'océan, sombre et profond, m'avale d'un trait. Je reprends suffisamment de souffle pour ne pas m'écrouler et m'accroche à la grille. J'approche mes lèvres de son visage. Il recule un peu.

« Comment tu la connais ? Hein ? Dis-le-moi, Chapelle. C-comment ? »

Il ne comprend pas.

« Elle est morte, Diane. Tu m-m'entends ? Crevée, *d-dead, out*. »

La bouche d'Eddy Chapelle se verrouille soudain et il se met debout à son tour. L'entretien est terminé.

« Chapelle ? Rép-ponds-moi ! Comment est-ce que tu la c-connais ? Chapelle ! »

Il se tait et me tourne le dos. Lorsqu'il disparaît derrière la grille pour rejoindre sa cellule, j'entends une voix derrière moi.

« Ça va aller, mademoiselle ? »

Je prends mon sac et sors presque en courant. Des spasmes contractent mon corps et pourtant rien ne sort de ma gorge. Pas la moindre goutte de bile, pas un son, pas un souffle, rien. Juste la douleur, à l'étroit entre mes côtes.

Je m'enferme aussi rapidement que possible dans le pick-up. Je ne mets pas le contact, je suis incapable de conduire. Mes mains s'accrochent au volant pour trembler un peu moins, mais rien n'y fait. Je voudrais pleurer, crier, geindre, n'importe quoi. Mais ma voix reste prisonnière.

Et soudain, je m'affale, la tête contre le cuir. Au bout de quelques secondes, ma gorge se dénoue un peu. Pas grand-chose, juste un filet d'air. Alors, au milieu de nulle part, je peux enfin hurler.

– Silence –

Juillet 1988

Les poumons brûlants, Henry Witkin songea au souhait du vieux Zakar. Observer. Voir de quelle façon la dernière goulée d'air s'échappait des gorges taries. Le vieux voulait en prendre plein les mirettes, rien de moins.

Henry trébucha contre une racine qui émergeait de terre comme un serpent sec.

« Fait chier. »

Il ne cria pas malgré la douleur qui incendiait sa cheville. Il continua d'avancer en murmurant, sa large silhouette fondue dans l'obscurité, ombre de plus au tableau noirci de la ville endormie.

Minuit, il grimaça. Il pensa à sa belle boîte en acajou qu'il pourrait de nouveau garnir dès le lendemain, dès que les chairs seraient sèches. Il ouvrit la bouche et la referma aussitôt. Sa boîte, c'était son trésor, son secret, il n'était pas prêt à le partager. Pas tout de suite. Le vieux Zakar devait d'abord comprendre. Apprendre.

Henry chancela encore. Ce poison qui imbibait ses muscles, cette maladie qui courait partout à l'intérieur de son corps, il aurait voulu la vomir, la cracher au visage d'un autre. Mais elle était bien là, tout à son aise, grignotant son corps morceau par morceau, le dégustant avec volupté, prenant son temps. Le miracle qu'Henry accomplissait chaque jour s'éteindrait lorsque la maladie le dévorerait tout entier. Personne alors ne saurait la grandeur de cet homme, personne ne connaîtrait ce privilège qu'il avait de prendre les vies par dizaines, de les tenir entre ses mains jusqu'à ce qu'elles s'éteignent doucement. Oh, peut-être que d'autres tuaient, mais ceux-là ne savaient pas, ils abattaient sans réfléchir. Ils étaient fous. Henry, lui, se sentait proche de Dieu. Il agissait dans la sagesse, réfléchi et concis. Les peaux qu'il caressait possédaient toutes une histoire, ces parchemins qu'il effleurait les yeux fermés lui racontaient des souvenirs extraordinaires, des voyages lointains. Les parfums qu'il humait avant d'inciser lui contaient les légendes de milliers d'horizons, le quotidien tranquille d'une écolière et l'odeur de papier sous ses doigts, la cannelle sous les ongles d'une cuisinière ou le goudron buissonnier sur les genoux de jeunes garçons.

Henry entendit Zakar cracher ses poumons quelques mètres derrière lui. Il croyait le vieux un peu plus solide mais, finalement, ils ne valaient pas mieux l'un que l'autre. Henry se remit à marcher d'un bon pas. Il se disait que ça n'était peut-être pas une si bonne idée. Il s'était toujours passé d'amis. Pourquoi cela devrait-il changer aujourd'hui ? Il n'y avait aucune raison à ça. Il accéléra un peu. Jusqu'à ce qu'il les entende enfin.

« Ralentis, fiston... »

Leurs cris et leurs rires dont il était, aujourd'hui encore, si jaloux.

« Fils, je n'arrive plus à te suivre. Où est-ce que tu m'emmènes, nom de Dieu ? »

Lorsque Zakar, à bout de souffle, parvint à rejoindre Henry, il les vit lui aussi, qui détalaient au beau milieu de la décharge. La crasse sur leur visage et leurs cuisses nues. Leurs cheveux en bataille, retenus par la poussière.

Ils étaient quatre enfants à s'être enfuis en riant dès qu'ils avaient entendu du bruit.

Un seul, pourtant, restait perché sur les tas d'immondices, droit comme une lance. Un seau dans sa main droite, il protégeait sa récolte.

Du haut de ses même pas huit ans, le gosse les défia du regard.

44.

Je n'aime pas les préparatifs, ils vous excitent toujours un peu, quel qu'en soit le but. Même lorsque vous remplissez les valises de vos morts, que vous pliez soigneusement chaque vêtement pour qu'ils ne les portent plus que dans vos songes, vous pouvez la sentir, alors que vous refermez sans peine le bagage, cette petite pointe d'adrénaline au fond de votre ventre.

Les gorgées de bière voyagent à l'intérieur de ma gorge sans jamais me rafraîchir. Des milliards de bulles qui chatouillent mon palais et qui annihilent un peu mes sens, avec une lenteur terrible.

L'enterrement de ma mère aura lieu demain. Son corps doit donc être mis en bière le plus rapidement possible. Pour éviter une décomposition trop rapide. Pour échapper aux odeurs de la culpabilité. Cette sensation qui pue la charogne et colle à la peau pendant des années, mieux vaut s'en tenir éloigné.

On m'a demandé quelles fleurs je souhaitais déposer sur le cercueil. J'ai voulu savoir si cela était obligatoire.

On m'a répondu que ce serait plutôt de bon ton, et on m'a conseillé des chrysanthèmes. J'ai opté pour des zinnias, quelques fleurs seulement, éparpillées sur le bois. Oui, je paierai le supplément.

Je dois encore choisir les vêtements qu'elle portera, enfermée dans ces quatre planches. C'est inutile. Personne ne la verra. Elle pourrait très bien être nue, elle serait peut-être plus à l'aise. Je pourrais lui coller un costume de pingouin que personne ne se rendrait compte de rien. Une lampée de mousse me fait tousser.

Je trouverai bien quelque chose dans son armoire. Un bout de tissu qui fera l'affaire. Une robe en coton. Un châle en laine. Des chaussures usées. Faut-il des chaussures ? Pourront-ils les lacer sur ses pieds déformés ? Ces deux bouts de chair rabougris et pleins d'os qui ne lui servaient plus à rien, je doute qu'ils parviennent à les dissimuler sous le moindre soulier. Elle demeurera probablement pieds nus, minuscule bout de bois dans sa robe délavée, lestée sur le satin froissé. Mais personne ne lui en tiendra rigueur. Personne ne prendra la peine de se déplacer. Qui la connaissait ? Qui entretenait la moindre relation avec cette folle ? Nous ne serons probablement que deux, et ce ne sont pas mes mains qui se fatigueront à porter un cierge.

Je pose la bouteille vide sur la table. Je la jetterai plus tard. Celle-là et les autres.

– Silence –

Juillet 1988

Au cœur de la décharge ne résonnaient que le choc des semelles et le chant des criquets. Henry Witkin s'arrêta pour reprendre son souffle. Le vieux Zakar cracha derrière lui. Le gosse tenait toujours son seau rouillé à la main, gambadant comme une chèvre entre les monceaux de déchets puants. Il se retourna et adressa un drôle de sourire à Henry. Ce putain de gosse se foutait ouvertement de sa gueule. Henry eut soudain envie de sentir la jeunesse insolente de ce gamin sous ses doigts, d'y faire rouler ses muscles souples. Il voulut glisser son visage contre cette peau brûlée par le soleil. Juste pour savoir si elle était douce.

Alors il répondit au sourire que l'enfant lui adressait.

« Tu veux bien me dire ton nom, petit ? »

Le garçon, presque surpris que ses compagnons de jeu puissent non seulement courir mais aussi parler, hésita. Une seconde, puis deux. Pas plus.

« Malo. »

Zakar observait Henry qui, la respiration courte, approchait lentement du garçon. Il sentit son cœur battre jusqu'au fond de ses entrailles, là où naissait la peur. Celle-ci bandait son estomac et raidissait ses membres, de sorte qu'il resta là, sans pouvoir bouger le petit doigt.

« C'est joli, *Malo*. »

Le garçon acquiesça sans répondre. À son âge, il ne connaissait pas l'origine de son prénom. Il ne signifiait rien, c'était simplement son nom à lui, celui qu'on lui avait donné pour ne pas le confondre avec les autres.

« Tu vis ici, *Malo* ? »

À mesure qu'Henry avançait, l'enfant reculait, un sourire discret collé sur ses lèvres sombres, les chevilles tordues par les pierres et les ordures. Il désigna le campement de caravanes et les mobile homes un peu plus loin.

« Je vis là-bas, avec toute ma famille. Mon père, il est très fort. Il m'a appris à courir, et aussi à frapper. Si je l'appelle, il te montrera à toi aussi. »

L'assurance du jeune garçon s'affadissait.

« Il est loin, il ne t'entendra pas.

— Je n'ai qu'à aller le chercher.

— Non, Malo, reste ici. On est bien tous les trois, on s'amuse, non ? »

Malo dodelina de la tête comme il le faisait devant sa mère lorsqu'elle lui interdisait de venir traîner ici. *C'est dangereux*, lui disait-elle. *Il y a des serpents et des rats*. Il n'avait jamais vu de serpent dans la décharge. *Tu vas te blesser, les gens de la ville entassent n'importe quoi, là-bas*. Il secouait la tête et ça suffisait à la rassurer. Elle le laissait tranquille, jusqu'à ce qu'il rentre à la maison, couvert de terre et de kaolin, puant pire que l'opossum crevé qu'elle avait retrouvé un jour derrière le frigidaire.

« Tu es très malin, Malo, ton père doit être fier d'avoir un fils aussi intelligent. »

Son père n'éprouvait rien de particulier, Malo était son troisième fils, coincé entre quatre autres auxquels il frictionnait le crâne de temps en temps, histoire de marquer sa propriété.

« Oui, il m'aime beaucoup. Il va se demander où je suis. »

Henry jeta un coup d'œil à Zakar, resté en contrebas. Ce dernier sentait la trouille à plein nez. À tous les coups, il allait faire fuir le gamin.

« Tu as raison. Il est temps de rentrer chez toi, maintenant. Embrasse bien ta mère, et dis-lui que tu l'aimes. »

Witkin songea à sa mère ; durant une toute petite seconde, il sentit son haleine douce. Lucie, son phare. Son odeur qui, malgré les années, garnissait encore la valise qu'il avait pu conserver. Son parfum dissimulé sous ses jupons, l'odeur de sa peau sur ses foulards. Ce pot de crème qui l'enivrait dès qu'il en tournait le couvercle.

Henry tendit une main au garçon.

« Henry Witkin, ravi de t'avoir rencontré. »

Une poignée de main et l'enfant partirait en courant. Il se prendrait les pieds dans les packs de bière mais ne tomberait pas. Il hurlerait, de peur et d'excitation, jusqu'à franchir enfin le grillage défoncé qui mènerait au mobile home qu'il occupait depuis toujours avec les siens. Il serrerait sa maman entre ses bras maigres et sales, et elle l'enverrait se nettoyer sous l'eau fraîche. Il s'endormirait contre elle, la tête sur ses seins lourds d'avoir nourri trop de bouches. Il regarderait ses ongles longs et vernis, et ses bracelets qui tintaient à toute heure du jour et de la nuit, avant de sombrer.

Une poignée de main, et il s'enfuirait.

L'enfant tendit les doigts, le cœur battant comme s'il la plongeait dans les marais. Alors Henry la saisit et la serra, se repaissant de la moiteur de cette petite paume naïve. Il laissa le gosse se retourner et faire un unique pas. Alors seulement il frappa. Un grand coup sec à l'arrière de la tête, qui résonna à peine, retenu par les berges de la décharge, étouffé par ses immondices. L'enfant s'écroula en silence aux pieds d'Henry, qui toisa Zakar avec orgueil.

Zakar et ses mains crispées sur sa mâchoire ballante, ses genoux cloués par la terreur. Le vieux Zakar qui ne voulait pas, qui ne voulait plus, qui aurait préféré être ailleurs. Mais c'était trop tard. Il avait vu. Ses yeux restaient béants, plaies ouvertes pour la suite.

Lorsque Henry souleva le petit corps pour le traîner à l'abri des réverbères nasillards, Zakar comprit pourquoi il s'était présenté à ce gamin qui n'avait rien demandé.

Il lui avait donné son nom pour qu'il ne le répète jamais, pour que sa bouche en soit à jamais incapable. Pour avoir une raison de le réduire au silence. En se présentant, il avait simplement signé l'arrêt de mort du gamin.

Malo gémissait, le crâne douloureux et les cuisses emportées par les reliefs saillants de la décharge. Un filet de sang s'échappait de son oreille pour aller se perdre dans la masse épaisse de ses cheveux noirs.

Henry s'agenouilla près de lui et caressa délicatement son front tiède.

« Henry... Laisse-le tranquille. Je n'aurais pas dû... C'est ma faute... »

Henry n'écoutait pas, il berçait le petit garçon, fredonnant une mélodie que le vieux Zakar crut reconnaître. Il cajolait le corps écorché, lui susurrait des phrases inaudibles, frôlait son visage de ses lèvres remuantes.

« Fiston, partons maintenant. Ce n'est qu'un gosse, nom d'un chien. Un foutu... »

Entre les doigts d'Henry, le cou du gamin craqua brusquement. Le front lisse se crispa un instant, puis, d'un coup, il ne sembla plus souffrir.

Witkin entendit un bruit infâme en contrebas. Le vieux Zakar vomissait ses tripes. Il ne tenait pas la route. Comment Henry avait-il pu croire une seule seconde que le boss valait le coup ? C'était une fiotte, comme tous les autres. La honte sur les lèvres, Henry saisit la lame à l'intérieur de sa poche. Il caressa la pointe émoussée, puis saisit le manche froid. Le métal prolongeait sa main, il se sentit bien et oublia un instant l'abruti qui se vidait dans son dos.

Lorsque la lame s'immisça sous la peau de l'enfant, celui-ci ne pleura pas. Ses lèvres demeurèrent tout juste ouvertes, et une goutte de sang perla à son menton. Henry travaillait consciencieusement, dans le doux bruit de la soie que l'on déchire. Il essuyait l'acier sur le fourreau de cuir, puis besognait à nouveau la chair, la tranchant en lamelles aussi fines que du papier.

Derrière lui, Zakar s'essuya la bouche. Il l'ouvrit, mais rien ne put en sortir qu'un long râle de dégoût. Il se souvint de ces cadavres de chiens qu'il empilait comme des édredons dans la cour, et qu'il immolait jusqu'à ce que les flammes dévorent le ciel. Il pensait être rodé. Il ignorait que la mort réservait autant de surprises. Et pourtant, elle avait de sacrées réserves et elle venait de le lui prouver. Il avait bien du mal à reprendre pied, ne pouvant détacher ses yeux des mains humides d'Henry. Il se demanda depuis combien de temps ce type tuait, d'où lui étaient venus l'envie, le besoin. Quand est-ce qu'il avait franchi le pas ? Le vieux songea à Babel et à tous les meurtriers qui avaient dû s'y prélasser. Des comme Henry, il y en avait des tonnes qui pullulaient à l'abri de la ville, qui violaient leur propre mère et se léchaient les doigts ensuite. Zakar restait persuadé qu'ils étaient des criminels en cavale, posant leurs guêtres quelques jours à Babel, profitant de l'ombre des carcasses de métal, remplissant leurs poches avant de reprendre la route. Mais Henry était différent. Henry travaillait depuis des années pour lui. Il n'avait jamais fui, n'avait jamais pris de vacances, n'était jamais arrivé en retard, nom de Dieu.

Le vieux regarda le petit corps ruisseler sous la lune. Ce qui ressemblait à d'immenses peintures de guerre lui maculait les cuisses, les flancs et le dos. Le sang coulait entre les doigts d'Henry, à travers les détritus, sur les pierres et la gomme noire, sur les rats et les carapaces molles, sur la terre et sous la terre.

Henry plia son butin ; il respira son trésor longuement puis le rangea à l'abri sous sa veste sale.

« Tu veux l'enterrer, Zakar ? »

Il sembla au vieux qu'on l'insultait. Il eut l'impression qu'on lui hurlait en plein visage. Pourtant, les mots d'Henry étaient à peine moins doux qu'un chuchotement.

« Je veux juste que tu laisses ce pauvre gosse tranquille et que tu déguerpisses. Je ne veux plus jamais que tu remettes un pied à Babel, tu m'entends bien ? Jamais. Tu es un monstre. Un monstre... »

Henry crut entendre des sanglots dans la voix du vieux. Il perdait complètement la boule, à gesticuler en tous sens devant lui comme un pantin sous acide. Il allait attirer l'attention. Quelqu'un ne tarderait pas à les remarquer et alors tout volerait en éclats. Henry devait empêcher ça. Il préférait crever plutôt que de moisir enfermé. Ils ne l'auraient jamais.

Jamais.

45.

Je crois que ma mère a souhaité que je la déteste chaque jour un peu plus. Elle a attisé cette rancœur en ne m'offrant que le silence. Elle m'a haïe plus encore parce que, sous mes traits, c'est son visage coupable qu'elle pouvait distinguer. Lorsqu'elle me giflait, ce sont ses joues qu'elle voulait frapper. Ses coups auraient pu être bien plus douloureux si je ne m'étais pas enfuie dès que sa main se levait un peu trop haut. Je pense qu'elle aurait pu cogner jusqu'à ce que ses doigts en saignent. Je n'étais qu'un miroir. Juste un pauvre reflet. Que, de toutes ses forces, elle aurait voulu briser.

Je regarde les ombres danser au plafond. Quelques voitures ronronnent dans la rue. Une ou deux. Peut-être cent.

Mes cheveux s'entortillent entre mon pouce et mon index, comme je le faisais souvent, lorsque je me réfugiais sous mon lit. C'est sur le sien que je me pelotonne ce soir. Son odeur est là. Rance et propre à la fois. L'odeur de ses gifles. La brûlure sur ma peau, je peux la sentir à nouveau. Sur mes joues, sur mes cuisses, sur le revers de mes mains, sur la partie tendre de mes bras, je peux sentir les rougeurs tenaces apparaître à nouveau. Comme si le temps ne les avait jamais effacées.

Je voudrais mon papa.

Ses bras autour de moi. Ses yeux sur ce que je suis aujourd'hui. Sa voix pour me donner le courage de devenir enfin une autre. Plus courageuse. Plus jolie. Les épaules tannées par le soleil. Les cheveux démêlés, attachés pour qu'il puisse voir mon visage et le caresser pendant des heures. Ses mains pour m'apprendre à tirer à la carabine, comme il le faisait lorsqu'il tenait encore debout. Cinq canettes vides et il m'applaudirait. Alors je poserais ma tête contre son torse essoré de toute maladie. Je sourirais sans peur, sans retenue, sans même la moindre raison. Et je serais enfin bien. Juste pour un instant. Le parfum du jasmin tout autour. La pluie fraîche sur mon visage. Et voilà la seule chose qui importerait. Lui et moi, seuls au monde.

4 026 jours

"Up to the sun, it won't be long
And now it's time for you to run
Amen it's time to dance."

« D'après le soleil, ce ne sera pas long
Et maintenant il est temps pour toi de courir
Amen il est temps de danser. »

Time to Dance, The Shoes

46.

Swan n'était pas le plus sage des petits garçons, mais c'était mon petit garçon. Je l'aimais par-dessus tout. J'aurais tué pour lui. Je serais morte pour sauver sa peau. Mais voilà, c'est moi qui suis encore là, à penser à lui chaque jour que le bon Dieu fait. Ses yeux et la fossette creusant sa joue gauche. Ses mains toujours froides et ses pieds tordus. Son ventre ferme et ses épaules cagneuses. Ses piaillements et sa langue rose. Son haleine. Tous ces souvenirs qui affleurent dans mes rêves et mes cauchemars, ces sensations que je revis chaque nuit et qui me donnent l'impression de crever dès que ce putain de soleil se pointe tous les matins.

Je me rappelle ses jouets qu'il jetait sans raison contre les murs de sa chambre, ce bruit mat du plastique qui explosait contre le béton. Et ma mère qui refusait que j'intervienne. *Laisse-le. Il va se calmer*.

La moindre petite idée de sottise le séduisait. Les flammes attiraient ses mains et les flaques narguaient ses pieds. Parfois, ses yeux sombres plantés dans les miens, il prenait cet air gorgé de défiance. Il m'effrayait quelquefois, muré dans ces silences qu'il m'adressait comme des insultes, ses yeux insolents rivés sur moi. Je l'ai détesté dans ces moments-là. Presque autant que je m'écœure aujourd'hui.

Plus les jours passaient, moins il s'apaisait. Il n'y avait que lorsque cette vieille folle s'absentait que je parvenais à le raisonner. Alors il mollissait entre mes doigts et se collait à moi. Je sentais son souffle chaud et régulier couler à flux constant à l'intérieur de mon cou. Il s'endormait parfois, sa tête lourde posée contre ma poitrine, ses petits doigts battant la mesure.

Maintenant je sais. Ma mère le terrorisait. Ma mère était un putain de croquemitaine qui a dévoré tous ceux qu'elle a pu croiser. Elle a bouffé ceux qui l'ont aimée, et les autres. Je ne sais pas ce qu'elle a fait à mon fils. Mais je peux jurer que je trouverai.

– Silence –

Juillet 1988

Seul entre les murs de sa chambre, Henry Witkin se dévêtit lentement. Avec pudeur, il déposa son pantalon et sa chemise sur le coin de son matelas. Ces vêtements, il ne les remettrait jamais plus, son corps rond les avait usés jusqu'aux coutures. Henry observa son reflet nu et les courbes replètes qui le rendaient plus imposant que jamais. Imberbe de la tête aux pieds, à l'exception peut-être de ce duvet fin qui recouvrait ses joues depuis presque trente ans, il avait l'air d'un poupon démesuré, prisonnier d'une boîte trop petite.

À quelques kilomètres de là, le lieutenant Larce se grilla une américaine qu'il aurait souhaitée plus longue. Les chiens gémissaient au bout des laisses et les femmes pleuraient aux bras des hommes, depuis le lever du jour. C'était un bordel sans nom. Un gamin venait de trouver le corps de son camarade de jeu, déchiqueté entre les ordures, Malo Duroche, un gosse de huit ans. La dix-septième victime en quelques mois, et le troisième cadavre que les flics retrouvaient dans la carrière. Ce con les narguait. Il tuait sous leur propre nez, il exposait les corps comme des trophées, jusqu'à ce qu'on vienne nettoyer sa merde. Larce se demandait combien ce type en avait réellement massacré. Trente, cent, davantage ? Il l'ignorait. Ce qu'il savait, en revanche, c'est que ses gestes devenaient de moins en moins précis. Alors qu'il était si minutieux, sa lame tranchait de plus en plus approximativement. Il semblait perdre la main, l'envie n'y était plus ; il découpait à la chaîne, vite et mal. Larce examina le corps du gosse ; la chair y manquait par endroits, découpes irrégulières. L'orfèvre était devenu un simple boucher.

Henry Witkin s'agenouilla devant l'épaisse valise de cuir qui remplissait à elle seule la moitié de la pièce. Il souffla sur la pellicule de poussière qui s'y était déposée au fil des années, caressa son flanc buriné et fit glisser la fermeture Éclair. L'odeur lui sauta au visage, comme un animal affolé enfermé depuis des siècles dans l'obscurité.

Larce fit embarquer le corps. La famille était là qui hurlait, épaulée par tout le quartier. La pauvreté des riverains les rendait solidaires, et tous les bras semblaient posés sur l'épaule de cette femme à terre, si bien que, de loin, il était difficile de savoir s'ils la soutenaient ou l'écrasaient.

Le gamin qui avait trouvé le cadavre n'avait pas prononcé le moindre mot depuis sa découverte. Il ouvrait des yeux ronds qui ne cessaient de parcourir la scène de long en large, ne comprenant toujours pas s'il s'agissait d'un cauchemar ou non. Il vit trois flics s'éloigner du groupe et disparaître derrière un tas d'ordures branlantes. Personne ne remarqua le doigt qu'il tendit dans leur direction, excepté Larce, qui, lorsqu'il reconnut les cris de ses collègues en contrebas, plaqua une main sur son holster.

« Ne bouge pas, enfoiré ! NE BOUGE PAS ! »

C'est la peur que Larce reconnut dans l'ordre de son subalterne. Il s'échappa à son tour et gravit le tas de déchets, son arme entre les mains. Ses gars avaient trouvé quelque chose. Ou plutôt quelqu'un. Quelqu'un qui les terrifiait.

Cette valise, Henry ne l'avait quasiment pas ouverte depuis qu'il avait quitté l'appartement de son enfance. Par crainte de détruire ce qu'il y avait conservé ou d'en perdre l'essence. Les tissus froissés regorgeaient de faux plis, mais les parfums étaient restés intacts. La crème, l'odeur de pluie, le lac. Les robes qu'il avait entassées avant de partir, ce trésor qu'il avait conservé depuis toujours, cette valise contenait tout ce qu'il lui restait de sa mère, quatre robes, des jupons, de la crème hydratante périmée et du rouge à lèvres carmin à peine fondu. Henry saisit le tissu et y enfouit son visage. Il sentit les bras de sa mère autour de lui et ses longues boucles chatouiller le creux de son cou. Il retrouva le visage doux sous sa main enfantine et les plis d'un sourire sous ses doigts. Il entendit un cœur battre à son oreille, fort et régulier. Il perçut l'odeur de ses pieds, de ses joues, de son ventre ; alors il se recroquevilla un instant, et laissa les larmes filer.

Les flics, les bras tendus dans leur uniforme prêt à craquer, tenaient en joue un homme à terre, allongé en chien de fusil, la tête dissimulée sous des mains sombres.

Du sang, Larce le devinait d'ici, maculait ses vêtements, ses bras nus et sa nuque, du sang séché depuis des heures. Un goût alcalin fila sur ses gencives alors qu'il se rapprochait de son équipe. L'homme au sol ne bougeait pas d'un millimètre. Larce se demanda même s'il respirait encore. Trois pas de plus et il serait assez près pour le toucher, l'arrêter et le mettre au trou pour le restant de ses jours. Et, au vu des rides qui creusaient ses mains, il se dit que, du temps, il ne devait pas lui en rester tant que ça.

« T'es dans une sacrée merde, l'ami. Alors ne rends pas les choses plus difficiles. Lève-toi. »

L'homme ne bougea pas, les doigts repliés sur son visage. Des mouches par dizaines. Elles étaient déjà quatre à copuler sur son front. Du bout de sa chaussure recouverte de kaolin, Larce fit basculer le type. Un éclat d'argent surgit de ses mains et aveugla l'un des agents. Le coup de feu retentit jusqu'au centre de la ville.

« Qu'est-ce qui te prend, putain d'abruti ? Regarde-le, il est déjà crevé depuis longtemps.

— Il est armé... J'ai cru... Je...

— Arrête de croire. Range plutôt ton arme et tes mains, ça vaudra mieux. »

Le couteau gisait à quelques centimètres du type, aveuglant quiconque s'approchait. La lame semblait si aiguisée qu'on ne la regardait que de loin, par peur de se blesser simplement en y jetant un coup d'œil. C'était l'arme qu'ils recherchaient, près de l'homme qu'ils recherchaient. Un homme chétif que Larce trouva plus vieux encore qu'il ne l'imaginait. Il n'avait rien d'un monstre. C'était un homme commun, sans fourrure ni écailles. Un mortel sur le déclin, abattu par un gosse en train de succomber. Larce imagina la scène, le combat à mort du vieux et de l'enfant, lutte vaine pour une vie sordide. Visiblement, l'homme avait été poignardé en trois endroits, l'abdomen, le flanc et la cuisse. Il s'était probablement vidé de son sang en tentant de s'éloigner mais n'avait pas pu faire plus de quelques mètres. Ses artères avaient eu raison de lui. Trop faible ou trop âgé, il était mort comme un débutant.

Lorsqu'il entendit le hurlement derrière son épaule, Larce oublia un instant sa déception.

Henry Witkin aspergea d'abord ses joues lisses. L'eau tiède ruissela sur son torse, puis elle embrassa la moquette défraîchie. Il caressa ses traits rebondis et l'égratignure sur ses lèvres ourlées. Le vieux s'était débattu un sacré long moment avant de succomber. Dans le miroir, il vit sa mère le féliciter d'un sourire ravageur et, derrière elle, posées sur la radio, il toisa neuf épaisses liasses de billets. Il les avait volées cette nuit après avoir quitté la décharge. Il avait frappé le chien jusqu'à ce que celui-ci cesse enfin d'aboyer et de respirer, ça n'avait pas duré très longtemps. Jamais il n'aurait pensé que le vieux Zakar pouvait planquer les clés dans la poche de poitrine de sa chemise. Henry savait que le boss payait ses hommes une misère, il ne buvait que du mauvais whisky et n'avait investi que dans deux maudits pantalons en l'espace de trente ans : comment imaginer que le vieux Zakar pouvait dissimuler autant d'argent au cœur de Babel ? C'était une chance. Peut-être la chance de sa vie. Il n'allait pas la louper.

Quand il l'avait tué, il n'avait pas prévu la suite. Il aurait pu errer sur la plage, peut-être envisager de reprendre la casse, personne ne se serait rendu compte de rien. Il aurait continué à vivre comme avant. Ses facultés en moins. Mais, cette fois, un miracle s'était produit. Cet argent lui était tombé du ciel comme une bénédiction. Dans ses cheveux, il déposa un peu de cette crème passée, et les coiffa en arrière, comme sa mère le faisait lorsqu'ils s'enfuyaient tous deux vers le lac. Il allait retrouver sa ville natale, retourner à l'intérieur de son ventre chaud et grouillant, redécouvrir le calme et le silence, la terre et le lac. Avec le temps, le souvenir des galets sous son dos était devenu flou, il avait besoin de les sentir à nouveau pour revivre. Il saurait se faire discret. Il saurait disparaître. Ne jamais avoir existé.

Il sembla à Larce que cette femme qui hurlait ne cesserait jamais. Un cri déchirant. Celui d'une mère qu'on avait privée de son enfant. Elle écarta Larce d'une main ferme et s'agenouilla près du mort. Et c'est à coups de poing qu'elle commença à frapper.

« Attention ! »

Avant même que les officiers aient pu réagir, la lame se retrouva entre ses mains. Elle jeta ce regard aux flics que Larce n'oublierait jamais. Un regard noir, profond, propre aux prédateurs meurtris.

« Lâchez cette arme, madame.

— C'est inutile, elle ne t'entend pas.

— Elle va...

— Tu comptes faire quoi ? Lui coller ton flingue sur la tempe ? Je ne l'approcherais pas, si j'étais toi. »

Ce type était mort de toute façon, qu'est-ce qu'elle pouvait lui faire de plus ? Larce oublierait le légiste, et toutes les questions qu'on lui poserait après qu'il eut laissé faire cette femme. Il supporterait le jugement de ses hommes. Il accuserait le coup. Pour cette femme qu'il ne connaissait pas, qu'il n'avait jamais vue, mais qui méritait peut-être qu'on laisse sa rage s'évacuer un peu. La femme saisit l'arme et la serra aussi fort qu'elle le put. Elle poignarda le corps marbré, encore et encore, jusqu'à ce que la brûlure la quitte un peu, jusqu'à ce qu'elle n'ait même plus la force de soulever la lame. Son mari l'attendait, perché sur le monticule d'ordures. Il resta silencieux tout le temps et, lorsqu'elle eut terminé, il descendit de son perchoir et vint l'aider à marcher, elle qui, éreintée, ne parvenait plus à pleurer.

Henry Witkin n'ajouta dans sa valise que sa merveilleuse *boîte à souvenirs* et les neuf liasses de billets parfumées au gasoil. Il fit glisser le jupon un peu plus bas sur ses larges hanches. Il s'achèterait de nouvelles chaussures une fois sur place. Il s'achèterait des tas de choses.

Il observa son reflet et n'y vit plus que sa mère, un peu plus âgée peut-être, mais la ressemblance était bouleversante. Le rouge arrondissait ses lèvres et la crème faisait briller ses courbes. Son nom, il devrait l'oublier aussi longtemps qu'il vivrait. Il deviendrait quelqu'un d'autre. Une ombre, un souffle, quelqu'un, quelque chose qu'on ne remarquerait pas. Il n'avait plus le choix, sa force avait fondu comme neige au soleil. Il ne pourrait plus tuer quoi que ce soit. Il ne vaudrait bientôt plus rien. Il contiendrait ses tremblements du mieux qu'il le pourrait. Il serait sage, autant qu'on pouvait l'être.

4 027 jours

« Elle court,
Légère,
Elle est légère,
Et la pluie lave les rues,
Et la pluie lave ses mains,
Elle est propre, enfin,
Elle est propre, enfin...
Cette chaleur... »

La Chaleur, Noir Désir

47.

Rêve de ce froid terrible, sur et sous ma peau. La glace a pénétré ma bouche, mes oreilles et mon corps entier. Pourtant, mes membres ne tremblent pas. Je ne grelotte pas. Je demeure totalement immobile, figée dans cette masse lourde et collante. L'opacité se dissipe peu à peu, mais mes yeux restent atrocement sensibles. Comme si des milliers d'aiguilles les transperçaient. Aussi fines qu'elles soient, je les distingue toutes.

Sur mon ventre, des tonnes de glace. Mon thorax ne se soulève plus. J'ai déjà suffoqué il y a longtemps. Des trombes d'eau recouvrent mon corps bleuâtre. Chaque veine trace un chemin vers une autre veine, et le réseau devient plus dense autour de mes seins, à l'intérieur de mes cuisses et près de ma cheville droite. Celle que j'ai tordue lorsque j'avais dix ans. Foulée dans un fossé, près de la rivière.

La rivière. Je sens ses relents aigres s'enfoncer à l'intérieur de mes narines noires, à l'intérieur de ma gorge offerte.

C'est l'hiver, et je suis étendue là, immergée jusqu'aux épaules. La vase dessine un liseré flou sur mon front. Le limon menotte l'une de mes mains, tandis que l'autre flotte à la dérive, ne cherchant même plus à agripper quoi que ce soit.

Sur mon cou, le poids augmente. Mes vertèbres gémissent alors qu'elles se fêlent une à une. Sous ma mâchoire, l'étreinte est de plus en plus forte. Les mains appuient de toutes leurs forces et c'est ma clavicule qui cède sous un coup de genou. L'homme se cale pour renforcer sa prise. Les larmes coulent sur mes tempes puis disparaissent dans l'épaisseur de mes cheveux souillés. Je ne sens pourtant plus rien, mais elles continuent de rouler sur ma peau, sans que l'homme y prête d'attention particulière. Je l'entends laisser échapper un cri lorsque son pouce s'introduit entre mes lèvres glacées. Son souffle est court, il est épuisé. Les contours de son visage sont flous, mais, près de mes yeux, ses poignets tendus m'apparaissent d'un coup si nets que je suis terrorisée. Ma respiration ne s'accélère pas. Mon cœur ne bat pas plus vite.

Et son pouce, au fond de ma trachée, possède le goût amer et subtil du cacao.

48.

C'est le grand jour. Tout à l'heure, on admirera le bois exotique qui emprisonne ma mère. On y déposera des arums (*écoutez votre âme*), des œillets blancs (*fidélité*), des lis jaunes (*amour heureux*) ou des pivoines (*confusion*)... Nous serons peu, et aucune larme ne sera versée. Je ne prononcerai pas de discours, celui du maître de cérémonie conviendra forcément. Des phrases types, adaptées à tous les enterrements, à tous les deuils. C'est inclus dans le prix. Une flopée de mots récités deux fois par jour, parfois plus pendant les périodes de fortes chaleurs, visant à faire utiliser les mouchoirs eux aussi compris dans la formule de base.

Je boutonne mon chemisier bleu et retrousse légèrement les manches. Avec mon pantalon noir, je ressemble à une contrôleuse. De billets, d'impôts, de ce qui vous plaira. Je noue mes cheveux à l'arrière de mon crâne avec un vieux peigne d'écaille qui parfait le tableau.

À l'extérieur, le soleil s'est enfin accordé un peu de repos. Les rayons aveuglants ont été remplacés par un ciel grisâtre, promesse d'une averse prochaine, fraîche et abondante. Je ne cherche même pas de parapluie : si l'eau venait à tomber, je serais la première à me réfugier sous les cordes, le visage cambré vers le ciel, m'empiffrant de pluie à pleine bouche.

Jackie Philco m'attend sur le perron, je vais la conduire jusqu'à la maison funéraire. Nous restons silencieuses alors que les deux portières claquent. Il me semble que le véhicule penche un peu côté passager, elle l'énorme, la vivante, moi la tige, la rêche, le néant.

Le funérarium est ouvert, mais personne ne nous attend à l'entrée, à nous de trouver le chemin au travers des couloirs moquettés. L'odeur d'encens, plus forte à mesure que nous nous enfonçons dans le corridor, nous indique que nous sommes sur la bonne voie ; une pancarte au nom de ma mère signale la porte suivante. Contre le mur, un guéridon supporte une gerbe de fleurs séchées et je me demande alors combien de morts ce bouquet a bien pu veiller. La poussière court dans les plis des feuilles et il manque pas mal de pétales aux fleurs les plus fragiles.

À l'intérieur de la pièce, le maître de cérémonie nous reçoit sans bonjour. Règle absolue. Il n'existe pas de bon jour pour les endeuillés. L'homme nous offre une poignée de main fugace et nous installe au premier rang. Lauren est déjà là qui me sourit discrètement, Fred l'accompagne, impeccable dans sa robe étroite de satin sombre. Ses lèvres peintes avec délicatesse, d'un carmin parfait, demeurent légèrement entrouvertes sur sa retenue.

Trois autres personnes sont là, que je ne connais pas, toutes très âgées. Jackie les salue de loin. Ce sont des voisins que j'ai oubliés avec le temps. Leurs mains sont pudiquement rassemblées sur leur chapeau ou leur foulard, et leur regard toise le tapis à franges de l'allée. Tout ce petit monde est absolument silencieux, nous y compris. Le maître de cérémonie m'interroge. Non, je ne prononcerai pas de discours. Non, je n'ai pas la moindre idée de quelle pouvait être sa fleur favorite. Oui, le cercueil restera clos. La prestation durera une heure, plus une demi-heure pour tout recueillement éventuel, puis le corps sera conduit au cimetière où je suis attendue pour onze heures. Très bien. Oui, ça ira. Non, je n'ai pas besoin de mouchoir.

Sous l'acajou massif, je sais qu'elle porte sa veste de laine bleue et un corsage brodé, la jupe qu'elle mettait le plus souvent ainsi qu'une paire de collants neufs en nylon. J'ignore ce qu'ils ont fait des chaussures, si elles pendent à ses pieds ou sont posées sur le satin. Je ne le saurai jamais. Sa peau est-elle toujours aussi blanche ou s'est-elle ternie ? Ses mains sont-elles encore croisées sur sa poitrine ? L'ont-ils coiffée ? Ses ongles ont-ils poussé ?

La cérémonie est simple, sans bavardages superflus. Les formules utilisées sont toujours adroites et le ton employé reste d'une égalité et d'une douceur incroyables. Du préambule à l'épilogue, tout est parfait.

Des bouquets variés cernent le cercueil d'un cocon parfumé et vivant composé de chrysanthèmes, de roses et de marguerites. La simplicité même.

L'allocution terminée, l'orateur disparaît dans une pièce voisine et nous nous retrouvons seuls face aux planches et aux senteurs printanières.

Les trois vieillards se retirent rapidement, puis Lauren et Fred quittent les lieux, nous laissant en tête à tête avec la morte.

Jackie s'approche de la dépouille capitonnée et pose

sa main sur le bois. Elle caresse les jointures du cercueil en prononçant quelques phrases inaudibles. Elle parle si bas que je me demande même si le moindre son parvient à franchir la barrière de ses lèvres charnues. Je les vois simplement remuer, tirer sur ses joues rebondies et adoucir son air grave. Sa bouche s'ouvre puis se ferme en rythme, comme si elle était en train de fredonner quelque chose. Ses yeux sont humides mais ne perlent pas. Elle ravalera ses larmes jusqu'au bout, personne ne les verra jamais.

« Il va falloir que nous p-partions, Jackie... »

Ses prières muettes continuent d'ensorceler le bois exotique, elle n'a pas dû m'entendre.

« Jackie...

— Tu vas la laisser partir comme ça ? Sans un mot de ta part ? »

Je craignais qu'on en arrive là. Une fille qui ne pleure pas sa mère est une mauvaise fille.

« Qu'est-ce que je p-pourrais bien lui dire ?

— Que tu lui pardonnes, tout simplement. Qu'elle peut partir en paix avec ses démons. »

Jackie est sérieuse. Son regard s'est durci. Elle ne supplie pas, elle ordonne.

« Vous m'en demandez b-beaucoup. Je ne peux p-pas...

— Elle se considérait comme l'origine du chaos. Pour toi, pour beaucoup de monde. La ville l'a évitée comme une vraie pestiférée pendant des années. Je pense qu'elle a payé ses dettes au bon Dieu. Aujourd'hui, en la privant d'église, tu la prives de repentance. Tu peux peut-être lui concéder ton pardon... Tu vas vivre avec cette rancœur ?

— Elle a tué mon père. Et...

— Tu sais qu'elle a fait ce qu'il y avait de mieux. Elle a fait tout ce qu'elle pouvait. Parfois, le sort s'acharne. Qu'est-ce que tu aurais fait, toi ? Est-ce que tu aurais procédé d'une manière différente ? Si ton père te l'avait demandé... Au plus profond de toi, pose-toi la question. »

Qu'est-ce que j'aurais fait ? Seigneur, j'aurais été totalement incapable de faire du mal à mon père. Je ne l'aurais pas tué, pas comme ça.

Je n'en aurais pas eu le cran.

« Diane l'a aidé. Pour que tu ne le voies pas en pleine décrépitude, pour que tes souvenirs ne soient que beaux. Ta mère aurait voulu mourir à sa place, crever cent fois si cela avait pu lui sauver la vie. Mais c'était impossible. »

Mon corps entier bouillonne. Mon crâne, mes yeux, mon cœur.

Jackie s'approche et glisse sa main au creux de mon cou.

« Elle t'aimait, Iris. Plus que tout. Elle aurait tout donné pour que tu la considères un peu mieux. Pour que tu lui montres la moitié de l'affection que tu portais à ton père. Elle aurait voulu que tu lui adresses une dernière fois la parole. »

Le coton de sa robe accueille mes larmes et ses bras m'entourent sans retenue. Sa peau est douce et humide sous mon front brûlant.

Je la serre de toutes mes forces et elle ne peut pas entendre le mot que je chuchote tout bas. Celui que je n'ai pas prononcé depuis vingt ans.

Maman...

49.

Le ciel est livide. Mes yeux rougis sont en feu alors que nous arrivons au minuscule lopin de terre réservé à la dépouille de ma mère. La dalle a été taillée en un temps record et son nom, gravé en lettres noires, a déjà pris la poussière. Le sable vole par endroits comme des nuées d'insectes impalpables. Il colle à nos jambes humides, si bien qu'aucun de nous ne paraît avoir une toilette totalement irréprochable. Les mollets souillés se rapprochent et la phase finale démarre. Le corps est descendu lentement puis il disparaît quelques mètres plus bas. Le cercueil est bientôt recouvert d'une terre meuble et lourde. Chaque pelletée provoque un boucan d'enfer, comme si le bois se fissurait sous le poids des graviers. Les outils des deux fossoyeurs, dans un dernier effort, tassent le sol avec un grand bruit mat. Enfin, les fleurs sont calées tant bien que mal, en équilibre sur des reliefs inégaux. Et, une nouvelle fois, les trois vieillards se retirent les premiers.

J'ai la désagréable sensation que tout cela n'est qu'un cauchemar gluant, que mon réveil va se mettre en route et me faire sursauter d'une seconde à l'autre. Mais il ne sonne pas et je suis condamnée à subir ce mauvais rêve qui pèse des tonnes.

Tandis que je m'éloigne un peu, Jackie Philco reste près de la tombe, une main sur le marbre. Ses lèvres ne bougent plus mais son regard est si concentré que je n'ose pas la déranger. Je me rapproche de Lauren, qui s'ennuie poliment quelques mètres plus loin.

« Merci d'être venue, c'est imp-portant que tu sois là.

— C'est normal. Toi, ça va ? Tu encaisses ?

— Ça va.

— Iris, c'est une bonne chose que tu sois revenue.

— Tu savais qu'elle était... m-malade ?

— Oui. Tout le monde le savait. Les nouvelles vont vite ici. Ça faisait déjà pas mal d'années que sa tête lui jouait des tours... On l'a retrouvée plusieurs fois qui errait dans le quartier, incapable de retrouver le chemin de sa maison. Fred l'a même raccompagnée chez elle une fois. Elle s'est laissé faire, comme une gamine perdue, elle tenait un discours complètement incohérent. Elle lui parlait de... de fleurs... des dahlias, je crois... »

Les fleurs favorites de mon père.

Fred se joint à nous, étrangement à l'aise dans sa robe serrée ; perchée sur ses talons hauts, elle ne trébuche même pas.

Appuyé contre un tronc mité, j'aperçois Carras, cigarette à la bouche et mains dans les poches. Son visage est froissé, et les rides lui vont bien mieux qu'à moi. J'ai envie de m'en griller une aussi. Je me maudis de penser une telle chose, mais j'ai envie de lui parler. Il m'attend, il ne bougera pas tant que je n'avancerai pas. Il est patient, déterminé.

Nous échangeons deux ou trois banalités puis j'abandonne Lauren et Fred au bout d'une allée, faisant mine de vouloir être seule un moment. Carras ne sursaute pas lorsque je surgis dans son dos. Il m'offre une cigarette. J'accepte aussi son feu et prends bien soin de ne pas montrer le plaisir que la brûlure me procure. Ma gorge reprend vie.

« Je ne te demande pas si ça va.

— N-ne demande pas.

— Un café ?

— Une p-promenade, on verra plus tard pour le café.

— Comme Madame voudra. »

Nous ne nous adressons pas le moindre mot. Nous empruntons diverses allées, sans but précis. Nous avançons, sur ces graviers que je connais par cœur, vers un endroit où les tombes sont étonnamment plus fleuries qu'ailleurs. Sauf une. Celle de mon fils.

Son nom semble s'être un peu érodé, mais les dates n'ont pas changé. Six années. Six ans de vie. Qu'est-ce qu'on a accompli à cet âge-là ? On sait nager, un peu, on sait danser, mal, et on sait rire, à la perfection. On ne connaît pas la mer, on n'est jamais tombé de cheval, on n'a jamais vu le lever du soleil. À six ans, on n'a rien fait du tout.

« Je suis allée v-voir Chapelle. »

Carras ne répond pas mais je peux sentir son sourire vainqueur m'écraser un peu.

« Il est f-fou. Encore heureux qu'il soit déjà enfermé. Je n'aurais jamais dû y aller. Il ne m'a rien ap-pris de nouveau, tu avais tort sur toute la ligne.

— Tu es sûre ?

— Ce type a tué m-mon fils et Dieu sait ce qu'il lui a fait s-subir d'autre.

— Sérieusement, tu le crois capable de tuer quelqu'un ? Ce mec est un attardé, pas un psychotique. Qu'est-ce qu'il t'a dit, Iris ?

— Il m'a dit que ces gosses n'avaient eu que ce qu'ils m-m-méritaient.

— Il ne t'a rien dit d'autre ?

— Non.

— Iris.

— Rien d'autre. »

Comment Carras peut-il accorder du crédit à un animal ? Comment peut-il croire les propos d'un meurtrier... ? Il me laisse le temps de jeter ma cigarette et de l'écraser jusqu'à ce que le tabac s'éparpille sous ma chaussure.

« Ce-ce Chapelle a t-tué Swan. Il l'a noyé, puis il l'a écorché. Il s'est fait attraper une fois qu'il n'avait plus qu-qu'à enterrer le corps. C'est marre.

— Il ne cherchait pas à l'enterrer, Iris. Tu n'as aucune idée de ce qui s'est vraiment passé, n'est-ce pas... ?

— Chapelle est-est coupable, il a été jugé et condamné.

— Oui. Ou bien on lui a fait porter le chapeau. Les flics ont trouvé un coupable pour classer l'affaire, te l'ont offert pour que tu te calmes et l'ont désigné aux autres familles. »

La rage incendie mes oreilles et mon ventre.

« Tu as vu le corps de ton fils sur les clichés de la police ?

— Oui. »

Carras resserre peu à peu ses arguments autour de ma défense.

« Tu as vu son visage ?

— J'ai vu son c-corps, gorgé d'eau. Sa peau... P-pourquoi ? Tu as eu accès au dossier ? »

Carras ne me répond pas, il ne m'écoute pas vraiment. Il mène la danse, me fait tourner jusqu'à la nausée.

« Est-ce que tu as vu son visage, Iris ?

— Ma mère l'a vu. Elle... elle a signé l'acte de-de reconnaissance. »

Il se tait. Et me laisse conclure.

– Silence –

Août 1988

Dans le bus qui le ramenait au bercail, Henry Witkin eut bien du mal à contenir son sourire. Du revers de la main, il défroissa les imprimés fleuris de sa robe damassée. Chaque kilomètre le rapprochait de ses origines. Il regarda les vignes filer à travers la vitre sans vraiment les voir, puis le rythme régulier des poteaux téléphoniques l'emporta.

Il fit un beau rêve. Le visage de sa mère y était si net qu'il y perçut des détails qu'il n'avait encore jamais remarqués. La fossette au coin de ses lèvres, la longueur de ses cils, l'ombre de ses cernes. Il lui dit combien il l'aimait, combien il était désolé pour ce qu'il lui avait fait, et aussi combien elle lui manquait. Elle le regardait en soupirant, balayait le passé de ses doigts délicats, alors ils se mettaient à rire, au bord du lac Andres, dans la cuisine, dans leur lit. À la première halte que fit le bus, la jeune femme qui s'était assise face à Henry changea de siège. Il ne la remarqua même pas.

Le second arrêt le déposa près du centre-ville, et, au premier pas qu'il fit sur les pavés, il sentit son corps s'apaiser. L'architecture avait connu de multiples modifications depuis son départ et les commerces avaient poussé comme des fleurs. Les promeneurs s'extirpaient d'une boutique pour s'entasser dans une autre, encore et encore, pistons d'une machinerie infernale, battements du cœur de la ville. Sur les grandes avenues, la terre battue était devenue goudron et la poussière n'irritait plus les yeux des passants. Les robes restaient relativement propres et les enfants éternuaient moins. Voilà ce qu'ils devaient appeler le progrès.

Henry s'arrêta devant l'immeuble où il avait vécu. Partant du rez-de-chaussée, il compta les fenêtres. Une, deux, trois, quatre, cinq. Sur le rebord de la sixième, il vit des pots de fleurs. De vulgaires géraniums qu'une dame fardée avait dû poser là pour attirer l'attention. Derrière les rideaux ajourés, il imagina l'intérieur de l'appartement, la moquette remplacée par du linoléum moins salissant, le papier peint recouvert par une couche plus criarde. Et un petit chien qui devait se mettre à couiner dès qu'on approchait de la porte. Il songea que toute trace de sa vie d'avant avait probablement été effacée. La poussière derrière les cadres accrochés aux murs avait disparu, comme l'odeur de thé et de miel qui filait dans le couloir le matin. Tous ses souvenirs mis au rebut par une vieille et son sale caniche. L'agence avait probablement loué le trois-pièces sans évoquer la mort de Witkin père. Ils avaient simplement dénoué la corde qui lui avait servi à se pendre avant de commencer les visites et avaient donné l'appartement au premier pigeon venu.

Henry s'approcha du hall d'entrée. Il s'aperçut dans la vitre miroir. Pour la toute première fois, il se vit en plein jour, lumières pleines sur ces traits qu'il avait peints à l'instinct. Il découvrait son nouveau visage. Il devrait s'exercer, devenir plus adroit, travailler plus en finesse. Il saurait faire. Il se dessinerait des lèvres plus fines, et des yeux plus cendrés. Il rougirait ses joues, juste un peu, pour qu'elles deviennent tout à fait douces. Réelles. Normales.

Voilà ce qu'il serait. Normal. Une vieille dame effacée par la foule pressée. Il emprunterait le visage de sa mère, peut-être un peu plus rond, un peu plus marqué. Mais le monde n'y verrait que du feu. Il serait le rien, le vent. Il serait le détail.

Certains l'aideraient à porter ses provisions sans même prêter attention aux plis de sa robe ; d'autres attendraient qu'elle traverse la rue avec sa lenteur insupportable, mais ils ne la regarderaient pas. Ils l'oublieraient vite. *Elle*, le rien, le vent, le détail.

– Silence –

Octobre 1988

On montra une dizaine de maisons à Henry. L'argent volé au vieux Zakar Agobian ne permettait pas d'investir dans un château, mais peut-être Henry pourrait-il envisager autre chose qu'une bicoque sale. Il avait besoin de lumière, de chaleur et d'espace.

Il jeta son dévolu sur une maisonnette située à deux pas de la rivière. Deux niveaux qui lui conviendraient parfaitement, et dont peut-être il n'utiliserait jamais plus que le quart. Il signa six documents différents. Des arabesques illisibles, douces et emmêlées. Le propriétaire ne remarqua pas qu'aucun coup de crayon n'était vraiment semblable. Il ne jeta même pas le moindre coup d'œil à Henry. Il empocha cinq des neuf liasses de billets sales et ses dents brillèrent un peu trop dans l'embrasure de la porte.

Henry choisit sa chambre à l'étage, dans la pièce la plus exposée au sud, et y déposa la valise. Il s'y prit à trois fois pour nouer un foulard autour de ses cheveux bouclés. Il apprendrait à s'appliquer. Ses mains tremblaient, et le nœud ne tint pas. Henry soupira. Sa démarche se ratatinait et son dos se voûtait inexorablement au fil des jours. Peut-être qu'une partie de l'argent restant permettrait d'accéder enfin à un traitement efficace.

Henry rangea le contenu de sa valise dans la moitié d'un placard. Il sortit acheter des rideaux, un tissu épais brodé avec soin, qu'il installa non sans peine aux fenêtres de sa chambre. Il faisait chaud et, sous ses pieds, prisonniers de bas un peu serrés, il sentit la chaleur du parquet, la douceur de ce bois vivant qui chantait sous ses pas, qui grinçait, qui soufflait.

Les jours suivants, il investit dans un réfrigérateur, une batterie de cuisine et des tonnes de friandises avec lesquelles il put garnir la cuisine. Du thé, des épices, des caramels, du chocolat, du miel, du lait. S'il n'avait pu se nourrir que de sucre, Henry l'aurait probablement fait. Mais le goût du sang manquait toujours à sa langue et à ses mains. Tous les matins, il déboursa quelques centimes pour un exemplaire du journal local, et prit soin de s'informer de chaque histoire, de chaque portrait. Il gava sa mémoire de visages, et reconnut rapidement la plume des pigistes. L'un d'eux aimait décidément creuser profond dans la fange. Celui-là adorait la crasse et il l'étalait dès que s'en présentait l'occasion.

Au bout de douze jours, on sonna à sa porte. Un coup bref qui ne semblait même pas attendre de réponse. Il fallut un temps infini à Witkin pour descendre l'escalier. Il toussa pour adoucir sa gorge. Son cœur s'emballa un peu entre ses côtes. Une main sur la poignée, il ferma les yeux. Tout commençait maintenant. Il serra le cuivre entre ses doigts et murmura pour lui : *« Bye bye, Henry. Bye bye. »*

Derrière la porte, il vit tout d'abord l'énorme panier d'osier, rempli à craquer de victuailles. Puis, cachées derrière, les deux femmes au sourire timide. Une mère et sa fille, au teint blafard, aux joues qu'on avait rosies de force.

« Bonjour, nous venions vous souhaiter la bienvenue. »

La mère donna un coup d'épaule à sa fille.

« B-bienvenue, ma-d-dame.

— Excusez-la. »

La femme adressa un haussement de sourcils complice à Witkin.

« Nous sommes heureuses de voir enfin de nouveaux visages par ici. »

Elle jeta un coup d'œil peu gêné à l'intérieur de la maison presque vide.

« Vos meubles vont bientôt arriver, je suppose ? Si vous avez besoin de quoi que ce soit, ma fille se fera un plaisir de vous aider. »

Witkin répondit par un sourire large et franc.

« Mes meubles ont brûlé. Je n'ai pu sauver que quelques vêtements. »

Lors de ses nombreux séjours en familles d'accueil, Henry avait appris que les excuses les plus extravagantes, si on en parlait de la façon la plus banale qui fût, demeuraient celles qui étaient prises le plus au sérieux.

« Un feu de forêt a emporté ma maison il y a deux mois. »

Henry vit la tête de la vieille femme s'incliner un peu – le mensonge fonctionnait.

« Toutes nos excuses. J'ai vu que les incendies faisaient les gros titres depuis le début de l'été, je ne pensais pas qu'une des victimes viendrait s'installer près de chez nous. »

Henry hocha la tête.

« J'ai eu de la chance. Beaucoup sont morts. Et d'autres ont tout perdu. Il ne me sert à rien de me plaindre, je ne retrouverai ni ma maison, ni aucun des souvenirs que j'y gardais. »

Un merle siffla trois notes tranchantes.

« Merci à vous, en tout cas. »

La mère haussa un sourcil.

« Pour le panier. C'est très gentil.

— Ah, oui, ce n'est vraiment rien. Nous allons essayer de vous trouver de quoi ranger tout ça, ne vous en faites pas. Oh, nous ne nous sommes même pas présentées. Voici ma fille, Iris. Et je suis Diane Baudry, nous habitons la maison voisine. »

Sans vraiment savoir pour quelle raison ce souvenir lui revint en tête à ce moment précis, Henry songea à cette photographie dans l'appartement de son enfance. Ce portrait noir et blanc accroché au-dessus de la radio du salon, cette femme à l'épaisse frange et aux lunettes noires immenses. Cette créature superbe que sa mère admirait. Cette Jackie O. au visage parfait.

« Enchantée. Jackie Philco. »

La gamine rougit et baissa les yeux, comme elle

devait probablement le faire chaque fois qu'elle rencontrait des inconnus.

« Iris. Voilà le nom d'une belle fleur. »

Sa mère ricana doucement et poussa la jeune fille vers la maison voisine.

« Oui. Prions pour qu'elle ne devienne pas une véritable mauvaise herbe. »

50.

Je n'aime pas l'autorité. Cette forme de toute-puissance qu'une voix seule peut exercer sur vous. Ces mots simples qui vous tordent le ventre et que vous n'avez pas envie d'écouter. Ces ordres que vous suivez malgré vous, parce que vous n'avez jamais su faire autrement.

« Iris, j'aimerais rentrer maintenant. »

La voix pleine et grave de la grosse Philco me transit. Elle s'est matérialisée comme par magie, juste derrière moi, ne laissant chuinter aucune feuille, ne bousculant aucun gravier sous ses semelles de cuir brun. Elle souhaite que je la reconduise chez elle. Soit.

Jackie Philco regarde longuement la tombe de Swan, puis son regard se pose sur Carras. Elle ne lui adresse pas la parole, mais le mépris en équilibre au bord de ses lèvres me fait presser le pas.

« J'arrive.

— Fais vite, mon petit. »

Jackie nous tourne le dos et son ombre immense trépigne tout à côté.

J'hésite à saluer Carras. Philco s'impatiente devant la tombe d'un inconnu. Elle pianote contre ses larges cuisses, de plus en plus fort.

L'impression d'être une gamine perchée sur le manège et que sa mère attend, punition suspendue dans les airs, prête à tomber.

Si tu ne descends pas de ce cheval au bout de trois, ça va mal aller.

Un...

Nans Carras me tend la main. Pour que je la serre. Pour que je sente, tout contre sa paume, ce bout de carton qui m'est destiné. Une carte qu'il maltraite depuis que nous avons franchi la première allée. Les coins sont mous et le carton est moite. Je le glisse dans ma poche sans que Jackie le remarque.

Deux.

« N'hésite pas, Iris. Si tu as besoin. N'hésite pas. »

J'acquiesce en regardant mes pieds puis, d'un bond, rejoins l'énorme femme aux joues rougies par l'impatience.

Trois.

« Tu en as mis un temps !

— Excusez-moi.

— Cet homme n'est pas franchement fréquentable, et tu le sais. C'est un nid à malheur, il vaut mieux pour toi que tu ne t'en approches pas trop. Il est capable de tout pour obtenir ce qu'il veut. De quoi est-ce que vous parliez ?

— Il me p-présentait ses condoléances.

— Accoudé à la tombe de Swan ? Vraiment ? »

Carras a probablement déjà interrogé la vieille Philco à maintes reprises. Il lui a sans aucun doute posé des tas de questions, sur ma mère, sur moi, sur mon fils. Je doute qu'elle ait laissé filtrer le moindre ragot. Ce n'est pas son genre, à la Philco. Plutôt crever que de trahir ceux auxquels elle tient.

Son cou bombé et tanné par le soleil s'échappe du col de sa robe sombre, et ses mollets rouges de vie battent la mesure alors que j'essaie tant bien que mal de la rattraper. Je me rapproche d'elle, assez près pour sentir l'odeur de sa transpiration se mêler aux effluves de fleurs blanches de son parfum.

Près de la tombe de ma mère, il n'y a plus personne. Endeuillés et fossoyeurs ont déguerpi. Seules les gerbes demeurent, qui sécheront probablement dans les heures qui viennent. Il faudra les retirer et en poser de nouvelles. Mais j'aurai probablement quitté la ville avant que le premier pétale ne tombe.

« Je vais p-partir maintenant. »

Le visage de Jackie s'ouvre d'un seul coup lorsqu'elle se retourne, ses traits s'étirent dans un sourire qui semble remplacer purement et simplement le soleil absent. Sa voix elle aussi s'est radoucie et trace des volutes de craie à chaque pas que nous faisons.

« Je vais préparer du thé. Et quelques crêpes, si tu en as envie. Tu dois prendre des forces, tu as vu comme tu es maigre ? Je ne te laisserai pas filer tant que tu n'auras pas avalé quelque chose. »

Je secoue la tête poliment. Je n'ai pas envie d'un thé. Encore moins de crêpes. Mais je ne peux pas lui dire non, je ne veux pas la décevoir. Je veux qu'elle me serre encore dans ses bras, qu'elle me cajole pendant des heures. Je veux pleurer et laisser le sel s'imprégner sur l'épaule de sa robe trop chaude pour la saison.

Poser ma tête sur la mollesse de ses cuisses gigantesques, m'y raconter des histoires, écouter les siennes et m'y endormir. Je veux sentir ses doigts caresser mes tempes jusqu'à ce que je fléchisse. Je veux m'endormir au son de sa voix. Je veux tout ça.

Alors je prendrai un thé. Avec deux crêpes s'il le faut.

– Silence –

Août 2002

Les enfants les plus jeunes restaient les dernières proies accessibles. Henry Witkin n'osait plus s'attaquer aux adolescents – encore moins aux vieillards, qui avaient su lui prouver leur acharnement. Les rares créatures qu'il pouvait encore atteindre étaient ces petites choses qui ne criaient qu'une maigre seconde avant de s'éteindre. Leur peau était la plus douce, mais aussi la plus délicate. Chaque fois, Henry déchirait malgré lui cette enveloppe trop fine. Et il abandonnait rapidement, énervé contre ses propres mains qu'il ne maîtrisait plus.

Malgré lui, Henry éprouvait une gêne grandissante à achever les enfants. Depuis qu'il connaissait ce gamin qui habitait la maison voisine, il ne parvenait plus à trouver de raison valable. Il se sentait coupable de plus en plus souvent, mais les pulsions ressortaient toujours plus fortes de ces dilemmes qu'il s'infligeait à lui-même. Il hésitait, laissant s'écouler quelques secondes pleines d'espoir, une larme de plus sur une joue rose, et son bras frappait. Toujours de la même manière. Du plaisir, il n'en éprouvait plus depuis longtemps. Il tuait par besoin, non plus par lubie. Lorsque Henry articulait son propre nom, la plupart des enfants ne le comprenaient même pas. Ils s'affolaient, paniquaient, sautaient en tous sens, agitaient les pieds, les mains, toujours plus vulnérables. Lorsque la canicule frappait, qu'elle rendait le corps d'Henry plus lourd et excitait ses méninges, il marchait pendant des heures, les mollets gorgés de crampes, il attendait que les pulsions se calment mais elles ne s'apaisaient jamais tant qu'il ne passait pas à l'acte. Il avançait jusqu'à ce que ses pieds ne puissent plus le porter puis il patientait, comme un chien aux aguets. Un pas léger sur les herbes sèches, un rire, un cri de joie, des pleurs, des caprices. Alors il choisissait le bon moment pour attaquer. Les adultes relâchaient toujours leur attention l'espace d'un instant, ils se débattaient ou s'endormaient. L'alcool les faisait glousser tôt ou tard, alors ils devenaient moins vigilants.

Ces proies-là, Henry les surnommait *moineaux*. Les plus jeunes, ceux qui se raidissaient entre ses mains, qui luttaient entre ses bras immenses jusqu'à ce que l'épuisement ou la mort finisse par les emporter. Ces petits oiseaux, dont il sentait les os craquer sous ses doigts, dont les piaillements le hantaient encore longtemps après qu'il les eut réduits au silence. Il se réveillait au petit matin trempé d'avoir lutté contre ses cauchemars, toujours un peu prisonnier des volières.

La veille, il avait tué cet enfant qui jouait au bord de la rivière, ce gosse des marais qui s'éduquait tout seul. Henry l'avait repéré depuis quelques semaines déjà et Jackie Philco l'avait attrapé. C'était tellement plus simple pour elle qui n'effrayait pas les enfants, ils aimaient son odeur d'épices et de miel et répondaient à la plupart de ses questions sans se faire prier. Ils se laissaient conduire, un sourire de bon chien fidèle souvent collé aux lèvres, jusqu'à l'obscurité. Il arrivait parfois même qu'ils ne sentent pas le choc contre leur nuque. Alors le reste se faisait en silence, et Henry caressait ces petits corps devenus mous avec une douceur qui le surprenait un peu plus chaque fois.

Mais, depuis sa rencontre avec Swan, la donne avait un peu changé.

Henry avait vu le ventre d'Iris s'arrondir ; il appréciait cette gosse qui venait se frotter à lui sans quémander la moindre caresse, et qui ne demandait jamais rien. Henry aimait la choyer, la gaver, la noyer dans le sucre, cette poupée triste qu'il regardait grossir sous son toit. Il voulait qu'elle aime son enfant. Elle ne comprenait pas pour l'instant, mais, lorsqu'elle tiendrait son fils entre ses bras, elle saurait. Elle le reconnaîtrait, elle le couvrirait de baisers, elle apaiserait ses cris, elle deviendrait mère comme lui ne le serait jamais.

Et Henry avait gagné. Swan était né dans la chaleur des larmes de sa mère, et avait respiré entre ses bras devenus forteresse. Ce petit avait grandi contre la peau d'Iris ; la poupée triste était devenue deux. Mais l'enfant était né fragile, aussi cassant que la porcelaine. Malgré les mains d'Iris, malgré ses cris, il continuait de tomber, brisant ses os comme du verre. Henry avait vu souvent le corps du gosse prisonnier de plâtres, d'attelles, de bandages. Iris prévenait, interdisait, se fâchait. Mais rien n'y faisait.

Lorsque Swan était condamné au repos, Iris restait à son chevet. Henry se délectait de leurs caresses, il puisait dans la douceur de leurs gestes les souvenirs qu'il pensait oubliés. Il confondait son enfance avec celle du garçon, et les traits de sa Lucie engloutissaient parfois Iris, alors Henry souriait au vide. Il oubliait le monde alentour, il oubliait son corps lourd et engourdi. Il renaissait.

On frappa soudain à sa porte. Trois coups faibles, comme le bec d'un oisillon égaré pianotant sur le bois massif. Henry rangea délicatement son nouveau trophée à l'intérieur de sa précieuse boîte, puis il se dirigea vers le rez-de-chaussée. Soixante-sept petits pas interminables et Jackie Philco ouvrit la porte.

À un mètre du sol environ, la petite tête de Swan dodelinait de gauche à droite, et ses cheveux raides comme des roseaux cachaient ses larmes. Henry s'agenouilla en grimaçant.

« Qu'est-ce qui t'arrive, bonhomme ? »

Henry posa une main large sur les épaules frêles du petit homme. Celui-ci sursauta avant de dissimuler son visage entre ses mains. Il était mort de trouille et de honte.

« Tu peux me dire ce qui se passe, tu sais. Je ne dirai rien, à personne. Tu es blessé ? Tu as fait une bêtise ? Entre, bonhomme, et raconte-moi. »

Henry n'avait jamais vraiment envisagé Swan comme une proie potentielle. Ou peut-être rapidement, une ou deux fois, mais l'idée s'était évanouie tout aussi vite. Ce gosse paraissait différent des autres. Du haut de ses six ans, il éprouvait depuis toujours une réelle affection pour Jackie, peut-être même de l'amour. Henry n'était pas très sûr de savoir ce que ce mot signifiait véritablement mais c'était le seul qu'il pouvait poser sur les mots doux que Swan lui murmurait lorsqu'ils se rencontraient. L'enfant lui parlait d'animaux, de voitures, de ses amis imaginaires, de ses vrais ennemis. Il se confiait spontanément, sans la moindre gêne, sans la moindre crainte. Il n'avait jamais frémi face à cette grosse créature qui devait poser un genou à terre pour pouvoir le regarder dans les yeux. Ils partageaient parfois des éclats de rire sincères, et l'enfant apaisait étrangement la bête dans le ventre d'Henry.

« Je vais te faire du thé, bonhomme, tu veux ? »

Swan secoua la tête silencieusement et s'installa sur l'une des chaises inconfortables du salon. Ses pieds ne touchaient plus le sol et son buste était un peu trop loin de la table, mais être ici lui convenait.

Il rapprocha tout de même son nez de la tasse fumante. Cette odeur, il ne l'avait respirée que dans cette maison. Ça sentait le sucre et les vieux meubles en bois ciré, le soleil et les écorces d'orange.

« Thé à la cannelle, je sais que c'est celui que tu préfères. Bois-le vite avant qu'il ne refroidisse. »

Swan retira ses mains de ses joues et les colla autour de la tasse brûlante. La douleur le rassura.

« Regarde-moi. Qu'est-ce que... »

Du bout de l'index, Henry souleva le menton de l'enfant. Il observa sa lèvre fendue et le sang qui avait séché sous ses narines. Il vit la marque violacée sous son œil droit. Le gosse avait cet air bizarre, il baissait les yeux, comme si les coups étaient tombés par sa propre faute.

« Qu'est-ce qu'on t'a fait, bonhomme... ? Tu t'es battu à l'école ? »

Swan hocha la tête. Non, à l'école, il savait se tenir à l'écart. Il avait peu d'amis et encore moins d'ennemis. Il passait inaperçu derrière le boucan des autres.

« Bon. Avale ton thé et va te débarbouiller. Je sais exactement ce qu'il te faut. »

Après qu'il eut sagement terminé sa tasse et senti crisser sous ses dents les derniers grains de sucre mal fondus, Swan se passa le visage sous l'eau froide. Il ne remarqua ni la quantité phénoménale de tubes de crème qui trônaient au-dessus du lavabo, ni les sous-vêtements laissés au sol. Lorsqu'il revint dans le salon, la porte était grande ouverte et la lumière du soleil lui fit plisser les yeux.

« Allez, bonhomme, on y va. »

Swan régla laborieusement son pas sur celui de Mme Philco. Il jetait de temps en temps un coup d'œil furtif à cette femme énorme dont l'ombre prenait tant de place qu'elle semblait cacher le soleil. Il se sentait bien en sa compagnie, il sursautait moins fort quand les chiens aboyaient près de ses oreilles.

Ils marchèrent longtemps, d'abord sur les rues pavées, ils montèrent dans deux bus différents, puis ils quittèrent les trottoirs pour la terre et le chiendent. Ils s'agrippèrent l'un à l'autre pour ne pas tomber, et Swan pliait parfois sous le poids de cette grosse créature lorsqu'elle trébuchait. Il ne pensait plus à sa maison, il aurait voulu l'oublier. Pour toujours. Mais ces sourires qui lui piquaient les lèvres n'en finissaient pas de le ramener à l'ordre.

Ils longèrent la lisière ardente de la forêt, et Philco retint l'enfant lorsqu'il s'approcha des feuilles rouges qui tapissaient le sol. *Elles sont mortelles, et tu ne veux pas mourir, n'est-ce pas ?* Il ne répondit pas, il ne s'était jamais posé la question.

Ils pénétrèrent à l'intérieur des bois, avalés par l'immensité des arbres ; la fraîcheur les cueillit presque immédiatement et la chair de poule recouvrit bientôt les épaules de Swan.

« C'est un lieu un peu magique, ici, tu vois. Ça pourrait devenir notre endroit secret, si tu es d'accord. »

Swan acquiesça lentement, la bouche entrouverte d'être trop concentré sur ses pieds. Bien sûr qu'il était d'accord, il aurait voulu rester ici toute sa vie, ne jamais rentrer. Ne plus jamais *la* voir.

Le parfum humide des sous-bois était étonnant, et le garçon ne se souvenait pas de l'avoir jamais senti. Il n'était d'ailleurs jamais allé bien loin, seuls le jardin et la cour de son école lui étaient autorisés. Pour le reste, il devrait attendre. Attendre quoi, il l'ignorait.

« Ferme les yeux, Swan. »

L'enfant continuait d'avancer vers les rais de lumière qui devenaient de plus en plus nombreux à transpercer les feuilles. Il leva un œil interrogateur vers l'imposante Jackie Philco.

« Ferme les yeux, tu vas voir, c'est une surprise. »

Swan s'exécuta et se laissa guider par les mains moites et gigantesques posées sur son visage. Le lac n'avait rien d'une grande surprise, mais Henry Witkin avait laissé le cadavre de la veille dans le coin, et la dernière chose dont il avait envie était que les deux gosses se retrouvent nez à nez. Henry préserva donc Swan et contourna ce corps laissé à l'abandon dont les asticots se faisaient déjà un festin.

Swan crut reconnaître l'odeur de la viande qui restait parfois un peu trop longtemps dans le bac à légumes, il tordit le nez un court instant puis perçut le soleil qui commençait à réchauffer son front.

« Tu es prêt, petit ?

— Oui, madame.

— Alors ouvre tes yeux. »

Les éclats de lumière qui explosaient au centre du lac l'aveuglèrent tout d'abord, puis, lorsque son regard s'accoutuma, il découvrit le lac, joyau dissimulé au cœur de la forêt, l'étendue de galets qui roulaient sous ses baskets et les cimes au-dessus d'eux qui semblaient s'embraser. Henry Witkin fut ému par la timidité du jeune garçon. Il lui proposa de quitter ses vêtements et d'aller se rafraîchir dans l'eau. Bien sûr, l'enfant ne devrait pas s'éloigner du bord, Henry resterait sur la plage pour le surveiller, il avait passé l'âge de s'ébrouer à la vue des hommes. Swan ne comprit pas la blague et haussa les épaules.

Sous le tee-shirt de l'enfant, sur ses côtes et ses reins, des ombres et des bleus couraient en tous sens. Le regard d'Henry se durcit et il laissa aller le garçon. L'eau était glacée sur ses chevilles, mais celui-ci y entra sans faire d'histoires. Dans la forêt, un peu trop loin pour l'entendre distinctement, une branche craqua.

Henry sentit son cœur cogner fort à l'intérieur de sa poitrine. De loin, il observait Swan jouer et rire seul, plongé dans l'eau jusqu'à la taille. On eût pu voir un gosse heureux, si son corps n'avait pas porté les marques d'autant de coups. Si Swan avait été son propre enfant, Henry l'aurait choyé à l'étouffer. Il l'aurait éduqué d'une façon correcte, lui aurait apporté tout ce dont il aurait pu avoir besoin, lui aurait tout appris. Si Swan avait été son fils, Henry ne l'aurait jamais frappé.

Un autre craquement, plus proche, et la voix de Jackie Philco emplit la bouche d'Henry.

« Il est temps de rentrer, mon garçon. Je pense que tu as assez barboté. »

Henry jeta un coup d'œil par-dessus son épaule. Il n'y avait personne, ils profitaient seuls de l'écrin du lac. Swan sortit docilement de l'eau et boutonna sa chemise sur sa peau trempée. Jackie Philco glissa une main dans la chevelure blonde et dégoulinante.

« On s'est bien amusés, qu'en penses-tu ?

— Sacrément, madame Philco. »

Swan souriait, il semblait apaisé. La terreur avait quitté son ventre. Lui aussi entendit le chuintement derrière les troncs.

« Il va falloir courir, bonhomme. »

Les yeux de l'enfant s'agrandirent d'un coup.

« Je crois qu'il y a des ours dans le coin. »

Swan laissa échapper un hoquet de peur et d'excitation mêlées. Il ne savait pas si elle plaisantait ou non. Elle devait se moquer de lui, c'était certain.

« Des ours ?

— Oui. Ils ont mangé toute une famille de baigneurs ici, il y a bien longtemps. »

Henry s'amusa de voir le gosse nouer ses lacets avec une telle rapidité.

« Venez, madame Philco, vite ! Sinon ils vont nous manger ! »

Swan doutait que les ours eussent si faim qu'ils aient pu venir à bout de la grosse Philco mais il se prit au jeu, et commença à courir. Henry le suivit tant bien que mal, déployant péniblement toute son énergie pour allonger la foulée. Leurs rires emplirent les bois et résonnèrent contre les troncs creux. Une fois sur le macadam, Henry dut s'arrêter pour reprendre son souffle.

« Dis-moi, Swan...

— Oui ?

— Tu veux rentrer chez toi, maintenant ? »

Le garçon regarda ses lacets qui venaient d'infuser dans la boue assez longtemps pour avoir perdu leur couleur d'origine, et se dit qu'il n'en faudrait pas plus pour qu'on le punisse à nouveau. Il secoua la tête, de droite à gauche, sans sourire cette fois.

« Est-ce que ça te dirait de passer quelques jours à la maison ? Je te ferai le thé que tu aimes. Et on mangera des gâteaux si tu veux. Plein de gâteaux. »

51.

J'aime l'orage. Ces tempêtes qui électrisent vos bras lorsqu'elles se taisent encore. Les trottoirs qui se mettent à crépiter soudain, la nuit qui s'abat d'un coup sur votre jardin, la poussière qui gonfle vos narines. Le macadam qui se transforme en caisse de résonance formidable où tous les sons se percutent dans un vacarme extraordinaire. Le bruit des moteurs qui porte plus loin, les talons pressés qui frappent le sol et les ailes sales des oiseaux noirs qui battent avec force.

Depuis la maison de ma mère, le charbon succède à la cendre et la lumière ne pénètre plus à l'intérieur de la pièce. La saleté colle à chaque recoin des carreaux, rideau de poussière statique et opaque. L'odeur acide et particulière du goudron devient doucement irritante. Elle s'installe dans vos yeux et recouvre votre gorge d'un voile piquant qui encrasse immédiatement votre langue sèche.

Jackie Philco passe la porte, les bras chargés de nourriture. Elle me somme de m'installer sur le canapé du salon, elle s'occupe de tout, je n'ai qu'à me reposer un peu, j'en ai bien besoin.

Je rassemble mes vêtements éparpillés avant de m'asseoir. Un œil sur la valise de ma mère, encore ouverte sur l'inutilité de ses affaires. Tout est bon à jeter là-dedans. Ses jupes en laine ne lui seront plus d'aucune utilité. Ni son verre à dents. Ni son peigne. Rien qui puisse encore servir.

J'enfonce ma nuque dans le cuir odorant ; les gémissements de la matière emplissent mes oreilles, puis le silence revient, toujours aussi pesant.

Tic, tic, tic, tic, tic...

Les premières gouttes viennent frapper la vitre et brasser la poussière. Elle est là, enfin, la pluie salutaire qui va calmer la ville et faire déborder ses caniveaux.

Au bout de mes doigts, dans le fond de ma poche, je torture le carton froissé que m'a laissé Carras. Il s'agit d'une carte de visite, format standard, sur laquelle n'est inscrit que son numéro de téléphone au vernis sélectif. Je fronce les yeux.

Ces chiffres. Ils clignotent à l'intérieur de ma tête comme des néons malades. Ils y étincellent puis s'éteignent, réveillant la douleur à mes tempes. L'averse, dehors, rend la fenêtre aveugle. Je ne vois plus que ce rideau humide qui recouvre les rues, les toits et les derniers passants. Ces chiffres. Je saisis mon téléphone et consulte le journal des appels. J'espère me tromper. Je n'ai pas pu être stupide à ce point. La liste défile jusqu'à ce que je les retrouve enfin. Ces chiffres.

Quelle conne.

Le premier appel, celui qui m'a amenée ici, provenait du portable de Carras. C'est lui qui m'a conduite à la gare. C'est lui qui a tout orchestré. Lui qui a dû mettre la Superduke hors d'usage. Qui m'a emprisonnée dans cette foutue baraque. Ce sourire, bien collé sur son faciès de rat, c'est bien à moi qu'il le destinait, chaque fois.

– Silence –

Août 2002

Lorsque l'on prenait le soin d'observer le lac Andres un peu plus en détail, on pouvait voir la plage de galets s'arrêter brutalement au pied d'un séquoia centenaire au tronc légèrement bombé. Si l'on contournait l'arbre, on découvrait un sillon léger à fleur de terre. Et si l'on suivait ce sillon sur un kilomètre ou deux, on tombait sur une cabane minuscule en bois vermoulu. Le cube lévitait à quarante centimètres du sol, monté sur quatre pilotis précaires, et le toit tombait en ruine. S'il existait des fenêtres, il était impossible de les voir au premier abord et il fallait contourner la cabane pour n'en découvrir qu'une seule à l'arrière, petite et recouverte de crasse. Si l'on s'approchait de trop près, les rondins craquaient et gémissaient, menaçant de s'effondrer à tout moment. La porte, bancale et mal emboîtée, claquait avec violence les jours de tempête, attirant bon gré mal gré les animaux les plus curieux ou les plus affamés. Eddy Chapelle avait déjà surpris un élan et quelques ours renifler la mousse qui gagnait les murs extérieurs de la cabane. Chaque fois il était sorti, un pied dans le vide, l'autre sur le perron, une pelle à la main, hurlant, jurant et postillonnant au nez de ces bêtes sauvages qui, après une courte hésitation, avaient toujours préféré la fuite à l'ingestion d'une carne pareille.

Pour certains, Eddy Chapelle n'était qu'une légende, une histoire inventée, conçue pour effrayer les enfants. Pour d'autres, Chapelle était mort, attaqué par un puma ou par les mites. Mais il vivait là, se nourrissant depuis presque toujours de ses poules et des poissons du lac.

La foule le terrorisait, n'importe quel être humain le terrifiait. La ville était un enfer dans lequel il n'avait plus mis les pieds depuis des lustres. Ce lac, il l'avait trouvé après avoir couru jusqu'à en perdre son souffle. Il n'était qu'un jeune homme d'une quinzaine d'années à l'époque et une bande d'ivrognes l'avait pris en chasse. Ils l'avaient poursuivi jusqu'à la manufacture de porcelaine où ils avaient menacé de l'enfermer pour le faire cuire. Ce soir-là, son seul crime avait été de se retrouver sur leur chemin, dans leurs pattes et loin des regards. *Hé, l'attardé !* qu'ils lui avaient dit. Eddy n'avait pas compris de quoi ils parlaient. Il ne saisissait pas toujours ce que disaient les gens. Sa mère soupirait dès qu'il ouvrait ces yeux ronds, ce regard vide qu'il lui infligeait depuis qu'il était né et qu'elle ne supportait plus. *Hé, l'attardé, tu veux jouer avec nous ?* Eddy avait souri, il était toujours heureux qu'on veuille jouer avec lui, il avait frappé dans ses mains, déclenchant l'hilarité générale. *T'es content, hein, le débile ?* Il avait reçu une gifle, puis on l'avait pincé. Il avait continué à sourire, se disant que cela faisait probablement partie du jeu, puis il avait commencé à avoir mal. Les hommes lui avaient tiré les cheveux, les oreilles, l'avaient bousculé de plus en plus rudement. Une fois à terre, Eddy avait reçu un coup de botte dans le ventre. Un seul coup qui lui avait coupé la chique durant près d'une minute, comme cette fois où il était tombé près du puits lorsqu'il était plus petit. Les ivrognes avaient attendu qu'il cesse de suffoquer, puis l'avaient laissé partir en courant, plié en deux, toussant et pleurant. *Maman-bouh-ouh, va rejoindre ta mère, le débile ! Si on te retrouve... on te mange ! Ouais, c'est ça, on te rôtit et on te bouffe, l'attardé !*

Eddy avait couru si loin qu'il s'était perdu ; à toutes jambes, jusqu'à ce que les premières lueurs du jour éclairent son chemin et qu'il entende enfin le chant des oiseaux, annonciateur de l'aube. Alors il avait vomi contre un tronc, épuisé et affamé, puis s'était endormi un peu plus loin, sur le lichen frais. Il n'avait jamais été capable de quitter l'endroit, effrayé à l'idée de croiser ceux qui l'avaient déjà oublié depuis longtemps. Sa mère lui avait manqué un peu au début et puis il s'y était fait. Au moins, elle ne le grondait plus dès qu'il faisait un pas de travers. La solitude lui avait plu.

Eddy Chapelle avait d'abord appris à tuer les petits animaux, les taupes et les loirs, qu'il avalait crus après les avoir dépecés. Ça lui donnait la nausée mais ça lui remplissait le ventre. Il avait su, à force de réactions intestinales, à repérer les bonnes baies. Les plus dures étaient toxiques, celles qui donnaient du jus étaient comestibles. Les rouges en grappes étaient les meilleures, les vertes lui occasionnaient des diarrhées. Avec le temps, et à force de patience, il avait enfin attrapé son premier poisson, dont il n'avait pu venir à bout tant l'odeur le dégoûtait. Puis il s'était mis à écouter. Tout près de la forêt, lorsqu'il faisait beau, les moteurs se rapprochaient un peu plus, il entendait les portières claquer, les pas sur les graviers et les clapotis des petites mains dans le lac. Invisible derrière les arbres, il observait le bonheur simple de ces gens qui venaient se baigner sous son nez. Il les regardait s'arroser, déjeuner et rire sur la plage. Il voyait leur dos rougir et s'endormait parfois avec eux, se laissant bercer par le bruit des pages des romans qu'ils lisaient à l'ombre des séquoias. D'autres fois, il s'approchait sans bruit des voitures laissées ouvertes, alors il y volait tout ce qu'il pouvait. Des allumettes, des pièces de monnaie, des vêtements, des barres chocolatées. Une fois même, il avait trouvé une hache. Grâce à celle-ci, il s'était construit une petite cabane, cachée dans un repli de terre. Voilà la seule chose au monde pour laquelle il s'était avéré doué. Assembler deux branches entre elles lui semblait d'une simplicité monstre. Petit, il construisait des barrages sur la rivière, tellement solides qu'il avait réussi à la faire déborder une fois. Dans son jardin, il avait construit un abri pour les outils. Empiler, caler, emboîter, il savait faire. Mais c'était à peu près tout.

Il avait mis le feu à sa première cabane en voulant se réchauffer un soir où le temps était plutôt frais. Il avait regardé le brasier, assis dans l'herbe humide, les trésors qu'il avait pu sauver bien rangés contre sa cuisse. Cela ne le dérangeait pas de dormir dehors. Lorsqu'il eut trop froid, il en construisit une autre, et cette fois il prit bien soin de faire du feu à l'extérieur.

Aujourd'hui, une femme et un garçon étaient venus à pied, il s'était donc contenté de les observer de loin, comme il le faisait souvent. Cette femme était si grosse qu'Eddy pouffa entre ses doigts. Le garçon s'amusait tout seul dans le lac et Eddy était prêt à parier que ce petit corps tout blanc rougirait en un rien de temps. Ils n'avaient pas de sac, pas de jouet ni de livre. Eddy se demanda d'où ces deux-là pouvaient bien débarquer. Ils riaient fort, chantaient ensemble, ils avaient l'air heureux. Eddy sourit d'une bouche sans dents puis attendit qu'ils partent pour entreprendre de rejoindre sa cabane. Il les regarda passer sans bouger. Il remarqua le détour qu'ils firent à quelques mètres de lui et les vit se mettre à courir comme ces biches qui détalaient devant lui. Dans ces moments rares, il pouvait les observer de sacrément près.

En posant ses pas dans les leurs, Eddy se prit les pieds dans quelque chose de mou, quelque chose qui n'était pas là deux jours auparavant. Il crut d'abord qu'il s'agissait d'un chien mort, mais la chose ne possédait pas de fourrure. Les chasseurs ne venaient pas dans le coin, ça ne pouvait pas être du gibier. Il s'accroupit près de sa découverte et souleva la grosse pierre au sommet du corps. Ça grouillait là-dessous et Eddy eut un léger mouvement de recul. Il y avait des scarabées, des mouches et des larves de mouches. Le visage – ou ce qu'il en restait – en était bourré.

« Qu'est-ce que tu fais là, toi ? »

Eddy Chapelle n'avait pas ouvert la bouche depuis quarante-trois jours. La dernière fois qu'il avait prononcé un mot, c'était à l'intention d'un écureuil qui lui avait échappé. Une insulte dont lui-même ne se rappelait plus. Un gros mot passible d'une claque de sa mère.

Cette fois non plus, il n'obtint pas de réponse. Juste un souffle, long et puant, qui s'échappa du ventre béant.

« T'as mangé des baies noires ? Elles sont pas bonnes, tu sais. J'crois que... »

Eddy Chapelle regarda autour de lui, l'ombre des feuilles découpait la terre en morceaux de lumière épars et un merle chanta à tue-tête.

« J'crois qu'y faut qu'on te soigne, t'as pas l'air bien. »

Eddy souffla un grand coup. Il n'avait pas approché de garçon comme lui depuis si longtemps. Celui-ci n'avait pas l'air méchant, juste un peu mal en point. Eddy n'avait pas le choix. Il devait emmener son nouvel ami voir le docteur, on le soignerait, et s'il allait mieux, peut-être qu'il reviendrait le voir de temps en temps. Peut-être qu'il lui apporterait des bonbons qui claquaient sous la langue. Il adorait les bonbons qui claquaient sous la langue.

Eddy Chapelle empoigna le corps, et une nuée d'ailes vint lui chatouiller le visage. Il ne s'en préoccupa pas : l'important, pour l'heure, était de réparer son ami. L'homme cala le corps sur son épaule et se mit à marcher. Il s'enfonça dans la forêt de séquoias, dépassa la bicoque mitée qui lui servait de cabane et continua, plus loin qu'il n'avait jamais osé s'aventurer depuis des années. Il marcha, marcha et marcha encore, la bouche sèche et le torse trempé. Contre son ventre, les pieds de son ami cognaient fort et lui donnaient envie de vomir.

Par les bois, il découvrit la rivière, ce filet d'eau courante qu'il n'avait pas vu depuis vingt ans. Il la longea, épuisé et nauséeux, jusqu'à ce qu'une route déserte se présente à lui. Chapelle hésita un long moment, terrorisé à l'idée même que ses pieds puissent toucher le goudron, terrifié d'être si proche de la ville qu'il entendait hurler droit devant lui.

« Mon p'tit pote, c'est pour toi que je fais ça. T'as intérêt à être sage. OK ? »

L'enfant ne lui répondit pas.

Eddy Chapelle ne croisa la première voiture qu'au bout d'un bon kilomètre. Il ne comprit pas pourquoi le conducteur criait si fort après lui. Une seconde voiture s'arrêta et barra la route à Eddy, qui rassembla tout son courage pour parler à nouveau.

« J'dois passer, il doit aller voir le docteur, il est malade. »

52.

Je n'aime pas le thé. Ce goût d'eau qui vous promet la lune et l'Orient, qui vous brûle la langue et vous donne mauvaise haleine. Vous le savez, ce n'est que de l'eau. Et pourtant, vous y revenez chaque fois, vous fermez les yeux, jusqu'à ce que les épices assèchent votre langue et que votre gorge se mette à réclamer plus de promesses. Le thé est une blague.

Jackie Philco pose une tasse fumante sous mon nez.

« Tout va bien, Iris ? »

Je chiffonne la carte de Carras à l'intérieur de ma poche.

« Oui... ça va.

— Sucré au miel, comme tu l'aimes. »

Le goût du miel, je l'ai oublié depuis longtemps.

L'énorme Philco fait virevolter son postérieur dans une grâce approximative, puis elle dépose un plateau débordant outrageusement de nourriture sur la table. Des gâteaux. Des roses, verts, briochés, sablés, dégoulinants de crème. Du chocolat. Du thé fumant qui sent la bergamote et le citron.

Le miel s'accroche à la cuillère que je trempe dans la tasse brûlante, pour retomber avec une paresse incroyable en un filet plus fin qu'un cheveu d'or. J'ai enterré ma mère ce matin, et voilà que je souris. Jackie se démène pour me réconforter, elle fait tout pour que je me sente bien. Pour que je reste un peu plus longtemps. Elle a sans doute peur que je ne parte sans prévenir et que je ne remette plus jamais un pied ici. Elle a raison. C'est ce dont j'ai le plus envie au monde. Me tirer. Retrouver Reisse et résoudre ses affaires à sa place. Boire des quantités astronomiques de bière, un casque vissé sur les oreilles, le volume hissé à la limite du supportable. Ça me suffit, je n'ai besoin de penser à rien d'autre, qu'à ça, mon petit confort personnel. Tous ces efforts vains pour oublier le reste. Tous ces rituels pour oblitérer mon fils. Ça ne fonctionnera pas, mais je ferai semblant.

Eddy Chapelle va hanter chacune de mes nuits jusqu'à ce que j'en crève, et le goût onctueux du miel n'y changera rien.

Cet enfoiré de Carras ne peut pas dire vrai.

Chapelle n'est pas un homme de paille. On ne s'est pas servi de lui. Quel individu sensé aurait pu garder le silence pendant tant d'années ? Les meurtriers sont orgueilleux, un jour ou l'autre ils se laissent prendre, pour être punis ou reconnus, cela dépend de leur personnalité ou de leur degré d'intelligence. Psychotiques ou psychopathes. Tout ne tient qu'à ça. Mais, pour la victime, cela ne change pas grand-chose. À six pieds sous terre, elle s'en contrefiche.

Je me rappelle les images du procès de Chapelle diffusées sur la chaîne locale, cet homme incapable de prendre la parole, répondant du bout des lèvres à ces questions qu'il ne comprenait pas. Oui, il était coupable. Cela n'a jamais fait le moindre doute. Un seul des jurés a cru en son innocence. Une toute petite voix étouffée par la foule furieuse. Si le bûcher avait encore été d'actualité à l'époque, j'aurais craqué l'allumette. Je l'aurais regardé brûler, j'aurais écouté chaque parcelle de sa peau grésiller au-dessus des braises, jusqu'à ce que ses hurlements s'arrêtent. Peut-être alors que les cris se seraient aussi tus tout au fond de mon crâne. Mais ils sont toujours là, braillant et vociférant, crachant leurs tripes, parfois plus ténus, parfois déchaînés, mais toujours présents.

« Tu vas attendre que ta cuillère fonde, mon petit ? »

Quelques gâteaux ont déjà été engloutis sans même que je m'en aperçoive. Un vert. Un brioché. Plus une bonne partie du chocolat.

Je porte la porcelaine à mes lèvres et le thé parfumé brûle ma langue et mon palais. Il est beaucoup trop sucré mais je ne me plains pas, je le bois sagement jusqu'à ce qu'une fine poudre recouvre le fond de ma tasse. J'avale un peu de pâte d'amande, pour ne pas paraître grossière.

Après avoir avalé quelques gâteaux supplémentaires, Jackie se lève et s'avance vers moi. C'est la valise à mes pieds qu'elle toise, curieuse.

« D'où est-ce que tu sors ça ?

— L'hôpital, ils me l'ont re-remise avec l'acte de d-décès.

— Il ne faut pas laisser traîner ses affaires. Par respect pour elle, il vaut mieux les ranger, tu ne crois pas ?

— Probablement.

— Je m'en occupe, mon petit. Toi, tu te détends. »

Jackie pose la valise sur le fauteuil et l'ouvre largement. Honteuse, je la regarde remettre de l'ordre dans la pagaille que j'ai créée, plier chaque vêtement que j'ai jeté sans grand soin, et tassé avec force sans jamais gagner contre cette vulgaire fermeture Éclair. Elle pince le tissu des chemises de nuit et des culottes avec la même attention. Les chaussons sont insérés en premier, tout au fond, puis les jupes et les vestes que ma mère n'a visiblement jamais portées au sein de l'hôpital.

Alors que j'observe Jackie qui s'affaire, ma tête se met à tourner légèrement. Rien de grave, juste la naissance d'une énième migraine qui peine un peu à émerger.

L'énorme femme s'agite, faisant tournoyer le linge sous mon nez. Cette valise me donne l'impression de contenir beaucoup plus de vêtements qu'elle ne le devrait. Y avait-il autant de paires de bas lorsque je l'ai ouverte ? Les a-t-elle portés ? Et ces draps bien trop grands, les ai-je vraiment dépliés ? Le tissu vole et claque tout autour de moi et ma tête vacille. Mes doigts engourdis parviennent à agripper la courbe du guéridon de justesse, alors je peux m'asseoir quelques secondes.

« Jackie... »

Je m'étends pour éviter de sombrer complètement. Je veux prévenir Jackie, mais elle ne semble pas m'entendre, trop occupée à remettre de l'ordre dans la vie figée de son amie.

Quelque chose s'échappe de la trousse de toilette que j'étais certaine d'avoir fermée. Ça ressemble à un papillon qui gigote sur le sol. Il est flou sur les lattes du parquet qui ondulent doucement.

Cette chaleur. La sueur dans mon dos qui trempe mon chemisier. Cette tache sombre. Ce n'est pas digne d'une fille bien éduquée, tu le sais. Peux pas essuyer. Mes mains sont endormies. Jackie écrase le papillon qui glisse sous le guéridon. Il est mort. Le bout de papier bat des ailes. Ce n'est pas un papillon, mais une photo. Une carapace gorgée de couleurs brillantes. Je tends la main. Arrive pas à l'attraper. Il rampe toujours plus loin.

« Jack... »

La grosse femme me regarde sombrer et, alors qu'elle prend ma main, je ne sens plus rien.

– Silence –

Septembre 2003

Trois jours après la disparition de Swan, Diane Baudry entendit son rire à travers les murs de la maison. Elle crut être devenue folle. Elle laissa passer la journée, puis de nouveau, alors que le soleil commençait à décliner, elle entendit les éclats cristallins cogner contre les cloisons.

La main de Diane glissa sur le papier peint comme elle l'aurait fait sur les cheveux lisses de l'enfant. Son ventre se noua. Iris n'était pas dans sa chambre, elle n'avait pas mis les pieds ici depuis soixante-douze heures. Elle cherchait son fils dans tous les coins, dehors, dans la cour d'école, la rivière, les fossés, les ruelles du quartier. Elle frappait à toutes les portes, hurlait contre celles qui ne s'ouvraient pas, et jetait un coup d'œil à chaque fenêtre.

Diane ajusta sa robe droite et sortit. Elle franchit les quelques mètres qui la séparaient de la maison de Jackie Philco et frappa deux coups secs. C'est le visage rouge et fermé de la vieille Philco qui l'accueillit, coincé derrière la porte à demi ouverte.

« Qu'est-ce que tu veux, Diane ? Je suis occupée.

— Je l'ai entendu rire.

— De quoi tu parles ?

— Jackie, je sais qu'il est chez toi. »

Jackie Philco soupira fort et longtemps. Ils auraient dû être un peu plus discrets. Mais c'était trop tard, maintenant, tout était foutu. Le bonheur ne durait jamais. Trois jours ou dix ans, ça n'était jamais assez.

« Jackie, je peux entrer ? Il faut que l'on parle, toi et moi. »

Diane Baudry avait cette façon de pincer les lèvres chaque fois qu'elle s'exprimait qui lui donnait cet air à la fois sec et cultivé, et par-dessus tout détestable. La grosse Philco déverrouilla la chaîne et laissa Diane entrer. Celle-ci toisa les meubles du salon qui avaient autrefois été les siens. Un buffet abîmé et une table rayée. Des chaises un peu dépaillées, un vaisselier bancal.

« Où est-il ? »

Jackie Philco hésita une seconde. Il n'y avait plus d'issue possible, il fallait rendre l'enfant. Ils s'étaient bien amusés tous les deux. Ils avaient pris du bon temps. Et c'était terminé pour de bon. Ils se diraient adieu, parce que ces deux-là n'étaient certainement pas près de se revoir.

« Swan ? Descends, bonhomme. »

Diane entendit des petits pas sautiller dans une des pièces de l'étage. Ceux-ci ralentirent immédiatement lorsque Swan reconnut sa grand-mère. Il courba la nuque et toute joie sembla s'évaporer du corps de l'enfant, d'un coup, comme si on l'avait soufflée. Diane fit quelques pas et s'arrêta devant le garçon.

« Tu me fais beaucoup de peine, Swan. Il aurait pu t'arriver n'importe quoi, tu te rends compte ? Tu aurais pu te faire écraser, te prendre le pied dans un piège à loups. Tu as beaucoup de chance d'avoir trouvé Mme Philco sur ton chemin. Beaucoup de chance. »

Swan ne releva pas la tête, il écoutait, respectueux et soumis. Diane ne le prit pas dans ses bras, elle ne l'embrassa pas. Elle le laissa là, au beau milieu du salon, avec la lourdeur de sa culpabilité d'enfant de six ans sur les épaules. Jackie Philco rompit le silence d'un torrent de miel.

« Bonhomme, il est temps que tu partes, maintenant. »

Swan mordit ses lèvres pour ne pas fondre en larmes. Il releva la tête vers cette grosse femme qui semblait tout aussi effondrée que lui. Il aurait voulu qu'elle le serre entre ses bras immenses une dernière fois. Il se demanda si on lui permettrait de la revoir un jour. Diane posa sa main sur le crâne bouillonnant de l'enfant.

« Jackie, pourquoi ne m'as-tu pas prévenue ?

— J'allais le faire.

— Bien sûr que non. »

Swan renifla discrètement.

« Tu comptais le garder ici, sans que personne le remarque ?

— Les gens l'auraient oublié. »

Jackie croyait-elle vraiment que la ville allait oublier un gosse disparu ? Diane se détendit un peu. Peut-être avait-elle raison, après tout. Peut-être que...

« Avais-tu au moins prévu un lit pour qu'il puisse dormir convenablement ?

— Il dormait avec moi.

— Et tu penses qu'il avait la place nécessaire ? »

La vieille Philco ne saisissait pas le propos de Diane. Où voulait-elle en venir ? Swan essuya ses larmes et jeta un regard à son amie. Il cherchait une explication, un indice, n'importe quoi, mais il ne trouva rien.

« Jackie... »

Diane prit une goulée d'air.

« ... Je veux que Swan reste à l'écart de sa mère. »

La gorge du gosse se noua soudain si fort qu'il eut de la peine à déglutir.

« Pardon ?

— Je ne veux plus qu'il la voie. Tu peux le garder à cette unique condition. Iris ne doit jamais être au courant.

— Mais...

— Jamais, tu m'entends ? »

Jackie avait entendu. Elle voyait d'ici le cri prisonnier de la gorge de l'enfant, et pria pour que celui-ci ne se mette pas à hurler.

« Bien. »

Swan ne comprit pas le marché des deux femmes. Elles n'avaient pas le droit de prendre une telle décision à sa place. Elles n'avaient pas le droit de le priver de sa mère. Il voulait la revoir, courir vers elle et s'enrouler dans ses longs bras tortueux. Il avait du mal à respirer. Sa cage thoracique s'était ratatinée à l'intérieur de son corps. Il eut envie de crier, mais rien ne vint.

Dehors, une voiture se gara.

« Je veux simplement pouvoir lui rendre visite dès que je le souhaiterai. Je te donnerai de l'argent pour la nourriture et...

— Et pour l'école ?

— Il saura très bien étudier tout seul. C'est ce qu'il a toujours fait. »

Des pas lents dans la rue et Jackie Philco jeta un coup d'œil à travers les rideaux. Un flic se dirigeait vers la porte des Baudry. Un flic au regard terne, qui préparait son discours et qui n'y arrivait pas.

« Et si la police vient t'interroger, Jackie... »

Le flic retira lentement sa casquette et la plaqua contre son ventre, puis il sonna à la porte de la maison vide.

« Je crois que la police ne m'interrogera pas, Diane. Reviens dès que tu le pourras, et nous réglerons tout ça, mais pour l'heure rentre chez toi, tu es attendue. »

53.

Le parfum des fleurs me manque. Le sucre du jasmin, le voile âpre du muguet, l'odeur humide de la terre sous les ongles de mon père. Je me souviens de chaque note, celle de la boue près de la rivière, de la terre juste retournée du jardin, celle du terreau vierge. J'en reconnaissais chaque fragrance. Les yeux clos, étendue sur mon lit, je feignais de dormir pour qu'il vienne me réveiller. J'attendais parfois des heures, tapie sous mes draps blancs. Et je riais doucement lorsque ses mains couraient sur ma joue, qu'elles roulaient sur ma nuque ou qu'elles glissaient contre mon dos. Il entrait parfois sans même que je l'entende. Il s'allongeait près de moi, je devinais son souffle et laissais son poids me faire couler vers lui.

Mon père m'a tout appris. Il guidait mes gestes pour couper en douceur les tiges mortes, il pinçait mes doigts pour retirer les feuilles rousses. Je me laissais faire, je faisais l'idiote pour qu'il m'en apprenne toujours plus. Pour le sentir encore près de moi. Pour qu'il ne me quitte jamais. Mon père.

Je l'aimais si fort que mon estomac se serrait souvent. Je ne le perdais jamais de vue, je l'épiais lorsqu'il bêchait, lorsqu'il lisait son journal, ses pieds croisés sur le tapis à l'embranchement des broderies mitées. Il fronçait les sourcils en survolant les nouvelles du jour, cette ride adorable poussait au coin de son œil et disparaissait dès que ma mère pénétrait dans la pièce.

La façon unique qu'il avait de marcher, solide comme un arbre. Cette manière de parler à mon oreille, d'y glisser ces mots extraordinaires que nous seuls comprenions. Je le serrais fort entre mes bras, j'essayais de faire le tour de lui mais son torse était large comme une porte et je n'y parvenais jamais. Il me soulevait sans effort, comme si je n'avais été qu'une plume au bout de ses doigts. Je riais, et ma mère ne m'entendait pas.

Son regard me manque, ceux que nous échangions sous le nez de cette vache stupide sans qu'elle se rende compte de quoi que ce soit.

J'aimais mon père en cachette, parce que c'était la seule solution. Je l'aimais fort. De tout mon cœur.

Lui aussi me disait qu'il m'aimait. Qu'il n'y avait que moi. Qu'il n'y aurait jamais que moi. Je me sentais vivante entre ses bras, heureuse. Mon corps débordait et ma bouche demeurait muette. Ses baisers me guérissaient, ils soignaient les coups et les brûlures, pour quelques minutes, quelques heures.

Le corps de mon père me remplissait parfois d'amour sans que je crie. Il allait doucement. Il venait doucement. Tout n'était que caresses. Nous étions simplement amoureux.

Comme un père l'est de sa fille. Comme une fille l'est de son père.

54.

J'émerge doucement. J'ai mal au crâne et mes jambes me démangent terriblement. C'est une vieille couverture qu'on a remontée jusqu'à mes hanches. Un carré synthétique sur lequel deux agneaux se font face, celui-là même que je posais sur mon fils les soirs d'hiver. Il gigotait comme un ver là-dessous, jusqu'à trouver son sommeil. Je retirais le pouce qu'il fourrait sans cesse dans sa bouche et je caressais sa tête. Je lui racontais des histoires et le portais dans son lit trop grand. Il pleurait parfois, alors j'attendais que ses rêves l'engloutissent tout à fait, une main sur son ventre que je sentais s'emplir et se vider toujours plus profondément.

Je retire la couverture. Je suis en nage et à bout de forces. Mes mains tremblent et mon cœur résonne dans tout mon corps. Je respire et prends mon temps. Pour me ressaisir, et pour comprendre.

Jackie. Où est-elle ? Pourquoi m'a-t-elle laissée ici, toute seule ?

Les fourmis cessent lentement de dévorer mon cerveau et mes yeux refont le point. La valise de ma mère est fermée. Le papillon en papier est toujours sous le guéridon. Jackie ne l'a pas ramassé. Je me penche malgré mon crâne en feu, et j'attrape le bout de carton. Il s'agit bien d'une photo, repliée en quatre, soigneusement. Pour quelle satanée raison plierait-on une photo ? J'écarte avec soin les bords usés, puis découvre peu à peu le cliché. Deux silhouettes se dessinent, dont l'une est semblable à un bâton ; quant à l'autre, elle est minuscule. Ma mère et Swan, assis ici même, sur ce canapé. Ils regardent tous deux l'objectif. Ma mère ne sourit pas, et Swan offre une grimace étrange qui ressemble à de la joie. Ma gorge paraît d'un coup plus étroite.

Jackie Philco prend certainement le cliché. D'après l'angle de vue, elle se tient debout devant eux, et sa main tremble un peu. Les lignes sont légèrement floues, mais pas assez.

Swan montre toutes ses dents à l'objectif. Celles qui sont encore là. Et celles qui sont tombées. Deux trous remplacent ses deux canines supérieures.

L'adrénaline se met à couler à flots au fond de mon ventre. Mon fils a disparu avant de perdre ces deux dents. Elles ne sont *jamais* tombées.

Je recolle péniblement les morceaux. L'enlèvement de Swan. Ma mère qui reconnaît le corps. Moi qui pars.

Swan n'a jamais été enlevé. Ma mère l'a gardé tout à elle pendant onze ans... Et Jackie était au courant. Depuis toujours, elle savait. Il est chez Jackie. Il ne peut qu'être chez elle.

La vibration contre ma cuisse me fait sursauter si fort que j'ai l'impression que mon cœur va exploser. Reisse.

Son numéro clignote au bout de ma main. Je mords ma lèvre inférieure.

« Oui...

— Iris ?

— P-pas le t-temps, Ian.

— Iris, on vient de retrouver le corps de Chapelle dans sa cellule. Il s'est pendu avec ses draps.

— Et ?

— ... et ton nom apparaît sur le registre. Tu es sa dernière visite.

— Ian, rassure-t-toi, je ne l'ai p-pas tué.

— On peut discuter, Iris ?

— Une autre fois, t-tu veux ? Je n'ai p-pas le temps, là.

— Tu vas bien ? »

Je soupire.

« N-nickel. »

Je raccroche. Eddy Chapelle est mort, et je ne ressens rien. Cet événement que j'attendais depuis si longtemps n'est plus d'aucune importance. Celui qui m'a hantée pendant toutes ces années l'a fait pour que dalle. Je me suis plantée. Sur toute la putain de ligne.

Sur le cliché, entre mes doigts douloureux, les cheveux de Swan semblent un peu plus longs. J'ai peur. Peur d'aller frapper chez Jackie. J'ai peur qu'il ne soit là. Qu'il ne vive encore.

– Silence –

Juin 2010

Le premier soir, Swan Baudry entendit sa mère hurler dans la maison voisine. Elle cria si fort qu'il eut l'impression qu'elle allait mourir. Elle criait son nom. Elle articulait en pleurant. Elle chuchotait, alors il ne l'entendait plus. Il attendait, l'oreille collée au mur, les yeux clos, jusqu'à ce qu'il la distingue enfin, ses mouvements, ses sanglots, ses cris à nouveau. Il caressait parfois le ciment nu de ses doigts couverts de boue, espérant ardemment qu'elle le reconnaisse. Mais elle ne faisait que pleurer. Elle ne l'écoutait pas. Sa mère l'avait oublié, elle n'entendait plus que ses larmes à elle.

Swan entendait parfois sa grand-mère derrière la cloison. Ses petits pas secs, le claquement de ses jupes contre ses cannes maigrelettes. Le souffle de son balai contre les murs. Et son silence.

Swan haïssait sa grand-mère. Cette femme laide aux yeux creux qui avait toujours épié chacun de ses gestes comme un animal prêt à bondir. Grand-mère Diane, qui avait surveillé ses rares fréquentations depuis qu'il avait été en âge de marcher, qui avait verrouillé sa chambre chaque soir. Grand-mère Diane qui l'avait empêché d'embrasser sa mère, de la toucher, de lui parler.

L'enfant sentit Jackie Philco se rapprocher, son poids fit craquer les lattes du parquet. Elle prit place près de lui et, du bout des doigts, caressa son dos.

« Ça passera, bonhomme. Tu seras bien ici, je te le promets. »

Swan n'avait jamais voulu ça. Il s'était simplement enfui avant que cette main ne le tue pour de bon. Il n'avait pas réfléchi aux conséquences.

Le troisième jour, Swan eut son propre lit dans sa propre chambre, le dixième jour, les larmes se tarirent sur les joues de l'enfant, et le trentième, il se remit timidement à sourire. Au bout de quelques mois, il n'entendit plus la voix de sa mère dans la maison voisine. Il pensa d'abord qu'elle était partie, puis il se demanda si sa grand-mère ne l'avait pas tuée. Il détesta celle-ci plus encore. De toutes ses forces, il voulut qu'elle disparaisse, mais, chaque soir, il l'entendait derrière les murs, qui pianotait du bout des ongles contre la fonte du radiateur. Elle ne cessait pas tant qu'il ne lui avait pas répondu. Deux petits coups, pour dire qu'il allait bien, deux petits coups qui évitaient à Diane de venir vérifier chaque jour si c'était bien le cas. Il répondait pour qu'elle le laisse tranquille et qu'il puisse s'évader dans le sommeil.

Swan cessa peu à peu de lutter et s'habitua à son nouvel univers. L'extérieur ne lui manquait pas franchement, et il s'amusait seul, dans sa chambre, dans le salon ou le grenier. Il était nourri et choyé. Il lisait, dessinait, apprenait comme un enfant presque normal.

Depuis qu'il était là, les pulsions d'Henry Witkin semblaient s'être calmées. Le besoin de tuer était moins pressant et, s'il le souhaitait, la peau de Swan était à sa disposition, chaude, vivante, luisante de crème. Il posait la main sur son ventre ferme et juvénile puis il se laissait bercer par les mouvements de sa respiration. À certains moments devenus rares, sa main se mettait à trembler et l'enfant sursautait. Lorsque le souffle de la gigantesque Philco changeait, lorsque ses yeux se mettaient à briller de cet éclat noir, Swan savait se tenir à distance. Il s'effaçait avant que les doigts ne se referment sur son poignet. Il savait faire. Il avait toujours su faire.

Parfois Swan entendait son amie parler seule lorsqu'elle était dans son lit. Il arrivait qu'elle racontât sa journée, laissant traîner de longs silences entre ses phrases. Swan imaginait qu'elle discutait au téléphone, ou bien qu'elle priait. Il ne cherchait pas plus loin et s'endormait toujours le premier.

Le garçon devint un adolescent chétif et cultivé qui lisait des bouquins par caisses et écoutait tous les vieux disques qui lui tombaient sous la main, juste un peu déçu que la vieille radio qui ornait le salon ne fonctionnât pas.

Lorsque les rues étaient désertes, Swan obtenait parfois la permission de faire quelques pas à l'extérieur, de lever le nez vers le soleil brûlant et même de déguster quelques glaces à l'abri des arbres et de la vue des passants. Parfois, Jackie et lui rejoignaient le lac pour se rafraîchir, parfois ils demeuraient enfermés pendant des jours.

Swan s'était adapté à ce nouveau modèle, sans le trouver pire ni meilleur que le précédent. Il avait simplement suivi le mouvement. À bien y réfléchir, il était à l'abri ici. Sa grand-mère Diane ne venait que rarement s'assurer qu'il ne manquait de rien. Il ne manquait de rien. Alors elle repartait.

Il pensait à sa mère chaque jour, mais il commençait à oublier lentement son visage. Lorsqu'il l'imaginait, il ne voyait qu'une brume au sommet d'un corps maigre. Plus il essayait, plus il tentait de se souvenir de sa bouche, de la courbe de son nez, de ses yeux sombres, plus elle disparaissait. Lorsque les bras d'Iris lui manquaient à tel point qu'il se mettait à pleurer, Jackie lui offrait le réconfort nécessaire. Elle caressait sa peau pendant des heures, jusqu'à ce qu'il s'endorme et que son corps ne sente plus que les rêves et les cauchemars. Henry regardait l'enfant, longtemps, et ses mains se mettaient à trembler si fort que cela en devenait insupportable. Il quittait toujours la pièce avant que l'envie de mordre ne fût trop pressante. Lui aussi apprenait. Lentement, sûrement.

La maladie n'était plus véritablement source de terreur. Il vivait avec. Ses gestes étaient certes plus lents et ses pas de moins en moins assurés, mais maintenant, Swan était là. Ce gosse qu'il avait éduqué. Ce gosse qui l'avait éduqué. Qui avait grandi sans le moindre heurt tout près de lui, contre lui, même. Ce gamin à qui il devait tout aujourd'hui. Son petit. Sa descendance.

La vieille Philco se dit qu'il était temps. Elle l'installa sur le canapé et lui demanda de patienter un instant. Lorsqu'elle revint, Swan vit la boîte qu'elle serrait entre ses doigts. Une vieille boîte en bois, un peu plus grande qu'une boîte à chaussures, rayée en plusieurs endroits et dont l'un des loquets ne fermait plus. Jackie était surexcitée, elle tapotait le couvercle en riant, puis elle posa l'objet devant l'adolescent. Celui-ci attendit, n'osant toucher ce qui ressemblait à s'y méprendre aux trésors que les pirates dénichaient dans les romans qu'il dévorait. Lorsque Jackie ouvrit la boîte, Swan fronça les sourcils. Il n'y avait ni or, ni bijou, ni billets. Il ne comprenait pas.

« Touche-les. »

Swan hésita puis plongea délicatement les doigts dans la boîte. À l'intérieur, il ne sentit rien de spécial, il n'y avait que des bouts de tissus.

« Tu sais, Swan, il existe des chasseurs qui tuent pour se nourrir, d'autres pour la gloire, et d'autre encore pour l'argent. »

Swan avait vu des reportages sur ces braconniers qui arrachaient les défenses des éléphants pour confectionner ces petites statues d'ivoire qu'il trouvait si laides. Il imaginait que c'était à ça que Jackie faisait référence.

« Je ne chassais pour rien de tout cela. »

L'adolescent se demanda s'il avait bien saisi. Il songea à la grosse Mme Philco, un archer installé dans son dos trop large, elle qui devait effrayer les biches en franchissant simplement la lisière des forêts.

« Certains accrochent une tête de tigre au-dessus de leur cheminée, moi j'enferme mes souvenirs dans cette boîte. »

L'odeur qui s'en échappait était forte, et la doublure avait perdu sa couleur d'origine. Des auréoles brunâtres maculaient le fond et les parois de tissu. Du sang, séché depuis des années. Swan toucha de nouveau ce qui remplissait la boîte. C'était doux, et rêche à la fois. C'était curieux. Et, soudain, c'était intéressant.

« Ce sont... des peaux ?

— Prends-les. »

Swan saisit la première, elle était encore souple. L'adolescent ignorait de quel animal elle pouvait bien provenir. Celle-ci était sombre, d'autres étaient plus claires, certaines roussies par les années. Des loups. Swan aurait aimé que ce soient des loups.

« Tu as retiré leur fourrure ? »

Swan était fasciné par ces prédateurs qui fonctionnaient en meute et qui effrayaient les enfants, lui les trouvait envoûtants. Il savait leurs innombrables façons de communiquer, leurs regards, leurs gueules retroussées, leurs gémissements et la beauté de leur fourrure. Il avait vu tout cela, à la télévision, lorsque la maison dormait. Il avait vu les bêtes protéger leur clan et embrasser les plus faibles.

« Ils ne portaient pas de fourrure. Swan, tu n'es peut-être pas... »

L'enfant avait entendu les loups communs hurler comme les hommes chantaient. Par plaisir, par amour, par nécessité.

« Ce ne sont pas des loups, n'est-ce pas ? »

Jackie Philco hocha la tête. Peut-être attendait-elle qu'il se mette à crier, qu'il la traite de folle, qu'il n'ait pour seule envie que de fuir cette maudite baraque qui le retenait prisonnier depuis trop longtemps. Mais il ne fit rien de tout cela. Il saisit les peaux une à une et les étala sur le sol. Il vit la naissance de quelques poils sur certaines, et le fin réseau de vaisseaux morts sur d'autres. Il les effleura et les manipula avec la plus grande des délicatesses. Il les contempla toute la journée. C'était le plus beau trésor qu'il eût jamais trouvé.

55.

Le corps coulé dans le béton, je traverse l'allée et gravis les trois marches qui mènent au perron de Jackie Philco. La pluie martèle ma nuque et me trempe tout entière en quelques secondes. Je sonne. Une fois, deux fois. Puis je frappe, de toutes mes forces, pour qu'elle ne m'ignore pas. La porte cède et s'entrouvre sans grincer. L'obscurité à l'intérieur et la chaleur, intenable. J'avance dans le noir et déclenche l'interrupteur. Un flot de lumière recouvre les meubles qui n'ont jamais changé de place.

La table et la bibliothèque nous ont appartenu à ma mère et à moi, dans un autre temps, et c'est toujours étrange de les retrouver ici. Sur les étagères, rien que des bibelots, et une boîte à souvenirs en bois défraîchi. Derrière les vitrines, des poupées, des disques, des livres d'art et, accrochée au-dessus de la vieille radio, la photo d'une célébrité mondialement connue. Je m'approche et caresse le visage noir et blanc. Ses traits sont durs, mais parfaits. Elle ne pose pas, elle est belle, simplement. La radio est éteinte et semble l'avoir toujours été. Une radio à lampes, hors d'âge. Une antiquité dont la marque s'est effacée avec le temps.

La maison de Jackie est presque silencieuse. Il y a du bruit à l'étage. Quelqu'un là-haut, qui pèse une bonne centaine de kilos. Quelqu'un qui sait.

Je grimpe les marches une à une, sans empressement. Je crève de trouille à en vomir.

Des relents d'étable à l'étage, comme un tas de fumier qu'on cacherait dans l'une des chambres. Comme des bêtes grasses et croûteuses, cachées derrière les portes. Des ovins. Des bovins. Des porcs. Des animaux immondes.

Il y a trois portes devant moi que je ne veux pas ouvrir. Trois chambres, dont deux, je le sais, seront minuscules. Toutes les maisons du quartier ont été construites sur le même modèle. Je déglutis avec peine et fais un pas. Porte de droite, fermée. J'avance. La seconde des plus petites pièces est verrouillée elle aussi. Pas d'écho à l'intérieur lorsque ma main s'acharne sur la poignée. Je frappe et il ne se passe rien. Je pose un genou au sol, et hésite un instant. La serrure crève la porte. Mon cœur s'emballe encore davantage alors que j'approche mon visage. Je colle ma joue contre le bois tiède et regarde à l'intérieur.

Une faible lueur s'agite dans un coin, puis s'éteint. Je l'ai probablement rêvée. Mon œil s'accroche à l'obscurité, aux ombres, aux souffles. Je crois entendre des petits pas derrière la porte. Swan.

« Swan ? C'est t-toi ? »

Je chuchote et n'obtiens pas de réponse. Un bruissement, comme si on se déplaçait, là, tout près. Comme si nos genoux pouvaient se toucher. J'aiguise mon regard et tente de saisir un mouvement. J'attends une bonne minute avant de reprendre mon souffle. Je suis en train de devenir complètement barge. Et, alors que je m'apprête à me remettre debout, l'œil sombre apparaît dans la serrure, immense et brillant. Ébloui par le peu de lumière que diffuse le couloir, il papillonne.

Des ongles pianotent à mon oreille, contre la porte. Des doigts fins qui appellent à l'aide.

« N'aie p-pas peur, je suis là maint-tenant. Ça va aller. »

La respiration, derrière le contreplaqué, haletante. Du sucre et de la peur dans son haleine.

Je dois faire vite. Le tirer de là et tout recommencer. Nous deux, comme avant. Plus rien ne nous arrêtera maintenant. Plus rien.

Je recule un peu, la porte est fragile, elle ne tiendra pas longtemps. Un coup d'épaule et cette ombre que je sens sursauter derrière. Deux assauts et le bois cède. Je perds l'équilibre et me retrouve à genoux, au centre d'une chambre qui pue l'urine. La pisse d'un gosse dont la vessie n'est pas encore avariée par les années. Un gamin terrorisé, qu'on laisse dormir dans sa propre crasse.

Il est là, devant moi, courbé dans l'obscurité. Ça ne peut pas être vrai.

J'étudie sa silhouette, ses jambes nues, son torse menu qui frissonne. Je ne bouge pas, je ne fais que le regarder. Je ne sais pas si une minute s'écoule ou bien dix.

Je tends la main vers lui, pour qu'il me reconnaisse. Je glisse mes bras autour de son corps, doucement, pour qu'il n'ait pas peur, je l'apprivoise comme si je le rencontrais pour la première fois.

Je pleure contre la chaleur de son cou. Je chiale contre sa peau douce, comme si je n'allais jamais m'arrêter. Je le serre si fort que ses hoquets cessent un instant. Je l'ai retrouvé. Mon bébé. Mon amour. Swan.

Je ne te lâcherai plus jamais. Nous ferons tout ce dont tu auras envie. Tout. Nous ferons des bêtises impardonnables. Nous remonterons le temps et j'embrasserai tes joues pleines. Je te borderai, je te lirai des histoires sans bégayer. Tu seras heureux. Je te le promets.

Maman te le promet.

– Silence –

Août 2010

Swan ne pleura pas lorsqu'il vit la première petite fille cracher son dernier souffle. Il ne se répandit pas. Il ne vacilla même pas. Il demeura silencieux et concentré. Il examinait les gestes, la méthodologie du forfait, la procédure. Il enregistrait, il calquait ses propres gestes, maniait le vide devant Henry, tenait le couteau imaginaire, tranchait avec soin la peau invisible, tuait sans un cri.

La petite fille était morte avant d'avoir eu peur. Swan le savait car elle était tombée avec légèreté. Henry avait frappé alors qu'elle ramassait sa poupée dans une flaque. La peur raidissait les chairs, elle ne servait à rien. Le but n'était pas d'effrayer les proies, cela n'avait rien à voir. *Compris ? Compris.*

Il y eut d'autres petites filles, et des garçons aussi. Swan observa plusieurs fois l'inclinaison de la lame, il apprit le bruit de la soie lorsque la peau cédait sous l'acier de la bonne façon. Il tint les jambes chaudes des corps endormis. Il caressa les peaux et dissimula les restes. Il aida, comme un bon garçon. Il devint les mains de Jackie Philco. Il devint ses jambes et sa dextérité. Il filait dans les bois et les cités, invisible comme un lièvre. Il frappait dans le calme et rapportait les petits cadavres comme des cadeaux aux pieds de son maître.

Jackie et lui dormaient ensemble, se nourrissant de la chaleur de l'autre, calmant d'une main les cauchemars, d'un souffle les mauvais souvenirs. Swan aimait Jackie, ce corps immense qui le protégeait contre tout. Ces histoires qu'elle inventait le soir pour le faire rire. Il aimait se recroqueviller contre elle pour s'endormir et l'entendre ronfler, la nuit, puissante comme une ourse près de lui, qui était si maigre, si inutile. Avec elle, il se sentait en sécurité. Vivant. Alors il continuerait de déposer les enfants à ses pieds. Pour qu'elle ne le laisse pas. Pour qu'elle ne le quitte jamais.

56.

Je n'aime pas les loups. Leur gueule pleine de crocs et leurs babines noires qui bavent à votre intention. Leur fourrure passe-partout. Leurs yeux de chiens qui vous regardent avec miséricorde. Si vous criez, ils vous feront écho. Essayez pour voir. La dernière chose dont vous avez envie, c'est bien qu'ils vous répondent.

Sous mon étreinte, les tremblements de mon fils n'existent plus. Je le serre pour ne plus jamais le laisser échapper.

Je dois sortir d'ici. Le ramener à l'extérieur, le sauver. Passer devant cette porte encore close. Cette troisième porte, comme si l'enfer se trouvait derrière. Aucun cerbère ne la garde. Je suis allée trop loin. Malgré moi, la poignée d'étain glisse dans ma main et le pêne claque. La plus grande chambre. Et Jackie qui m'y attend depuis des heures. Depuis des années.

La lune dévore toute la fenêtre et l'énorme silhouette m'apparaît en contre-jour. Je vois ses épaules qui se soulèvent chaque fois qu'elle inspire un peu d'air. Je devine ses mains qui tremblent dans la clarté noire. L'odeur est plus puissante ici, comme si les bêtes dormaient à son chevet. Mais il n'y a personne d'autre que Jackie. Elle, seulement elle, ses arômes étranges, ses épices sanguines, et son ombre gigantesque.

Les reliefs deviennent lentement plus nets et les gestes plus précis. Je ne veux pas allumer. L'obscurité me convient.

« Mon petit... »

Le miel dans sa voix paraît plus épais. Les graves vibrent contre mes tympans.

« C'est un miracle que tu sois revenue. C'est un signe de Dieu, il t'a envoyée vers moi. »

Je ne saisis pas ce qu'elle dit. Je vois le sang battre à son cou, et distingue ses cheveux, qu'elle peigne contre sa poitrine. Je crois qu'elle est nue. Je baisse les yeux. Trouver la clé, je dois trouver cette maudite clé. Je n'ai pas le temps. Je ne veux pas. Je ne peux pas.

« Je n'y arrive plus, Iris, tu dois m'aider. C'est trop lourd.

— De qu-quoi est-ce que vous parlez ?

— Je ne peux plus continuer. Je suis malade, je n'ai plus la force. Je veux que tu m'aides, Iris.

— Je ne comprends rien. Qu'est-ce qu-que... ? »

Soudain, la lumière m'aveugle. Une lampe de chevet mal réglée qui gêne la salive au fond de ma gorge, qui me paralyse et m'empêche de hurler. Une robe de chambre est posée sur les jambes nues de Jackie. Sa poitrine a disparu, et son torse, glabre et obèse, m'offre deux mamelons qui n'ont jamais poussé. Elle a retiré son maquillage. C'est un monstre affaibli qui grogne devant moi. Une créature mi-homme, mi-femme, qui pleure à mes pieds. Qui m'implore.

« Qu'est-ce qu-que vous voulez ? Nom... nom d'un chien, mais vous êtes qu-quoi au juste ?

— J'ai besoin de toi, Iris. Il n'y a que toi qui sois capable de... continuer. »

Jackie s'approche. Je vois ses mains qui tremblent, ses ongles que je ne savais plus aussi longs.

« Swan... On va partir, d'accord ? Maman va t'emmener loin d'ici...

— Non...

— Ne t'inquiète pas, tout se p-passera bien. »

Je l'empoigne serré, et nous reculons lentement vers le couloir aux saveurs rances. Devant nous, les larmes du loup ruissellent sur ses joues ridées. La créature nous regarde et, dans ses yeux, un éclat sombre me glace soudain.

Partir. Tout recommencer.

« Iris...

— Qu'est-ce qu-que vous lui avez fait ? P-pourquoi vous...

— Iris, écoute-moi.

— Mon fils, je d-devrais vous t-tuer p-putain...

— Swan est parti, Iris. Depuis longtemps. »

Le corps semble un peu plus lourd entre mes bras. Quelques cailloux supplémentaires.

« Qu'est-ce qu-que vous rac-contez, b-b-b... merde. »

L'enfant se débat pour que je le lâche, il est terrifié. Ses cheveux bruns sont mal coupés, et il a une tonsure au-dessus de l'oreille droite.

Ce n'est pas Swan. Je reconnais son visage et son nez un peu épaté. Paul. Paul Trenti, le gamin disparu.

Je m'écarte de lui. Ce n'est pas mon fils, ça n'a jamais été mon fils.

« Où est-il ? Dites-m-m-moi où il est.

— Il est parti, Iris.

— Vous l'avez tué ? Dites-le-moi, nom de D-d... »

Mes mains se retrouvent autour de son cou. Sa peau est collante. Elle ne se défend pas. La bête se laisse faire, elle a cessé de lutter.

Quelques secondes avant que je ne réagisse, un rugissement au creux de mon oreille. Un homme qui beugle contre mes tympans. Un lieutenant. Mon lieutenant.

« Arrête, Iris ! Lâche-le ! »

Derrière le canon 9 mm pointé dans ma direction, Ian Reisse hurle.

Paul s'est réfugié contre le flic et a enfoui sa tête à l'abri de son bras. Reisse m'ordonne de lâcher Jackie. Je recule lentement, et les lèvres du loup perdent leur teinte bleuâtre. Il respire à nouveau, comme à travers une paille bouchée. Il a fait du mal à mon bébé. Beaucoup de mal. Je le sais maintenant.

Je me penche à son oreille.

« Dites-moi où il est... Jackie... »

Le fauve sourit, d'une grimace pleine de rides et de crème, et se met à fredonner.

« *Marie, assise sur une pierre... sur une pierre... sur une pierre...* »

Reisse garde le monstre en joue, et je cours vers l'extérieur.

– Silence –

Mars 2012

À la lueur des néons, Diane Baudry examina la maigreur de son reflet dans le miroir. Rien ne ressemblait plus à un spectre qu'un autre spectre, n'est-ce pas ?

La rancœur déformait ses joues et l'amertume lui creusait le ventre. Le ressentiment l'avait défigurée au fil des années. Cette colère impalpable qu'elle éprouvait contre tout et rien, ces mots qui s'échappaient de sa bouche avant même de traverser son crâne, les tendons de ses bras qui ne connaissaient pas la douceur. Diane avait vieilli dans l'aigreur. Son corps jaloux avait macéré dans cette discipline qu'elle s'imposait sans raison valable. Ses muscles toujours douloureux d'être tendus, ses mains toujours rougies de frapper, de pincer, de se tordre.

Diane n'avait jamais songé à être heureuse. Le bonheur, c'était pour les autres. Elle souffrait, vous comprenez ? De ne pas être comprise, de ne pas être belle, de ne pas être au courant, de vouloir faire le bien. Elle souffrait de tout cela. Et de bien d'autres choses. De maux de ventre, de ganglions dans la gorge, de grosseurs sous les seins, de migraines, d'humeurs changeantes.

Son mariage n'avait pas été satisfaisant. Après lui avoir passé la bague au doigt, Daniel s'était contenté de fuir la maison dès qu'elle s'y trouvait, de partir à la pêche, à la chasse, au cinéma, au marché, au jardin. Ah, son jardin. Tous ces bulbes aux noms imprononçables, ces graines, ces fleurs, ces feuilles qu'il faisait pousser avec la garce. Car Iris n'était que cela, non ? Une putain qui se tortillait devant son mari à la moindre occasion. Elle avait continué à l'aguicher jusqu'à ce qu'il en crève. Daniel était mort, peut-être du crabe. Peut-être d'avoir trop aimé la garce. Mais il était mort seul. Iris n'était pas là quand il avait hoqueté pour la dernière fois. Elle n'était jamais là quand il le fallait.

Diane avait regardé son mari, ou plutôt les yeux de son mari, grands ouverts sur le vide, la peur coincée dans sa gorge et ses mains qui avaient empoigné le rien devant lui. Il avait articulé le nom de sa fille comme un dernier affront. Diane ne l'avait pas touché, elle ne l'avait pas accompagné vers la grande lumière. Elle l'avait laissé entrer seul dans le tunnel. *Va-t'en*. Voilà ce qu'elle lui avait dit. *Va-t'en maintenant*. Deux souffles secs, et il n'avait plus respiré. Il s'en était allé, c'était la volonté de Dieu.

Diane n'avait pas pleuré cet homme. Elle n'avait pleuré ni ses escapades, ni ses ronflements, ni ses bulbes. Elle avait appelé le médecin pour faire place nette, et, lorsque Iris avait franchi le seuil, le corps avait déjà été emmené, ligaturé et rempli de fluides toxiques. Et la gosse avait chialé, elle ne savait faire que cela.

Sangloter pour un oui, pour un non, pour un peut-être. Et voilà qu'elle s'était mise à bégayer, du jour au lendemain, n'importe quoi pour être remarquée. Iris n'avait toujours causé que du tracas, de toute façon. Cette gamine n'était bonne qu'à remuer ses misérables petites fesses et s'attirer des ennuis. Que la gamine tombât enceinte était l'évidence.

À la naissance du beau bâtard, Diane avait fait le pari. Iris ne changerait probablement pas une seule des couches du pleurnichard. C'était elle qui devrait sans nul doute s'occuper de tout, des bains, des langes, de la discipline. Mais non. À la surprise de sa mère, Iris avait lavé la crasse, nettoyé les biberons, éduqué, embrassé. Comme pour l'emmerder, la garce avait tout fait seule.

Le jour où le gamin s'était enfui, Diane avait prié pour qu'il ne remette plus jamais les pieds dans cette maison. Et son vœu avait été exaucé. Pas qu'elle ne l'aimât pas, ce n'était pas ça, elle l'appréciait, cet enfant, avec ce visage qui venait de nulle part. Mais elle s'était toujours dit qu'il serait mieux ailleurs. Partout ailleurs valait mieux qu'ici.

Diane songea à cet enfant qu'elle avait confié à Jackie Philco, cette femme s'occupait bien de lui. Il était heureux. Diane entendait son rire de petit singe qui résonnait derrière les murs. D'ici, de sa propre chambre, elle pouvait mesurer le bonheur de Swan à la demande.

Entre les dents du peigne, de longs fils d'argent restaient accrochés par touffes. Diane tirait fort et irritait son crâne jusqu'à la brûlure. Sinon, cela ne servait à rien, pas vrai ?

Les années passant, les rencontres s'étaient espacées.

Cela faisait deux ans que Diane n'avait pas rencontré Swan.

Depuis quelques semaines, elle l'entendait claquer les portes, courir en tous sens, rire et crier. Un vrai petit macaque. Elle se dit qu'il était peut-être temps de remettre les pendules à l'heure. Peut-être que Jackie Philco, cette femme énorme qui s'essoufflait au moindre mouvement, avait besoin d'un coup de pouce.

Elle ne pourrait pas faire grand-chose. Mais elle remettrait ce fils de rien dans ses bottes, ce maigrichon qui n'avait jamais rangé sa chambre correctement, qui ne finissait jamais son assiette, qui baissait continuellement le regard. Elle le materait.

Diane boutonna sa robe du col aux genoux, elle chaussa des souliers simples et confortables et, dans le panier, elle glissa deux tablettes de chocolat et quelques classiques littéraires, une édition qui ne lui avait pas coûté très cher. Elle glissa onze billets bien pliés dans la poche profonde de sa veste marine, une somme qui couvrirait en partie les besoins de Swan pour l'année à venir. Cela suffirait bien.

Diane ferma derrière elle et frappa à la porte de Jackie Philco. Trois coups qui n'obtinrent aucune réponse malgré le vacarme à l'intérieur – elle entendait Swan ricaner comme une hyène là-dedans. Elle sonna et frappa encore, mais personne ne vint. Elle songea d'abord à déposer le panier sur le perron, quitte à retenter sa chance un peu plus tard, mais la curiosité la chatouilla.

Swan jouait dans le garage. Diane colla d'abord son oreille contre la tôle et entendit les piaillements surexcités. Le courant d'air sur ses pieds lui indiqua que la porte n'était pas verrouillée. Elle cassa ses reins pour s'accrocher à la poignée rouillée et tira de toutes ses forces. La lumière saisit les lieux avec violence, la poussière tourbillonna dans tous les coins et les pépiements cessèrent. Diane savait qu'il était là. Peut-être se cachait-il pour jouer avec elle. Dieu que cela était ridicule.

« Sors de là et viens me dire bonjour. »

Diane s'enfonça dans l'obscurité du garage, chaque pas lui semblant plus glacé que le précédent : elle avançait vers le froid, vers le noir.

« Swan. Cela ne m'amuse pas du tout. Montre-toi. »

Un filet de fumée grise s'échappa d'entre ses lèvres. Et les pépiements reparurent, avalés, comme un rire étouffé derrière l'établi. Diane entendit la voix de Jackie Philco, derrière la porte intérieure. La grosse femme devait se trouver dans la cuisine. Peut-être le salon. *Swan, c'est toi ?*

Non, Swan était là, avec Diane, et il se moquait d'elle, le vilain garçon.

Mais soudain, Diane entendit ce son qui changea tout. Ce bruit doux qui glaça son sang. Elle reconnut la voix de Swan, là, derrière la porte. *Je suis là*, venait-il de répondre à Jackie. Il n'avait jamais ri, il ne s'était jamais trouvé dans cette pièce. Alors qui ?

Diane avança lentement, le panier toujours au bout du bras, la terreur en bandoulière. Et elle vit.

D'abord les pieds, remuants comme des anguilles. Les chevilles attachées avec des torchons. Les genoux nus, écorchés de gratter la terre battue. Les cuisses à vif. Le ventre tailladé. Les flancs roses et brillants, recouverts de poussière collante. Les bras prisonniers et les poignets en sang. Le cou sale. Les joues noires. Les cils humides. Et les larmes qu'elle vit se faufiler à travers la saleté.

Une enfant. Une môme aux yeux noirs, nue comme un ver, qui se tortillait sur le sol glacial. Diane ne hurla pas, elle posa une main ridée sur son cœur et recula lentement pour s'enfoncer dans la lumière. Elle n'avait pas vu cela, pas vrai ? Elle l'avait rêvé. Bien sûr qu'elle l'avait rêvé.

Diane verrouilla sa porte à double tour. Le sang dans ses veines lui parut plus épais, et la chaleur plus insupportable. Elle regarda ses bas qu'elle venait de filer et ouvrit le buffet. Derrière les assiettes de porcelaine aux liserés d'or, elle aperçut le dernier carnet à spirale. Le carnet aux soixante et onze pages vierges. La vieille femme ajusta sa jupe et s'installa sur l'incommodité d'une chaise bancale. Elle tourna les pages jusqu'à ce que les mots de feu son mari disparaissent enfin, et alors, elle se mit à écrire.

57.

Je n'aime pas les devinettes, vous perdez chaque fois.

Le monstre n'a pas pu dire vrai, je fais forcément fausse route.

Je dévale l'escalier quatre à quatre et allonge la foulée vers l'extérieur. L'orage ronfle et quelques éclairs cisaillent le ciel. La pluie coule à flots, laissant déborder gouttières et caniveaux, et sur les capots, les tuiles et les jardins elle provoque un tel vacarme que je ne parviens plus à savoir vraiment si je suis déjà en train de crier.

Je cours, sur quelques mètres qui me paraissent ne plus finir. Je cours jusqu'à cette saloperie de tonsure laissée par cette saloperie de caillou. *Marie, assise sur une pierre... sur une pierre... sur une pierre...* S'il y a quelque chose à trouver, ça ne peut être qu'ici.

Je m'agenouille sur les mauvaises herbes détrempées et pose mes doigts sur la pelade de boue.

J'y plonge mes poignets et commence à creuser. Une

poignée de boue, deux, dix, trente ; mes coudes, mes genoux et mon visage, noirs de crasse.

Je m'enlise jusqu'aux épaules et, brusquement, l'odeur infâme m'explose au visage et me coupe le souffle. Des os et du bois pourris. Je continue malgré tout, incapable de m'arrêter, la peau écorchée par les échardes humides et les graviers. J'espérais que ça n'arriverait pas, mais mes doigts endoloris butent sur quelque chose. Du tissu épais. Une sorte de sac.

Je gratte la terre autour et la puanteur m'étourdit. Je tire de toutes mes forces et, soudain, mes jambes ne me portent plus. Je m'écroule, près du sac ouvert comme cette fichue boîte de Pandore.

Un corps recroquevillé. Une chemisette et un bermuda sales qui recouvrent ce qui lui reste de peau. Ses baskets ont quitté ses pieds et ses os se gorgent de pluie. Fixé à l'intérieur du tibia droit, un clou centromédullaire révèle une fracture ancienne. Le coude a lui aussi été cassé, puis déformé par une calcification trop importante. Swan s'est brisé la jambe à quatre ans, en courant dans l'escalier. Quant à son bras, c'est arrivé dans la cour de son école, une mauvaise chute. Un corps fragile, qui paraissait se fissurer à chaque pas qu'il faisait. Un corps que je prenais soin de bercer durant des heures lorsqu'il avait mal. Un corps, replié en position fœtale, qui ne se cassera plus jamais. Le petit écart entre ses incisives, la courbe de son front. Quelques cheveux épars, mêlés à la boue, blonds et drus comme la paille.

Petit Swan. Mon amour.

Un adolescent, presque un homme. Quel âge avait-il lorsqu'il est mort ? Quatorze ans ? Quinze ? Ses phalanges sont longues, ses mains devaient être belles.

Mon bébé.

Je dois le toucher, sentir ce qui reste de lui. Savoir qu'il a existé, que je ne l'ai pas rêvé. Je caresse les ossements comme si sa peau pouvait encore frissonner un peu. Je lui murmure que je l'aime, que je l'aimerai toujours, peu importe. J'effleure ses membres brisés, et frôle son crâne parfait. Contre la terre, sa joue repose, son oreille vide, et le trou dans sa tempe. Non. Non.

Mon petit.

On lui a tiré une balle dans la tête. À bout portant.

Pas comme ça.

Swan. Mon bras est trop court pour l'atteindre tout à coup. Il s'éloigne. Non, on m'arrache à lui. Une main sur ma manche qui veut m'écarter. Reisse et sa gueule trempée qui braille. Je ne l'entends pas, et je m'en fiche. Je veux serrer mon fils, une dernière fois. Même si ce n'est plus tout à fait lui au fond de ce sac.

Une dizaine de gyrophares clignotent dans la rue. Ian Reisse a commandé des renforts, ils vont me retirer mon enfant, pour toujours. Je ne veux pas. Je l'ai retrouvé. Lentement, je me relève et veille une dernière fois sur mon fils. Un regard. Un tout dernier. Un tendre. Un qu'il pourra emporter avec lui.

Au loin, je vois Paul, qu'on enferme dans une voiture ; sa main se colle à la vitre et, bientôt, la buée commence à dévorer son visage. Il dit *au revoir*. Je lis ces mots sur ses lèvres rondes avant que la voiture ne l'emporte. *Au revoir*. C'est à Jackie Philco qu'il s'adresse. Sa petite main, c'est pour elle qu'il l'agite. L'énorme Jackie à moitié nue sous la pluie. Jackie – ou quoi que ça puisse être – qui sourit à l'enfant, les mains menottées, jusqu'à ce que la voiture soit hors de sa vue. Puis, c'est elle qu'on embarque, sa silhouette gargantuesque qui fait grincer les essieux. Elle s'assoit, prend le temps de ranger ses mollets, et enfin, avant que la portière ne claque, elle me regarde. Comme elle l'a toujours fait. Cette lueur abjectement douce au fond de ses yeux sombres.

J'avance vers le monstre et, avant qu'on ne l'enferme à tout jamais, je lui crache au visage. Ma rage et ma terreur dégoulinent sur sa joue, jusqu'à ses lèvres, qu'elle soulève dans un rictus dessiné au carmin.

« On récolte ce que l'on sème, mon petit. »

Lorsque le moteur démarre et qu'on embarque cette chose, il me semble que le monde s'effondre lentement sous mes pieds, emporté par des tonnes de boue.

4 242 jours

"I am just a worthless liar.
I am just an imbecile.
I will only complicate you.
Trust in me and fall as well.
I will find a center in you.
I will chew it up and leave,
I will work to elevate you
Just enough to bring you down."

« Je ne suis qu'un menteur qui ne vaut rien.
Je ne suis qu'un imbécile.
Je vais juste tout compliquer pour toi.
Fais-moi confiance, et tu tomberas.
Je trouverai le centre en toi.
Je le mâcherai et je partirai,
Je vais tâcher de t'élever
Juste assez pour te faire chuter. »

Sober, Tool

– Silence –

Janvier 2014

« Swan saisit les peaux une à une et les étala sur le sol. Il vit la naissance de quelques poils sur certaines, et le fin réseau de veines noires sur d'autres. Il les effleura et les manipula avec la plus grande des délicatesses. Il les contempla toute la journée. C'était le plus beau trésor qu'il ait jamais trouvé. »

Une rasade de café et Martin posa son livre sur le bureau de la salle de contrôle. Il entamait sa quatrième tasse depuis son arrivée.

Martin Barth était maton depuis plus de quinze ans. Il préférait travailler la nuit, lorsque les esprits des plus tourmentés s'apaisaient un peu. On le payait pour attendre, jouer aux cartes, feuilleter des magazines pour adultes, en enchaînant les doses de caféine. Sa seule mission revenait à effectuer deux tours de garde dans la nuit. Il n'avait qu'à traverser les deux ailes principales du bâtiment, dans l'une desquelles se trouvait le quartier de haute sécurité. Les tours de garde n'effrayaient pas Martin, qui en profitait généralement pour s'en griller une petite le temps du voyage, voire deux lorsqu'il traînait un peu.

Le vieux gardien avala d'un trait le jus brunâtre qui refroidissait au fond de son gobelet. Il fourra une canette de thé glacé à l'intérieur de sa poche puis se leva en grimaçant. Près de 2 heures du matin. Martin décida que l'heure était venue d'effectuer sa première tournée. D'abord l'aile nord, le quartier des nouveaux arrivants, puis l'aile sud. Lui et les autres matons pointaient toutes les heures. Martin suivait ensuite toujours le même parcours, les mêmes couloirs usés par les chaussures lourdes d'une équipe qui changeait souvent. Il connaissait par cœur la distance à parcourir entre chaque porte, et le code de chaque fermeture électronique. Il avait eu tout le loisir d'apprendre, il n'avait que ça, du temps.

Passé la première porte blindée, il en franchit trois autres qui se verrouillèrent automatiquement dans son dos. Dans ces couloirs aux vapeurs de détergents résonnaient souvent pleurs et prières. Les nouveaux venus s'acharnaient ici jusqu'à l'épuisement, puis on les transférait vers une autre aile ou vers un établissement plus adapté. Le rôle de Martin se résumait à jeter un œil à l'intérieur des cellules, au travers de hublots poussséreux.

Tchak. Le 179 dormait.

Tchak. Le 181 lisait.

Tchak. Le 185 sanglotait.

Tchak.

Tchak.

Tchak.

Après la cinquième porte blindée, Martin pénétra dans l'aile sud sans que cela lui fasse ni chaud ni froid. Cet endroit qui abritait les fous dangereux et les meurtriers, les récidivistes et les violeurs d'enfants ne l'impressionnait plus depuis bon nombre d'années. Le centre de détention n'avait jamais connu d'incident grave, jamais en tout cas depuis qu'il avait intégré le personnel. Au fond de sa cage, le Mal se tenait à carreau, et c'était très bien comme ça.

Les couloirs semblaient toujours plus silencieux dans l'aile sud, comme si ceux-là avaient accepté leur sort. Comme s'ils dormaient mieux ici, à l'abri du monde. Martin taillait parfois la bavette avec certains détenus du QHS, parlant cuisine avant le couvre-feu, discutant sport devant la douche commune, bataillant politique pendant le petit déjeuner. Une discussion parfois si commune que Martin oubliait le fossé qui le séparait de ces gens-là. Il riait avec eux, leur offrait une cigarette ou des photos cochonnes. À Henry, il donnait du chocolat. Henry Witkin, inculpé pour le meurtre de soixante-treize personnes, dont vingt-trois étaient des enfants, certains même pas en âge d'aligner trois mots.

L'homme se faisait appeler Jackie quelque chose à son arrivée, Martin ne se rappelait plus. Un nom de femme que le tueur avait choisi comme couverture. Une petite vieille dont les victimes s'approchaient sans la moindre méfiance. Martin ne serait jamais tombé dans le panneau, les gens étaient vraiment trop stupides. Comment avaient-ils pu se laisser avoir par un vulgaire travesti, un homme dans une robe à fleurs, bon sang, ça se voyait comme le nez au milieu de la figure ! Non, Martin ne se serait pas fait piéger.

Lorsque Henry avait intégré le centre de détention, il avait eu droit à une coupe gratuite, offerte par la maison. Ratiboisées les boucles de vieillarde, et bien dégagé derrière les oreilles. Ici, il fallait être présentable. Alors on avait rasé gratis. Henry s'était de nouveau appelé Henry, et le monde s'était remis à tourner dans le bon sens.

Ce type était malade – pas que dans le ciboulot, non : Martin l'avait vu trembler de la tête aux pieds lorsqu'il l'avait accompagné jusqu'à sa cellule. Des petits pas de vieux et des mains qui sucraient les fraises entre les menottes. Martin se rappelait les avoir entendues tinter durant tout le trajet. *Cling clang, cling clang*. Comme le traîneau du Père Noël.

Un vieux monsieur, gras comme un bébé et flageolant comme de la gelée. La célébrité de la prison. À peine cinq mois de mitard et des ennemis à tire-larigot. On ne plaisantait pas avec les tueurs d'enfants ici ; ceux-là méritaient de crever, plus encore que les violeurs de petites vieilles, plus encore que les enculeurs de moutons. Une règle unanime qui ne laissait que peu de choix à ces prisonniers rares et déviants. Soit on les laissait pour morts, égorgés dans la blanchisserie, à la vue des gardiens, soit on les poignardait dans la cour. Les plus malins restaient terrés dans leur cellule. Henry faisait partie de ceux-là. Il ne sortait de son six mètres carrés qu'à deux exceptions : pour rencontrer son avocat, à qui il n'adressait jamais le moindre mot, ou pour ses visites au parloir. Un homme accusé de près de quatre-vingts meurtres était une personnalité très convoitée par le tout-venant régional. Ce type que l'on avait traqué durant plus de trente ans avait échappé à toute la cavalerie du pays. C'était une femme qui l'avait démasqué, une bon Dieu de pisseuse. Martin n'en revenait pas. Et aujourd'hui, Henry était là, qui fascinait les bouseux du coin, et séduisait les ménagères. Martin avait remarqué ce visiteur qui revenait plus fréquemment que les autres. Un homme, prenant des notes dans un calepin sale. Quelques mois plus tard, Martin avait enfin pu mettre un nom sur le visage du gratte-papier. Nans Carras, un journaliste local qui, semblait-il, avait décidé de se faire un paquet de pognon en relatant les mémoires du meurtrier. La presse avait fondu sur l'occasion, sollicitant des dizaines et des dizaines d'entretiens privés avec Witkin. Tous avaient été refusés, Nans Carras avait raflé la mise.

Martin lorgna derrière le hublot 346, au fond du plus long couloir de l'aile. Witkin était là, assis à sa petite table, le dos voûté comme un chausse-pied. Il ne bougeait pas. Il ne bougeait jamais. Martin avait parfois l'impression que le prisonnier était mort, mais il le voyait toujours qui penchait un peu la tête lorsque claquait l'œillère du judas.

Martin glissa deux barres chocolatées à l'intérieur de la cellule noire.

« C'est pour toi, Henry, t'as rien mangé aujourd'hui. Il faut reprendre des forces, tu vas devenir complètement abruti à force de rester immobile là-dedans. Et puis on a quelque chose à fêter, toi et moi. »

Le gardien laissa tomber la canette de thé glacé sur le sol crasseux. Celle-ci roula jusqu'aux pieds de Witkin, qui se recroquevillèrent sous sa chaise. Il ne la ramassa pas, la laissa tanguer jusqu'à ce qu'elle n'émette plus le moindre son. Il ne se leva pas non plus pour saisir les friandises.

« Ça y est, Henry, tu es définitivement une star. »

Martin aurait juré qu'il avait vu Witkin cligner des yeux dans l'obscurité. Alors il continua.

« Ton pote, Carras, son bouquin est sorti. Numéro un des ventes et tout le merdier. T'es riche, Henry. Les droits ont déjà été vendus dans un paquet de pays. Et tu veux savoir la meilleure ? »

Henry ne répondit pas.

« Ils vont en faire un film. Un bon Dieu de film, Henry ! Tu te rends compte ? Tout le monde va pouvoir admirer ta trogne sur grand écran. Ha ! ha ! T'imagines ça ? »

Le maton entendit un souffle derrière la porte. Un souffle qui le glaça.

« Je ne suis pas persuadé que tu aies le droit d'acheter un ticket, mais pour sûr que je te rapporterai une affiche. »

Martin Barth sourit pour se donner un peu d'assurance. Il eut l'impression que l'ombre de Witkin se rapprochait lentement de la porte. Il lui sembla que la silhouette flottait dans sa direction, au ralenti.

« Allez, bonne nuit, Henry, et fais de beaux rêves. »

Il ferma l'œillère d'un geste sec.

Henry Witkin attendit de ne plus entendre le couinement des chaussures de sécurité du gardien. Il patienta de longues secondes avant de se baisser pour saisir la canette, près de ses chaussons. Quelques gouttes fraîches atterrirent sur son pouce, puis il but, à grandes gorgées. Lorsque enfin il n'entendit plus le moindre bruit dans les couloirs et qu'il fut certain de ne plus être dérangé, il offrit son plus beau sourire à l'obscurité.

58.

Je n'aime pas les adieux. Ils ne me font rien. Ni bien ni mal. Que dalle. Les adieux sont une foutue perte de temps.

J'ai assisté à l'incinération du corps de Swan. Je n'ai pas pleuré, je ne le peux plus, les années ont asséché mes yeux, et mon deuil, je l'ai déjà porté. J'ai regardé le bois prendre feu sans dire un mot, je l'ai entendu crépiter dans l'étroitesse du tunnel sombre, en pensant au corps du petit garçon allongé à jamais dans la tombe de mon fils. J'ai pleuré si longtemps cet enfant qui n'était pas le mien.

Les cendres de Swan sont aujourd'hui scellées à l'intérieur d'une urne en faïence – elle est si petite qu'il paraît impossible qu'elle puisse contenir autre chose que des cookies. Des douceurs, du sucre. Tout sauf de la poussière de mort. Tout sauf mon fils. À quoi ressemblait-il ? Sa peau si blanche profitait-elle parfois de la douceur du soleil ? Son regard était-il toujours le même ? Se souvenait-il de moi ?

J'ai quitté la ville avec cette boîte remplie de mort à ras bord, coincée dans mon sac, entre la batterie de mon numérique et deux échantillons de shampoing.

Sans prévenir, j'ai parcouru des centaines de kilomètres pour atteindre l'extrémité du pays. Là où la côte sauvage rencontre le vent, où les gens parlent peu et où le temps est triste à pleurer. J'ai intégré une nouvelle équipe. Le travail est le même partout, de toute façon. Les hôtels près de l'océan n'ont rien de vraiment différent, mais ils proposent toujours des chambres libres. Les couvertures boulochées sentent mauvais et les poils d'inconnus restent coincés dans les joints des lavabos. La même soupe passe en boucle sur les mêmes chaînes de télé, et les infos débitent les mêmes tragédies.

Rien ne change, sauf peut-être ce climat humide et glacial qui conserve les corps un peu plus longtemps ; ce murmure constant, aussi, de la marée qui ne cesse de courir. Où que l'on soit, on peut entendre le rugissement des vagues rageuses qui se brisent contre les falaises, le souffle belliqueux de l'écume qui vient s'échouer sur le sable. Dès que vous faites un pas à l'extérieur, les relents d'algues vous imprègnent jusqu'aux os, si bien que, même après une bonne douche, vous ne pouvez vous débarrasser complètement de ce limon qui semble pénétrer votre peau. Ce soir, deux douches brûlantes n'ont pas suffi.

Une tasse vide et un cendrier plein gisent à mon chevet. Je glisse mes jambes sous ce vieux pull en laine volé à mon père et jette un œil à l'enveloppe posée au coin du lit à une place. Un courrier conséquent, recouvert d'un tas d'adresses différentes et qui a mis plus de six mois à me trouver. Sept timbres bleus, qui fêtent l'anniversaire de la manufacture de porcelaine. Sept timbres qui me supplient de ne pas ouvrir le pli. Un cachet violet, recouvert de plusieurs tampons, et, en son centre, l'esquisse d'un lion. Le blason du centre de détention, dont le nom est clairement stipulé sous la crinière grossière du fauve. Un courrier épais. Peut-être des formulaires. Peut-être autre chose.

L'enveloppe est là depuis la veille, je n'y ai pas encore touché. Du papier tissé, capable de supporter le poids de nombreux feuillets. Le kraft est raidi d'avoir traversé le pays, et sous mes doigts il devient friable. Un cocon fermé. Une chrysalide pourrie qui se déchire sous mon pouce. À l'intérieur, une cinquantaine d'enveloppes.

Il ne s'agit pas de formulaires.

Des lettres, toutes à l'attention d'Eddy Chapelle. Des missives pour un illettré, écrites à la main, signées de la même plume griffue. Diane. Son prénom apparaît au dos de chaque enveloppe, balafre sur le papier. J'en pioche une au hasard. J'y lis l'adresse de la prison, calligraphie inégale, qui penche à droite, puis à gauche.

J'ouvre une enveloppe. L'écriture est un peu tremblante. L'encre a fait quelques taches un peu partout, et des doigts sales ponctuent la lettre comme autant de revenants. Des mots distordus, enroulés, illisibles ou appliqués, qui parlent de Swan, de moi. Des autres. Tous comprimés sur des feuillets quadrillés. Qu'on a arrachés de leur spirale. Les carnets de mon père. La salope.

« Le crabe, Eddy, il a ratatiné sa cervelle. »

Cette dégénérée parle de mon père, lui qui ne m'a jamais fait le moindre mal, qui passait son temps à chuchoter au creux de mon oreille. Qui m'aimait. Comme c'est pratique. Écrire du vent à un putain d'analphabète pour apaiser ses fautes. De la grande prose froissée à l'intérieur de mon poing, et vite jetée au sol.

Une autre.

« Je m'en veux tellement, Eddy. Je pensais pouvoir changer les choses, mais je n'ai fait que les empirer. Vous êtes prisonnier par ma seule et unique faute, Eddy. (...) À chaque courrier que je vous envoie, je prie le Seigneur pour que celui-ci ne passe pas le contrôle de sécurité. Je prie pour que l'on m'arrête et que je puisse enfin prendre votre place, mon cher Eddy. Mais, chaque fois, mes lettres passent les portes de votre cellule. Et vous qui ne pouvez pas les lire, et moi qui m'acharne. J'y laisse tomber mes larmes, Eddy, pour que vous sentiez à quel point je suis triste pour vous. »

Je hoche la tête. Cette vieille folle.

« J'ai fait la plus grande erreur de ma vie, Eddy. J'ai confié Swan à une créature plus laide que dans vos pires cauchemars. Une meurtrière. Un monstre qui tue les enfants, Eddy. (...) Je voulais une vie meilleure pour lui. Je voulais qu'il soit heureux, et en sécurité. Je voulais juste lui offrir un peu d'insouciance. Cette... »

Les mots de ma mère me cisaillent. Elle a volé mon bébé. Elle m'a fait croire à sa mort, m'a regardée pleurer et hurler à m'en déchirer la gorge.

« ... dévoreuse va le tuer, Eddy, comme elle a dévoré tous les autres... »

Ma mère m'a laissée le chercher nuit et jour, alors qu'il se trouvait juste là, tout près.

« Je me suis trompée, Eddy. Je l'ai jeté dans les bras du diable. Car vous pouvez me croire, Eddy, c'est bien au diable que j'ai cédé cet enfant. Je voulais l'aider, le sauver. »

Le sauver ? Le sauver de quoi, bordel ? Qu'est-ce que tu racontes, pauvre tarée ?

Je saute quelques enveloppes, pour en piocher une un peu plus récente. Les mots s'altèrent encore, comme si sa main était plus lourde. Des tranquillisants. Elle prenait forcément des putains de cachetons.

« (...) Jackie Philco ne veut plus que j'approche Swan. Elle m'interdit l'entrée. Elle dit que, si je préviens les autorités, elle le tuera, et moi avec. (...) Je crois qu'il va bien. Je l'entends rire de temps en temps. Sa voix est un peu plus grave et les mots que je comprends plus crus. Ce n'est plus mon petit-fils. C'est une bête méconnaissable. »

Une cigarette, et le minibar ouvert sur quatre mignonnettes. L'alcool ne brûle plus ma langue et réchauffe tout juste mon corps.

« (...) et tout cela, c'est la faute d'Iris. »

Connasse. Mon poing est serré fort sur le goulot brun et j'avale une gorgée de bourbon âpre. Une autre lampée. Une autre lettre.

« Aujourd'hui, je l'ai aperçu. Il a tellement grandi, Eddy, si vous pouviez le voir. Il est beau, il est si beau. Il ne semble plus avoir peur, Eddy. »

Un cercle de thé imbibe celle-ci.

« Aujourd'hui, je me suis retrouvée nez à nez avec Swan, dans le garage de cette maison. (...) Il a d'abord voulu fuir, mais je crois que sa curiosité l'a emporté. Il s'est approché de moi sans dire un mot, si près que nos visages se sont presque touchés. Il m'a souri, Eddy, mais son visage n'avait rien d'accueillant. Je crois qu'il n'a pas compris qui j'étais, je pense qu'il m'a oubliée. Ce n'était pas de la joie dans ses yeux, c'était tout autre chose. Il m'a regardée comme un chat de gouttière observe un oiseau. »

Sous mes doigts, les fourmis grouillent, pincent et mordent. J'écrase le paquet de cigarettes vide.

« Je vois Swan régulièrement dans le garage. On ne se parle pas, il m'observe, m'examine comme si j'étais un être extraordinaire. Il glisse parfois sa tête à l'intérieur de mon col, pour respirer mon odeur. Swan est devenu un animal, lui qui n'était qu'un enfant. Son corps a changé lui aussi, il s'est élancé, musclé. Il est devenu agile. Je crois que Swan est content de me retrouver. Il me rapporte parfois des dessins ou des livres, des cadeaux que je conserve à l'abri pour qu'on ne me les vole pas (...) »

Sur le sol, deux vibrations légères, et l'écran de mon téléphone qui se met à clignoter. Laissez-moi tranquille. Juste pour ce soir, laissez-moi tranquille.

Une autre feuille, plus sale, se retrouve entre mes mains.

« Aujourd'hui, Swan m'a offert le plus terrible des cadeaux. Il ne pensait pas à mal en me le confiant, Eddy, j'en suis sûre... Ce sourire sur son visage, je ne l'oublierai jamais. Je crois n'en avoir jamais vu d'aussi grand, ni d'aussi sincère. Dans ses bras, j'ai d'abord cru qu'il s'agissait d'un chien. Et j'ai vu les pieds nus pendre dans le vide. J'ai compris qu'il m'offrait sa proie. J'étais terrifiée, Eddy. J'ai entendu le monstre chanter depuis la cuisine, et je suis partie. Je crois que je dois faire quelque chose, Eddy. Ce que personne ne fera à ma place. Je dois l'arrêter. IL FAUT QUE ÇA S'ARRÊTE. AIDE-MOI, MON DIEU. »

Sur l'écran de télévision, des milliers de flocons gris recouvrent les visages. Ici, l'image n'est jamais vraiment nette et, si on tend un peu l'oreille, c'est le bruit du ressac que l'on perçoit entre les parasites.

Une lettre, derrière toutes les autres, gît sans enveloppe. Elle est tachée d'un tas de substances que je préfère ne pas connaître. Certaines phrases sont illisibles, gâchées par les larmes de ma mère, par la sueur des matons, par la salive de Chapelle.

« Je l'ai tué, Eddy. J'ai assassiné mon petit. »

Je ne comprends pas.

« J'ai pris le fusil de Daniel et (illisible). *J'ai patienté dans le froid pendant des heures, prête à renoncer à chaque seconde, sursautant même au bruit de mon souffle.*

Swan et le monstre sont arrivés à la nuit tombée, riant et chantant, comme (illisible). *J'ai aperçu la silhouette de Swan qui s'approchait de ma cachette. Il savait que j'étais là, Eddy. J'aurais pu jurer qu'il savait. Il m'a sentie. Il a bondi vers moi, avec son sourire d'homme qui ne lui allait pas. J'ai vu que ses vêtements étaient tachés, j'ai cru qu'il saignait mais* (illisible) *eu peur. Je ne voulais pas. J'ai tiré, Eddy.* (longue partie illisible) *je voulais juste le sauver, je n'ai pas* (illisible) *jamais arrivé...* (illisible) *Iris* (illisible) »

C'est elle qui l'a tué. Ma salope de mère a abîmé tout ce que j'avais de plus cher au monde.

« Iris. Tout est arrivé par sa faute. J'ai enfanté une créature mauvaise, Eddy, si mauvaise. »

Salope. Tais-toi.

« (...) Swan tombait, aussi mou qu'un linge, et se réveillait dans les bras de sa mère, qui le berçait si longtemps qu'il finissait par s'endormir et oublier. Si j'intervenais, elle menaçait de partir avec lui. (...) Je crois qu'elle aurait fini par le tuer, Eddy. (...) Elle l'a poussé à plusieurs reprises du haut de l'escalier. La troisième fois, il n'a repris connaissance qu'au bout d'une heure. Sa jambe était brisée, et son visage, bleu d'ecchymoses. »

Elle ment.

« Elle le battait régulièrement, pour un mot maladroit, pour avoir trébuché, pour un épi coincé dans ses cheveux. Pour rien. Elle lui tordait le bras jusqu'à ce qu'il ne

puisse plus crier, en lui répétant combien elle voulait qu'il soit sage. »

Swan n'était pas sage. C'était pour son bien, je ne lui faisais pas vraiment mal. Elle ment. La garce.

« Elle le frappait tous les jours, juste une gifle parfois qui rougissait sa joue. Et Swan qui ne disait rien, qui supportait, qui continuait d'aimer sa mère, comme s'il y était contraint. Le soir, elle lui racontait des horreurs, puis elle le serrait contre elle pour le rassurer. La nuit, il se mettait alors à hurler malgré lui. Lorsque ses cris ne réveillaient pas Iris, je courais dans la chambre du petit pour qu'il se taise. Je me rappelle sa petite main qui tremblait au bout de la mienne, Eddy, qui me serrait si fort que son empreinte ne me quittait qu'au matin. »

Swan me provoquait, il méritait ces punitions. J'étais une mère juste. J'aimais mon fils, de toutes mes forces, comme les mères aiment leurs enfants.

« Il fallait que ça s'arrête, je ne supportais plus cela, Eddy. Je voulais m'échapper avec lui, loin d'ici. Je voulais qu'il ait une belle vie. Je voulais qu'il possède ce que je n'ai jamais eu. (...) Iris l'a battu si fort, ce jour-là, que j'ai vu son petit corps suspendu dans les airs. Sa tête a cogné le mur de sa chambre. J'ai cru qu'il était mort, Eddy. J'ai bien cru qu'elle l'avait tué pour de bon. »

Swan méritait juste un peu de discipline, rien de plus. J'ai tenté de l'éduquer correctement. Tout ça, c'était pour son bien. Uniquement pour son bien.

« (...) Elle l'a pris dans ses bras et l'a cajolé un long moment. Il s'est mis à gémir faiblement et, à l'intérieur de son oreille, il m'a semblé apercevoir un peu de sang. Lorsqu'il a été sur pied, sa mère l'a envoyé dans le jardin. Elle ne le surveillait plus. Je l'ai vu s'enfuir, et je l'ai laissé faire. Je me suis dit qu'il serait mieux partout ailleurs. Mais je me suis trompée. »

Tout est la faute de cette vieille folle.

Elle ment. Elle ment. Elle ment. Je l'aimais si fort. Mon bébé. D'un amour qui me déchirait parfois les tripes. Je voulais qu'il soit résistant, qu'il apprenne à se défendre. Plus solide que les autres, plus dur aussi. Je voulais le garder près de moi à jamais. Je voulais caresser sa tête pleine de bosses. Soigner ses plaies, bander ses blessures. Les entretenir pour qu'il reste.

Je déchire les lettres et jette le tout dans la corbeille vite remplie. Demain, elles ne seront plus là. Elles disparaîtront, comme le reste.

Je ne voulais pas lui faire de mal. Je ne voulais pas. Je ne l'ai pas fait exprès. Je ne l'ai.

Mon téléphone sonne à nouveau. Sur l'écran, ce numéro anonyme qui insiste.

Alors je réponds.

Chaque fois, le même phrasé trivial au bout du fil, les mêmes gorges calcinées, gavées de fumée jusqu'aux lèvres. Et, chaque fois, cette même question : *Tu es disponible, Iris ?*

Je suis toujours disponible.

Bande originale

1. *Juicebox*, The Strokes
2. *Evil*, Interpol
3. *Hardly Wait*, P.J. Harvey
4. *Pity Dance*, D.M. Stith
5. *So Glad*, David Lynch
6. *Happy*, Kat Frankie
7. *Hit the Road Jack*, Peggy Sue (Art Rupe Cover)
8. *Spiracle*, Soap & Skin
9. *Tip Tapping*, Dillon
10. *Vermillion*, Slipknot
11. *I Put a Spell on You*, Screamin' Jay Hawkins
12. *Reckoning Song*, Asaf Avydan & the Mojos
13. *A Day Like Today*, Tom McRae
14. *Dream a Little Dream of Me*, Claw Boys Claw (Ozzie Nelson Cover)
15. *Violet*, Hole
16. *Butterflies Instead*, K's Choice
17. *Because*, Elliott Smith (The Beatles Cover)
18. *Look Out, Look Out*, Perfume Genius
19. *All I Need*, Radiohead
20. *Mary*, Yann Tiersen & Elizabeth Frazer
21. *Until the End of the World*, Patty Smith (U2 Cover)

22. *I Am Terrified*, IAMX
23. *Governing Correctly*, Breton
24. *Dead Man Bones*, Dead Man Bones
25. *I've Been Loving You Too Long*, Tindersticks (Otis Redding Cover)
26. *Wooden Arms*, Patrick Watson
27. *A Swan Song*, Clint Mansell
28. *We Were Sparkling*, My Brightest Diamond
29. *Dream* (All I Have to Do Is), REM (Everly Brothers Cover)
30. *Bad to the Bone*, George Thorogood
31. *Noise*, Archive
32. Sliver, Nirvana
33. *Here Comes the Sun*, Nina Simone (The Beatles Cover)
34. *Stay Away*, Charles Bradley (Nirvana Cover)
35. *Pinky's Dream*, David Lynch
36. *Tears on My Pillow*, Little Anthony and The Imperials
37. *Sabrina*, Einstürzende Neubauten
38. *If I Had a Heart*, Fever Ray
39. *Folsom Prison Blue*, Johnny Cash
40. *Rats*, Pearl Jam
41. *I Might Float*, Syd Matters
42. *Lonesome Town*, The Cramps (Ricky Nelson Cover)
43. *Perfect Day*, Lou Reed
44. *Add It Up*, Violent Femmes
45. *Fuck You*, Archive
46. *I'm in Here*, Sia
47. *Way to Fall*, Starsailor
48. *Inertia Creeps*, Massive Attack
49. *Black Water*, Timber Timbre

50. *Wonderful Life*, Smith & Burrows (Black Cover)
51. *O'Children*, Nick Cave
52. *Charmer*, Kings of Leon
53. *Dirge*, Death in Vegas
54. *Hell Is Around the Corner*, Tricky
55. *No Wow*, The Kills
56. *Pledging My Love*, Johnny Ace
57. *Love Is Blindness*, Jack White (U2 Cover)
58. *Speed of Pain*, Marilyn Manson

Remerciements

Je n'aime pas les remerciements, j'oublie inévitablement ceux qui comptent le plus. Et la dernière chose que vous voulez, c'est être oublié, non ?

Je te remercie, Toi, qui t'acharnes, qui sais attendre le repli des épines, qui m'apprends chaque jour à apprendre. Je t'aime.

Je remercie l'homme au chapeau, sans qui.

Je remercie Julie, Carine, Antoine, Philippe, Anahide, Valérie, Marilys et Laure pour leurs conseils, leur présence et leur précieux soutien.

Je remercie les curieux, les liseurs, les bloggeurs engagés et les forumeurs discrets, qui restent là, tout près, depuis si longtemps.

Je remercie ceux qui mitraillent en amateur, ceux qui cadrent à la perfection, ceux qui distinguent le diable dans le détail, Archibald Reiss, Joel-Peter Witkin, Diane Arbus, David Lachapelle et Sally Mann.

Je remercie ceux qui chantent, qui fredonnent et qui tapent des pieds.

Je remercie Mark Elliot Zuckerberg.

Et tous les autres.

Cet ouvrage a été composé par
PCA – 44400 REZÉ

Imprimé en France par

BRODARD & TAUPIN

à La Flèche (Sarthe)
en février 2015

POCKET – 12, avenue d'Italie – 75627 Paris Cedex 13

N° d'impression : 3009189
Dépôt légal : mars 2015
S25080/01